全新！

NEW TOEIC
新多益單字大全

30天激增300分的多益單字學習法！ VOCABULARY

Preface

我們出版多益書籍的目標，簡單來說，就是「讓大家透過多益學習正確的英文」。多益學習的基礎，就是單字。《全新！新多益單字大全》這本書，是考量如何讓大家用更有趣、更簡單的方法記住多益單字而製作的。本書將超過 7600 個多益近期常考單字依照主題分別整理，並且提供將相關單字串聯起來的小故事，讓讀者能用聯想學習的方式，持久記住單字。

《全新！新多益單字大全》的架構，能夠滿足各種程度的學習需求，從多益初學者到以高分為目標的學習者都能使用。讀者可以依照自己的目標分數，集中學習「多益基礎單字」、「多益800分單字」、「多益900分單字」等適合自己程度的單字。

為了讓大家更有效地記住最新常考單字，《全新！新多益單字大全》還提供不同版本的 MP3 音檔。除了收錄所有核心單字美式、英式、澳洲式發音及例句，能夠提升多益聽力的完整版本以外，也提供只有單字和字義的集中記憶版本，可配合學習者的需求使用。

《全新！新多益單字大全》中收錄的例句與實戰模擬試題，也都經過改寫，反映了多益的最新出題傾向，讓讀者在學習的同時，也能夠有效掌握實際測驗的內容。透過這些例句和題目自然養成的實戰能力，不僅有助於達到目標分數，也能夠提升基本的英語能力。

最後，為了讓學習更加有趣，我們也開設了多益學習網站 www.Hackers.co.kr。本站不但是韓國英語學習網站的領導者，也充分展現出我們「從交流中建立共同學習的社群」的理念。（編按：本站為韓國原書提供之服務，與本出版社無關，懂韓文的讀者可自行前往查看。）

學習不只是一個人的練習，更重要的是透過學習形成互助的 community（社群），在互助中建設健康的競爭與合作並存的社會，這就是我們出版的精神。從這個角度來看，這本以熱情的精神撰寫的書，不止希望讀者透過學習提高多益成績，更希望在每位讀者的心中深植健全的哲學，共同創造更美好的社會。

David Cho

目 錄

本書的特色 I

01 30 天完成多益單字學習

本書將多益最新常考單字分成 30 天進行學習。不論是一個人學習，還是以讀書會的方式學習，只要立定目標，依照本書建議的計畫（p.18~21）踏實地學習，30 後就會發現單字實力大幅進步。

02 收錄大量多益常考單字

本書收錄了多益出題頻率最高的 7600 多個單字與慣用語。除了 Part 5、Part 6 的常考單字以外，也網羅了 Part 7 和聽力測驗的重要單字，只要這一本就能徹底學習多益所需的所有單字。

03 收錄多益最新出題重點

針對多益核心單字，書中整理了多益最新出題傾向，讓讀者能夠一目了然。了解每個單字的常考語句、易混淆單字、相關文法重點，以及 Part 7 經常使用的同義詞替換方式，就等於掌握多益的出題模式。除了單字考題以外，這些資訊也有助於解決測試文法能力的題目。

opqrstuvwxyz

04 可依照出題頻率進行短期學習

多益測驗 Part 5、6、7 出題頻率最高的單字，收錄於每天學習內容的前半部，讓讀者可以優先學習比較重要的單字。這部分的單字也用星星符號標示出題頻率，並且以頻率排序，可以先從出題頻率比較高的單字開始學習。

05 可依照目標分數學習自己需要的單字

每天學習內容的後半部，分別列出達成目標分數所需要的「多益基礎單字」、「多益 800 分單字」、「多益 900 分單字」。讀者可依照自己的目標，集中學習適合自己程度的單字。

06 主題性構成的聯想學習

本書收錄的單字，依照多益的 30 個常考主題區分，並且提供將單字串聯在一起的小故事。依照主題進行聯想學習，不但能自然記住相關的單字，還能同時掌握單字在句子裡的用法，讓單字實力大增。

本書的特色 II

07 反映多益最新出題傾向的例句

對於出題頻率較高的核心單字，提供了接近多益常用句型和措辭的例句，讓單字學習更有深度。這些反映出題傾向的精選例句，不僅有助於單字記憶，也能自然提升對於實際測驗的熟悉度。

08 提供可反覆學習的精選試題和實戰模擬試題

學習多益單字，不止要把單字背起來，也必須練習用這些單字實際解答題目。每一天的學習結束後，都有練習題可以測試學習成果。另外，書中也提供三組模擬 Part 5、6、7 的題目，訓練實際考試的解題能力。

09 適合各種不同學習法的多版本 MP3

學習單字的時候，最重要的就是反覆學習。如果只是用看的，往往會因為不熟悉單字發音而在聽力測驗中吃虧。因此，我們製作了多版本的 MP3 音檔，讓學習者能夠邊聽邊記單字。

10 掌握學習目標的 Self-Test

在學習單字的時候，很多人一拿到單字書就毫無目標地拚命讀，其實這是最沒有效率的做法。本書提供的 Self-Test（p.16）讓你可以迅速判斷自己的程度，掌握最有效率的學習目標。

11 按照程度設計的高效率學習計畫

每個人程度不同，適用的學習計畫也不同。如果學習內容低於自己的程度，就不容易進步；如果計畫超過自己能力所及，也不容易吸收。本書依照程度分級，提供不同的學習計畫，讓你一步一步，穩健地達成自己的目標。

12 收錄方便查詢的單字索引

學習過的單字，難免會有忘記意思的時候。書末收錄的單字索引，讓你能快速找到學過的單字，並且再次複習。在其他地方看到不認識的多益單字時，也可以藉由索引表，將本書當成字典來查詢。

本書的構成 I

多益核心單字

擺脫失業

雇用

1 單字小故事

青年失業人口越來越多，我也是其中一個。我已經丟了幾百封履歷，終於等到夢想中的 H 公司開出 opening，就毫不猶豫地 apply 了。雖然休息室有許多 applicants，但我 meet 所有的 job requirements，所以有信心會上！面試官最後讓我說一句想說的話。為了讓他覺得我是最 qualified 的 candidate，我懷抱著 confidence 大聲說出口了！

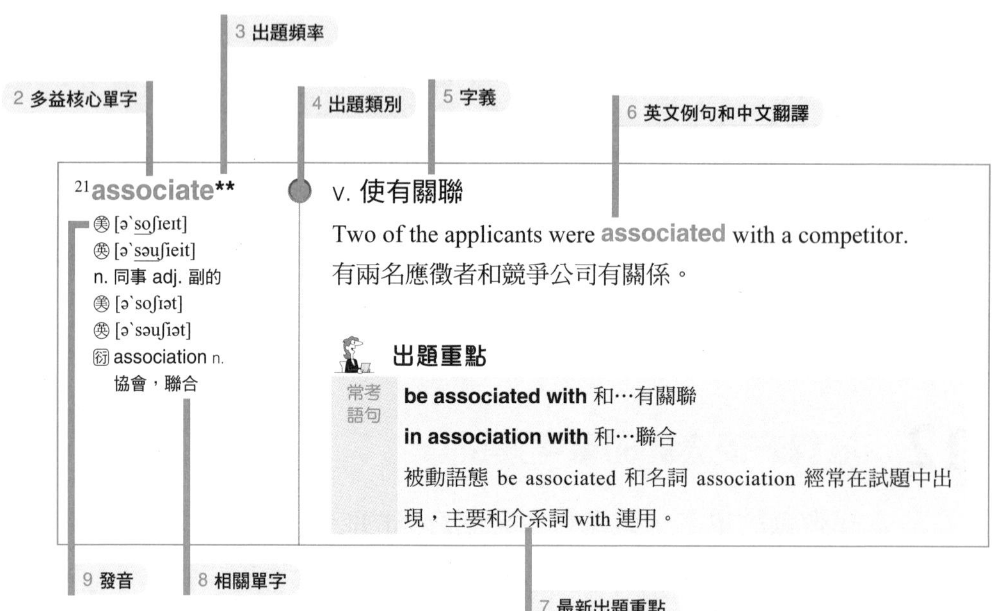

3 出題頻率
2 多益核心單字
4 出題類別
5 字義
6 英文例句和中文翻譯
21 associate**
美 [ə`soʃɪeɪt]
英 [ə`səuʃieit]
n. 同事 adj. 副的
美 [ə`soʃɪət]
英 [ə`səuʃɪət]
衍 association n. 協會，聯合
v. 使有關聯
Two of the applicants were associated with a competitor.
有兩名應徵者和競爭公司有關係。
出題重點
常考語句
be associated with 和…有關聯
in association with 和…聯合
被動語態 be associated 和名詞 association 經常在試題中出現，主要和介系詞 with 連用。
9 發音
8 相關單字
7 最新出題重點

* v. 動詞 n. 名詞 adj. 形容詞 adv. 副詞 prep. 介系詞 phr. 片語 衍 衍生詞 同 同義詞 反 反義詞

1 單字小故事

在學習每天的單字之前，可以先輕鬆瀏覽用當天的單字構成的有趣故事和插畫。

2 多益核心單字

收錄 Part 5, 6, 7 出題頻率最高的單字，依不同主題分為 30 天。每天的單字順序都是先從小故事裡的單字開始，然後從出題頻率最高的單字開始排列，讓讀者可以先進行聯想學習，並且在一開始就學到最重要的單字，使學習效果極大化。

3 出題頻率

核心單字的出題頻率以星號表示，星號越多表示頻率越高。

4 出題類別

核心單字旁邊的圓圈，表示出題類別，填滿的圓圈表示主要出現在 Part 5, 6，白色的圓圈表示主要出現在 Part 7。

5 字義

這裡標示的字義，以多益常考的意思為主，同時也標示出詞性。

6 英文例句和中文翻譯

提供接近多益常用句型和措辭的例句，以及句子的中文翻譯。

7 最新出題重點

這個部分說明單字在多益測驗中常見的出題模式，包括測驗中的常考語句、易混淆單字、文法重點、Part 7 的同義詞變換，請務必記起來！

8 相關單字

單字下方整理出衍生詞、同義詞、反義詞，在記憶單字的同時，可以多學到幾個相關的單字。

9 發音

如果英式發音與美式發音不同，就會標示兩種發音。為了應對聽力測驗，發音不同的部分以底線標示，以便識別。（依照國內習慣，美式發音以 K.K. 音標表示，英式發音以 D.J. 式音標表示。）

本書的構成 II

多益滿分單字

1 多益基礎單字

參加多益測驗前必須知道的基礎單字，依照常出現的題目類別分為 LC（聽力）和 RC（閱讀）。如果有不知道的單字，請做記號並且反覆背誦。

2 多益 800 分單字

以 800 分為目標的人需要知道的單字，依照常出現的題目類別分為 LC、Part 5&6 和 Part 7。如果有不知道的單字，請做記號並且反覆背誦。

3 多益 900 分單字

以 900 分為目標的人需要知道的單字，依照常出現的題目類別分為 LC、Part 5&6 和 Part 7。如果有不知道的單字，請做記號並且反覆背誦。

其他要素

1 Daily Checkup

收錄可以測驗每天單字學習成果的練習題。

2 實戰 Test

每當完成十天的學習之後，可以利用模擬多益測驗的考題，習慣實際考試的感覺。

3 正確答案與解析

提供實戰 Test 的答案和解析。

4 索引

收錄所有「核心多益單字」和「多益滿分單字」，可以輕鬆找到單字在哪一頁。「核心多益單字」以套色表示，以便區分。

MP3 內容

本書配合不同的學習需求，提供多種版本的 MP3 音檔。

多益核心單字

收錄每天前半部的核心常考單字，包含美式、英式、澳洲式發音。因應每個人不同的學習需求，提供可快速學習、複習的「基本學習」版，以及包含例句的「深入學習」版，讀者可依照自己的情況選用，一邊聽一邊記單字。

1 | **核心單字基本學習** | 單字英文發音（美→英／澳→澳／英）→中文意義

2 | **核心單字深入學習** | 單字英文發音（美→英／澳）→中文意義→例句（美→英／澳）

多益滿分單字

收錄每天後半部的補充單字，依照目標分數，分為「基礎」、「800分」、「900分」三個部分。為了方便快速學習大量單字，這裡的錄音內容都是一次美式發音、一次英式或澳洲式發音、一次中文意義。讀者可依照自己的程度選擇要聽的部分，快速達到目標分數。

3 | **多益滿分單字：基礎** | 單字英文發音（美→英／澳）→中文意義

4 | **多益滿分單字：800分** | 單字英文發音（美→英／澳）→中文意義

5 | **多益滿分單字：900分** | 單字英文發音（美→英／澳）→中文意義

多益單字的出題傾向和學習法

1. 多益單字的學習

在多益中，單字考題佔有很大的比重。不管是聽力或閱讀、短篇或長篇的談話、文章，想要既正確又迅速地聽懂、讀懂，就必須對商務及日常生活領域的基本單字有相當程度的了解。此外，對於 Part 5 約 15 題、Part 6 約 6 題、Part 7 約 2 題的單字考題，如果想提高答題的正確率，就必須採取以單字用法為中心的學習策略。所以，除了學習多益常考單字的意義以外，也必須透過例句學習單字的用法。

2. 單字考題出題傾向

Part 5

單字考題出題數：佔 Part 5 的 40 題中約 15 題

出題傾向：以前，通常只要知道正確選項的單字意義，就能夠答對，但最近經常在錯誤選項中混雜意思相近的單字，這種題目不僅需要了解單字的正確意義，還需要了解用法和文法才能答對。

學習方法：透過教材中的例句，確實了解單字是用在哪種狀況、主要和哪些單字搭配使用，並且充分學習出題重點裡的常考語句、易混淆單字部分。

例題

> Experts place the ------- of the painting at about $2 million, but believe it will sell for much more than that when it is offered at the auction.
> (A) aspect (B) degree (C) value (D) privilege

四個選項中，最符合句意的是「價值」，所以答案是 (C) value。(A) aspect 表示「方面」，(B) degree 表示「學位」，(D) privilege 表示「特權」。

Part 6

單字考題出題數：佔 Part 6 的 12 題中約 6 題

出題傾向：除了看空格所在的句子本身，最近也有越來越多的題目需要掌握前後句、甚至整篇文章的脈絡才能解答。

學習方法：透過教材中的例句，確實了解單字是用在哪種狀況、主要和哪些單字搭配使用，並且充分學習出題重點裡的常考語句、易混淆單字部分。

例題

> The engineers in our department are ------- in several areas. In addition to
>
> (A) vulnerable　　(B) restricted
>
> (C) interested　　(D) proficient
>
> having master's degrees, they are knowledgeable in the process and manufacturing techniques used at the factory. Furthermore, they all have experience in designing a variety of mechanical systems.

如果只看空格所在的句子，所有選項都是可能的答案，所以需要確認前後文的內容。因為這段話是在說明工程師的能力，所以答案是 (D) proficient（熟練的）。(A) vulnerable 表示「脆弱的」，(B) restricted 表示「受限的」，(C) interested 表示「有興趣的」。

Part 7

單字考題出題數：佔 Part 6 的 48 題中約 2 題

出題傾向：考介系詞、動詞片語等各種單字形態的同義詞問題，有增加的趨勢。

學習方法：透過教材中的例句，確實了解單字是用在哪種狀況、主要和哪些單字搭配使用，並且充分學習出題重點裡的同義詞部分。

例題

> Following Thomas Burgerlin's retirement as vice president of sales, several people were promoted, leaving an opening for someone at the middle-management level.
>
> The word "opening" in paragraph 1, line 2 is closest in meaning to
>
> (A) introduction　(B) vacancy　(C) expanse　(D) launch

opening 在這裡表示「空缺」的意思，所以答案是 (B) vacancy（空缺）。

適合我目前程度的學習法 I

- 如果你已經決定自己的目標分數，請直接翻到後面（p.18~21），查看目標分數對應的學習計畫。
- 如果還沒決定目標的話，請透過以下的 Self-Test，了解自己現在的程度，並且選擇適合自己程度的學習計畫。

Self-Test

1. 你認識下面這些單字嗎？

accessible expand means outstanding postpone

A. 都是不認識的單字

B. 認識其中 1～2 個單字

C. 認識其中 3～4 個單字

D. 都是認識的單字

2. 你覺得聽英文、讀英文句子並且理解其中意義很困難嗎？

A. 就算是簡單的句子我也不懂

B. 簡單的句子我可以稍微理解，但句子變長就很難理解

C. 大部分的句子我都能了解意思，但很難掌握複雜句子的結構

D. 就算是比較長的複雜句子，我也能輕易理解

3. 你能區分以下單字的詞性嗎？

competition competitive competent compete competitively

A. 我不知道「詞性」是什麼

B. 我能區分其中 1~2 個

C. 我能區分其中 3~4 個

D. 我能區分每個單字的詞性

4. 你知道多益每個 Part 的題目型態嗎？

A. 完全不知道

B. 我只知道分成聽力和閱讀測驗

C. 我知道每個 Part 會考怎樣的題目

D. 除了每個 Part 的題目型態，我還知道準備每個 Part 的學習法

5. 你知道下面這兩個單字的關係嗎？

allow　prevent

A. 我完全不知道這兩個單字是什麼意思

B. 我知道其中一個單字的意思

C. 我大概知道這兩個單字是什麼意思，但不知道它們有什麼關係

D. 我很清楚這兩個單字的關係

6. 你對於以前參加英語能力測驗的成績滿意嗎？

A. 我幾乎絕望了

B. 我應該還需要長期的努力

C. 再努力一點應該就可以了

D. 我大致上覺得滿意

7. 你能區分以下單字的用法嗎？

notify　announce　reveal

A. 連意思都不太清楚

B. 知道意思，但完全不知道用法

C. 我能區分其中兩個單字的用法

D. 我能明確地區分這三個單字的用法

8. 在參加英語測驗的時候，你經常因為不認得單字而無法答題嗎？

A. 一整頁裡面沒有幾個單字是認識的

B. 就算讀了題目也不知道在講什麼

C. 經常憑感覺回答，很難掌握題目正確的意思

D. 整面考題裡面幾乎沒有不知道的單字，而且能正確理解並回答題目

※請依照 A = 0 分、B = 1 分、C = 2 分、D = 3 分的方式計算總分。

總分：_______________ /24分

☞ 請翻到後面，查看結果與學習計畫

適合我目前程度的學習法 II

■ 目標分數 600~700（Self-Test 0~11 分）

第 1~15 天

多益核心單字（單字）

第 16~30 天

多益核心單字
（單字、例句、出題重點）
多益滿分單字
（基礎單字部分）

學習日	30 天完成的建議學習計畫	建議搭配學習內容
第 1~15 天	**多益核心單字（單字）** 每天學習兩個 DAY 的內容，把前半部的多益核心單字和字義背起來。	核心單字基本學習 MP3 Daily Checkup
第 16~30 天	**多益核心單字（單字、例句、出題重點）** 每天學習兩個 DAY 的內容，確認自己是否記住了多益核心單字和字義，沒記住的單字就做上記號，並且集中背誦。另外，也請利用實戰 Test 練習 Part 5&6 的題目。	核心單字深入學習 MP3 實戰 Test
	多益滿分單字（基礎單字部分） 每天學習兩個 DAY 的內容，背誦「多益基礎單字」這個部分。	多益滿分單字：基礎 MP3

目標分數 800（Self-Test 12~17 分）

第 1~10 天	第 11~20 天	第 21~30 天
多益核心單字（單字）	**多益核心單字**（單字、例句） **多益滿分單字**（基礎單字部分）	**多益核心單字**（單字、例句、出題重點） **多益滿分單字**（800 分單字部分）

學習日	30 天完成的建議學習計畫	建議搭配學習內容
第 1~10 天	**多益核心單字**（單字） 每天學習三個 DAY 的內容，把前半部的多益核心單字和字義背起來。	核心單字基本學習 MP3 Daily Checkup
第 11~20 天	**多益核心單字**（單字、例句） 每天學習三個 DAY 的內容，確認自己是否記住了多益核心單字和字義，然後搭配例句再學習一次。	核心單字深入學習 MP3
	多益滿分單字（基礎單字部分） 每天學習三個 DAY 的內容，把「多益基礎單字」裡面不認識的單字做上記號，並且加以背誦。	多益滿分單字：基礎 MP3
第 21~30 天	**多益核心單字**（單字、例句、出題重點） 每天學習三個 DAY 的內容，複習多益核心單字的例句和出題重點。也請利用實戰 Test 練習 Part 5&6 的題目。	核心單字深入學習 MP3 實戰 Test
	多益滿分單字（800 分單字部分） 每天學習三個 DAY 的內容，背誦「多益 800 分單字」這個部分。	多益滿分單字：800分 MP3

適合我目前程度的學習法 III

目標分數 900（Self-Test 18~24 分）

第 1~10 天	第 11~20 天	第 21~30 天
多益核心單字 （單字、例句） **多益滿分單字** （基礎單字部分）	**多益核心單字** （單字、例句、出題重點） **多益滿分單字** （800 分單字部分）	**多益核心單字** （單字、例句、出題重點、相關字） **多益滿分單字** （900 分單字部分）

學習日	30 天完成的建議學習計畫	建議搭配學習內容
第 1~10 天	**多益核心單字**（單字、例句） 每天學習三個 DAY 的內容，搭配例句把單字的意義記起來。	核心單字深入學習 MP3 Daily Checkup
	多益滿分單字（基礎單字部分） 每天學習三個 DAY 的內容，把「多益基礎單字」裡面不認識的單字做上記號，並且加以背誦。	多益滿分單字： 基礎 MP3
第 11~20 天	**多益核心單字**（單字、例句、出題重點） 每天學習三個 DAY 的內容，確認自己是否記住了多益核心單字和字義，然後學習例句和出題重點。	核心單字深入學習 MP3
	多益滿分單字（800 分單字部分） 每天學習三個 DAY 的內容，把「多益 800 分單字」裡面不認識的單字做上記號，並且加以背誦。	多益滿分單字： 800 分 MP3
第 21~30 天	**多益核心單字**（單字、例句、出題重點、相關字） 每天學習三個 DAY 的內容，確認自己是否記住了多益核心單字的意義、複習例句和出題重點，然後背誦衍生字。也請利用實戰 Test 練習 Part 5&6 的題目。	核心單字深入學習 MP3 實戰 Test
	多益滿分單字（900 分單字部分） 每天學習三個 DAY 的內容，背誦「多益 900 分單字」這個部分。	多益滿分單字： 900 分 MP3

多益單字高手學習計畫

不論 Self-Test 結果如何，對於想要完全精通這本書的內容、成為多益單字高手的人，我們建議每天學習一個 DAY 的內容，按照以下的計畫進行。

第 1~30 天

多益核心單字（單字、例句、出題重點、相關字）
多益滿分單字（基礎單字、800 分單字、900 分單字）

學習日	30 天完成的建議學習計畫	建議搭配學習內容
第 1~30 天	**多益核心單字** 每天學習一個 DAY 的內容，背誦單字的意義，並且紮實地學習例句、出題重點和相關字。也請利用實戰 Test 練習 Part 5&6 的題目。	核心單字深入學習 MP3 Daily Checkup 實戰 Test
	多益滿分單字（基礎單字部分） 把每個 DAY 的多益基礎單字、800 分單字、900 分單字中不認識的單字做上記號，並且加以背誦。	多益滿分單字：基礎 MP3 多益滿分單字：800 分 MP3 多益滿分單字：900 分 MP3

擺脫失業

雇用

青年失業人口越來越多，我也是其中一個。我已經丟了幾百封履歷，終於等到夢想中的 H 公司開出 **opening**，就毫不猶豫地 **apply** 了。雖然休息室有許多 **applicants**，但我 **meet** 所有的 **job requirements**，所以有信心會上！面試官最後讓我說一句想說的話。為了讓他覺得我是最 **qualified** 的 **candidate**，我懷抱著 **confidence** 大聲說出口了！

1 **résumé****
[美] [ˌrɛzʊˋme]
[英] [ˌrezju:ˋmei]

n. 履歷表

Fax your **résumé** and cover letter to the above number.
請把你的履歷表和求職信傳真到上面的號碼。

2 **opening****
[美] [ˋopənɪŋ]
[英] [ˋəupəniŋ]
[同] vacancy 空缺，職缺

n. 空缺，職缺；開張，開始

There are several job **openings** at the restaurant right now.
那間餐廳目前有幾個職缺。

JX Finances officially announced the **opening** of its first international branch.
JX Finances 公司正式宣布第一間海外分公司開始營業。

出題重點

文法	**an opening** 空缺（可數名詞） opening 表示「空缺、職缺」時是可數名詞，前面要有不定冠詞 an，或是用複數形 openings。
同義詞	表示「空缺」時，**opening** 可以換成 **vacancy**。

3 **applicant*****
[ˋæpləkənt]
[衍] apply v. 申請，適用
application n. 申請，申請書，適用
appliance n. 器具，電器

n. 申請者，應徵者

Applicants are required to submit a résumé.
應徵者必須提交一份履歷表。

出題重點

常考語句	**complete/submit/receive + an application** application 主要和 complete, submit, receive 等與製作、提出有關的動詞一起使用。
易混淆單字	**applicant** 申請者 **application** 申請，申請書，適用 要區分人物名詞 applicant 和抽象名詞 application 的差異。請不要和字根相同但意思完全不同的 appliance（電器）搞混。

4 **requirement*****

[美] [rɪˋkwaɪrmənt]
[英] [riˋkwaiəmənt]
[衍] require v. 要求
[同] prerequisite 必要條件

n. 必要條件

A driver's license is a **requirement** of this job.
駕照是這份工作的必要條件。

出題重點

常考語句

a requirement + of/for …的必要條件

requirement 經常和介系詞 of 或 for 搭配使用。

5 **meet*****

[mit]
[同] satisfy, fulfill 滿足（要求、條件）

v. 滿足，符合（要求、條件等）

Applicants must **meet** all the requirements for the job.
應徵者必須符合這份工作的所有必要條件。

出題重點

常考語句

meet one's needs 滿足…的需要

meet requirements 符合必要條件

meet customer demand 滿足顧客需求

meet expectations 符合期待

meet 的意思除了我們熟知的「見面」以外，在多益測驗中經常以「滿足，符合」的意義出題。

6 **qualified*****

[美] [ˋkwɑlə͵faɪd]
[英] [ˋkwɔlifaid]
[衍] qualify v. 使…有資格
qualification n. 資格
qualifier n. 預賽，通過預賽者
[同] certified 有保證的，經證明的

a. 有資格的，勝任的

People with master's degrees are **qualified** for the research position.
有碩士學位的人，有資格得到研究工作的職位。

出題重點

常考語句

be qualified for 有…的資格

qualifications for …的資格

qualified、qualification 經常和介系詞 for 一起使用。

7 **candidate*****
美 [ˋkændədet]
英 [ˋkændidət]
同 applicant 應徵者

n. 候選者，應徵者

Five **candidates** will be selected for final interviews.
將有五位候選者獲選參加最終面試。

8 **confidence****
美 [ˋkɑnfədəns]
英 [ˋkɔnfidəns]
衍 confident adj. 有信心的，有自信的

n. 信心，自信；信任

We have **confidence** that she can handle the position.
我們有信心她能勝任這個職位。

The recommendations showed **confidence** in his abilities.
這些推薦信表現出對他的能力的信心。

出題重點

常考語句

1. show/express + confidence in 表現對…的信心

confidence 經常和 show, express 等表達情感的動詞及介系詞 in 搭配出題。

2. ┌ **confidence in** 對…的信心
└ **in confidence** 祕密地

confidence 經常和介系詞 in 一起使用，但要注意意思會隨著介系詞 in 的位置而有不同。

9 **highly*****
[ˋhaɪlɪ]

adv. 很，非常

Mr. Monroe's experience makes him **highly** qualified for the job.
Mr. Monroe 的經歷使他很有資格獲得這份工作。

出題重點

常考語句

highly + competent/recommended/qualified/competitive/profitable

非常有能力的／推薦的／有資格的／競爭的／有利益的

highly 和 very、most 一樣是強調副詞，主要以修飾形容詞或過去分詞的形式出題。

10 **professional*****

[prə`fɛʃənl̩]

衍 profession n. 職業

professionally adv. 專業地，職業地

adj. 專業的，職業的

Jeff is known as a **professional** photographer.

Jeff 以職業攝影師的身分為人所知。

n. 專家

Merseyside Hospital is looking for a certified health **professional**.

Merseyside 醫院正在尋找有證照的醫療專業人士。

11 **interview*****

美 [`ɪntɚ͵vju]

英 [`intəvju:]

n. 面試

The **interviews** are being held in meeting room three.

面試正在第三會議室舉行。

v. 面試

The manager **interviewed** almost 100 applicants.

那位經理面試了將近 100 位應徵者。

12 **hire*****

美 [haɪr]

英 [`haiə]

v. 雇用

The company expects to **hire** several new employees next month.

公司預計下個月雇用幾名新員工。

13 **training*****

[`trenɪŋ]

n. 訓練

This company offers on-the-job **training** for new staff.

這間公司為新員工提供工作現場的訓練。

14 **reference*****

[`rɛfərəns]

衍 refer v. 參照

n. 推薦信；參考

Philip asked his previous employer to write a **reference** letter for him. Philip 請他的前雇主為他寫一封推薦信。

The database contains **reference** material on all aspects of labor law. 這個資料庫包含關於勞動法規各方面的參考資料。

15 **position*****
[pə`zɪʃən]

n. 職位；位置

The advertised **position** provides health care and other benefits.
廣告上的職位提供醫療保健和其他福利。

v. 放置

The secretary **positioned** the chairs around the table before the meeting began.
祕書在會議開始前把椅子擺放在桌子周圍。

出題重點

常考語句

accept a position 接受職位

apply for a position 應徵職位

position 會和表示應徵、接受的動詞一起使用。

16 **achievement*****
[ə`tʃivmənt]

n. 成就，達成

List all of your **achievements** from previous jobs on your résumé.
請在你的履歷表中列出在上一份工作中的所有成就。

出題重點

易混淆單字

achievement 成就，達成

achiever 有成就的人

主要以區分抽象名詞 achievement 和人物名詞 achiever 的題型出題。

17 **impressed*****
[ɪm`prɛst]

adj. 感到印象深刻的

The CEO was **impressed** by his assistant's organizing skills.
執行長對他助理的組織能力印象深刻。

出題重點

易混淆單字

- **impressed** 感到印象深刻的
- **impressive** 令人印象深刻的

請不要搞混這兩個很相似的單字。impressed 用來說明人的情感，impressive 則是說明引起情感的人事物。

18 **excellent*****
[`ɛksələnt]

adj. 優秀的，傑出的

Because of her **excellent** managerial skills, Erin was hired for the job.
Erin 因為她優秀的管理能力而被錄用從事那個工作。

19 **eligible****
[`ɛlɪdʒəbḷ]
衍 eligibility n. 合適，合格
反 ineligible 沒有資格的

adj. 有資格的，合適的

The part-time workers are also **eligible** for paid holidays.
兼職員工也有資格獲得帶薪休假。

出題重點

常考語句

be eligible for + membership/compensation/position
有資格成為會員／得到補償／得到職位

be eligible to do 有資格做…

eligible 主要與介系詞 for 或 to 不定詞連用。介系詞 for 後面會接 membership, compensation, position 等表示待遇或職位的名詞。

易混淆單字

eligible : allowed

請區分這兩個有「允許」意義的單字在用法上的差異。

- **eligible** 有資格（做…）的
  用來表示某人符合特定條件而擁有資格。
- **allowed** 被允許的
  用來表示特定行為是被允許的。
  Business dinners are included as **allowed** expenses.
  商務上的晚餐包含在允許的支出項目中。

20 **identify****

[美] [aɪˋdɛntə͵faɪ]
[英] [aiˋdentifai]
[衍] identification n. 識別，身分證明

v. 辨認，認出

Staff members wear uniforms so that they are easy for customers to **identify**. 員工穿著制服，讓顧客容易認出他們。

21 **associate****

[美] [əˋsoʃɪeɪt]
[英] [əˋsəuʃieit]
n. 同事 adj. 副的
[美] [əˋsoʃɪət]
[英] [əˋsəuʃiət]
[衍] association n. 協會，聯合

v. 使有關聯

Two of the applicants were **associated** with a competitor.
有兩名應徵者和競爭公司有關係。

出題重點

常考語句

be associated with 和…有關聯

in association with 和…聯合

被動語態 be associated 和名詞 association 經常在試題中出現，主要和介系詞 with 連用。

22 **condition****

[kənˋdɪʃən]

n. 條件

The **conditions** of employment are listed in the job opening notice. 雇用的條件列在職缺公告裡。

23 **employment****

[ɪmˋplɔɪmənt]
[衍] employ v. 雇用 (= hire ↔ lay off, dismiss, fire)
employee n. 員工
employer n. 雇主
[反] unemployment 失業

n. 雇用

The company announced **employment** opportunities in personnel department.
公司宣布了人事部門的雇用（工作）機會。

24 **lack****

[læk]

v. 缺乏…

Carl **lacked** the ability to get along well with his coworkers.
Carl 缺乏與同事相處融洽的能力。

n. 缺乏

Due to a **lack** of funds, the project has been temporarily halted.
由於資金的缺乏，這項計畫暫時被中止了。

25 **managerial****

美 [ˌmænɪˋdʒɪrɪəl]
英 [ˌmænəˋdʒiəriəl]
衍 manage v. 經營，管理
同 supervisory 管理的，監督的

adj. 管理的

Mike is seeking a **managerial** position in the accounting field.
Mike 正在尋找會計領域的管理職位。

出題重點

常考語句 **managerial staff** 管理人員，經營團隊
managerial 經常和 staff 搭配出題。

26 **diligent****

美 [ˋdɪlədʒənt]
英 [ˋdilidʒənt]

adj. 勤奮的

Carmen is one of the most **diligent** workers in the company.
Carmen 是公司裡最勤奮的員工之一。

27 **familiar****

美 [fəˋmɪljɚ]
英 [fəˋmiliə]
衍 familiarize v. 使熟悉
反 unfamiliar 不熟悉的，陌生的

adj. 熟悉的，親近的

Staff must review the handbook to become **familiar** with it.
員工必須複習手冊以熟悉內容。

出題重點

常考語句 **be familiar with** 對…熟悉
familiar 經常和介系詞 with 搭配出題。

28 **proficiency****

[prəˋfɪʃənsɪ]
衍 proficient adj. 熟練的，精通的

n. 熟練，精通

Overseas workers need proof of **proficiency** in a second language.
海外員工需要有精通第二語言的證明。

29 **prospective****

[prəˋspɛktɪv]
衍 prospect n. 展望，預期

adj. 預期的，未來的

Prospective employees were asked to come in for a second interview.
有可能成為員工的人，被要求前往參加第二次面試。

30**appeal****
[ə`pil]
同 attract 吸引

v. 呼籲，有吸引力

The 10 percent pay increase **appealed** to the staff.
百分之 10 的加薪對員工很有吸引力。

出題重點

文法	**appeal to + 名詞** 向…呼籲，對…有吸引力 appeal 是不及物動詞，經常和介系詞 to 連用。
同義詞	表示引起某人的興趣或注意時，**appeal to** 可以換成 **attract**。

31**specialize****
[`spɛʃəl͵aɪz]

v. 專攻，專門從事

Most of the programmers **specialized** in software design in college.
這些程式設計師大部分都在大學時期專攻軟體設計。

32**apprehensive****
[͵æprɪ`hɛnsɪv]
同 concerned 擔心的

adj. 擔心的，憂慮的

Many people feel **apprehensive** before an important job interview.
許多人在重要的工作面試前會感到憂慮。

33**consultant****
[kən`sʌltənt]
衍 consult v. 諮詢…

n. 顧問

Emma currently works in London as an interior design **consultant**.
Emma 目前在倫敦擔任室內設計顧問。

出題重點

常考語句

consult + 專家 諮詢…

consult with + 身分對等的對象 和…商議、商談

consult + 書籍/資料 查閱…

向 doctor 等專家諮詢時，consult 後面不加介系詞，但如果是和 friend 等身分對等的人商議的時候，要和介系詞 with 連用。也請記住表示「查閱書籍、資料」時不能加介系詞。

易混淆單字

consultant 顧問
consultation 諮詢

主要以區分人物名詞 consultant 和抽象名詞 consultation 的形式出題。

34 **entitle***
[ɪn`taɪtḷ]

v. 給…權利

Executives are **entitled** to additional benefits.
主管有獲得額外福利的權利。

出題重點

常考語句

be entitled to + 名詞 有得到…的權利

be entitled to do 有做…的權利

entitle 主要以和介系詞 to 或 to 不定詞連用的被動態出題。

35 **degree***
[dɪ`gri]

n. 學位

A bachelor's **degree** in engineering is a requirement for this position.
工程學士學位是這個職位的必要條件。

36 **payroll***
美 [`pe͵rol]
英 [`peirəul]

n. 薪水帳冊，發薪名單

Fifteen new employees were added to the **payroll** last month.
上個月，15 名新員工被加入薪水帳冊了。

出題重點

常考語句

on the payroll 是某公司的員工

是從「名列發薪名單中」的意義衍生的用法。

Sullivan Printing currently has 22 staff members on the **payroll**.

Sullivan Printing 公司目前有 22 名登記在案的員工。

37 **recruit***

[rɪ`krut]

n. 新進人員

衍 recruitment n. 新進人員招募

v. 招募（新進人員等）

The firm **recruits** promising graduates on a yearly basis.

這間公司每年招募前途看好的畢業生。

38 **certification***

美 [͵sɝtɪfə`keʃən]

英 [͵sə:tifi`keiʃən]

衍 certify v. 證明

certified adj. 被證明的，有認證的

certificate n. 證書

n. （資格）證明

Obtaining accounting **certification** takes approximately a year.

取得會計證照需要大約一年。

出題重點

常考語句

professional certification 專業資格證明

a birth certificate 出生證明

請區分意思相近的 certification 和 certificate。certification 主要表示專業能力的資格證明，而 certificate（證書）可以用在資格證明以外的情況，例如 birth certificate 等一般的證書。

39 **occupation***

美 [͵ɑkjə`peʃən]

英 [͵ɔkju`peiʃən]

衍 occupy v. 佔據（場所、職位等）

occupational adj. 職業上的

occupant n. 佔有者，居住者

同 job, vocation 職業

n. 職業

Journalism is an interesting and challenging **occupation**.

新聞業是一種既有趣又具有挑戰性的職業。

出題重點

易混淆單字

occupation 職業

occupant （住宅的）居住者，（土地的）佔有者

主要以區分抽象名詞 occupation 和人物名詞 occupant 的形式出題。

40 **wage***
[wedʒ]

n. 工資，薪水

Workers with formal education may earn higher **wages** than those without.

受過正式教育的勞工，可能會比沒受過正式教育的勞工獲得更高的薪水。

出題重點

易混淆單字

wage : salary : compensation

請比較這三個有「薪水」意義的單字用法。

- **wage** 薪水
  主要表示藍領階級，以時間或月份計算的薪水。
- **salary** 薪水
  主要表示白領階級、以整個年度計算的薪水。
- **compensation** 補償，報酬
  salary 或 wage 主要表示對於工作本身的酬勞，而 compensation 則包括除此之外的報酬。
  （ex. injury compensation 傷害補償）

1st Day Daily Checkup

請把單字和對應的意思連起來。

01 applicant	ⓐ 訓練
02 impressed	ⓑ 熟悉的，親近的
03 training	ⓒ 辨認，認出
04 meet	ⓓ 滿足，符合
05 familiar	ⓔ 申請者，應徵者
	ⓕ 感到印象深刻的

請填入符合文意的單字。

06 Mark's ______ language skills helped him to get the job.
07 The ______ with a business major wants to work as a manager.
08 The store will ______ five people to work at the recently opened branch.
09 New employees ______ practical experience, so extra training is required.

ⓐ candidate ⓑ excellent ⓒ managerial ⓓ lack ⓔ hire

10 During the ______ , Jennifer was asked some difficult questions.
11 Only those who are proficient in programming are ______ to apply.
12 A ______ attitude is required to complete long-term projects successfully.
13 Veronica's greatest ______ was winning a profitable contract with Bethel.

ⓐ qualified ⓑ diligent ⓒ prospective ⓓ interview ⓔ achievement

Answer 1.ⓔ 2.ⓕ 3.ⓐ 4.ⓓ 5.ⓑ 6.ⓑ 7.ⓐ 8.ⓔ 9.ⓓ 10.ⓓ 11.ⓐ 12.ⓑ 13.ⓔ

多益滿分單字

多益基礎單字

LC	application form	phr. 申請書
	career	n. 職業，生涯
	completion	n. 完成
	fair	adj. 公平的
	graduation	n. 畢業
	in fact	phr. 事實上
	job fair	phr. 就業博覽會
	job offer	phr. 工作雇用通知
	list	n. 列表，名單 v. 列出
	newcomer	n. 新進成員
	part-time	adj. 兼職的
	previous job	phr. 上一份工作
	secretary	n. 祕書
	send in	phr. 遞交
	tidy	adj. 整齊的，整潔的
	trainee	n. 受訓者
RC	apply for	phr. 申請…
	aptitude	n. 才能，資質
	be admitted to	phr. 被允許進入…
	be advised to do	phr. 被建議做…
	criteria	n. 標準（criterion 的複數形）
	decade	n. 十年
	employ	v. 雇用
	incorporated	adj. 法人／公司組織的
	insufficient	adj. 不充分的，不足的
	minimum	n. 最低限度 adj. 最小的
	plentiful	adj. 充足的
	profession	n. 職業

多益800分單字

LC	achieve one's goal	phr. 達到某人的目標
	dress formally	phr. 穿著正式
	dressed in suit	phr. 穿西裝的
	figure out	phr. 想出，弄懂
	full time work	phr. 全職工作
	job opportunity	phr. 工作機會
	job search	phr. 求職，找工作
	job seeker	phr. 求職者
	letter of recommendation	phr. 推薦信
	pay raise	phr. 加薪
	practical experience	phr. 實際經驗
	reapply	v. 再次申請
	recommendation letter	phr. 推薦信
	reference letter	phr. 推薦信
	send off to	phr. 寄出給…
	set up an interview	phr. 安排面試
	take an examination	phr. 接受測驗
	training center	phr. 訓練中心
	waiting room	phr. 等候室
	well-educated	adj. 受過良好教育的，有教養的
	zealous	adj. 熱衷的，熱情的
Part 5, 6	cover letter	phr. 求職信
	devoted	adj. 奉獻自我的
	energetic	adj. 精力充沛的
	enthusiastic	adj. 熱情的
	excel	v. 勝過，優於（他人）
	exclude	v. 排除，除外
	fluently	adv. 流暢地
	get through	phr. 通過（測驗等）
	match	v. 和…相配／相稱
	necessity	n. 需要，必要性
	qualification	n. 資格，資格證明
	relevant	adj. 有關的

	sign up for	phr. 登記參加…，報名…
	visiting	n. 參觀，拜訪
	workforce	n. 勞動力，員工數
Part 7	a history of work	phr. 工作經歷
	address the audience	phr. 對聽眾演說
	bachelor's degree	phr. 學士學位
	be influenced by appearance	phr. 被外表影響
	bilingual	adj. 雙語的
	curriculum vitae	phr. 履歷書
	diploma	n. 畢業證書
	doctor's degree	phr. 博士學位
	endurance	n. 忍耐力
	external	adj. 外部的
	fluency	n. 流暢
	fluent in	phr. 說某種語言很流利的
	format	n. 格式，（書籍的）開本
	gender	n. 性，性別
	human resources	phr. 人力資源
	improperly	adv. 不適當地
	in a positive manner	phr. 積極地
	in the field of	phr. 在…領域
	inexperience	n. 沒經驗
	lack confidence	phr. 缺乏自信
	make A a regular habit	phr. 把 A 變成習慣
	make a commitment to	phr. 為…奉獻，對…作出承諾
	make a point of -ing	phr. 特意做…，重視做…
	manpower	n. 人力
	master's degree	phr. 碩士學位
	novice	n. 新手，沒經驗的人
	paycheck	n. 薪水，付薪水的支票
	pension	n. 退休金
	self-motivation	n. 自我激勵
	send a notification	phr. 寄出通知
	vacancy	n. 空位，職缺
	wanted	adj. 被徵求的，被招募的

多益900分單字

LC	credential	n. 證書
	firsthand	adj. 第一手的，直接的
	hiring committee	phr. 雇用委員會
	not to mention	phr. 更不用說…
	on occasion	phr. 偶爾
	overqualified	adj. 超過必要資格的，條件太好的
	screening	n. 篩選
Part 5, 6	lag	v. 落後，延遲
	on the waiting list	phr. 在候補名單上
	questionably	adv. 可疑地
	regularity	n. 規律性，定期
	replenish	v. 補充，重新補足
	simplicity	n. 簡單，簡潔
Part 7	a letter of credit	phr. 信用狀
	adept	adj. 熟練的
	against all odds	phr. 不管遇到什麼困難
	commensurate	adj. 相稱的
	computer literate	phr. 懂得使用電腦的
	eagerness	n. 熱切
	familiarize oneself with	phr. 使自己熟悉…
	increment	n. 增加，增額
	interpersonal skills	phr. 人際關係能力
	mindful	adj. 留心的
	preeminent	adj. 優秀的，卓越的
	preliminary	adj. 預備的，初步的
	prerequisite	n. 必要條件 adj. 必備的
	probationer	n. 試用人員
	sternly	adv. 嚴格地，嚴厲地

DAY2

Hackers TOEIC Vocabulary

遵守服裝規定的社會

規則、法律

部長大概是嫉妒我的時尚品味吧，老是對於我的 **attire** 不符合 **dress code** 表示 **concern**。昨天他甚至直接到我的位子這邊，說：「世勳，我已經提醒這麼多次了，你怎麼還是不 **comply** 公司的 **policy** 呢？公司的 **regulation** 是沒有 **exception** 的！請你 **adhere** 規定！」嗯…既然部長這麼 **severe**，我今天就稍微 **refrain** 了一點…要是我穿得太帥，大家都會敗給我吧。

1 **attire****
[美] [ə`taɪr]
[英] [ə`taiə]

n. 服裝，衣著

Professional business **attire** is required of all staff giving presentations.
所有發表簡報的員工都必須穿著專業的商務服裝。

2 **code***
[美] [kod]
[英] [kəud]

n. 規範，慣例；密碼

Employees are expected to follow the dress **code**.
員工被希望能遵守服裝規範。

3 **concern*****
[美] [kən`sɝn]
[英] [kən`sə:n]
[衍] concerning prep. 關於…
concerned adj. 擔心的，有關的
[同] matter 問題，事情
worry 使擔心
involve 牽涉到…

n. 擔心，憂慮

The board voiced **concerns** about safety at the meeting.
董事會在會議上說出了對於安全的憂慮。
Members violating rules have become a **concern** for club management.
違反規定的成員成為了俱樂部管理的一個問題。

v. 使…擔心；關係到，影響到

Citizens are **concerned** about the new trade protocol.
公民對於新的貿易協定感到擔憂。
The recent work hour change will not **concern** the design department. 最近的工時改變將不會影響到設計部門。

出題重點

常考語句	**concern + about/over** 關於…的憂慮／擔心 **questions concerning** 關於…的問題 請熟悉和 concern 一起使用的介系詞 about, over。也會考 question 和介系詞 concerning 搭配的問題。concerning 的意思和 about, regarding 相同。
同義詞	**concern** 當名詞，表示問題、事情時，可以換成 **matter**；當動詞表示使擔心時，可以換成 **worry**；表示狀況或行動對某人造成影響時，可以換成 **involve**。

4 **policy***

㊥ [`pɑləsɪ]

㊧ [`pɔləsi]

n. 政策，規定；保險單

The employee benefit **policy** will be expanded next year.

員工福利政策明年將會擴大。

Companies must distribute health insurance **policies** to all workers.

公司應該將健康保險單發給所有員工。

5 **comply****

[kəm`plaɪ]

衍 compliance n. 遵守

v. 遵守，遵從

Employees must **comply** with the regulations governing computer use.

員工必須遵守管理電腦使用的規定。

出題重點

易混淆單字

comply : observe : obey : fulfill

請區分這四個有「遵守」意義的單字。

comply with 遵守，遵從（規則、要求等）

comply 是不及物動詞，要和介系詞 with 搭配使用。

observe 遵守（規則、要求等），觀察…

是及物動詞，所以不用介系詞，直接接受詞。

All operators of machinery must **observe** the safety guidelines.　所有操作機械者都必須遵守安全守則。

obey 遵從（指示等），服從（人）

是及物動詞，帶有服從他人的語感。

Staff must **obey** the director's specific requests.

員工必須服從主管的具體要求。

fulfill 滿足（條件等）

是及物動詞，帶有滿足特定條件的語感。

Staff are urged to **fulfill** their job requirements in a timely manner.　員工被催促要及時完成要求的工作內容。

6 **regulation***

[ˌrɛgjəˋleʃən]

衍 regulate v. 管理，控制（= control）

n. 規定

Regulations regarding lunch breaks were established.

關於午休時間的規定已經建立了。

出題重點

常考語句

safety regulations 安全規定

customs regulations 海關規定

因為規定通常有許多條，所以通常用複數形 regulations。

7 **exception***

[ɪkˋsɛpʃən]

衍 exceptional adj. 例外的，傑出的

exceptionally adv. 例外地，非常地

except prep. 除了…之外

n. 例外

Management decided not to make any **exceptions** to the rules.

管理階層決定不讓這些規定有任何例外。

出題重點

常考語句

with the exception of 除了…以外

with very few exceptions 幾乎沒有例外

主要是考介系詞 with 的部分。

8 **adhere***

美 [ədˋhɪr]

英 [ədˋhiə]

v. 遵守，堅持

All staff should do their best to **adhere** to the company's policies.

所有員工都應該盡力遵守公司政策。

出題重點

常考語句

adhere to + policies/rules/standards

遵守政策／規則／標準

adhere 是表示「遵守」的不及物動詞，後面要使用介系詞 to。

9 **severely***

美 [sə`vɪrlɪ]
英 [si`viəli]
衍 severe adj. 嚴重的，嚴格的
同 sternly 嚴格地
反 leniently 寬大地

adv. 嚴格地，嚴重地

Those who share company data with outside parties will be **severely** punished.
將公司資料分享給外部人士者，將受到嚴格處罰。

10 **refrain***

[rɪ`fren]

v. 克制，抑制

Guards should **refrain** from making personal calls during a shift.
警衛應該避免在值勤時打私人電話。

出題重點

文法 **refrain from** 抑制…，避免做…
refrain 是不及物動詞，必須使用介系詞 from。

11 **permission*****

美 [pɚ`mɪʃən]
英 [pə`miʃən]
衍 permit v. 允許

n. 允許，許可

The CEO gave managers **permission** to hold a weekend workshop.
執行長給了經理們舉辦週末研討會的許可。

12 **access*****

[`æksɛs]
衍 accessible adj. 可接近的，可利用的
accessibility n. 易接近性

n. 使用權，接近；通道

Only authorized personnel may gain **access** to client files.
只有經授權的員工才能得到客戶檔案的使用權。

There is direct **access** to the subway near our new office.
我們的新辦公室附近有直接往地下鐵的通道。

v. 接近，到達…

Click on the link to **access** the detailed job description.
請點連結查看詳細職務說明。

出題重點

常考語句

have access to 有接近／使用…的權限

access the documents 存取文件

名詞 access 經常和介系詞 to 搭配使用。但請記住，動詞 access 是及物動詞，後面不能接介系詞 to。

易混淆單字

access : approach

試題中會考表示「接近」的單字用法差異。

access 使用權，接近

是不可數名詞，所以不用加冠詞。

approach （對學問等的）接近、處理的方法

是可數名詞，要加冠詞 an。

A new **approach** to web design has been introduced.

一個網頁設計的新方法獲得採用了。

13**thoroughly*****

[美] [`θɝolɪ]

[英] [`θʌrəli]

[衍] thorough adj. 徹底的，完全的

adv. 徹底地；完全地，非常

Please read the user manual **thoroughly** before installing this software.

安裝這個軟體之前，請仔細閱讀使用者手冊。

The staff was **thoroughly** impressed with the new health insurance policy.

員工對新的健康保險政策印象非常深刻。

14**revise*****

[rɪ`vaɪz]

[衍] revision n. 修訂，變更

v. 修訂，變更（意見、計畫等）

The office's policies regarding vacations have been **revised**.

關於休假的辦公室（公司）政策已經修訂了。

15**approach*****

[美] [ə`protʃ]

[英] [ə`prəutʃ]

n. 接近方法，處理方法

The manager has a strict **approach** to enforcing office regulations.

經理執行辦公室規定的方式很嚴格。

v. 接近，靠近

Police **approached** carefully to arrest the suspect.

警方小心接近，以逮捕嫌疑犯。

16**approval*****

[ə`pruvḷ]

衍 approve v. 認可（↔ reject, turn down）

同 permission 許可，認可

n. 批准，認可

Please obtain the supervisor's **approval** before purchasing supplies.

採購用品前請獲得主管批准。

出題重點

常考語句

obtain approval (for) 獲得（對於…）的批准

approval 主要和動詞 obtain 連用，介系詞後面接受詞（批准的事項）。

17**form*****

美 [fɔrm]

英 [fɔ:m]

v. 塑造，形成…

衍 formal adj. 正式的，形式的

formation n. 形成

n. 種類，類型，形式

Visitors are required to present a **form** of identification to security guards.

訪客必須向守衛人員出示一種身分證明。

出題重點

常考語句

a form of identification 一種身分證明

美國不像我國一樣發行身分證，而是用駕照等各種 form（形式）的 identification（身分證明），所以才會說身分證明是 a form of identification（一種身分證明）。

18**immediately*****

[ɪ`midɪɪtlɪ]

衍 immediate adj. 立即的

adv. 立即，馬上

Effective **immediately**, taxes will be automatically deducted from each paycheck.

稅金將從每次發放的薪資中自動扣除，此規定立即生效。

出題重點

常考語句

immediately after 在…之後馬上

immediately upon arrival 到達後馬上

immediately 經常和 after 或 upon arrival 等表示時間的詞語連用。

19 **inspection***

[ɪn`spɛkʃən]

衍 inspect v. 檢查，視察

n. 檢查，視察

The facility **inspection** should be conducted at least once a month. 設施檢查應該每月至少進行一次。

20 **arrangement***

[ə`rendʒmənt]

衍 arrange v. 安排，準備

n. 安排，準備，布置

The manager made **arrangements** for purchase of new machinery. 經理為新機械的採購做了安排。

出題重點

常考語句

make arrangements to do 準備做…的安排

make arrangements for 為…做安排

arrangement 經常和動詞 make 連用，表示「準備，安排」的意思，請注意這時候必須使用複數形 arrangements。

21 **procedure***

美 [prə`sidʒɚ]

英 [prə`si:dʒə]

衍 proceed v. 進展，進行

procedural adj. 程序上的

n. 手續，程序

The **procedure** for patent applications is outlined on the APTO Web site.

APTO 網站上大略敘述了申請專利的手續。

22 **negative***

[`nɛgətɪv]

adj. 負面的，消極的

The new vacation policy received **negative** feedback from the employees. 新的休假政策得到了員工的負面反應。

23 **mandate*****
[ˋmændet]

v. 使…成為必須（做）的，授權給…

The board of directors has **mandated** an increase for research funding. 董事會下令增加研究資金。

n. 授權，命令

Congress gave the committee a **mandate** to make budget cuts.
議會給了委員會刪減預算的權限。

24 **effect*****
[ɪˋfɛkt]
衍 effective adj. 有效的
effectively adv. 有效地

n.（法律等的）效力，效果，影響

The incentive policy will be in **effect** starting next week.
獎勵金制度將從下週開始生效。

v. 造成（結果）

He **effected** a sudden change in the company's expansion plan.
他對公司的擴張計畫做出了突然的改變。

出題重點

常考語句	**in effect**（法律等）有效力的，實施的 **come into effect** 實施，生效 **take effect**（法律等）生效，實施 **have an effect on** 對…有影響 **secondary effect** 次級效應 effect 的慣用語很常考，所以請牢記這些慣用語。
文法	請區分 **effect**（n. 效果，影響）和 **effective**（adj. 有效的）的詞性。
同義詞	表示法律或規定實施而生效的慣用語 **put into effect** 可以換成 **apply**。

25 **drastically****
[ˋdræstɪklɪ]
衍 drastic adj. 激烈的，極端的

adv. 激烈地，大幅地，徹底地

Fines for breaking rules have been **drastically** increased.
違反規則的罰金被大幅增加了。

26 **according to****

phr. 根據…，依照…

All transactions must be handled **according** to the guidelines.
所有交易都必須依照指導方針處理。

27 **enable****
[ɪn`ebl]

v. 使…能夠（做某事）

Jenny's promotion **enabled** her to participate in the board meeting.
升職使 Jenny 能夠參加董事會議。

28 **standard****
美 [`stændɚd]
英 [`stændəd]
衍 standardize v. 使標準化

n. 標準

The company must make changes to the current safety **standards**.
那間公司必須改變目前的安全標準。

29 **constant****
美 [`kɑnstənt]
英 [`kɔnstənt]
衍 constantly adj. 不斷地

adj. 持續的，不斷的

The store received **constant** inquiries about its new return policy. 這間店一直收到關於新退貨政策的詢問。

30 **act****
[ækt]

n. 法案，法令；行為，行動

The new **act** makes it easier to file personal income tax forms online.
新法令使線上提交個人所得稅申報表更容易。
The **act** of merging with another company is complicated and takes a lot of time.
和另一家公司合併的行動很複雜，而且要花很多時間。

v. 擔當；行動

A lawyer always **acts** on behalf of his clients.
律師總是擔任代表自己客戶的人。

31 **compensation****
[美] [ˌkɑmpən`seʃən]
[英] [ˌkɔmpen`seiʃən]
[衍] compensate v. 賠償，報償

n. 賠償（金），報酬

Employees will receive **compensation** based on their performance and evaluation.
員工會得到根據工作表現和評價而定的報酬。

出題重點

[常考語句] **compensation for** 對於…的補償
請記住會和 compensation 連用的介系詞 for。

32 **ban****
[bæn]

n. 禁止，禁令

The government placed a **ban** on carrying a large volume of liquid on board a plane.
政府禁止攜帶大量液體登機。

v. 禁止

The company **banned** the use of the Internet for personal purposes.
公司禁止為了個人目的使用網路。

33 **obligation****
[美] [ˌɑblə`geʃən]
[英] [ˌɔbli`geiʃən]

n. 義務，責任

All researchers have an **obligation** to publish at least one paper every year.
所有研究員都有每年發表至少一篇論文的義務。

34 **authorize***
[`ɔθəˌraɪz]
[衍] authorized adj. 經授權的
authorization n. 授權
authority n. 權力，當局

v. 批准…，授權…做某事

Allocations of funds must be **authorized** by management.
資金分配必須經過經營團隊批准。

出題重點

常考語句

an authorized service center 授權服務中心

unauthorized reproduction 未經授權的重製

unauthorized（未經授權的）也很常考，請一併記起來。

35 **prohibit***
[prəˋhɪbɪt]
衍 prohibition n. 禁止
同 forbid 禁止

v. 禁止

The museum **prohibits** visitors from taking pictures.
這間博物館禁止參觀者拍照。

出題重點

常考語句

prohibit A from -ing 禁止 A 做…

forbid A + from -ing/to do 禁止 A 做…

prohibit 和 forbid 都有「禁止」的意思，但可用的句型不太一樣。prohibit 的受詞後面接 from -ing，forbid 的受詞後面可以接 from -ing 或 to 不定詞。

36 **abolish***
美 [əˋbɑlɪʃ]
英 [əˋbɔliʃ]
衍 abolition n. 廢除

v. 廢除（制度、法律等）

Congress decided to **abolish** taxes on imported fruit.
議會決定廢除對進口水果的課稅。

37 **enforce***
美 [ɪnˋfors]
英 [inˋfɔ:s]
衍 enforcement n. 執行

v. 執行，實施（法律）

All departments must **enforce** the no smoking policy.
所有部門都必須實施禁菸規定。

出題重點

常考語句

enforce regulations 執行規定

enforce 經常和表示法令、規則等意義的名詞搭配出題。

38 **habit***

[ˋhæbɪt]

衍 habitual adj. 習慣性的

n. 習慣

Setting goals should be a regular **habit**.

設定目標應該成為一種經常的習慣。

出題重點

常考語句 **habit : convention**

表示「習慣」的單字用法差異在測驗中會考。

habit 習慣

表示個人習慣。

convention 慣例，習俗

表示團體、社會上一般的習慣。

Wearing a tie is a traditional corporate **convention.**

佩戴領帶是傳統的公司慣例。

39 **legislation***

[ˏlɛdʒɪsˋleʃən]

衍 legislate v. 立法

legislator n. 立法者（議員等）

n. 立法；法律，法規

The committee unanimously voted for the new export limitation **legislation**. 委員會全體一致投票通過新的出口限制法規。

40 **restrict***

[rɪˋstrɪkt]

衍 restriction n. 限制

restrictive adj. 限制的

同 limit 限制，限定

v. 限制，限定

Access is **restricted** to authorized personnel.

進入的權利僅限於得到授權的人員。（未經授權不得進入）

出題重點

常考語句 **restrict A to B** 將 A 限定於 B

把使用權或其他權利限定在一定範圍時使用的句型。

同義詞 表示限制數量或範圍時，**restrict** 可以換成 **limit**。

2nd Day Daily Checkup

請把單字和對應的意思連起來。

01 access
02 approval
03 immediately
04 negative
05 approach

ⓐ 負面的
ⓑ 立即
ⓒ 處理方法
ⓓ 禁止
ⓔ 批准
ⓕ 使用權

請填入符合文意的單字。

06 The accountant was ______ to use the company credit card.
07 A(n) ______ of office equipment will be conducted on Monday.
08 The new computer sign-in system will go into ______ tomorrow.
09 The proper ______ for reporting tardiness is described in the handbook.

ⓐ inspection ⓑ effect ⓒ authorized ⓓ procedure ⓔ concern

10 The ______ for the meeting will be carried out by the personnel department.
11 The head of the department has a(n) ______ to evaluate employees regularly.
12 Secretarial staff ______ reviewed the new work schedule before finalizing it.
13 The assistant will ______ the policy to reflect the result of the board meeting.

ⓐ obligation ⓑ drastically ⓒ revise ⓓ thoroughly ⓔ arrangements

Answer 1.ⓕ 2.ⓔ 3.ⓑ 4.ⓐ 5.ⓒ 6.ⓒ 7.ⓐ 8.ⓑ 9.ⓓ 10.ⓔ 11.ⓐ 12.ⓓ 13.ⓒ

多益滿分單字

多益基礎單字

LC	bend over	phr. 彎腰
	by oneself	phr. 獨自，獨力
	date	n. 日期
	get used to	phr. 習慣…
	if it's okay with you	phr. 如果你可以接受的話
	in case of	phr. 萬一…
	in rows	phr. 一排排地
	item	n. 項目
	legal	adj. 法律的，合法的
	let go	phr. 釋放，放開
	ruler	n. 尺
	stop	v. 停止
RC	busy	adj. 忙碌的
	curriculum	n. 課程
	dress	n. 服裝 v. 穿衣
	fine	n. 罰金，罰款
	finish	v. 結束，完成
	have a problem (in) -ing	phr. 做…時有問題
	large	adj. 大的，寬大的
	law firm	phr. 法律事務所
	loudly	adv. 大聲地
	plus	prep. 加上…，還有…
	protect	v. 保護
	seldom	adv. 很少（做…）
	theft	n. 竊盜
	try	v. 試圖，努力
	witness	n. 目擊者，證人
	write	v. 寫

多益800分單字

LC	against the law	phr. 違法的
	by all means	phr. 務必；當然可以
	by mistake	phr. 搞錯地，不小心
	come to an end	phr. 結束
	company regulations	phr. 公司規定
	copyright permission	phr. 版權許可
	courtroom	n. 法庭
	give directions	phr. 給予指示；指引方向
	if I'm not mistaken	phr. 如果我的了解沒錯的話
	in progress	phr. 進行中的
	keep in mind	phr. 記得，記在心上
	legal counsel	phr. 法律諮詢
	self-defense	n. 自我防禦，正當防衛
	sue	v. 控告
	suspect	n. 嫌疑犯 v. 懷疑
	take one's advice	phr. 接受某人的勸告
	to one's advantage	phr. 對某人有利地
	under control	phr. 在控制中
	under the supervision of	phr. 在…的監督下
Part 5, 6	abuse	n. 濫用 v. 濫用
	alert	v. 提醒…注意 adj. 警覺的
	apparently	adv. 明顯地，顯然
	assessment	n. 評價
	at all times	phr. 隨時，永遠
	authorization	n. 授權，委任
	bill	n. 法案，帳單
	concerning	prep. 關於…
	consideration	n. 考慮
	declaration	n. 宣言，聲明
	depiction	n. 描寫，敘述
	illegal	adj. 違法的
	in accordance with	phr. 與…一致，依照…
	obey	v. 服從，遵守

	observance	n. 遵守
	on-site	adj. 現場的，就地的
	penalty	n. 處罰，罰款
	precious	adj. 貴重的
	principle	n. 原理，原則
	punishment	n. 處罰，刑罰
	regulate	v. 規定，調節
	restricted area	phr. 限制區
	restriction	n. 限制，限定
	safety inspection	phr. 安全檢查
	suppress	v. 鎮壓，阻止
	unauthorized	adj. 未經授權的
	unfortunately	adv. 不幸地，遺憾地
	with respect to	phr. 關於…
Part 7	accuse	v. 控告，譴責
	assess	v. 評價
	attorney	n. 律師
	be absent from	phr. 缺席…
	be allowed to do	phr. 被允許做…
	by way of	phr. 經由…，藉由…
	constitution	n. 憲法
	fraud	n. 欺騙，詐騙
	from this day onward	phr. 從今天起
	have permission to do	phr. 有做…的許可
	in a strict way (= strictly)	phr. 嚴格地
	make clear	phr. 解釋清楚
	ministry	n. （政府的）部
	newly established	phr. 新成立的
	put into effect	phr. 使生效
	registration confirmation	phr. 登記確認
	stand over	phr. 監督
	warn	v. 警告
	warranty	n. 品質保證書
	without respect to	phr. 不顧…，不論…

多益900分單字

LC	commonplace	n. 尋常的事物 adj. 平凡的，普通的
	protective smock	phr. 防護服
	sentence	v. 判決
	testimony	n. 證詞
Part 5, 6	accordance	n. 一致，符合
	compel	v. 強迫
	crucial	adj. 重要的
	effortlessly	adv. 不費力地，輕鬆地
	in observance of	phr. 紀念…
	judicial	adj. 司法的，審判的
	lawsuit	n. 訴訟
	observant	adj. 善於觀察的，遵守的
	off-limits	adj. 禁止進入的
	ordinance	n. 法令
	punctuality	n. 守時
	reprimand	v. 訓斥，斥責
	resolution	n. 決議，決心
	restraint	n. 限制，控制
	substantiate	v. 證實
	trespass	v. 侵入（別人的土地）
	violate	v. 違反
Part 7	at the discretion of	phr. 由…裁定
	bound	adj. 有義務的，一定要做什麼的
	circumscribe	v. 限制
	custody	n. 監禁，拘留
	enactment	n. 制定，法令
	impeccable	adj. 無可挑剔的
	infringement	n. 侵害
	legitimate	adj. 合法的，正當的
	petition	n. 請願書
	prosecute	v. 起訴
	when it comes to	phr. 說到…，關於…

有能力的人要擔任重要工作
一般工作 (1)

進公司一個禮拜，女朋友小敏問我對工作有多 **accustomed**。「小敏，你知道在大型 **corporation** 工作有多 **demanding** 嗎？不知道大家是怎麼知道我的實力的，不止是 **colleague** 們，就連我們 **division** 的部長也是一樣，有什麼事就 **request** 我去解決，快把我累死了。都是因為我太有能力了，不論多麼困難的工作，都能 **efficiently manage**。」

1 **accustomed*** [ə`kʌstəmd]

adj. 習慣的

All our employees are **accustomed** to using the new design software.
我們所有員工都已經習慣使用新的設計軟體了。

出題重點

文法 **be accustomed to -ing** 習慣做…
accustomed 常和介系詞 to 連用，請注意 to 後面接的不是動詞原形，而是動名詞。

2 **corporation***
美 [ˌkɔrpə`reʃən]
英 [ˌkɔ:pə`reiʃən]
衍 corporate adj. 法人的，公司的

n. 股份（有限）公司，法人

Delroy Lee heads a multinational telecommunications **corporation** based in Virginia.
Delroy Lee 領導一間總部位於維吉尼亞州的跨國電信公司。

出題重點

文法 請區分 **corporation**（n. 法人）和 **corporate**（adj. 法人的）的詞性。請注意不要在應該使用名詞 corporation 的地方填入形容詞 corporate。

3 **demanding****
美 [dɪ`mændɪŋ]
英 [di`mɑ:ndiŋ]
衍 demand v. 要求

adj. 要求很多的，吃力的

Although Ms. Jenkins is a **demanding** supervisor, she has a reputation for being fair. 雖然 Ms. Jenkins 是很苛求的主管，但她也有處事公平的好名聲。

4 **colleague*****
美 [`kɑlig]
英 [`kɔli:g]
同 associate, coworker, peer 同事

n.（工作上的）同事

Regular social activities can improve cooperation among **colleagues**.
定期的社交活動可以增進同事之間的合作。

5 **division*****
[də`vɪʒən]
衍 divide v. 劃分

n. 部門

The technician will transfer to the automobile **division** after training.
那位技師會在訓練後調到汽車部門。

出題重點

易混淆單字

division : category : compartment
測驗中會考有「區分」意義的單字用法差異。

division 部門
公司或政府的部門

category 分類
集合了一些相似事物的分類

The manual is divided into several **categories**.
這本手冊裡面劃分為幾個類別。

compartment 區劃，隔間
列車裡的小隔間或交通工具裡的置物櫃

Passengers are advised to keep their belongings in the overhead **compartment**.
建議乘客將隨身物品放置於艙頂置物櫃。

6 **request*****
[rɪ`kwɛst]
同 commission v. 委託…創作（藝術作品等）

n. 要求

Factory tours are available upon **request**.
只要申請就會提供工廠導覽。

v. 要求

Mike **requested** a copy of the contract from the sales director.
Mike 要求業務部部長給他一份合約複本。

出題重點

常考語句

upon request 有人提出要求時

request for 對於…的要求

request that + 主詞 + 動詞原形 要求…做…

be requested to do 被要求做…

名詞 request 經常和介系詞 for 連用，但動詞 request 是及物動詞，所以不加介系詞，直接接受詞。動詞 request 後面接 that 子句時，請記得 that 子句的動詞要用原形。

7 **efficiently*****
[ɪˋfɪʃəntlɪ]
衍 efficient adj. 有效率的
efficiency n. 效率

adv. 有效率地

The software helps employees work more **efficiently**.
那套軟體幫助員工更有效率地工作。

8 **manage***
[ˋmænɪdʒ]
衍 management n. 管理，經營團隊
manageable adj. 可管理的，可處理的
同 handle 處理
succeed 成功

v. 經營，管理；設法做到，勉強做到

The boss decided Colleen could **manage** the new store.
上司決定 Colleen 可以管理新的店面。

They **managed** to do the assigned work in time.
他們勉強及時完成了分配的工作。

出題重點

常考語句

manage to do 設法做到…，勉強做到…

under the new management 在新的經營團隊下

manage 和 to 不定詞連用，表示「設法做到…」的意思。很多人知道 management 是「管理」的意思，但它也可以是集合名詞「經營團隊」。

文法

請區分 **manage**（v. 管理）和 **manageable**（adj. 可管理的）的詞性。

9 **submit*****

[səb`mɪt]

[衍] submission n. 提交，提交物

[同] turn in, hand in 提交

v. 提交

Applicants should **submit** a résumé to the personnel manager.

應徵者應該將履歷表交給人事經理。

出題重點

常考語句

1. submit A to B 提交 A 給 B

submit 和介系詞 to 的部分都會考。

2. submit a résumé/receipt/recommendation/proposal

提交履歷表／收據／推薦信／提案書

submit 經常和 résumé, receipt, recommendation, proposal 等表示資料或表格的名詞搭配出題。

10 **directly*****

[美] [də`rɛktlɪ]

[英] [dai`rektli]

[衍] direct v. 指導 adj. 直接的

direction n. 方向

adv. 直接地

All regional branches report **directly** to the head office in Washington.

所有地區分公司都直接向位於華盛頓的總公司報告。

出題重點

常考語句

report/contact/call + directly 直接報告／聯絡／打電話

directly 經常和 report, contact 等表示「報告」或「聯絡」的動詞搭配出題。

11 **remind*****

[rɪ`maɪnd]

[衍] reminder n. 作為提醒的事物，備忘錄

v. 提醒，使想起

Ms. Williams **reminded** Mr. Johnson of his lunch meeting.

Ms. Williams 提醒 Mr. Johnson 他的午餐會議。

出題重點

常考語句	remind 人 + of 內容 / that 子句 提醒某人某事 remind 人 to do 提醒某人做某事 be reminded to do 被提醒做某事 remind 主要和介系詞 of 或 that 子句、to 不定詞連用。被動態在測驗中也很常出現，不要忽略了。

12**instruct*****
[ɪnˋstrʌkt]
衍 instruction n. 指示
instructor n. 講師

v. 指示，教導
The manager **instructed** the staff to read the conference materials beforehand.
經理指示員工事先閱讀會議資料。

13**deadline*****
[ˋdɛdˏlaɪn]

n. 截止期限，最後期限
The team worked together closely and finished the project ahead of the **deadline**.
那個團隊密切合作，在期限之前完成了專案。

14**sample*****
美 [ˋsæmpl̩]
英 [ˋsɑːmpl]

n. 樣本，樣品，試用品
We need to prepare **samples** of our products for the fair.
我們需要為展覽會準備一些產品的樣品。

v. 試吃，抽樣檢查
The customer **sampled** some cake at the opening of the bakery.
那位顧客在烘焙坊開幕時試吃了一點蛋糕。

15**notify*****
美 [ˋnotəˏfaɪ]
英 [ˋnəutifai]
衍 notification n. 通知
同 inform 通知，告知

v. 通知，告知
All staff applying for leave must **notify** their supervisors in writing.
所有申請休假的員工，都必須以書面方式通知上司。

出題重點

常考語句 **notify : announce : reveal**

測驗中會考表示「通知」的單字用法差異。

notify 人 + of 內容 / that 子句 通知某人某事

notify 後面接人當受詞。

The manager **notified** some factory workers of the changed schedules.
經理向一些工廠員工通知變更的時間表。

announce (to 人) that 子句 （向…）宣布…

announce 後面接宣布的內容，而通知的對象前面一定要加 to。

The director **announced** to shareholders that he would retire.
那位董事向股東宣布自己將會辭職。

reveal 內容 (to人) 揭露／洩露…（讓…知道）

reveal 後面接很少人知道的祕密等等，而透露的對象前面一定要加 to。

Ms. Stone **revealed** her plans to the other managers.
Ms. Stone 向其他經理透露了她的計畫。

16 **perform*****
[美] [pɚˋfɔrm]
[英] [pəˋfɔ:m]
conduct 做，進行，實施

v. 執行，實施（工作、任務、義務等）
All work on the assembly line stopped while equipment repairs were being **performed**.
進行設備維修期間，組裝線上所有工作都停止了。

17 **monitor*****
[美] [ˋmɑnətɚ]
[英] [ˋmɔnitə]
n. 監視器（螢幕）

v. 監視，監控，監督
The new director will **monitor** progress on the project.
新任主管將監督這個專案的進度。

18 deserve***

美 [dɪ`zɝv]
英 [di`zə:v]
衍 deserved adj. 應得的（獎賞、懲罰、補償等）

v. 值得，應該得到

The person with the highest performance evaluation **deserves** the Employee of the Year Award.
業績評價最高的人，應該得到年度員工獎。

 **出題重點**

常考語句 **well-deserved advancement** 應得的晉升
deserve 衍生的形容詞 deserved（應得的）也很常考。

19 assignment***

[ə`saɪnmənt]

n. 工作，任務，作業

Walter took the **assignment** in India because he was promised a promotion there.
Walter 接受了在印度的工作，因為他得到了在那裡獲得升職的承諾。

20 entire***

美 [ɪn`taɪr]
英 [in`taiə]
衍 entirety n. 全部，全體

adj. 整個的

The **entire** team gathers every Monday morning to discuss plans for the week.
整個團隊會在每週一上午討論當週的計畫。

21 release**

[rɪ`lis]

v. 發表，公開

The company **released** its annual report.
那間公司發表了年度報告。

n. 發行，上市

The new clothing line will be ready for **release** by early next year. 新的服裝系列將會在明年初準備好上市。

出題重點

常考語句 **press release** 新聞稿
release date 發表日，（新產品）發售日、公開日
請記住 release 常考的複合名詞形式。

22 **extension****
[ɪk`stɛnʃən]
衍 extend v. 延長，延伸
extensive adj. 廣泛的
extension n. 延長

n. 延長，延期；（電話的）分機

The manager granted an **extension** of the deadline.
經理准許了截止日期的延期。
To reach Mr. Jackson, call our main office and press **extension** number 727. 要聯絡 Mr. Jackson，請打電話到我們的總公司，然後按分機號碼 727。

23 **electronically****
美 [ɪˌlɛk`trɑnɪklɪ]
英 [ilek`trɔnikəli]
衍 electronic adj. 電子的

adv. 以電子方式（利用電腦、經由電腦傳輸）

It saves time and resources to send invoices **electronically.**
以電子方式寄送發貨單，可以節省時間和資源。

24 **attendance****
[ə`tɛndəns]
衍 attend v. 出席，參加
attendant n. 服務員，侍者

n. 出席，出勤

Attendance records are taken into consideration when determining eligibility for promotion.
決定升職資格時，出勤紀錄會納入考量。

出題重點

常考語句
attendance records 出勤紀錄
a certificate of attendance 修業證書
attendance 和 records 形成複合名詞，請注意這時候使用的是複數形 records。

25 **absolutely****
[`æbsəˌlutlɪ]
衍 absolute adj. 完全的，絕對的

adv. 絕對地，完全地

It is **absolutely** necessary that everyone on the board is in agreement with the plan.
董事會的每個人都同意那項計畫，是絕對必要的。

26 **delegate****
v. [`dɛləˌget]
n. [`dɛləgɪt]
衍 delegation n. 代表團，（權限的）委任

v. 委任（權限等）

Managers must be skilled in **delegating** responsibilities to subordinates. 經理必須擅長把職責委任給下屬。

n. 代表

A **delegate** sent to the trade fair returned with a profitable business deal.

派往貿易展覽會的代表，帶回一筆很有利潤的交易。

出題重點

易混淆單字
- **delegate** 一名代表
- **delegation** 代表團

請不要把表示一名代表的 delegate 和表示代表團的 delegation 搞混了。

27 **attentively****
[əˋtɛntɪvlɪ]

adv. 專心地，聚精會神地

Stockholders listened **attentively** as executives explained the company strategy.

主管們說明公司策略時，股東們注意聆聽。

28 **supervision****
[美] [ˌsupɚˋvɪʒən]
[英] [ˌsju:pəˋviʒən]
[衍] supervise v. 監督
supervisor n. 監督者，主管

n. 監督

Close **supervision** ensures high quality.

密切的監督能確保高品質。

出題重點

易混淆單字
- **supervision** 監督
- **supervisor** 監督者，主管

請區分抽象名詞 supervision 和人物名詞 supervisor。

29 **workshop****
[美] [ˋwɝkˌʃɑp]
[英] [ˋwə:kʃɔp]

n. 專題討論會，研討會

Mr. Kim was asked to speak at the **workshop** on Friday.

Mr. Kim 受邀星期五在研討會演講。

30 **draw****

[drɔ]

同 attract 吸引，引起（注意、興趣等）

v. 拉，吸引

The company's annual conference usually **draws** 800 employees from around the world.

那間公司的年會通常會聚集來自全世界的 800 名員工。

出題重點

常考語句	**draw + praise/inspiration + from 人** 得到來自某人的稱讚／靈感 draw 會和 praise, inspiration 等表示稱讚、靈感的名詞連用。
同義詞	表示吸引人們前往的時候，**draw** 可以換成 **attract**。

31 **revision****

[rɪ`vɪʒən]

衍 revise v. 修訂

revised adj. 修訂的

n. 修訂

The team manager will make **revisions** to the proposal.

團隊經理會對這個提案進行修訂。

出題重點

常考語句	**make a revision** 修訂 **revised edition** 修訂版 **revised policy** 修訂過的政策 過去分詞 revised 經常和 edition, policy 等名詞連用。

32 **reluctantly****

[rɪ`lʌktəntlɪ]

adv. 不情願地，勉強地

Ms. Danvers **reluctantly** agreed to cut the advertising budget.

Ms. Danvers 勉強同意刪減廣告預算。

33 **acquaint****

[ə`kwent]

衍 acquaintance n. 相識的人

v. 使…認識，使…熟悉

The training program **acquaints** new employees with company procedures.

這個訓練計畫讓新員工熟悉公司的作業程序。

出題重點

常考語句 **acquaint A with B** 使 A 熟悉 B（= familiarize A with B）

測驗中主要是考和 acquaint 搭配的介系詞 with 的部分。

34**convey****

[kən`ve]

衍 conveyor n. 運輸／輸送用的東西

v. 傳達（事情）

The secretary urgently **conveyed** the message to the director.

祕書緊急將訊息傳達給主任。

出題重點

常考語句 **convey A to B** 把 A 傳達給 B

請把和 convey 連用的介系詞 to 一起記下來。

35**check****

[tʃɛk]

n. 檢查

同 inspect, examine 檢查

v. 檢查，查明；確認

Please **check** your computer regularly for disk errors.

請定期檢查您的電腦是否有硬碟錯誤。

Click this link to **check** for the latest updates.

點這個連結查看最近的更新。

出題重點

常考語句 **check A for B** 檢查 A 是否有 B

check for A 檢查是否有 A

check 經常以 check A for B 的句型出現在測驗裡，這時候 check 後面接檢查的對象，for 後面接檢查要找出來的東西。

36**headquarters****

美 [`hɛd`kwɔrtɚz]

英 [`hed`kwɔ:təz]

n. 總部，總公司

The company **headquarters** is located in London.

公司總部位於倫敦。

37 **file****

[faɪl]

n. 檔案

v. 把…歸檔；正式提起或提出（文件、申請、告訴等）

Old accounting documents are **filed** in the storage room.

舊的會計文件被歸檔到儲藏室。

The department **filed** an insurance claim for the water damage in the conference room. 那個部門針對會議室在水災中所受的損害提出了保險理賠申請。

出題重點

常考語句 **file a claim** 提出保險理賠申請

當動詞的 file 會和 claim 等表示要求的名詞搭配出題。

38 **oversee****

美 [ˋovɚˋsi]

英 [ˋəuvəˋsi:]

同 supervise 監督

v. 監督

Natalie will **oversee** the office relocation process.

Natalie 會監督辦公室的搬遷過程。

39 **involved***

美 [ɪnˋvɑlvd]

英 [inˋvɔlvd]

衍 involve v. 使產生關係

involvement n. 牽連

adj. 有關的，牽涉在內的

Dr. Mair was deeply **involved** in the decision-making process.

Dr. Mair 深入參與了決策過程。

出題重點

易混淆單字 **be involved in** 牽涉…，參與…

測驗中會考和 involved 搭配的介系詞 in 的部分。

40 **concentrate***

美 [ˋkɑnsən͵tret]

英 [ˋkɔnsəntreit]

衍 concentration n. 集中，專注

concentrated adj.（精神）集中的，濃縮的

v. 集中，專注

The sales team **concentrated** on developing new strategies.

業務團隊專注於開發新的策略。

出題重點

常考語句 **concentrate on** 專注於…

concentrate A on B 把 A 集中於 B

當不及物動詞時常用 concentrate on，當及物動詞時常用 concentrate A on B。測驗中常考介系詞 on 的部分。

3rd Day Daily Checkup

請把單字和對應的意思連起來。

01 acquaint
02 draw
03 extension
04 deadline
05 submit

ⓐ 使…認識，使…熟悉
ⓑ 提交
ⓒ 拉，吸引
ⓓ 截止期限
ⓔ 發行，上市
ⓕ 延長；分機

請填入符合文意的單字。

06 Randy's ______ schedule made him work all last week.
07 The interns listened ______ to the trainer's instructions.
08 Mr. Rose ______ a survey on the employees' working conditions.
09 The employees ______ to take a break for their efforts on the project.

ⓐ attentively ⓑ performed ⓒ deserve ⓓ demanding ⓔ oversee

10 A supervisor must be on hand to ______ the power station at all times.
11 Customer service staff attended a(n) ______ about handling complaints.
12 The ______ office facility is being renovated for the first time in 40 years.
13 Cheryl ______ agreed to work overtime because she had plans with friends.

ⓐ entire ⓑ workshop ⓒ reluctantly ⓓ monitor ⓔ convey

Answer 1.ⓐ 2.ⓒ 3.ⓕ 4.ⓓ 5.ⓑ 6.ⓓ 7.ⓐ 8.ⓑ 9.ⓒ 10.ⓓ 11.ⓑ 12.ⓐ 13.ⓒ

多益滿分單字

多益基礎單字

LC	a sheet of	phr. 一張⋯
	business card	phr. 名片
	cartridge	n.（印表機的）墨水匣
	daily	adj. 每天的 adv. 每天，天天
	edit	v. 編輯，校訂
	hand	n. 手 v. 傳遞
	in order to do	phr. 為了做⋯
	laptop	n. 筆記型電腦
	name tag	phr. 名牌
	on vacation	phr. 休假中的
	paper jam	phr.（影印機的）卡紙
	paperwork	n. 文書工作
	partition	n. 隔板，分割
	rush hour	phr.（上下班的）交通尖峰時段
	section	n. 部分，區域
	sheet	n. 一張紙，床單
	tabletop	n. 桌面
	telephone call	phr. 一通電話
	trash bin	phr. 垃圾桶
	upstairs	adj. 樓上的 adv. 往樓上，在樓上
RC	as if	phr. 彷彿⋯，好像⋯
	as well as	phr. 除了⋯還有／也
	be aware of	phr. 知道⋯
	be known as	phr. 以身為⋯為人所知
	be likely to	phr. 很可能⋯的
	detail	n. 細節
	offering	n. 提供的東西
	on one's own	phr. 獨自，獨力

多益800分單字

LC	adjust the mirror	phr. 調整鏡子（後視鏡）
	advance reservation	phr. 事先預約
	arrange an appointment	phr. 安排會面
	bulletin board	phr. 布告欄
	call back	phr. 回撥電話
	computer lab	phr. 電腦室
	confused	adj. 困惑的，混亂的
	deadline	n. 截止期限，最後期限
	errand	n. 差事，任務
	get a permit	phr. 得到許可
	hand in	phr. 提交
	have a day off	phr. 休假一天
	have a long day	phr. 度過很勞累的一天
	in a hurry	phr. 急忙，匆忙
	in alphabetical order	phr. 按字母順序
	in luck	phr. 幸運的
	leave A up to B	phr. 把 A 交給 B 處理
	leave A with B	phr. 把 A 交給 B 處理
	listing	n. 列表，一覽
	make a call	phr. 打電話
	make a correction	phr. 修正，訂正
	make a final change	phr. 做最後的變更
	make a note of	phr. 把…記下來
	make an impression	phr. （使人）留下印象
	move ahead with	phr. 使…有進展
	on a business trip	phr. 出差中的
	on a weekly basis	phr. 以每週為單位
	on business	phr. 為了公事，因為工作（出差）
	on duty	phr. 值班的
	paper recycling	phr. 紙類回收
	paper shredder	phr. 碎紙機
	pick up the phone	phr. 接電話
	scrub	v. 用力擦洗，刷洗

	seal	n. 印章，封條 v. 密封
	speak into the microphone	phr. 對麥克風講話
	speak on the phone	phr. 講電話
	stand in a line	phr. 排隊
	take a message	phr. （接電話時）記錄留言
	utility provider	phr. 公共服務提供者
Part 5, 6	acquired	adj. 習得的
	adapt	v. 適應
	administer	v. 管理
	conclusive	adj. 決定性的，確實的
	delete	v. 刪除
	editorial	adj. 編輯的，社論的
	in one's absence	phr. 在某人不在的情況下
	overseas	adj. 海外的 adv. 到海外
	perceive	v. 察覺，感知
	reminder	n. 提醒者，作為提醒的事物
	strive	v. 努力，奮鬥
	translate	v. 翻譯
Part 7	boardroom	n. （董事會）會議室
	familiarize	v. 使熟悉
	in person	phr. 當面，親身
	including	prep. 包括…
	on time	phr. 準時
	panic	n. 驚慌，恐慌
	past due	phr. 過期的
	put forward	phr. 把…提前
	regard A as B	phr. 認為 A 是 B
	return one's call	phr. 回…的電話
	secretarial	adj. 祕書的
	take charge of	phr. 負責…
	take on responsibility	phr. 負起責任
	throw one's effort into	phr. 為…盡全力

多益900分單字

LC	arrange items on the shelf	phr. 把物品排列在架上
	call in sick	phr. 打電話請病假
	cover one's shift	phr. 代替某人值班
	day-to-day operation	phr. 日常營運
	get off	phr. 下班
	in line with	phr. 與…一致，依照…
	officiate	v. 執行職務
	on hold	phr. 保留的，（電話）等待通話的
	set down to work	phr. 開始工作
	stay awake	phr. 保持清醒
	strew	v. 撒，使散落
	take the place of	phr. 代替…
	take turns	phr. 輪流
Part 5, 6	behind schedule	phr. 落後進度的
	condense	v. 濃縮，縮減（文章等）
	follow up on	phr. 追蹤…的情況
	in writing	phr. 以書面方式
	popularize	v. 使大眾化，普及
	productively	adv. 有生產力地
	sincerity	n. 真誠
	utilization	n. 利用，使用
Part 7	administrative	adj. 管理的，行政上的
	be affiliated with	phr. 隸屬於…
	conglomerate	n. 企業集團
	default	n. （債務）不履行，違約
	impending	adj. 即將到來的，臨近的
	proponent	n. 支持者，擁護者
	proprietor	n. （商店、土地等的）所有人
	safety deposit box	phr. 銀行保管箱
	site inspection	phr. 實地視察
	subordinate	n. 下屬，部下
	subsidiary	n. 子公司

聰明伶俐！辦公室的寵兒！
一般工作 (2)

跟我同時期進公司的成鑫，部長嫌他既 **lax** 又 **procrastinating**，所以長久以來一直忽視他。成鑫問我平時跟部長相處融洽的祕訣是什麼，我就提出了建議：「這並不難。我用從生活中得到的 **combined** 的經驗，正確地 **accomplish** 工作，就能得到部長的喜愛。你看我啊～就算沒有人要求，也會 **voluntarily undertake** 工作，誰能不喜歡我呢？」

1 **lax***
[læks]
同 negligent 疏忽的，粗心的

adj.（行動等）鬆懈的，散漫的
As of late, the staff has been rather **lax** in turning in reports.
最近，員工在提交報告方面顯得有點散漫。

2 **procrastinate***
[proˋkræstəˌnet]
衍 procrastination n. 拖延
反 hurry, hasten 匆忙

v. 拖延
Mr. Jones **procrastinated** with his fund request and missed the deadline.
Mr. Jones 拖延資金申請，而錯過了最後期限。

3 **combined***
[kəmˋbaɪnd]
衍 combine v. 使結合，使合併
combination n. 結合，組合
同 joint 聯合的，共同的

adj. 聯合的，結合的
Retail Specialists employs professionals with a **combined** experience of 30 years in sales.
Retail Specialists 公司雇用了在業務方面的資歷合計有 30 年的專家們。

出題重點

常考語句
combined experience 合計資歷（年數）
combined effort 共同的努力
combined 經常和 experience, efforts 這種累積起來效果會增加的名詞連用。

4 **accomplish***
美 [əˋkɑmplɪʃ]
英 [əˋkɔmpliʃ]
衍 accomplishment n. 成就
accomplished adj. 熟練的，有造詣的
同 achieve, fulfill 達成

v. 達成
Careful planning is essential for **accomplishing** goals.
仔細的計畫對於達成目標是必需的。

出題重點

常考語句
accomplished author 很有造詣的作家
accomplished 經常和 author 等表示職業的名詞搭配出題。

5 **voluntarily***
美 [ˋvɑlən͵tɛrəlɪ]
英 [ˋvɔləntərili]
衍 voluntary adj. 自願的
volunteer n. 自願者，義工
反 grudgingly 不情願地，勉強地

adv. 自願地，自動自發地

He **voluntarily** took on the challenging assignment in order to gain experience.

為了獲得經驗，他自願接下那個有挑戰性的任務。

6 **undertake***
美 [͵ʌndɚˋtek]
英 [͵ʌndəˋteik]

v. 從事，承擔（工作）

She had to **undertake** the task on short notice.

她當時必須在突然通知後馬上接下工作。

7 **assume*****
美 [əˋsjum]
英 [əˋsju:m]
衍 assumption n. 假設
同 presume 假設
take on, undertake 承擔（工作、責任等）

v. 假定，以為；承擔（責任、角色）

The management **assumes** employees are satisfied.

經營團隊假定員工是滿意的。

The marketing department will **assume** responsibility for the project.

行銷部將會負起那個專案的責任。

出題重點

同義詞 當 **assume** 表示「假設某件事是事實」時，可以換成 **presume**；表示「承擔或負責某件事」時，可以換成 **take on** 或 **undertake**。

8 **occasionally*****
[əˋkeʒənl̩ɪ]
衍 occasion n. 場合
occasional adj. 偶爾的

adv. 偶爾

Staff should **occasionally** take time to relax so they do not get tired.

員工應該偶爾花時間放鬆，才不會疲勞。

9 **employee*****
[͵ɛmplɔɪˋi]

n. 員工，受雇者

There are only three **employees** working under Ms. Anderson.

只有三名員工在 Ms. Anderson 手下工作。

10 **assist*****
[ə`sɪst]
衍 assistant n. 助理，助手
assistance n. 協助，援助

v. 協助，援助

A staff member **assisted** with preparations for the conference.
一名員工協助了會議的準備工作。

出題重點

常考語句 | **assist with** 協助處理…
測驗中常考的題目是選擇和 assist 連用的介系詞 with。

11 **satisfied*****
[`sætɪs͵faɪd]

adj. 感到滿意的，滿足的

Not everyone was **satisfied** with changes to the overtime policy.
不是每個人都對加班政策的改變感到滿意。

出題重點

常考語句 | **be satisfied with** 對…感到滿意
satisfied 會和介系詞 with 連用出題。

12 **manner*****
美 [`mænɚ]
英 [`mænə]

n. 方式；態度

Sean was annoyed by the **manner** in which his boss gave him orders.
Sean 因為上司下達指令的態度而生氣。

13 **responsible*****
美 [rɪ`spɑnsəbl]
英 [ri`spɔnsəbl]
衍 responsibility n. 責任

adj. 應該負責的，負責任的

Businesses are **responsible** for ensuring customer satisfaction.
企業有責任確保顧客滿意。

出題重點

常考語句 | **be responsible for** 對於…有責任
hold A responsible for B 認為 A 應該對 B 負責
responsible 會和介系詞 for 連用出題。

[易混淆單字]
responsible 應該負責的
responsive 反應靈敏的

區別這兩個形態相似但意義不同的單字，是試題中會考的題目。responsive 經常以 be responsive to（對…反應靈敏）的句型出題，一定要記起來。

Sales personnel need to be **responsive** to shoppers' needs.
業務人員應該對購物者的需求反應靈敏。

14**conduct*****
[kən`dʌkt]
n. 行為；處理，實施
[美] [`kɑndʌkt]
[英] [`kɔndʌkt]
[同] carry out, perform 進行，執行

v. 進行（任務等）

IJMR Ltd.'s technology department will **conduct** the research study.
IJMR 公司的技術部門將進行調查研究。

出題重點

[常考語句]
conduct an inspection 進行檢查
conduct a seminar 籌辦研討會
conduct a research study 進行調查研究
conduct 主要和表示調查或研究的名詞搭配出題。

15**adjust*****
[ə`dʒʌst]
[衍] adjustment n. 適應，調整
[同] adapt 適應

v. 調整，適應

The employees quickly **adjusted** to the new e-mail system.
員工很快就適應了新的電子郵件系統。

出題重點

[常考語句]
adjust to 適應…
adjust A to B 使 A 適應 B
adjust 經常和介系詞 to 搭配出題。

[同義詞] 表示適應變化時，**adjust** 可以換成 **adapt**。

16 **personnel*****

㊄ [ˌpɝsn̩ˋɛl]
㊇ [ˌpə:səˋnel]

n.（總稱）員工，人員；人事部門

We often use an agency to find reliable temporary **personnel.**
我們經常利用仲介機構尋找可靠的臨時員工。

出題重點

常考語句
sales personnel 業務（部）人員
personnel 主要和表示公司部門的名詞組合成複合名詞。

17 **agree*****

[əˋgri]
㊣ agreement n. 同意，協議

v. 同意

The team **agreed** on the recommendations of the advisor.
那個團隊同意了顧問的建議。

出題重點

常考語句
agree on + 意見 同意（意見），對…意見一致
agree to + 提案/條件 贊成…
agree + to 不定詞 同意做…
agree with + 人 同意某人
agree 經常和介系詞 on, to, with 或不定詞連用出題。

18 **supervise*****

㊄ [ˋsupɚˌvaɪz]
㊇ [ˋsju:pəvaiz]

v. 監督，指導

Ms. Wilson **supervises** the employees in sector B.
Ms. Wilson 監督 B 區的員工。

19 **coworker*****

㊄ [ˋkoˌwɝkɚ]
㊇ [ˋkəuˌwə:kə]

n. 同事，共同工作者

Coworkers who live near each other often travel to work together.
住在彼此附近的同事經常一起通勤上班。

20 **direct*****

[美] [də`rɛkt]
[英] [dai`rekt]
[衍] direction n.
方向，指示，指導
director n.
指導者，導演
directly adv.
直接，馬上

v. 引導，指揮，指導

The receptionist **directs** new employees to the auditorium where orientation will be held.
接待員引導新進員工到即將舉行新進人員訓練的禮堂。

出題重點

常考語句	**direct A to B** 引導 A 到 B，為 A 說明怎麼去 B 請記住和 direct 連用的介系詞 to。

21 **confidential****

[美] [ˌkɑnfə`dɛnʃəl]
[英] [ˌkɔnfi`denʃəl]
[衍] confidentiality n.
機密性
confidentially adv.
祕密地
[同] classified, secret
機密的

adj. 機密的，祕密的

Internal documents must be kept **confidential**.
內部文件必須保密。

出題重點

同義詞	表示資料、資訊屬於機密時，**confidential** 可以換成 **classified** 或 **secret**。

22 **assign****

[ə`saɪn]
[衍] assigned adj.
被分配的
assignment n.
課題，任務（= task）

v. 分配，指派

The office manager **assigned** desks to the new recruits.
辦公室經理分配了座位給新進員工。

23 **leading****

[`lidɪŋ]
n. 領導，帶領

adj. 領導的，領先的，主要的

Shepherd Inc. is a **leading** exporter in the wood furniture industry.
Shepherd 公司是木製家具業的主要出口商。

出題重點

常考語句	**leading company** 領先的公司，主要的公司 請記住 leading 在多益測驗中會出現的這個慣用語。

24 **formal****

美 [ˋfɔrml̩]
英 [ˋfɔ:məl]

a. 正式的

The awards ceremony requires wearing **formal** business attire.
這場頒獎典禮要求穿著正式商務服裝。

25 **remove****

[rɪˋmuv]

v. 去除，把…免職

The vice president was **removed** from his position because of a scandal.
那位副總裁因為醜聞而遭到免職。

出題重點

常考語句 **remove A from B** 把 A 從 B 去除，把 A 從 B 免職
請記住和 remove 連用的介系詞 from。

26 **collect****

[kəˋlɛkt]

v. 收集，收取

The author **collected** management ideas from around the world for his book.
那位作者為了他的書收集了來自世界各地的管理理念。

27 **coordinate****

美 [koˋɔrdn̩et]
英 [kəuˋɔ:dneit]
衍 coordinator n. 協調者
coordination n. 協調

v. 協調

The Chicago office **coordinated** the planning process.
芝加哥分公司協調了計畫過程。

28 **hardly****

美 [ˋhɑrdlɪ]
英 [ˋhɑ:dli]

adv. 幾乎不…

She was **hardly** ever late for her shift.
她值班幾乎不曾遲到。

出題重點

常考語句	**hardly ever** 幾乎不曾… hardly 會和表示強調的 ever 連用出題。
易混淆單字	**hardly** 幾乎不… **hard** 硬的，努力地 測驗會考這兩個形態相近的單字之間的意義差別。 The staff worked **hard** to meet the deadline. 員工為了趕上期限而努力工作。

29 **abstract**** [`æbstrækt]

adj. 抽象的

Copland spent thousands of dollars on an **abstract** painting for the lobby.
Copland 公司花了數千美元在大廳的抽象畫上。

Ideals such as loyalty may seem **abstract**, so employees need specific examples. 像是「忠誠」這種理想可能看起來很抽象，所以員工需要具體的例子。

30 **directory****
美 [də`rɛktərı]
英 [dai`rektəri]

n. 通訊錄；工商名錄；電話簿

The company **directory** shows where the marketing department is. 這份公司通訊錄顯示行銷部在哪裡。

31 **accountable**** [ə`kaʊntəbḷ]

adj. 應負責任的

All employees are **accountable** for the duties they have been assigned to complete.
所有員工都有責任讓他們分配到的職責完成。

出題重點

常考語句	**be accountable for A** 對 A 應負責任的 **hold A accountable for B** 認為 A 對 B 有責任 **be accountable to A** 對於 A 有說明義務的 請把和 accountable 連用的介系詞 for 和 to 記起來。

32 **skillfully****
[`skɪlfəlɪ]

adv. 巧妙地，熟練地

Brenda **skillfully** edited the report to fit on one page.
Brenda 巧妙地編輯報告，讓它符合一頁的大小。

33 **exclusive****
[ɪk`sklusɪv]

adj. 獨有的，排外的

Delegates with special passes have **exclusive** access to a tour of the facilities.
有特別通行證的代表，可以獨享參觀設施的權利。

34 **intention****
[ɪn`tɛnʃən]
衍 intent n. 意向，意圖；意思，含意
intend v. 打算…
intentional adj. 有意的
intently adv. 專注地

n. 意圖，意向

She had every **intention** of attending the conference, but could not.
她十分願意參加會議，但是無法參加。

出題重點

常考語句 **have every intention of -ing** 十分願意做…
會考選擇 intention 部分的題目。請注意表示目的的 purpose 或 objective 不能用在這個句型裡。

易混淆單字
intention（可數名詞）意圖，意向
intent（不可數名詞）意圖，意向
intention 是可數名詞，大多以 intention of -ing 的形式出題。
intent 是不可數名詞，大多以 intent to do 的形式出題。
The manager showed **intent** to buy new office furniture next month.
經理表現出在下個月購買新辦公室家具的意圖。

35 **transform****
美 [træns`fɔrm]
英 [træns`fɔ:m]
衍 transformation n. 變化，變形

v. 改變，轉變

Computerization has **transformed** the way companies do business.
電腦化改變了企業做生意的方式。

36 **respectful***

[rɪ`spɛktfəl]

㊐ respect v. 尊敬
n. 尊敬
respectfully adv.
尊敬地

adj. 尊重的，尊敬的

Sales clerks are reminded to be **respectful** to all clients.
銷售員被提醒要尊重所有顧客。

出題重點

常考語句

respect for 對…的尊重

with respect 尊重地

名詞 respect 經常和介系詞 for, with 一起出現。

37 **duplicate***

㊤ [`djupləkɪt]
㊥ [`dju:plikit]
㊐ copy 副本
㊐ original 正本

n. 副本

A **duplicate** of each contract is kept in the company records.
每份合約的副本都保存在公司的紀錄中。

出題重點

常考語句

in duplicate （文件）一式兩份地

make duplicates of 製作…的複本

duplicate 會以 in duplicate 等慣用語形式出現在測驗中，請熟記。

38 **contrary***

㊤ [`kɑntrɛrɪ]
㊥ [`kɔntrəri]

n. 相反（的情況）

Techworld is in financial trouble, despite claims to the **contrary**.
Techworld 公司陷入財務困境，雖然他們聲稱情況正好相反。

出題重點

常考語句

evidence to the contrary 證明事實正好相反的證據

on the contrary 正好相反，相反地

to the contrary 在名詞後面做修飾，表示「和什麼相反的」。

on the contrary 主要用在句首，表示轉折語氣「正好相反」。

39 **disturbing***

美 [dɪs`tɝbɪŋ]
英 [dis`tə:biŋ]
disturb v. 打擾
disturbance n. 打擾，擾亂

adj. 令人不安的，令人焦慮的，煩擾人的

Shareholders found reports of the CEO's incompetence **disturbing.**

股東覺得關於執行長的無能的報告令人焦慮。

40 **engage***

[ɪn`gedʒ]
衍 engagement n. 會面的約定（= appointment）

v.（使）參加，（使）從事

Each worker was **engaged** in at least two projects.

每位員工都參與至少兩項專案。

出題重點

常考語句

engage in 參加…，從事…

be engaged in 參加…，從事…

當不及物動詞時用 engage in，當及物動詞時用 be engaged in 的形態。

41 **foster***

美 [`fɔstɚ]
英 [`fɔstə]

v. 促進，培養

Staff dinners helped **foster** better work relations.

員工聚餐幫助培養了更好的工作關係。

出題重點

易混淆單字

foster : enlarge

區分這兩個單字的用法差異，是測驗中會考的題目。

foster 促進，培養

表示促進事情或培養關係。

enlarge 擴大，放大

表示擴大事物的大小。

The company will **enlarge** the parking lot.

公司將會擴大停車場。

42**neutrality***

[美] [nju`trælətɪ]
[英] [nju:`træliti]
[衍] neutral adj. 中立的
n.（汽車排檔的）空檔，中立國
neutrally adv. 中立地

n. 中立，中立性

Managers must display complete **neutrality** in disagreements between employees.

在員工意見不合時，經理必須展現出完全的中立。

43**widely***

[`waɪdlɪ]
[衍] wide adj. 寬的
width n. 寬度
widen v. 使變寬

adv. 廣泛地

Ben Hurley is a **widely** admired business leader.

Ben Hurley 是一位廣受敬佩的企業領袖。

出題重點

常考語句

1. be widely advertised 被廣泛宣傳的

widely admired 廣受敬佩的

widely 主要和 admired 等表示「受到肯定或關注」的單字連用出題。

2. a wide range of 種類廣泛的…

形容詞 wide 會以 a wide range of 的形式出題。請注意這裡的 wide 不能換成 high。

4th Day Daily Checkup

請把單字和對應的意思連起來。

01 assume
02 abstract
03 occasionally
04 responsible
05 directory

ⓐ 協助，援助
ⓑ 假定，承擔
ⓒ 通訊錄
ⓓ 抽象的
ⓔ 偶爾
ⓕ 應該負責的

請填入符合文意的單字。

06 Members can ______ points and use them to get prizes.
07 The manager will ______ the move to the new building.
08 The software was ______ from the computers and reinstalled.
09 Allison ______ Mark with his report so he could finish it on time.

ⓐ supervise ⓑ assisted ⓒ collect ⓓ contrary ⓔ removed

10 The guest speaker had a pleasant ______ that participants enjoyed.
11 Managers are ______ for ensuring that projects remain on schedule.
12 Mr. Mills is one of the ______ figures in coaching management styles.
13 Thousands of ______ customers take advantage of our discounts daily.

ⓐ lax ⓑ satisfied ⓒ accountable ⓓ manner ⓔ leading

Answer 1.ⓑ 2.ⓓ 3.ⓔ 4.ⓕ 5.ⓒ 6.ⓒ 7.ⓐ 8.ⓔ 9.ⓑ 10.ⓓ 11.ⓒ 12.ⓔ 13.ⓑ

多益滿分單字

多益基礎單字

LC	bookcase	n. 書櫃，書架
	bookshelf	n. 書架
	case	n. 情況
	central office	phr. 中央辦公室
	copy machine	phr. 影印機
	fax	n. 傳真
	file folder	phr. 資料夾
	greet	v. 向…打招呼，迎接…
	group	n. 團體，小組
	keypad	n. （電話、電腦等的）數字鍵盤
	knife	n. 刀
	log on to	phr. 登入…
	online	adj. 網路上的 adv. 在網路上
	photocopier	n. 影印機
	photocopy	n. 影印的複件 v. 影印
	print out	phr. （用印表機）列印
	right away	phr. 馬上，立即
	spell	v. 用字母拼出來
	wrap	v. 包起來，包裝
RC	fold	v. 摺疊
	least	adj. 最小的，最少的
	paper	n. 文件
	planning	n. 計畫，策畫
	post	v. 張貼，公布
	press the button	phr. 按下按鈕
	server	n. 服務生，（網路）伺服器
	store opening	phr. 店面開幕
	task	n. 任務，工作

多益800分單字

LC	be satisfied with	phr. 對…感到滿意
	be seated	phr. 入座，坐著
	be surrounded by	phr. 被…圍繞
	business contacts	phr. 業務上認識的人或公司
	catch up with	phr. 趕上…
	chairperson	n. 主席
	copy editor	phr. 文字編輯
	drawer	n. 抽屜
	get one's approval	phr. 得到…的批准
	halfway	adv. 在中途 adj. 中途的
	hand over	phr. 交出…
	in a pile	phr. 成一堆
	It could have been worse.	phr. 幸好情況沒變得更糟。
	literacy	n. 讀寫能力
	litter	n. 垃圾 v. 亂丟垃圾，在…亂丟東西
	make a selection	phr. 做出選擇
	make room for	phr. 為…留出空間
	on the line	phr. 在電話線上，通話中的
	out of paper	phr. 用完紙的
	raise one's hand	phr. 舉手
	report a problem	phr. 報告問題
	sort	n. 種類 v. 分類
	stationery	n. 文具類
	take another look	phr. 再看一次
	take A out	phr. 拿出 A
	typewriter	n. 打字機
	work in groups	phr. 分組進行工作
	workforce	n. 員工總數，人力
	writing pad	phr. （筆記用的）便箋簿
Part 5, 6	anticipation	n. 預期，期待
	automobile	n. 汽車
	be asked to do	phr. 被要求做…
	be paid for	phr. 收到…的報酬

	be qualified for	phr. 有…的資格
	casual	adj. 非正式的，休閒的
	draw on	phr. 利用，依靠
	head office	phr. 總公司
	in light of	phr. 考慮到…，鑒於…
	instrument	n. 器具，儀器，樂器
	make it	phr. 成功做完（工作），及時到場（參加活動）
	popularly	adv. 一般地，普遍地
	questionnaire	n. 問卷
	regarding	prep. 關於…
	rely on	phr. 依靠…，依賴…
	work overtime	phr. 加班工作
	workplace	n. 工作場所，職場
Part 7	acting	adj. 代理的 n. 演戲
	be full of	phr. 充滿…
	convert A to B	phr. 把 A 轉換成 B
	count on	phr. 依靠…，指望…
	do one's best	phr. 盡最大的努力
	fill with	phr. 用…填滿
	get along with	phr. 和…相處融洽
	go down the steps	phr. 下樓梯
	keep a journal	phr. 寫日記（保持寫日記的習慣）
	key to success	phr. 成功的關鍵
	lose one's temper	phr. 發脾氣
	make a complaint	phr. 抱怨，投訴
	make a copy	phr. 複印
	obsess about	phr. 對…執著、念念不忘
	overtime hours	phr. 加班時數
	personal effects	phr. 個人持有物，私人物品
	reunion	n. 團聚，重聚
	sales representative	phr. 銷售員，推銷員
	submit A to B	phr. 提交 A 給 B
	succeed in -ing	phr. 在做…方面成功
	time-consuming	adj. 很花時間的

多益900分單字

LC	bookkeeping	n.（會計）簿記
	have one's hands full	phr. 非常忙碌
	make an outside call	phr. 打外線電話
	newly listed	phr. 新列入的
	prioritize	v. 優先處理，按優先順序處理
	sit in alternate seats	phr. 彼此隔著一個位子坐，交互入座
	written authorization	phr. 書面授權
	written consent	phr. 書面同意
Part 5, 6	acquaintance	n. 相識的人
	dimension	n. 尺寸，大小
	directive	adj. 指導的，指揮的
	discerning	adj. 有識別力的
	elegantly	adv. 優雅地
	expectant	adj. 期待著的
	invaluable	adj. 非常貴重的，無價的
	propel	v. 推進，推
	realization	n. 領悟，了解；實現
	recline	v. 斜倚，後傾，（座椅靠背）後仰
	repository	n. 貯藏處
	respective	adj. 各自的，分別的
	spontaneously	adv. 自發地，自然發生地
	trivial	adj. 瑣碎的，微不足道的
Part 7	ambiance	n.（場所的）氣氛
	aspiration	n. 志向，抱負
	creditable	adj. 值得稱讚的，可尊敬的
	eminent	adj. 卓越的，名聲顯赫的
	endeavor	v. 努力，盡力
	entrust A with B	phr. 委託 A 處理 B
	on edge	phr. 急切的，忐忑不安的
	reach one's full potential	phr. 發揮最大的潛能

工會的祕密武器

一般工作 (3)

我們公司因為沒有 **sophisticated** 的機器，所以有 **realistically** 無法 **timely** 處理工作的問題。工會極力呼籲 **promptly** 採購能提高工作效率的機器。公司回應說沒有立即 **accessible** 的資金，所以拒絕購買。於是工會在協商中拿出了「祕密武器」，公司就立刻低頭，承諾會依照工會的要求 **implement** 採購機器的計畫。讓公司不得不退讓的祕密武器就是…

1 **sophisticated***

美 [sə`fɪstə͵ketɪd]
英 [sə`fisti͵keitid]
衍 sophistication n. 精密，老練
同 complex 複雜的
refined 優雅的

adj.（機器）精密的，複雜的；高雅的

A **sophisticated** surveillance system was installed.
精密的監視系統已經安裝了。

The decorator exhibited a **sophisticated** taste in art.
這位室內裝潢師展現了高雅的藝術品味。

2 **timely****

[`taɪmlɪ]

adj. 及時的，適時的

The report was completed in a **timely** manner.
那份報告及時完成了。

 **出題重點**

文法	**in a timely manner** 及時地 測驗中會考選擇 timely 或介系詞 in 的部分的題目。

3 **realistically***

美 [͵riə`lɪstɪklɪ]
英 [͵riə`listikəli]
衍 realistic adj. 現實的
realism n. 現實主義

adv. 實際上，在現實情況下

We cannot **realistically** expect to have the presentation ready on time.　現實來說，我們不能期望及時準備好簡報。

出題重點

常考語句	**cannot realistically expect + to 不定詞 / that 子句** 現實上不能期望… **realistic + expectation/goal/alternative/chance** 符合現實的期望／目標／替代方案／機會 realistically 主要和動詞 expect 搭配使用，而 realistic 會和 expectation, goal 等表示期望的名詞連用。

4 **promptly*****

美 [prɑmptlɪ]
英 [prɔmptli]
衍 prompt adj. 迅速的，及時的 v. 導致，促使（某事發生）
同 immediately, instantly 立即

adv. 迅速地；準時地

It is company policy to respond **promptly** to all inquiries.
迅速回應所有詢問是公司的政策。

The train will leave **promptly** at 4 p.m.
列車將於 4 點整出發。

出題重點

文法	請區分 **promptly**（adv. 迅速地）和 **prompt**（adj. 迅速的）的詞性。
易混淆單字	**promptly : abruptly** 表示「迅速」「突然」的單字用法差異，在測驗中會考。 **promptly** 迅速地 表示不拖延、迅速做某事時使用。 **abruptly** 突然地 表示意料之外的狀況忽然發生時使用。 The paper mill's owner **abruptly** declared bankruptcy today. 那家造紙廠的業主今天突然宣布破產。

5 **accessible*****

[美] [æk`sɛsəbl]
[英] [ək`sesəbl]
access n. 使用權，接近 v. 接近…
accessibility n. 可接近性；（空間、網頁等）無障礙

adj. 可進入的，可利用的

The 18th floor is only **accessible** to executive staff.
18 樓只有主管級的員工可以進入。

Please make the manual **accessible** to all employees.
請把這本手冊編排得讓所有員工容易理解。

出題重點

常考語句	**make A accessible to B** 讓 A 對 B 而言可以使用／容易理解 **accessible by bus/subway/train** 可以搭公車／地下鐵／火車前往的

6 **implement*****

[美] [`ɪmpləmənt]
[英] [`implimənt]
[衍] implementation n. 實施
[同] carry out, execute 實施，執行

v. 實施，執行

Board members voted to **implement** an innovative marketing campaign. 董事會成員投票決定實施創新的行銷活動。

出題重點

常考語句

implement a plan 實施計畫

implement measures 實施措施

implement 會和表示計畫、方法的名詞連用出題。

7 **feedback*****

[`fid͵bæk]

n. 回饋意見，反應

Feedback from colleagues can be of great assistance.
來自同事的回饋意見會有很大的幫助。

8 **outstanding*****

[`aʊt`stændɪŋ]

同 exceptional 優秀的，非常傑出的
overdue, unpaid 逾期的，未付的

adj. 傑出的；（負債等）未償付的

The director presented an **outstanding** business plan.
那位董事提出了一個很優秀的事業計畫。

By clearing its **outstanding** debt, Cottonvale was able to finance new product development. 藉由清償未付的債務，Cottonvale 公司得以為新產品開發投注資金。

9 **inform*****

美 [ɪn`fɔrm]
英 [in`fɔ:m]

衍 information n. 資訊
informative adj. 提供資訊的，有益的

v. 通知（某人）

Please **inform** the director that the meeting has been canceled.
請通知主任會議取消了。

出題重點

易混淆單字

inform : explain

表示「告知」的單字用法差異，在測驗中會考。

inform 人 + of 內容 / that 子句 通知某人某件事

inform 後面接人物受詞。

explain (to 人) that 子句（向…）說明某件事

explain 後面接說明的內容，說明的對象前面要加 to。

The CEO **explained** to the board that the company was in trouble. 執行長向董事會說明公司遇到了麻煩。

10 **replacement*****
[rɪˋplesmənt]

n. 代替；代替物，代替者

We need a **replacement** for this broken laptop.
我們需要這台壞掉的筆記型電腦的代替品。

Human resources is looking for a **replacement** for Mr. Winters.
人事部正在尋找接替 Mr. Winters 的人。

11 **announcement*****
[əˋnaʊnsmənt]
衍 announce v. 宣布

n. 公告，宣布

Mr. Dane posted an **announcement** about the general meeting.
Mr. Dane 張貼了關於大會的公告。

12 **department*****
美 [dɪˋpɑrtmənt]
英 [diˋpɑːtmənt]

n. （組織、機構的）部門

Report payroll problems to the finance **department**.
請向財務部門報告發薪的問題。

13 **permanently*****
美 [ˋpɝmənəntlɪ]
英 [ˋpəːmənəntli]
同 indefinitely 無期限地

adv. 永久地

The computer files have been **permanently** deleted and cannot be retrieved.
那些電腦檔案已經被永久刪除，而且無法回復了。

14 **fulfill*****
[fʊlˋfɪl]
同 meet 滿足，符合

v. 滿足（條件等），履行（諾言、義務等）

The final product design **fulfilled** the terms of the contract.
最終的產品設計滿足了合約中的條件。

15 **outline*****
[ˋaʊtˏlaɪn]

n. 概要，大綱

Begin making the report by arranging the main ideas in an **outline**.
製作報告的時候，要先把主要的概念安排成一份大綱。

v. 概述，略述

The salesman **outlined** the features of the vacuum cleaner.
那位推銷員大略說明了吸塵器的特色。

16 **explain*****
[ɪk`splen]

v. 說明

The manager **explained** the new regulations to everyone in the department. 經理向部門裡所有人說明了新的規定。

17 **contain*****
[kən`ten]

v. 包含，容納

The filing cabinet **contains** copies of all our invoices.
那個檔案櫃裡放了我們所有發票的複本。

18 **compile*****
[kəm`paɪl]

v. 匯編（資料等）；收集

The assistant **compiled** a list of tablet computer manufacturers.
那位助理匯編了一份平板電腦製造商的名單。

Ms. Atkins will **compile** all year-end reports and submit them to Ms. Woo.
Ms. Atkins 會收集所有的年度報告，並且提交給 Ms. Woo。

19 **subsequent*****
[`sʌbsɪˌkwɛnt]

adj. 後來的，隨後的

Some employees received separation pay **subsequent** to the company's closing.
一些員工在公司停業後收到了遣散費。

出題重點

常考語句 **subsequent to** 在…之後
請記住和 subsequent 連用的介系詞 to。

20 **overview*****

[美] [ˋovɚˏvju]
[英] [ˋəuvəˏvjuː]

n. 概要，概觀

Scott gave an **overview** of the topic before the presentation.
Scott 在簡報前說明了關於主題的概要。

21 **provider*****

[美] [prəˋvaɪdɚ]
[英] [prəˋvaidə]

n. 供應者，提供者

There are numerous Internet and cable **providers** in the city.
市內有許多提供網路與有線電視服務的業者。

22 **matter*****

[美] [ˋmætɚ]
[英] [ˋmætə]
v. 有關係，要緊

n. 問題，事情

Please deal with personal **matters** outside the office.
請在辦公室外處理個人事務。

23 **expertise****

[美] [ˏɛkspɚˋtiz]
[英] [ˏekspəːˋtiːz]
[衍] expert n. 專家

n. 專門知識，專門技術

This kind of project falls outside the firm's area of **expertise**.
這種案子在公司的專業領域範圍之外。

出題重點

常考語句
have expertise in A 有 A 方面的專業知識
area of expertise 專業領域
請記住 expertise 在測驗中常考的慣用語。

易混淆單字
expertise 專門技術
expert 專家
區分抽象名詞 expertise 和人物名詞 expert，在測驗中會考。

24 **demonstrate****

[ˋdɛmənˏstret]
[衍] demonstration n. 證明，示範
[同] prove 證明
explain 說明

v. 證明；（用模型、實驗等）說明；示範操作

Sales figures **demonstrate** that the advertising campaign was successful.　銷售數字證明廣告活動是成功的。
Our representative will **demonstrate** how to use the instrument.
我們的代表將會示範如何使用這台儀器。

出題重點

易混淆單字

demonstrate : display

表示「展示」的單字用法差異，在測驗中會考。

demonstrate 示範操作

一邊展示某個東西的實物，一邊進行說明。

display 展示，陳列

把某個東西展示出來，讓人能夠看到。

We will **display** several machines at the next trade show.
我們將在下次商展展出幾台機器。

25 **remainder****

[美] [rɪ`mendɚ]
[英] [ri`meində]
[衍] remain v. 剩下，保持…
remaining adj. 剩下的，剩餘的
[同] balance 結餘

n. 剩餘（的東西）

Audits will continue throughout the **remainder** of the month.
會計稽核會在這個月剩餘的期間持續進行。

出題重點

常考語句

throughout the remainder of + 期間

throughout 主要以 throughout the remainder of the month（在這個月剩餘的整個期間）這種用法出現在測驗中，表示一定期間裡剩餘的部分。

易混淆單字

remainder 剩餘的東西
reminder 作為提醒的東西

區分這兩個形態相似但意義不同的單字，在測驗中會考。

Management issued a **reminder** to submit monthly reports by Friday.
經營團隊發出了提醒，要求在週五之前提交月報。

同義詞

表示計算收入、支出之後的餘額時，**remainder** 可以換成 **balance**。

26 **essential****

[ɪ`sɛnʃəl]

adj. 必要的，不可或缺的，本質上的

Perseverance is **essential** to success in business.
堅持不懈的精神對於事業的成功而言是必要的。

出題重點

常考語句

be essential to/for 對於…是必要的

請把和 essential 連用的介系詞 to 和 for 一起記下來。

27 **divide****

[də`vaɪd]

衍 division n. 部門，分割

dividend n. 紅利，股息

同 break up 把…分開

v. 劃分，分開

Required overtime will be **divided** equally among employees.

必要的加班時間會平均分配給員工。

出題重點

常考語句

divide A into B 把 A 分成 B

be divided into 被分成…

divide 經常和介系詞 into 搭配出題，所以請一起記下來。

易混淆單字

divide : cut

請區分表示「分割」的單字用法差異。

divide 劃分

表示把什麼東西分成幾個部分時使用。

cut 削減

表示把什麼東西減少時使用。

The firm decided to **cut** 80 full time positions.

那間公司決定要裁掉 80 個全職工作。

28 **major****

美 [`medʒɚ]

英 [`meidʒə]

adj. 主要的，重大的

A **major** figure in publishing, Ms. Yarrow is highly influential.

身為出版界的重要人物，Ms. Yarrow 非常有影響力。

The new manager has had a **major** impact on productivity.

新的經理對生產力造成了重大的影響。

29**compliance****
[kəm`plaɪəns]
衍 comply v. 遵守（規定）

n.（對於命令、法規的）遵守

Government officials will inspect the plant's **compliance** with safety guidelines.
政府官員將視察工廠遵守安全方針的情形。

出題重點

易混淆單字 **in compliance with** 遵守…
in compliance with 是常考的慣用語，所以一定要記起來。

30**clarify****
美 [`klærə͵faɪ]
英 [`klærifai]

v. 闡明

The notice **clarified** some details of the vacation policy modifications.
那則通知詳細說明了一些關於休假政策修改的細節。

31**face****
[fes]
n. 表面，外表
同 confront 面對

v. 面對（問題等）；面向…，正對…

Businesses are **faced** with the challenge of foreign competition.
企業面臨國外競爭的挑戰。

出題重點

常考語句 **be faced with** 面臨…（問題等）
測驗中會考選擇和 be faced 搭配的介系詞 with 的題目。

32**follow****
美 [`fɑlo]
英 [`fɔləu]
衍 following prep.…之後 adj. 隨後的
同 monitor 監控
pay attention to 注意…
understand 了解

v. 跟隨…；密切注意；（清楚地）聽懂，了解

The guests **followed** the guide into the exhibition hall.
訪客們跟著導覽員進入了展覽廳。

Bill **followed** the conversations at the meeting closely.
Bill 很專注地聽會議上的對話。

The manager realized the staff was not **following** his talk.
經理發現員工沒有聽懂他說的話。

出題重點

常考語句	**follow A to B** 跟著 A 到 B 選擇和 follow 連用的介系詞 to，是測驗中會考的題目。
易混淆單字	**follow : precede** 請區分表示「接在…之後」、「在…之前」的單字差異。 **follow** 跟隨…，接在…之後 表示跟在什麼後面。 **precede** 在…之前 表示順序在什麼之前。 An emergency consultation **preceded** the decision to sell the company. 在決定出售公司之前，先進行了緊急的諮詢。
同義詞	**follow** 表示密切注意某件事的進展時，可以換成 **monitor** 或 **pay attention to**；表示跟上或聽懂別人說的話時，可以換成 **understand**。

33**aspect****
[`æspɛkt]

n. 觀點，方面
Every **aspect** of the problem must be taken into consideration.
這個問題的每個方面都必須加以考量。

34**apparently***
[ə`pærəntlɪ]
同 seemingly 表面上

adv. 看起來…，似乎
Apparently, Mr. Jones was not invited to this meeting.
Mr. Jones 似乎沒有受邀參加這場會議。

35**aware***
美 [ə`wɛr]
英 [ə`wɛə]
衍 awareness n. 察覺，意識

adj. 知道的，意識到的
Workers should be made **aware** of safety procedures.
應該讓工人知道安全程序。

出題重點

常考語句	**be aware + of / that 子句** 知道… aware 會和介系詞 of 或 that 子句連用出題。

36 **extended***

[ɪk`stɛndɪd]

衍 extend v. 延長，延伸
extension n. 延長，擴大

adj. （期間等）延長的，延伸的

The accounting department works **extended** hours on the first week of every month.　會計部在每個月的第一週會加班。

出題重點

常考語句
work extended hours 加班
extended lunch break 加長的午休時間
在試題中，extended 經常修飾工作或用餐的時間。

37 **accidentally***

[ˌæksə`dɛntl̩ɪ]

衍 accident n. 意外，事故
accidental adj. 偶然的

反 deliberately 故意地

adv. 意外地，偶然地

Alison **accidentally** made some errors in the financial statements.　Alison 在財務報表中意外犯了一些錯誤。

38 **advisable***

美 [æd`vaɪzəbl̩]
英 [əd`vaizəbl]

衍 advise v. 勸告
advice n. 勸告

adj. 可取的，明智的

It is **advisable** to update computer equipment regularly.
定期升級電腦設備是明智的做法。

39 **concerned***

美 [kən`sɝnd]
英 [kən`sə:nd]

衍 concern n. 擔心 v. 使擔心，與…有關

adj. 擔心的；有關的

Management is **concerned** about security.
經營團隊對於安全感到擔心。

The report is mainly **concerned** with current investments.
這份報告主要和目前的投資有關。

出題重點

易混淆單字
be concerned about 擔心…
be concerned with 和…有關
請注意會隨著使用介系詞 about 或 with 而有意義上的差異。

40 **speak***

[spik]

v. 講話

Mr. Brooke **spoke** to his clients about a new venture.

Mr. Brooke 對他的客戶談論一個新創的事業。

出題重點

易混淆單字

speak : tell : say

表示「說」的單字用法差異，是測驗中會考的題目。

speak to 人 about 內容 對某人談論某件事

speak + 語言 說某種語言

speak 通常是表示「對…說話」的不及物動詞，聽者的前面必須加 to，但在 speak English 這種表示「說某種語言」的情況，是當成及物動詞使用。

tell 人 that 子句 告訴某人某件事

tell 是第 4 類句型動詞，後面通常是接人物受詞和 that 子句。

Mr. Bennett **told** reporters that he would retire soon.

Mr. Bennett 告訴記者，說他很快就會退休。

say (to人) that 子句（對某人）說某件事

say 是第 3 類句型動詞，後面通常會接 that 子句當受詞，而聽者前面一定要加 to。

The customer **said** to the clerk that he was happy with the purchase.

顧客對店員說，他對購買的商品很滿意。

5th Day Daily Checkup

請把單字和對應的意思連起來。

01 outline	ⓐ 概述，略述
02 permanently	ⓑ 公告，宣布
03 announcement	ⓒ 回饋意見，反應
04 feedback	ⓓ 永久地
05 contain	ⓔ 迅速地；準時地
	ⓕ 包含

請填入符合文意的單字。

06 John will fill in as a ______ until someone else is hired.
07 The manager was asked to ______ the new leave policy to his staff.
08 Everyone must ______ the director of their preferred vacation dates.
09 The company is recruiting employees to work in its marketing ______ .

ⓐ department ⓑ inform ⓒ clarify ⓓ replacement ⓔ aware

10 Good organizational skills are ______ when planning an event.
11 The instruction manual will ______ how to put the desk together.
12 Ramps were installed in the building to make it ______ to wheelchair.
13 Programmers ______ comments about the updated version into one document.

ⓐ explain ⓑ essential ⓒ face ⓓ accessible ⓔ compiled

Answer 1.ⓐ 2.ⓓ 3.ⓑ 4.ⓒ 5.ⓕ 6.ⓓ 7.ⓒ 8.ⓑ 9.ⓐ 10.ⓑ 11.ⓐ 12.ⓓ 13.ⓔ

多益滿分單字

多益基礎單字

LC	briefcase	n. 公事包
	business trip	phr. 出差
	come over	phr. 順道來訪
	counter	n. 櫃台 adj. 相反的
	e-mail	n. 電子郵件 v. 寄電子郵件
	filing cabinet	phr. 檔案櫃
	folder	n. 資料夾
	headache	n. 頭痛
	internship	n. 實習身分，實習期間
	redo	v. 重做
	routine	n. 例行事務 adj. 例行的
	table lamp	phr. 桌燈
	thanks to	phr. 多虧有…
	timetable	n. 時間表
	window display	phr. 櫥窗展示
RC	apparently	adv. 明顯地，表面上
	conceal	v. 隱藏
	correct	adj. 正確的 v. 修正
	dress	v. 穿衣服 n. 衣服，服裝
	economic	adj. 經濟的
	embrace	v. 擁抱，接受
	expected	adj. 預期的
	instead of	phr. 代替…，而不是…
	mission	n. 任務
	protect	v. 保護
	remaining	adj. 剩餘的
	rush	v. 匆忙行事
	unfortunately	adv. 不幸地，遺憾地

多益800分單字

LC	archive	n. 檔案保管處，資料庫
	be unwilling to do	phr. 不願意做…
	be up late	phr. 熬夜到很晚
	blackout	n. 停電
	board meeting	phr. 董事會議
	board of directors	phr. 董事會
	cross one's arms	phr. 交叉手臂
	depressing	adj. 令人沮喪的
	drag	v. 拖，拉
	fold in half	phr. 對半摺
	fold up	phr. 摺疊起來
	frighten	v. 使驚嚇
	keep going	phr. 繼續維持，堅持下去
	logical ability	phr. 邏輯能力
	long-term	adj. 長期的
	look up	phr. 查詢…，查找…
	look up to	phr. 尊敬…
	make a presentation	phr. 發表簡報
	make a revision	phr. 修訂
	make an error	phr. 犯錯
	meet the deadline	phr. 趕上截止期限
	meet the requirements	phr. 符合要求條件
	mess up	phr. 搞砸（計畫）
	My schedule doesn't permit it.	phr. 我的行程不允許（排不進去）。
	obvious	adj. 明顯的
	office supplies	phr. 辦公用品
	overlook	v. 忽視
	overnight	adv. 一整夜，一夜之間
	papers	n. 文件，論文
	rearrange	v. 重新安排（行程），重新排列
	recondition	v. 修復
	rest one's chin on one's hand	phr. 用手托著下巴
	stool	n. （沒有椅背的）凳子

	timecard	n. 工作時間記錄卡，（打卡鐘用的）出勤卡
	wipe	v. 擦，拭去
	work additional hours	phr. 工作額外的時數（加班）
	work shift	phr. 輪班工作的時間
Part 5, 6	as a result	phr. 結果…
	burdensome	adj. 讓人負擔很重的，煩人的
	circulate	v. （使）循環，（使）流通
	commend	v. 稱讚
	discourage	v. 使…洩氣，使…打消念頭
	distraction	n. 讓人分心的事物，分散注意力的事物
	failure	n. （機器之類的）故障
	interruption	n. 中斷，打擾
	loudly	adv. 大聲地
	make sure	phr. 確認
	observant	adj. 善於觀察的，遵守的
	persuade	v. 說服
	proposed	adj. 被提議的
Part 7	concisely	adv. 簡潔地
	disapproval	n. 不贊成
	disapprove	v. 不贊成
	do A a favor	phr. 幫 A 一個忙
	do a good job	phr. 做得好
	draw a distinction between	phr. 劃分…之間的區別
	drawing table	phr. 製圖桌
	exposed	adj. 露出的，暴露的
	intensive	adj. 集中的，密集的
	project coordinator	phr. 專案負責人
	project management	phr. 專案管理
	seating capacity	phr. 座位數，座位容量
	take care of	phr. 照顧…，負責…
	take on	phr. 接下（角色、工作）
	tremendous	adj. 巨大的
	under the new management	phr. 在新的經營團隊下

多益900分單字

LC	astute	adj. 敏銳的，精明的
	bring along	phr. 帶著…，帶…過去
	compartment	n. 區劃，隔間
	give way to	phr. 對…讓步
	overwork	n. 過勞 v. 過勞
	put down	phr. 放下…，寫下…
	reach the solution	phr. 得出解決方法
	recharge	v. 再充電
	smock	n. 罩衫，作業服
Part 5, 6	accessibility	n. 可接近性，無障礙
	coordinator	n. 協調者
	customary	adj. 慣常的，習俗上的
	elevate	v. 使升高
	formality	n. 正式手續，禮節，俗套
	restraint	n. 限制，抑制
	sign out	phr. 簽名登記外出；（電腦）登出
	undeniable	adj. 無可否認的
	violation	n. 違反，違背
Part 7	aggravate	v. 使惡化，加重
	bibliography	n. 參考書目
	contingency	n. 意外事故，偶發事件
	draw the line at	phr. 在…劃線，拒絕做…以上程度的事
	draw up	phr. 起草（文件）
	evacuate	v.（從建築物、場所）撤離…
	in commemoration of	phr. 紀念…
	on leave	phr. 休假中的
	on probation	phr.（員工）在試用期中
	overestimate	v. 高估，估計過高
	privilege	n. 特權，優待
	restructure	v. 改組（企業）
	segregate A from B	phr. 把 A 從 B 隔離
	trigger	v. 觸發，引起

DAY6

Hackers TOEIC Vccabulary

假日就是要休息啊！
休閒、社交

因為平日忙於工作，週末要和小敏約會的時候就無精打采的。「親愛的～怎麼這樣子垂頭喪氣的呢？你不是說要帶我看有世界郵票 **collection** 的 **exhibition**，還要去看我喜歡的 **celebrity**『我好帥』要 **improvise** 的 **live** 音樂會嗎～這場表演真的很 **popular** 耶！表演的收入還要全部 **donate** 呢。對了，晚上的 **alumni** 聚會，希望你可以向我的朋友們自我介紹一下。OK？行程有點趕，所以趕快起來吧！」唔…繼續睡吧…裝睡才是上策啊…

Z Z Z
郵票展、
音樂會、
同學會…
真令人興奮！

1 **collection*****
[kə`lɛkʃən]
衍 collect v. 收集
collector n. 收藏家
collectable n. 值得收藏的東西

n. 收藏品，收集的東西；（款項的）收取

The museum has a unique **collection** of stamps.
那間博物館有很獨特的郵票收藏。

Toll **collection** operates by means of an electronic system.
道路收費是藉由電子系統運作的。

出題重點

常考語句

1. ceramic tiles collection 瓷磚收藏
toll collection 道路收費
請記住 collection 在多益中會考的慣用語。

2. collect A from B 從 B 收集／收取 A
請把和 collect 連用的介系詞一起記下來。

易混淆單字

collection 收藏品（集合名詞）
collectable 值得收藏的東西（單一物品）
區分這兩個形態相近但意義不同的單字，在測驗中會考。

2 **exhibition***
美 [͵ɛksə`bɪʃən]
英 [͵eksi`biʃən]
衍 exhibit v. 展示
n. 展示

n. 展覽

The gallery hosted an **exhibition** of urban scenic photographs.
那間藝廊主辦了一場城市風景的攝影展。

3 **celebrity****
美 [sə`lɛbrətɪ]
英 [si`lebriti]

n. 名人

Many **celebrities** attended the city's summer park festival.
許多名人參加了這個城市的夏季公園節慶。

4 **live***
[laɪv]
v. 居住，生活 [lɪv]

adj. 現場表演的，（廣播、電視）直播的

Finnegan's café hosts a **live** music performance every Saturday.
Finnegan's 咖啡店每週六都會舉行現場音樂表演。

出題重點

易混淆單字
- **live** 現場的
- **alive** 活著的

請記住 live 只能用來修飾名詞，而 alive 只能當成補語。

The bird is still **alive**. 那隻鳥還活著。

5 **improvise***
[ˋɪmprəvaɪz]
衍 improvisation n. 即興演出

v. 即興演奏，即席演講，即興創作

The performers **improvised** a jazz melody.
演奏者們即興演奏了一段爵士旋律。

6 **popular***
美 [ˋpɑpjələ˞]
英 [ˋpɔpjulə]

adj. 受歡迎的

Broadway musicals are so **popular** that they frequently go on tour. 百老匯音樂劇很受歡迎，所以經常巡迴演出。

出題重點

易混淆單字

popular : likable : preferred : favorite

區分表示「受到喜愛」的單字用法差異，是測驗中會考的題目。

- **popular** 受歡迎的
  用來表示人事物有很多人喜愛。
- **likable** 討人喜歡的
  用來表示人事物令人產生好感。
  Likable managers receive greater respect from staff.
  討人喜歡的經理會得到員工更多的尊重。
- **preferred** 被偏好的，比較好的
  用來表示在一些東西之中，相對而言比較偏好的。
  Please select your **preferred** means of transportation below. 請在下面選擇您偏好的交通方式。
- **favorite** 最喜愛的
  用來表示在一些對象之中最喜愛的。
  His **favorite** pastime is fishing.
  他最喜愛的休閒活動是釣魚。

7 **donation***
㊚ [do`neʃən]
㊕ [dəu`neiʃən]
㊗ donate v. 捐贈
donor n. 捐贈者
㊐ contribution 捐獻

n. 捐贈，捐獻

The library is accepting **donations** of children's books.
那家圖書館正在接受童書捐贈。

出題重點

易混淆單字
- **donation** 捐贈
- **donor** 捐贈者

區分抽象名詞 donation 和人物名詞 donor 的題目，在測驗中會考。

文法 請區分 **donation**（n. 捐贈）和 **donate**（v. 捐贈）的詞性。

8 **alumni****
[ə`lʌmnaɪ]

n. 校友們，畢業生們

St. John's University **alumni** were invited to the graduation ceremony.
St. John's 大學的校友們受邀參加畢業典禮。

9 **present*****
v. [prɪ`zɛnt]
adj. [`prɛznt]
㊗ presentation n. 簡報，上演
presently adv. 目前，現在

v. 提出，出示

Please **present** valid tickets at the door.
請在門口出示有效的門票。

adj. 現在的；出席的

The **present** owner of the resort intends to renovate it.
度假村的現任業主打算進行整修。
Famous athlete Matt London was **present** at the game.
知名運動員 Matt London 參加了那場比賽。

出題重點

常考語句
present A with B 向 A 提供 B
present B to A 把 B 提供給 A
介系詞 with 後面接提供的事物，to 後面接提供的對象。

10 **admission*****
[əd`mɪʃən]
衍 admit v. 准許…入場

n. 入場

Those wishing to visit the exhibit will be charged an extra **admission** fee.
想參觀展覽的人，會被收取（要支付）額外的入場費。

出題重點

常考語句
free admission 免費入場
admission + fee/price 入場費
請記住 admission 在多益中會考的慣用語。

11 **banquet*****
[`bæŋkwɪt]

n. 宴會

The hotel has facilities for large-scale wedding **banquets**.
這間飯店有供大規模婚宴使用的設施。

12 **anniversary*****
美 [͵ænə`vɝsərɪ]
英 [͵æni`və:səri]

n. 週年紀念日

The couple celebrated their 50th **anniversary** with a party.
這對夫妻開派對慶祝結婚 50 週年。

13 **required*****
[rɪ`kwaɪrd]

adj. 必要的，必需的

Proper swimming attire is **required** when using the hotel pool.
使用旅館的游泳池時，必須穿著適當的游泳服裝。

出題重點

常考語句
be required for 對於…是必要的
be required to do 必須做…
require 經常和介系詞 for 或 to 不定詞連用，主要考被動態。

14**succeed*****
[sək`sid]
衍 success n. 成功
successful adj. 成功的

v. 成功；接著發生；繼任
Peggy **succeeded** in convincing her family to visit Hawaii.
Peggy 成功說服她的家人去夏威夷。
Mr. Chambers will **succeed** Ms. Shipman as head of the Tourism Board after she retires.
Mr. Chambers 將在 Ms. Shipman 退休後接任觀光局長。

15**rest*****
[rɛst]
同 remainder 剩餘的東西，其餘的人，殘餘

v. 休息
Hikers can **rest** on the bench halfway up the hill.
健行者可以在半山腰的長椅上休息。

n. 休息；剩餘部分
The tour group had a **rest** before visiting the palace.
旅行團在參觀宮殿前休息了一下。

出題重點

常考語句	表示使用後剩下的東西，或者表示剩下的人時，**rest** 可以換成 **remainder**。

16**fund-raising*****
[`fʌnd͵rezɪŋ]

n. 募款
Auctions are a popular form of **fund-raising**.
拍賣是一種很流行的募款形式。

17**resume*****
美 [rɪ`zum]
英 [ri`zju:m]

v. 繼續，重新開始
The play will **resume** after a short intermission.
舞台劇將會在短暫休息後繼續演出。

18**issue*****

[ˋɪʃʊ]

v. 發行，發放

㊂ edition（初版、再版）版本

n.（期刊的）一期；問題，爭議

Jack's cake recipe was in the April **issue** of *Baker Monthly*.

Jack 的蛋糕食譜刊登在《Baker Monthly》的四月號。

There are many perspectives on the **issue** of global warming.

關於全球暖化的問題，有許多的觀點。

出題重點

常考語句

common issue 共同的問題

address an issue 處理（討論）問題

請記住 issue 在多益中會考的慣用語。

同義詞 表示雜誌等期刊的一次發行時，**issue** 可以換成 **edition**。

19**subscription*****

[səbˋskrɪpʃən]

㊄ subscribe v. 訂閱

n.（定期刊物的）訂閱

I would like to get a **subscription** to the *Weekly Herald*.

我想要訂閱《Weekly Herald》。

20**appear*****

㊤ [əˋpɪr]

㊥ [əˋpiə]

㊄ appearance n. 出現

㊦ disappear 消失

v. 出現，現身

The novelist **appeared** at the bookstore to sign autographs.

那位小說家現身書店進行簽名。

出題重點

常考語句

it appears that 子句 似乎…

appear in court 出庭

請記住 appear 常考的慣用語。

21**accompany****

[əˋkʌmpənɪ]

v. 陪同，伴隨

Mary **accompanied** her grandmother to the mall.

Mary 陪她的祖母一起去購物中心。

Be careful because strong winds often **accompany** rain in the mountains.　在山中強風通常伴隨著降雨而來，請小心。

[22]**edition****
[ɪ`dɪʃən]

n.（出版品的）版本

A revised **edition** of the economics book will be published soon.
這本經濟學書籍的修訂版即將出版。

[23]**specifically****
㊣ [spɪ`sɪfɪklɪ]
㊕ [spə`sifikəli]

adv. 明確地，具體地；特別，特別地

The package terms **specifically** stated that guests would stay at a hotel.　套裝方案的條款明確說明賓客將會住在旅館。

Campgrounds around the lake are worth visiting, **specifically** the Milligan site.
湖周圍的營地很值得參觀，特別是 Milligan 營地。

[24]**anonymous****
㊣ [ə`nɑnəməs]
㊕ [ə`nɔniməs]

adj. 匿名的，不具名的

The charity received $6,000 from an **anonymous** donor.
那個慈善機構收到來自匿名捐贈者的 6,000 美元。

[25]**commit****
[kə`mɪt]
衍 commitment n. 投身，奉獻
同 dedicate 奉獻
devote 奉獻（自身、努力、時間、錢等）

v. 奉獻，使致力於某事

The store is **committed** to providing excellent customer service.
這間店致力於提供優秀的顧客服務。

出題重點

常考語句 **be committed to -ing** 獻身於…，致力於…
這裡的 to 是介系詞，所以後面要接動名詞，在測驗中會考。

[26]**informative****
㊣ [ɪn`fɔrmətɪv]
㊕ [in`fɔ:mətiv]
衍 inform v. 通知，告知
informed adj. 根據情報的
information n. 資訊

adj. 提供資訊的，有益的

The documentary was **informative** and interesting.
那部紀錄片既有知識性又有趣。

出題重點

常考語句 **informative + brochure/booklet** 很有益的摺頁／小冊子
informative 主要修飾 brochure, booklet 等印刷媒介。

27 **audience****
[`ɔdɪəns]

n. 聽眾，觀眾

The **audience** applauded the singer enthusiastically.
觀眾為那位歌手熱烈鼓掌。

28 **author****
美 [`ɔθɚ]
英 [`ɔ:θə]

n. 作家，作者

All of the **author**'s short stories are popular.
這位作家的所有短篇故事都很受歡迎。

29 **note***
美 [not]
英 [nəut]
n. 筆記
同 state （正式地）陳述

v. 注意到；提及

Please **note** the intricate details of the architecture.
請注意這棟建築物複雜精細的細節。

出題重點

同義詞 表示特別提到某事時，**note** 可以換成 **state**。

30 **antique***
[æn`tik]

n. 古董

Antiques are popular for home decor.
古董是很流行的家飾品。

31 **manuscript***
[`mænjə͵skrɪpt]

n. 手稿，原稿

The author is working on several **manuscripts**.
那位作家正在處理幾份手稿。

32 **beneficial***
美 [͵bɛnə`fɪʃəl]
英 [͵beni`fiʃəl]
衍 benefit n. 利益
反 harmful 有害的

adj. 有益的，有利的

The organization's work is **beneficial** to the community.
這個組織進行的工作對社區有益。

出題重點

常考語句	**be beneficial for 人** 對…有益 **be beneficial to** 對…有益 請把和 beneficial 連用的介系詞 for 和 to 一起記下來。

33 **upcoming***
[ˋʌpˏkʌmɪŋ]
同 forthcoming 即將到來的

adj. 即將來臨的

A reporter spoke to a candidate for the **upcoming** election.
記者和接下來的選舉的一位候選人談話。

出題重點

常考語句	**upcoming school year** 即將到來的學年（下個學年） **upcoming event** 即將舉辦的活動 **upcoming mayoral election** 即將進行的市長選舉 upcoming 經常和 year, event, election 搭配出題，請記下來。

34 **lend***
[lɛnd]

v. 借出

The library **lends** a variety of audio-visual materials.
這間圖書館出借多種視聽資料。

出題重點

易混淆單字

lend : borrow : rent
區分表示「借」的單字用法差異，是測驗中會考的題目。

- **lend** 借出
  用於借出東西而不收錢時。
- **borrow** 借入
  用於免費借入東西時。
  We **borrowed** umbrellas at the front desk.
  我們在櫃台借了雨傘。
- **rent** 租借
  用於以一定費用租借房屋或車輛時。
  Mark **rented** a car for the journey.
  Mark 為了旅行租了一台車。

35 current*

㊚ [ˋkɝənt]
㊕ [ˋkʌːrənt]
衍 currently adv. 目前
同 present 現在的
valid 有效的

adj. 現在的，目前的；現行的，通用的

Current subscribers to the magazine will receive a free supplement.
雜誌目前的訂閱者將收到免費的別冊。

出題重點

易混淆單字	**current** 表示「現在的」時，可以換成 **present**；表示「現行的、現在使用的」時，可以換成 **valid**。

36 local*

㊚ [ˋlokḷ]
㊕ [ˋləukəl]
衍 locality n. 場所，所在地
locally adv. 局部地

adj. 地方的，當地的

The tournament will be held at the **local** high school.
錦標賽將在地方的高中舉行。

出題重點

常考語句	**local high school** 地方的高中，本地的高中 high school 可以視為複合名詞，所以請注意不是用副詞 locally 修飾 high，而是用形容詞 local 修飾整個名詞詞組。

37 variety*

[vəˋraɪətɪ]
衍 various adj. 多樣的
vary v. 變化，不同
同 range 範圍

n. 多樣性，變化

The newsstand sells a **variety** of magazines and newspapers.
這個報攤販賣多種雜誌與報紙。

出題重點

常考語句	**a (large/wide) variety of + 名詞複數形**（很）多樣的⋯ variety 會以 a variety of 的形式出題，這時候經常會搭配 large 或 wide。請注意 a variety of 後面要接名詞複數形。

38**advocate***
[ˋædvəkət]
v. 擁護
反 opponent 反對者

n. 擁護者

The writer is an **advocate** of public education.
那位作家是公共教育的擁護者。

出題重點

常考語句	**an advocate of** …的擁護者 測驗中會考和 advocate 連用的介系詞 of 的部分。

39**contributor***
美 [kənˋtrɪbjʊtɚ]
英 [kənˋtribjutə]
衍 contribute v. 捐贈
contribution n. 捐贈，貢獻

n. 投稿人，捐贈者

The doctor is a regular **contributor** to the medical journal.
那位醫師是這份醫學期刊的定期撰稿人。

出題重點

常考語句	**contributor to** …的投稿人 contributor 經常和介系詞 to 連用出題，請一起記下來。

40**defy***
[dɪˋfaɪ]
衍 defiance n. 反抗

v. 反抗；使（說明、描寫等）不可能

The documentary series **defies** conventional wisdom about fitness.
這系列的紀錄片挑戰了關於健康的傳統知識。

The play **defied** all description.
那齣舞台劇好到無法以言語形容。
（那齣舞台劇讓言語的形容變得不可能。）

出題重點

易混淆單字	**defy description** 難以形容 defy description 表示很特別而難以形容，或者好到令人難以置信的意思。這是多益常用的表達方式，請記起來。

41 **fascinating***

[美] [ˋfæsn̩ˌetɪŋ]
[英] [ˋfæsineitiŋ]
[衍] fascinate v. 使著迷
fascination n. 魅力

adj. 迷人的，美妙的

Many **fascinating** pieces of art were on display.
許多迷人的藝術作品展示出來了。

出題重點

常考語句

- **fascinating** 迷人的
- **fascinated** 著迷的

fascinating 是形容令人著迷的人事物，而 fascinated 是形容因為某個對象感到著迷的人。請區分兩者差異，不要搞混。

42 **showing***

[美] [ˋʃoɪŋ]
[英] [ˋʃəuiŋ]

n. （電影、舞台劇等的）上映，上演；展示

We attended the premiere **showing** of the Rita Garner movie.
我們參加了 Rita Garner 的電影首映會。

There will be another **showing** of this artist's work.
會有另外一場展示這位藝術家作品的展覽。

6th Day Daily Checkup

請把單字和對應的意思連起來。

01 celebrity	ⓐ 作家
02 accompany	ⓑ 名人
03 author	ⓒ 多樣性
04 present	ⓓ 必需的
05 required	ⓔ 出示
	ⓕ 陪同，伴隨

請填入符合文意的單字。

06 The city hospital is celebrating its 100th ______ .
07 Steak and cocktail will be served at the ______ .
08 ______ was conducted by the school for a new gym.
09 All the ______ applauded after the musical performance.

ⓐ audience ⓑ fund-raising ⓒ subscription ⓓ anniversary ⓔ banquet

10 Ms. Williams ______ Mr. James as director after he retired.
11 Bob ______ himself to helping with organizing the charity event.
12 The basketball team ______ after a three-hour training session.
13 The sightseeing tour will ______ immediately after the lunch break.

ⓐ resume ⓑ committed ⓒ improvise ⓓ succeeded ⓔ rested

Answer 1.ⓑ 2.ⓕ 3.ⓐ 4.ⓔ 5.ⓓ 6.ⓓ 7.ⓔ 8.ⓑ 9.ⓐ 10.ⓓ 11.ⓑ 12.ⓔ 13.ⓐ

多益滿分單字

休閒、社交

多益基礎單字

LC	backpack	n. 背包
	bike	n. 腳踏車，摩托車
	cabin	n. 飛機機艙，小木屋
	climb a mountain	phr. 爬山
	film festival	phr. 電影節
	fishing	n. 釣魚
	gallery	n. 藝廊
	invitation	n. 邀請
	lawn	n. 草坪，草地
	paint	n. 顏料 v. 繪畫
	painting	n. 繪畫
	play cards	phr. 玩撲克牌
	public library	phr. 公共圖書館
	race	n. 賽跑，競賽 v. 競賽
	resort	n. 度假村
	theater	n. 戲院
	watch a film	phr. 看電影
RC	adventure	n. 冒險
	art museum	phr. 美術館
	begin	v. 開始
	bring	v. 帶來
	care for	phr. 照料…，喜歡…
	concert	n. 音樂會，演唱會
	length	n. 長度
	leisure	n. 休閒，閒暇
	librarian	n. 圖書館館員
	menu	n. 菜單，供應的餐點，選單
	sightseeing	n. 觀光

多益800分單字

LC	amusement park	phr. 遊樂園
	ancient history	phr. 古代歷史
	artifact	n. 人工製品，文物
	auditorium	n. 禮堂
	be booked up	phr. 被預約滿了
	box office	phr. 售票處；（電影）票房
	cheerful	adj. 高興的，令人愉快的
	choir	n. 唱詩班
	entertain	v. 娛樂，招待，款待
	flower arrangement	phr. 插花（作品）
	flower bed	n. 花圃
	go to a film	phr. 去看電影
	grip	v. 緊握，緊抓
	have a race	phr. 賽跑，競賽
	jog along the street	phr. 沿著街道慢跑
	laughter	n. 笑，笑聲
	musical instrument	phr. 樂器
	oil painting	phr. 油畫
	outdoor	adj. 戶外的
	rake leaves	phr. （用耙子）耙樹葉
	recreation	n. 娛樂，消遣
	recreational activity	phr. 娛樂活動
	right	n. 權利 adj. 對的
	running time	phr. （電影）片長
	sail a boat	phr. 坐帆船航海
	slide down	phr. 滑下去
	splash	v. 濺，潑（水）
	sport tournament	phr. 體育競賽
	stadium	n. 體育場
	stay up	phr. 熬夜
	stroll	v. 散步，閒逛
	take a break	phr. 休息一下
	take A for a walk	phr. 帶 A 去散步

	take a photograph	phr. 拍照片
	take a walk	phr. 散步
	take great pleasure	phr. 很喜歡，很樂意
	take one's time	phr. 慢慢來，從容
	touch up a photograph	phr. 修飾照片
	vacation package	phr. 套裝度假方案
	wait for seats	phr. 等待座位
	wait in line	phr. 排隊等候
	water the plants	phr. 為植物澆水
Part 5, 6	amuse	v. 娛樂，使開心
	artistic	adj. 藝術的
	donate	v. 捐贈
	even though	phr. 即使…，雖然…
	exhibit	n. 展示（會）v. 展示
	exist	v. 存在
	free admission	phr. 免費入場
	municipal	adj. 市的，市立的
	several	adj. 幾個的
	win a contest	phr. 在競賽中獲勝
Part 7	admission to	phr. （場所）的入場
	contestant	n. 參加競賽者
	delight	n. 愉快
	do one's hair	phr. 做頭髮
	enjoyable	adj. 有樂趣的，令人愉快的
	group rate	phr. 團體價
	head for	phr. 前往…
	out of order	phr. 故障的
	periodical	n. 期刊 adj. 週期性的
	playing field	phr. 運動（比賽的）場地
	poetry	n. 詩（總稱）
	register for	phr. 登記／報名參加…
	show up	phr. 出現，出席，現身
	take a tour	phr. 參觀，遊覽
	ticket booth	phr. 售票亭

多益900分單字

LC	be in line	phr. 排隊
	for a change	phr. 為了改變一下
	laugh at a joke	phr. 因為笑話而笑
	pass the time	phr. 消磨時間
	stay tuned	phr. 鎖定頻道
	tune in	phr. 切到（頻道），收聽／收看（節目）
	vacate	v. 空出（房屋或房間）
Part 5, 6	appreciative	adj. 感謝的
	casually	adv. （服裝）休閒地，非正式地
	directing	n. 執導（電影）
	enlightening	adj. 有啟發性的
	enthusiastically	adv. 熱情地，熱心地
	excellence	n. 優秀，卓越
	excursion	n. 遠足，短途旅行
	festivity	n. 慶典，慶祝活動
	leg room	phr. （在汽車等交通工具）腿部的空間
	portrait	n. 肖像畫
	publication	n. 出版，出版品
	sculpture	n. 雕塑品
	transferable	adj. 可轉移的，可轉讓的
	unsanitary	adj. 不衛生的
Part 7	be in the mood for -ing	phr. 有做…的心情
	botanical garden	phr. 植物園
	censorship	n. （對媒體、出版品等的）審查制度
	do good	phr. 有益，有好處
	have yet to do	phr. 還沒做…，還需要做…
	intermission	n. （音樂會、舞台表演中途的）休息時間
	memoirs	n. 回憶錄，自傳
	must-see	phr. 一定要看的東西
	ridiculous	adj. 荒謬的，滑稽的
	roam around	phr. 到處逛

持續面對面行銷而獲得成功

行銷 (1)

最近對 **survey** 結果的 **analysis** 顯示，**respondents** 中有超過 80% 的人偏好我們行銷團隊宣傳的「噗噗麵」，而且產品的銷售量也連續五年超過競爭對手。我們公司的「噗噗麵」能夠 **monopolize** 食品市場，是理所當然的啊！之所以能在這麼 **competitive** 的市場 **consistently** 維持銷售量，就是因為我們隨時都 **do our utmost** 來增加 **demand** 啊！

1 **survey*****

美 [`sɝve]

英 [`sə:vei]

v.（用問卷）調查

美 [sɚ`ve]

英 [sə:`vei]

n. 調查，意見調查

Customer **surveys** help to improve product quality.

對顧客的意見調查有助於改善產品品質。

2 **analysis*****

[ə`næləsɪs]

衍 analyze v. 分析

analyst n. 分析師

n. 分析

The latest market **analysis** shows an increase in used car purchases.

最新的市場分析顯示二手車購買量增加。

出題重點

常考語句

reliable analysis 可靠的分析

market analysis 市場分析

請記住 analysis 在多益中會考的慣用語。

易混淆單字

analysis 分析

analyst 分析師

區分抽象名詞 analysis 和人物名詞 analyst 的題目，在測驗中會考。

3 **respondent***

美 [rɪ`spɑndənt]

英 [ri`spɔndənt]

衍 respond v. 回答，回應

n. 回答者，受訪者

Almost all survey **respondents** rated the product highly.

調查中幾乎所有受訪者都對產品評價很高。

4 **monopoly***

美 [mə`nɑpḷɪ]

英 [mə`nɔpəli]

衍 monopolize v. 獨佔，壟斷

n.（商品的）獨佔，壟斷

Panatronic has a virtual **monopoly** on the manufacture of digital recorders.

Panatronic 公司實質上已經獨佔了數位錄音機的製造。

出題重點

常考語句

have a monopoly on 擁有對…的獨佔地位

這是多益常考的表達方式，請熟記。

5 **competition*****

㊗ [ˌkɑmpəˋtɪʃən]
㊕ [ˌkɔmpiˋtiʃən]
衍 compete v. 競爭（= contend）
competitive adj. 競爭的，有競爭力的
competitor n. 競爭者（= rival）

n. 競爭

Competition in the game software market has increased.
遊戲軟體市場的競爭變得更激烈了。

出題重點

易混淆單字 **compete for** 為了…而競爭
請把和動詞 compete 連用的介系詞 for 一起記下來。

6 **consistently*****

[kənˋsɪstəntlɪ]
衍 consistent adj. 始終一貫的

adv. 一貫地，始終如一地

The factory has **consistently** provided the highest grade products. 這家工廠持續提供最高級的產品。

出題重點

常考語句 **consistently + produce/provide** 持續生產／提供
consistently 會和表示生產、提供的動詞連用出題。

7 **demand*****

㊗ [dɪˋmænd]
㊕ [diˋmɑ:nd]
衍 demanding adj. 要求過高的
反 supply 供給

n. 需求

The company could not meet the increased **demand** for mobile devices. 那家公司無法滿足行動裝置增長的需求。

v. 要求

Mr. Hawkesby **demanded** that the clause be removed.
Mr. Hawkesby 要求刪除那項條款。

出題重點

常考語句 **demand for** 對…的需求、要求
demand 經常和介系詞 for 搭配出題，請一起記下來。
demand that + 主詞 (+ should) + 動詞原形
動詞 demand 接 that 子句當受詞時，that 子句裡面要使用動詞原形。

8 **do one's utmost***

同 do one's best 盡自己所能

phr. 盡全力

Sun Manufacturing **does its utmost** to ensure the quality of its products.

Sun Manufacturing 公司盡全力確保產品品質。

9 **expand*****

[ɪk`spænd]

衍 expansion n. 擴張，膨脹

expansive adj. 廣闊的

v. 擴張，擴大

Brahe Optics has **expanded** its marketing and sales division.

Brahe Optics 擴大了行銷和業務部門。

出題重點

文法	**expand + the market/the division** 擴大市場／部門 expand 通常會和 market, division 等名詞搭配出題。

10 **advanced*****

美 [əd`vænst]

英 [əd`vɑ:nst]

衍 advance v.（知識、技術等）進步，進展

advancement n. 前進，進展

adj. 高階的；先進的

Modern cell phones are very **advanced** compared to those from a decade ago.

和十年前的產品相比，現代的行動電話非常先進。

The company is already in the **advanced** stages of the product design. 這家公司已經處於產品設計的先進階段。

11 **postpone*****

美 [post`pon]

英 [pəust`pəun]

v. 使延期，延後

Organizers **postponed** the conference on management strategies because of bad weather.

由於天氣不佳，主辦者延後了那場關於管理策略的會議。

12 **additional*****

[ə`dɪʃənl]

衍 addition n. 增加，加法

additive n. 添加物，添加劑

adj. 額外的，附加的

Several investors decided to purchase **additional** stocks.

幾位投資者決定認購額外的股票。

出題重點

常考語句

additional + information/detail 進一步的資訊／細節

additional 經常和 information, detail 搭配使用。additional 也可以換成 further。

13 **appreciate*****

[ə`priʃɪˏet]

衍 appreciation n. 感謝，欣賞

appreciative adj. 感謝的，讚賞的

v. 感謝；賞識；欣賞

Benson Co. **appreciates** your continued business.

Benson 公司感謝您保持業務往來。

The supervisor **appreciated** Gloria's excellent organizing skills.

主管很欣賞 Gloria 優秀的組織能力。

The gallery was filled with people **appreciating** the masterpieces. 藝廊裡擠滿了欣賞名作的人。

14 **demonstration*****

[ˏdɛmən`streʃən]

衍 demonstrate v. 證明，示範操作…

n. 證明；說明，示範操作

The salesclerk offered to provide a **demonstration** on how to use the photocopier.

那位銷售員主動示範了那台影印機的使用方法。

The short software **demonstration** showed how much money the business could save.

那段簡短的軟體示範顯示出企業可以省下多少錢。

15 **buy*****

[baɪ]

v. 買，購買

The acquisitions department **buys** all of the office equipment.

採購部門購買所有辦公室設備。

16 **examine*****

[ɪg`zæmɪn]

衍 examination n. 檢查，測驗

同 investigate 調查

v. 檢查，審查

Research and Development will **examine** food consumption trends in foreign markets.

研究暨開發部門會檢視國外市場的食品消費趨勢。

出題重點

同義詞 表示調查趨勢或新資訊時，**examine** 可以換成 **investigate**。

17**effective*****
[ɪ`fɛktɪv]
衍 effectively adv. 有效地
同 efficient 有效率的
valid 有效的

adj. 有效的；（法律等）生效的，已實行的

An **effective** advertising campaign is one that people remember for a long time.
讓人們記得很久的，就是有效的廣告活動。

Increased tax deductions will be **effective** as of June 1.
稅的扣除額增加將從 6 月 1 日起生效。

出題重點

常考語句 **run effectively** 有效地運作
副詞 effectively 經常和 run 等表示運作的動詞搭配。

18**like*****
[laɪk]
prep. 像…一樣，好像…（= such as）

v. 喜歡

Consumers **like** products that look high-end but are less expensive. 消費者喜歡看起來高級但不貴的產品。

19**especially*****
[ə`spɛʃəlɪ]

adv. 尤其，特別

Manufacturers of large vehicles are facing an **especially** difficult year for sales.
大型車製造商正面臨銷售特別困難的一年。

20**closely****
美 [`kloslɪ]
英 [`kləusli]
衍 close adj. 接近的 adv. 接近地 v. 結束，完結

adv. 仔細地，嚴密地

Marketing departments monitor the latest trends **closely**.
行銷部門仔細觀察最新的趨勢。

出題重點

常考語句 **closely + watch/examine** 仔細觀察／檢視
closely 常和 watch, examine 等表示觀察、調查的動詞搭配。

21 **reserve****

美 [rɪ`zɝv]
英 [ri`zə:v]
衍 reservation n. 預約
reserved adj. 被保留的

v. 預約，保留；保存

The secretary will **reserve** hotel rooms for anyone going to the convention. 秘書會為任何參加會議的人預約飯店房間。

Some funds have been **reserved** to pay for the banquet.
部分資金被預留，用來支付宴會費用。

22 **cooperate****

美 [ko`ɑpəˏret]
英 [kəu`ɔpəreit]
衍 cooperation n. 協力，合作
cooperative adj. 合作的

v. 協力，合作

The two companies **cooperated** on developing the promotional campaign for the new spring collection.
這兩間公司合作開發了春季新系列產品的促銷活動。

出題重點

常考語句

cooperate with + 人 和…合作
cooperate on + 事 合作進行…
選擇和 cooperate 連用的介系詞 with 或 on，在測驗中會考。

23 **very****

[`vɛrɪ]

adv. 非常，很

The survey was **very** effective at identifying the target market.
這項調查對於找出目標市場非常有效。

出題重點

易混淆單字

very : far
請區分修飾形容詞、表示「非常」的副詞的用法差異。

very 非常
強調形容詞或副詞時通常會使用的單字。

far 遠遠地，極為
通常和比較級或 too 搭配使用，表示超過一定的標準。

This year's advertising campaign has been **far** more effective than last year's.
今年的廣告活動遠比去年的來得有效。

24**consecutive****

[kən`sɛkjʊtɪv]

衍 consecutively adv. 連續地

同 successive 連續的

adj. 連續的

The Barkley Company achieved high sales growth for the third **consecutive** year.

Barkley 公司連續第三年達成了大幅度的銷售額成長。

出題重點

常考語句

for the third consecutive year 連續第三年

for three consecutive years 連續三年

和序數連用時，year 用單數形；和基數連用時，year 用複數形。

25**expectation****

[ˌɛkspɛk`teʃən]

衍 expect v. 預期，期待

同 anticipation 預期

n. 預期，期待

The **expectation** is that costs will be cut.

預期成本將會被縮減。

出題重點

常考語句

meet/surpass + expectations 符合／超出預期

above/beyond + one's expectations 超乎預期

expectation 經常以慣用語形式出題，請一併記起來。

26**publicize****

美 [`pʌbləˌsaɪz]

英 [`pʌblisaiz]

v. 公布；宣傳

New regulations are **publicized** on the government Web site.

新的規定公布在政府網站上。

The hospital **publicized** its newly built wing to attract more patients.

這間醫院宣傳新落成的大樓，以吸引更多病患。

27**raise****

[rez]

n. 加薪

同 voice 說出（心情、意見等）

v. 提高，增加；提出（疑問）

We used mass-mailing methods to **raise** awareness of our brand.

我們採用大量寄發郵件的方式，提升我們品牌的認知度。

The president **raised** questions about the quality of the new product. 總裁對新產品的品質提出了問題。

出題重點

易混淆單字

1. raise : lift

表示「提高」的單字用法差異，在測驗中會考。

raise 提高；提出（疑問）

表示提高價格等，或者表示提出疑問。

lift 抬起，舉起

表示把有些重量的東西抬起來。

The worker **lifted** the boxes off the truck.
工人把箱子從卡車上抬下來。

2. **raise** 提高

rise 升高

不要搞混這兩個形態相似的單字。raise 是及物動詞，後面要接受詞，而 rise 是不及物動詞，後面不會接受詞。

28 **extremely****
[ɪk`strimlɪ]
衍 extreme adj. 極度的，極端的 n. 極端

adv. 極度地，非常

Internet service providers struggle to survive in today's **extremely** competitive market.
網路服務供應商在今日極為競爭的市場中力求生存。

出題重點

易混淆單字

extremely : exclusively

請區分表示「極度地」、「獨佔地」的單字用法差異。

extremely 極度地

用於強調程度非常大的時候。

exclusively 獨佔地

用於表示使用權限定於特定範圍的時候。

The upper deck is used **exclusively** by Pacific Class passengers. 上層甲板僅限 Pacific Class 的乘客使用。

29 **affect****
[ə`fɛkt]
同 influence 影響

v. 影響，對…產生不好的作用
The frozen-food industry can **affect** the canned goods market.
冷凍食品業可能會影響罐裝食品的市場。

出題重點

易混淆單字
affect v. 對…造成影響
effect n. 效果，效力
請區分形態相似的 affect 和 effect 在詞性和意義上的差異。
The new tax came into **effect** Monday despite protests.
儘管有人抗議，新的稅目還是在星期一生效了。

30 **target****
美 [`tɑrgɪt]
英 [`tɑ:git]

n. 目標
Sales for this quarter are right on **target**.
本季的銷售額剛好達到目標。

v. 以…為目標
The advertisement **targets** the age range of 25-40 years.
這個廣告以 25-40 歲的年齡範圍為目標。

31 **campaign****
[kæm`pen]

n. 活動，競選活動
The mayor's election **campaign** focused on his strong record in office.
市長的競選活動焦點放在他任期內的有力政績。

32 **probable***
美 [`prɑbəbl]
英 [`prɔbəbl]
衍 probably adv. 可能

adj. 有可能的
One of the **probable** causes for low sales was the lack of promotion.
低銷售量的可能理由之一是缺乏促銷。

出題重點

[易混淆單字] **probable : convincing**

請區分這兩個和真實性有關的單字用法差異。

probable 有可能的

表示可能會發生，或者可能發生過的意思。

convincing 有說服力的

表示讓人相信是事實。

Many consumers found the new advertisement **convincing**. 許多消費者認為新廣告很有說服力。

33 **focus***

[美] [ˋfokəs]
[英] [ˋfəukəs]
n. 焦點

v. 聚焦，集中

Management decided to **focus** resources on expanding its business. 經營團隊決定將資源集中於擴張事業。

出題重點

[常考語句] **focus A on B** 把 A 集中於 B

be focused on 被集中於…

focus 和介系詞 on 都是會考的部分，有時也會以被動態的形式出題。

34 **seasonal***

[ˋsizənəl]
[衍] seasoned adj. 經驗豐富的

adj. 季節的，季節性的

The sugarcane industry is vulnerable to **seasonal** variations. 甘蔗產業容易遭受季節性變動的影響。

出題重點

[常考語句] **seasonal + variations/demands/changes** 季節性的變動／需求／改變

seasoned traveler 經驗豐富的旅行者

請區分形態相近的 seasonal（adj. 季節性的）和 seasoned（adj. 經驗豐富的）在意義上的差別。

35 **impact***
[`ɪmpækt]
同 influence 影響

n. 影響，衝擊

Price fluctuations had a major **impact** on the market.
價格波動對市場造成了重大的影響。

出題重點

常考語句 **have an impact on** 對…造成影響／衝擊
impact 經常以慣用語形態出題，請一起記下來。

36 **comparison***
美 [kəm`pærəsn̩]
英 [kəm`pærisn]
衍 compare v. 比較
comparable adj. 可比較的，比得上的

n. 比較

Online advertising is cheaper in **comparison** with television.
和電視（廣告）比起來，線上廣告比較便宜。

出題重點

常考語句 **in comparison with** 和…比起來
comparison 會以 in comparison with 的形態出題，請務必牢記。

37 **gap***
[gæp]

n. 差距

Severe deficits can occur when there is a huge **gap** between exports and imports. 當出口與進口有巨大的差距時，可能會發生嚴重的貿易逆差。

出題重點

常考語句 **gap between A and B** A與B的差距
generation gap （世代間的）代溝
請把和 gap 搭配的 between 記起來。

易混淆單字 **gap : hole**

請區分有「缺口」意義的單字用法差異。

gap 缺口；差距

表示事物之間在水準上的差距。

hole 洞

表示東西上面的洞。

There was a large **hole** in the floor under the sofa.
沙發下面的地板上有個大洞。

38 **mounting***
[`maʊntɪŋ]
衍 mount v. 增加，上升

adj. 增加中的，上升中的

There is **mounting** pressure from management to increase productivity.
經營團隊要求提高生產力的壓力越來越高。

出題重點

常考語句 **mounting pressure** 增加中的壓力

mounting tension 逐漸升高的緊張情勢

mounting 主要和 pressure, tension 等名詞搭配出題。

39 **reflective***
[rɪ`flɛktɪv]
衍 reflect v. 反映
reflection n. 反映

adj. 反映的

Shrinking profits are **reflective** of the current state of the company.
縮減中的利潤反映出公司目前的狀況。

出題重點

常考語句 **be reflective of** 反映出…

請把和 reflective 搭配的介系詞 of 一起記下來。

7th Day Daily Checkup

請把單字和對應的意思連起來。

01 advanced	ⓐ 競爭
02 effective	ⓑ 預期
03 competition	ⓒ 增加中的，上升中的
04 comparison	ⓓ 比較
05 expectation	ⓔ 高階的，先進的
	ⓕ 有效的

請填入符合文意的單字。

06 There will be a ______ to show how the modular furniture works.
07 Mr. Ashford has served for three ______ years for the company.
08 The company ______ on maintaining the quality of its products.
09 The store opened several new branches in response to growing ______ .

ⓐ focuses	ⓑ demand	ⓒ consecutive	ⓓ reflective	ⓔ demonstration

10 The marketing team is ______ for their creative ideas.
11 The board ______ the meeting as the president was out of town.
12 It is predicted that the merger will ______ the company's market share.
13 ______ funds will be available if more money is needed to make the product.

ⓐ postponed	ⓑ examine	ⓒ additional	ⓓ expand	ⓔ appreciated

Answer 1.ⓔ 2.ⓕ 3.ⓐ 4.ⓓ 5.ⓑ 6.ⓔ 7.ⓒ 8.ⓐ 9.ⓑ 10.ⓔ 11.ⓐ 12.ⓓ 13.ⓒ

多益滿分單字

多益基礎單字

LC	after all	phr. 最終，終究
	answer the phone	phr. 接聽電話
	as it is	phr. 照現在這樣
	be based on	phr. 根據
	be familiar with	phr. 熟悉…，熟知…
	concrete	adj. 具體的
	conflict with	phr. 和…衝突
	on display	phr. 展示中的，陳列中的
	shadow	n. 影子
RC	around the world	phr. 在世界各地，環繞全世界
	array	n. 行列，一系列
	attempt	v. 企圖 n. 企圖
	audiovisual	adj. 視聽的
	avoid	v. 避免
	based	adj. 以…為基礎／基地的
	cinema	n. 電影院
	competitive	adj. 競爭的，有競爭力的
	conclude	v. 下結論
	energy drink	phr. 能量飲料（提神飲料）
	find out	phr. 找出，發現
	informal	adj. 非正式的，不拘禮節的
	marketplace	n. 市場
	practice	n. 練習，慣例
	public relations (PR) department	phr. 公關（公共關係）部門
	sales	adj. 業務的，銷售的
	strict	adj. 嚴格的
	tool	n. 工具
	typical	adj. 典型的，代表性的

多益800分單字

LC	a piece of equipment	phr. 一件設備
	all the way	phr. 自始至終，完全地
	appealing	adj. 懇求的，有吸引力的
	at once	phr. 立刻，同時
	definite	adj. 明確的，確切的
	distinguish	v. 區分
	extraordinary	adj. 非凡的，非常特別的
	good for	phr. 對…有效／有益的
	in bloom	phr. （花）盛開的
	in reference to	phr. 關於…，有關…
	market stall	phr. 市場攤位
	mechanism	n. 機械裝置，機制
	metropolitan area	phr. 大都會地區
	national holiday	phr. 國慶日；國定假日
	on schedule	phr. 按照預定時間
	over the Internet	phr. 在網路上
	place a coin in a machine	phr. 把硬幣投入機器
	point at	phr. 指向…，指著…
	public display	phr. 公開展示
	run a campaign	phr. 舉辦活動
	serve a customer	phr. 服務顧客
	software application	phr. 軟體的應用
	spouse	n. 配偶
	upside down	phr. 上下顛倒，倒置
	vending machine	phr. 自動販賣機
	visible	adj. 可見的，顯而易見的
Part 5, 6	boldly	adv. 大膽地
	excluding	prep. 除了…以外
	noteworthy	adj. 值得注意的
	perception	n. 感知，感覺
	potentially	adv. 潛在地，可能地
	randomly	adv. 隨機地，任意地
	suitable	adj. 合適的

Part 7		
	a complete line of	phr. 一系列完整的⋯（產品）
	accept the offer	phr. 接受提議
	astonishingly	adv. 令人驚訝地
	be noted for	phr. 因為⋯而有名
	claim	n.（事實、所有權的）主張，要求
	classified ad	phr. 分類廣告
	compilation	n. 選輯，編輯物
	comprehensible	adj. 可理解的
	criticize	v. 批評，批判
	dumping	n. 傾銷
	first priority	phr. 第一優先
	fixed price	phr. 固定的價格
	have control over	phr. 對⋯有控制權
	have little chance of -ing	phr. 做⋯的機率很低
	in favor of	phr. 支持⋯，有利於⋯
	keep A informed of B	phr. 持續告知 A 關於 B 的事
	make an assessment	phr. 做出評價
	mediate	v. 調停
	minimize the risk of	phr. 把⋯的風險減到最小
	modestly	adv. 謙虛地
	persistent	adj. 持續的，不斷的
	publicity	n. 宣傳，媒體的關注
	release date	phr. 發行日期
	stay competitive	phr. 維持競爭力
	striking difference	phr. 顯著的差異
	take a long time	phr.（事物）花很長的時間
	take action	phr. 採取行動
	trademark	n. 商標
	turn to	phr. 轉向⋯，求助於⋯
	unacceptable	adj. 不能接受的
	verify	v. 證明，證實
	with the exception of	phr. 除了⋯以外
	without notice	phr. 在沒有通知的情況下

多益900分單字

LC	all-out	phr. 用盡全力的
	all walks of life	adj. 各行各業
	at a stretch	phr. 連續地
	back out at the last minute	phr. 在最後一刻退出
	back up	phr. 支持，證實，（交通）使堵塞
	focus group	phr. 焦點團體（市場調查的對象）
	misleading	adj. 誤導的，使人誤解的
Part 5, 6	consolidate	v. 鞏固（權力等）
	contend	v. （對於問題、困難）全力對付，奮鬥
	gauge	v. 測量，估計
	momentum	n. 動力，氣勢
	recognizable	adj. 可辨認的
	segment	n. 部分，片段
	telling	adj. 有效的，透露真相的
Part 7	adverse economic conditions	phr. 不利的經濟條件
	confiscation	n. 沒收，徵收
	constitute	v. 構成…
	drive up	phr. 使（價格等）上升
	endorsement	n. 背書，為產品代言
	feasibility study	phr. 可行性研究
	intervention	n. 介入
	irretrievable	adj. 不能恢復的，無法挽回的
	jeopardize	v. 使…受到危險，危及
	legible	adj. （字樣）易讀的
	lose ground	phr. 落後，失去地位
	reputable	adj. 聲譽好的
	set forth	phr. （旅行）啟程；說明
	set out	phr. （旅行）出發，開始
	setback	n. 挫折，失敗
	take a stand against	phr. 反對…
	underlying	adj. 根本的，潛在的
	vanish	v. 消失，不見

DAY8

Hackers TOEIC Vocabulary

積極行銷策略的可行性

行銷 (2)

有人說，世上沒有永遠的贏家，不是嗎？我們上次野心勃勃推出的新款糖果「啊！真甜」，雖然有盛大的 **advertisement**，卻只有數量很 **marginal** 的 **customers** 給予好評，以致於對公司的銷售額產生了不好的 **influence**，結果糟透了。部長很生氣，**instantly** 要求我們拿出 **creative** 的想法，展開 **aggressive** 的行銷計畫。所以，我火速向部長提出了 **aim** 全世界、空前絕後的超強 **strategy**。

1 **advertisement** ***
㊟ [ˌædvɚˋtaɪzmənt]
㊥ [ədˋvə:tismənt]

n. 廣告

Sales have been propelled by the new **advertisement.**
銷售情況受到了新廣告的推動。

2 **marginal***
㊟ [ˋmɑrdʒɪnḷ]
㊥ [ˋmɑ:dʒinəl]
衍 margin n. 頁邊留白，(保留的) 餘地，利潤

adj. 微小的；邊緣的

Customers showed only **marginal** interest in the new tablet computer.
消費者對於新款平板電腦只表現出些微的興趣。

The maintenance department decorated the **marginal** area of the company premises. 維護部門裝潢了公司房舍的邊緣區域。

出題重點

易混淆單字

marginal : approximate
區分表示大略範圍的單字用法差異，是測驗中會考的題目。

marginal 邊緣的，接近邊緣的
表示偏離中心的意思。

approximate 接近的，大約的
表示接近正確的數值、位置或時間，但不是完全準確。

The accountant figured an **approximate** amount of tax the company needs to pay.
會計師算出了那間公司需要支付的約略稅額。

3 **customer*****
㊟ [ˋkʌstəmɚ]
㊥ [ˋkʌstəmə]
同 patron 老主顧

n. 顧客

Telephone representatives should make the needs of **customers** their priority.
電話客服專員應該把顧客的需求當成第一優先。

4 **influence***
[ˋɪnflʊəns]
衍 influential adj. 有影響力的
同 affect 影響

v. 影響

Demand for housing directly **influences** the cost of homes.
住宅需求直接影響房屋的價格。

n. 影響

Product reviews have a profound **influence** on sales.
產品評論對於銷售有很深刻的影響。

出題重點

常考語句 **have an influence on** 對…有影響
influence 和介系詞 on 經常以慣用語的形式連用出題。

5 **instantly***
[`ɪnstəntlɪ]
衍 instant adj. 立即的

adv. 立即，馬上

The brand logo should be **instantly** recognizable.
品牌標誌應該要能讓人立刻辨認出來。

出題重點

易混淆單字 **instantly : urgently : hastily**
區分表示「立即」的單字用法差異，是測驗中會考的題目。

- **instantly** 立即
  用在某件事立即發生的時候。
- **urgently** 緊急地
  用在需要緊急處理某種狀況的時候。
  Action is **urgently** needed to avoid a financial crisis.
  需要（採取）緊急的行動，以避免金融危機。
- **hastily** 匆忙地，倉促地
  用在不經慎重考慮就匆忙做某事的時候。
  The boss acted too **hastily** in accepting Mr. Binny's resignation.
  上司太過倉促地接受了 Mr. Binny 的辭職。

6 **creative***
[krɪ`etɪv]
衍 create v. 創造
creativity n. 創造性，創造力

adj. 創造性的，有創意的

Mr. Beaumont came up with a **creative** idea.
Mr. Beaumont 想出了一個有創意的點子。

7 **aggressively****

[ə`grɛsɪvlɪ]

衍 aggressive adj. 進取的，積極的

反 passively 被動地

adv. 積極地

The best sales representatives **aggressively** seek out potential clients.

最優秀的業務專員會積極尋找潛在客戶。

8 **aim****

[em]

v. 以…為目標

Sport Apparel developed athletic gear **aimed** at teenagers.

Sport Apparel 公司開發了以青少年為目標客層的運動器具。

n. 目標，目的

The division head will outline the **aims** of the marketing strategy.

部門負責人將概述行銷策略的目標。

出題重點

常考語句

aim to do 以做…為目標

產品 + aimed at 以…為目標客層的產品

動詞 aim 可以和 to 不定詞連用，也可以用 aimed at 的形態修飾名詞。

9 **strategy****

[`strætədʒɪ]

衍 strategic adj. 策略性的

strategically adv. 策略性地

n. 策略

Management's **strategy** for expansion has been successful.

經營團隊的擴張策略很成功。

10 **indicate*****

[`ɪndə͵ket]

衍 indicative adj. 指示的，表示的

indication n. 指示，徵兆

indicator n. 指標

同 show 顯示

v. 指出，顯示

Studies **indicate** that consumers prefer attractively packaged products.

研究指出，消費者偏好包裝得吸引人的產品。

出題重點

同義詞 表示表格等等呈現出事實或資訊，或者表示調查結果呈現出什麼傾向時，**indicate** 可以換成 **show**。

11 **attract*****
[ə`trækt]
衍 attractive adj. 吸引人的
attraction n. 吸引力

v. 吸引，引起（興趣等）

The automaker is making an effort to **attract** younger buyers.
那間汽車製造商正努力吸引較年經的買家。

12 **experience*****
[ɪk`spɪrɪəns]

n. 經驗，體驗

All of the invited guests had a pleasant **experience** at the store opening. 在那間店的開幕活動中，所有受邀的賓客都有很愉快的體驗。

v. 體驗，經歷

Customers can **experience** the new service free for a limited time. 顧客可以在限定期間內免費體驗新的服務。

13 **analyze*****
[`ænl͵aɪz]
衍 analysis n. 分析
analyst n. 分析師

v. 分析

Researchers were asked to **analyze** the survey data.
研究員被要求分析調查的資料。

14 **introduce*****
[͵ɪntrə`djus]
衍 introduction n. 介紹，引進
introductory adj. 介紹的

v. 介紹，發表（商品）

ElectroLife **introduced** a new line of vacuum cleaners.
ElectroLife 公司發表了新系列的吸塵器。

15 **advise*****

[əd`vaɪz]

衍 advice n. 勸告，忠告
advisor n. 顧問
advisory adj. 勸告的

v. 勸告，建議

Coburn Law Firm **advises** clients on intellectual property matters.

Coburn 法律事務所提供客戶關於智慧財產權問題的建議。

出題重點

常考語句

advise A to do 建議 A 做…

advise A on B 給 A 關於 B 的建議

測驗會考在 advise 的受詞後面填入 to 不定詞的題目。

16 **subscribe*****

[səb`skraɪb]

衍 subscription n. 訂閱，訂閱費
subscriber n. 訂閱者

v. 訂閱

Subscribing to the monthly fashion magazine costs only $40 a year. 訂閱這本時尚月刊，每年只要 40 美元。

17 **absence*****

[`æbsn̩s]

n. 不在，缺少；缺席，缺勤

The **absence** of competition will help product sales.

缺少競爭有助於產品的銷售。

Staff members must strictly observe the new policy on **absences**. 員工必須嚴格遵守新的缺勤規定。

出題重點

常考語句

during/in + one's absence 在某人不在的時候

請把和 absence 搭配使用的介系詞 during 和 in 一起記下來。

18 **means*****

[minz]

n. 方法，手段

Direct surveys are one **means** of gathering consumer feedback.

直接調查是收集消費者回饋意見的一種方法。

出題重點

常考語句

by means of 藉由…

請記住 means 經常以 by means of 的形式出題。

易混淆單字 **means : instrument**

測驗中會考關於「方法」的單字用法差異的題目。

means of …的方法／手段

means 表示「方法」，搭配介系詞 of 使用。

instrument for …的工具

instrument 表示「工具」，搭配介系詞 for 使用。

The internet is an invaluable **instrument for** conducting research.

網路是進行研究的寶貴工具。

19 **prefer*****

美 [prɪ`fɝ]

英 [pri`fə:]

衍 preference n. 偏好

v.（比其他的東西）更喜歡，偏好

Customers **prefer** Luster Shampoo to any other competing brand.

顧客們偏好 Luster 洗髮精勝過其他任何競爭品牌。

20 **advantage*****

美 [əd`væntɪdʒ]

英 [əd`vɑ:ntidʒ]

衍 advantageous adj. 有利的

反 disadvantage 不利（條件）

n. 優點，優勢

One **advantage** of consumer testing is the development of marketing insight.

消費者測試的一項優點是能夠發展出行銷方面的洞見。

出題重點

常考語句 **take advantage of** 利用…

請務必記住 advantage 經常以 take advantage of 的形式出題。

易混淆單字 **advantage : benefit**

關於「好處」的單字用法差異，在測驗中會考。

advantage 優點，優勢

表示讓人比起其他人更有優勢的特定事項。

benefit 好處

表示某個事物或某件事帶來的好處。

VIP Club members receive a range of **benefits**.

VIP 俱樂部會員會得到多種好處。

21 **forward*****
美 [ˋfɔrwɚd]
英 [ˋfɔ:wəd]

adv. 向前

Our company's research program has moved **forward** substantially. 我們公司的研究計畫已經有了很大的進展。

v. 轉交，轉寄（物品、信件等）

Please **forward** your e-mail to the accounting manager.
請把你的電子郵件轉寄給會計經理。

出題重點

常考語句

1. a huge step forward 很大的進步
多益會考的這個慣用語，其中的 step 是表示「（朝向目標的）一步，進展」的意思。

2. look forward to -ing 期待…
測驗會考在 look forward to 後面填入動名詞的題目。

22 **contemporary*****
美 [kənˋtɛmpə͵rɛrɪ]
英 [kənˋtempərəri]

adj. 同時代的；當代的，現代的

Advertising messages change over time to reflect **contemporary** attitudes.
廣告訊息會隨著時代而改變，反映當代的處事態度。

The fashion brand's **contemporary** look appeals to young consumers.
這個時尚品牌的現代風貌很吸引年輕消費者。

23 **discussion*****
[dɪˋskʌʃən]
衍 discuss v. 討論，談論

n. 討論，談論

A **discussion** was held to decide how to promote the product.
為了決定如何促銷這個產品，進行了一場討論。

24 **initial****
[ɪˋnɪʃəl]
衍 initiate v. 開始，開始實施
initially adv. 起初

adj. 開始的，最初的

Initial findings show that customers are satisfied with the service.
最初的研究結果顯示消費者對服務感到滿意。

25 steadily**
[`stɛdəlɪ]
衍 steady adj. 平穩的，穩定的

adv. 平穩地，穩定地

Ron **steadily** answered investors' questions about his business idea.
Ron 平穩地回答了投資者對於他的事業想法的問題。
Product sales **steadily** increased as time passed.
產品的銷售量隨著時間經過而穩定增加。

26 necessarily**
美 [`nɛsəsɛrəlɪ]
英 [`nesəserili]
衍 necessary adj. 必要的
necessitate v. 使…成為必需
necessity n. 必要性，必需品

adv. 必然

Increased production does not **necessarily** lead to greater revenues. 產量增加不一定會帶來更高的收益。

出題重點

常考語句 **not necessarily + 動詞** 不必然…，不一定…
necessarily 經常和 not 連用，以部分否定的形式出題。

27 resolve**
[rɪ`zɑlv]
衍 resolution n. 解決，決心，決議

v. 解決（問題等）

The new facial cream promises to **resolve** 90 percent of common skin problems.
這款新的面霜保證能夠解決百分之 90 的常見肌膚問題。

28 detect**
[dɪ`tɛkt]

v. 察覺，發現

Only a few people **detected** any actual differences between the two models.
只有很少的人發現這兩個型號之間有什麼實際上的差異。

29 intensify**
美 [ɪn`tɛnsə͵faɪ]
英 [in`tensifai]
衍 intense adj. 強烈的，劇烈的
intensive adj. 密集的

v. 強化，增強，使…變強烈

The movie studio **intensified** its promotional activities to draw in a wider audience.
這間電影製作公司強化了宣傳活動，以吸引更廣泛的觀眾。

30**favorably****

[ˋfevərəblɪ]

衍 favor n. 善意的行為
favorable adj.
贊同的，有利的
favored adj.
受到支持／偏好的

adv. 善意地；順利地

The product demonstration was **favorably** received by consumers. 產品示範受到了消費者的好評。

Earnings continue to develop **favorably**.
所得持續順利增長中。

31**cover****

美 [ˋkʌvɚ]
英 [ˋkʌvə]
衍 coverage n.
涵蓋範圍，新聞報導
同 report on 報導
pay 支付

v. 包含；支付；覆蓋

The rental deposit **covers** the cost of repairing damage to the equipment.
租賃的押金包含設備的損壞修理費用。

The firm's budget is large enough to **cover** marketing expenses for a year.
這間公司的預算夠多，足以支付一年的行銷費用。

The car was **covered** by a sheet before being unveiled at the launch. 在發表會上揭曉前，這台車用布蓋著。

出題重點

同義詞 **cover** 表示「報導」事件時，可以換成 **report on**，表示「支付」費用時可以換成 **pay**。

32**less****

[lɛs]

adj. 較少的，較小的

Less competition among insurance companies led to higher premiums. 保險公司之間變少的競爭，導致保險費變高。

出題重點

易混淆單字
- **less** 較少的
- **lesser** 次要的

less 表示程度或數量較少，lesser 主要表示重要度或價值較低，請注意不要搞混。

Comments in blue indicate topics of **lesser** importance.
藍色的註釋表示重要度比較低的主題。

33 **majority****

[美] [mə`dʒɔrətɪ]
[英] [mə`dʒɔ:riti]
[衍] major adj. 重要的，主要的 n. 主修科目；（陸軍）少校

n. 大部分，大多數

The **majority** of registered clients pay their dues regularly.
大多數的註冊客戶都定期繳納應付款項。

出題重點

常考語句 區分表示「大部分」的單字用法差異，在測驗中會考。

a/the majority of... 大多數的…

majority 前面一定要加不定冠詞 a 或定冠詞 the。

most of the... 大部分的…

most 前面不加冠詞。

Most of the advertising budget is spent on television commercials.
大部分的廣告預算花在電視廣告上。

34 **adopt****

[美] [ə`dɑpt]
[英] [ə`dɔpt]
[衍] adoption n. 採納

v. 採納

Plenty of research must be done before **adopting** a particular marketing strategy.
採納特定行銷策略之前，必須進行許多研究。

35 **largely****

[美] [`lɑrdʒlɪ]
[英] [`lɑ:dʒli]

adv. 大部分，主要

Public reaction to the charity foundation was **largely** positive.
大眾對慈善基金會的反應大多是正面的。

36 **disregard****

[美] [ˌdɪsrɪ`gɑrd]
[英] [ˌdisri`gɑ:d]
n. 忽視，漠視

v. 不理會，忽視

The company should not **disregard** customers' opinions if it wants to improve the service quality.
公司如果想要提升服務品質，就不應該忽視顧客的意見。

37 **effort***
[美] [`ɛfɚt]
[英] [`efət]
[同] endeavor 努力

n. 努力

TV commercials were run in an **effort** to broaden consumer awareness of new brands.
為了努力拓展消費者對新品牌的認知度而打了電視廣告。

出題重點

常考語句

in an effort to do 為了（努力）做到…

make an effort 努力

請注意 in an effort to do 不要漏掉冠詞 an。

38 **incentive***
[ɪn`sɛntɪv]

n. 獎勵，獎金

Financial **incentives** such as coupons may encourage purchases.
例如優惠券這種金錢上的誘因，可以鼓勵消費。

出題重點

常考語句

financial incentives 金錢上的獎勵／優惠／誘因

extra incentives 額外獎勵金

請記住和 incentive 相關的常考慣用語。

易混淆單字

incentive : budget : earning

請區分這些和「錢」相關的單字意義差異。

- **incentive** 獎勵金
  為了獎勵某件事而給的錢。
- **budget** 預算
  做某件事時所需要的預計費用。
  The project was completed on time and within **budget**.
  這件工程準時而且在預算內完成了。
- **earning** 所得，收入
  做某件事而得到的收入。
  Business **earnings** are up 53 percent since last year.
  企業收入從去年以來成長了百分之 53。

39**need***

[nid]

衍 needy adj. 貧窮的

n. 需要，需求

The company is in **need** of an untapped market.

那間公司需要未經開發的市場。

The vehicle was designed to meet the **needs** of daily commuters.

這台車是為了滿足每日通勤者的需求而設計的。

v. 需要（做…）

We **need** to scrutinize each transaction for potential errors.

我們需要詳細檢查每筆交易，看看是否有潛在的錯誤。

出題重點

常考語句 **meet one's needs** 符合…的需求

need 會和 meet 搭配出題，這時候要使用複數形 needs。

40**mastermind***

美 [ˋmæstɚmaɪnd]

英 [ˋmɑ:stəmaind]

n. （計畫等的）策畫者

Mr. Dane is the **mastermind** behind the innovative design.

Mr. Dane 是那個創新設計背後的策畫者。

8th Day Daily Checkup

請把單字和對應的意思連起來。

01 strategy
02 advantage
03 necessarily
04 intensify
05 aggressively

ⓐ 必然
ⓑ 策略
ⓒ 強化，增強
ⓓ 優點，優勢
ⓔ 最初的
ⓕ 積極地

請填入符合文意的單字。

06 The Mini Scan's success is ______ due to its compact size.
07 ______ marketing strategy incorporates the use of social media.
08 Participants must ______ their favorite brand on the survey form.
09 Travelers ______ Skybound Airlines to Farejet because of its in-flight amenities.

ⓐ attract ⓑ indicate ⓒ contemporary ⓓ prefer ⓔ largely

10 The marketing team held a ______ about the product's features.
11 Companies ______ consumer buying habits before launching a product.
12 Students may ______ to the *Journal of Marketing* at a 40 percent discount.
13 The online store offers several ______ of payment for customers' convenience.

ⓐ analyze ⓑ subscribe ⓒ need ⓓ discussion ⓔ means

Answer 1.ⓑ 2.ⓓ 3.ⓐ 4.ⓒ 5.ⓕ 6.ⓔ 7.ⓒ 8.ⓑ 9.ⓓ 10.ⓓ 11.ⓐ 12.ⓑ 13.ⓔ

多益滿分單字

行銷 (2)

多益基礎單字

LC	celebration	n. 慶祝
	curious	adj. 好奇的，想知道的
	drop by	phr. 順道拜訪
	first step	phr. 第一步
	for now	phr. 現在，暫時
	gather	v. 聚集
	get together	phr. 聚在一起
	hole	n. 洞
	hook	v. 用鉤子鉤住
	in total	phr. 總共
	in use	phr. 使用中的
	practical	adj. 實用的
	rent	n. 租金 v. 租
	show	v. 顯示 n. 展覽
	space	n. 空間 v. 把…間隔開來
RC	advertise	v. 廣告
	belong to	phr. 屬於…，為…所有
	be open for business	phr. 營業中
	best-selling author	phr. 暢銷作家
	consumer	n. 消費者
	entry fee	phr. 報名費
	experiment	n. 實驗
	findings	n. 研究結果
	full	adj. 滿的，完全的
	obviously	adv. 明顯地
	photographer	n. 攝影師
	sales target	phr. 銷售目標；銷售對象
	summary	n. 摘要，總結

多益800分單字

LC	advertising campaign	phr. 廣告活動
	be anxious to do	phr. 很渴望做…
	bring on	phr. 引起…
	chase	v. 追逐，追趕
	come along	phr. 一起來；進展
	come loose	phr. 變鬆，鬆開
	conditional	adj. 有條件的
	customer survey	phr. 顧客意見調查
	date back to	phr. （時期）追溯到…
	depict	v. 描繪
	destruction	n. 破壞
	enter into	phr. 進入…，加入…
	get back to	phr. 回電話給…
	gradual	adj. 逐漸的，逐步的
	inactive	adj. 不活動的，不活躍的
	in the meantime	phr. 與此同時
	invalid	adj. 無效的
	look over	phr. 瀏覽，檢查
	make up one's mind	phr. 下定決心
	meaningful	adj. 有意義的
	put a rush	phr. 匆忙
	put a strain on	phr. 對…造成負擔
	put up with	phr. 容忍…，忍受…
	reach for	phr. 伸手拿…
	stay ahead of	phr. 保持領先…
Part 5, 6	A as well as B	phr. 不止 B，還有 A
	ample	adj. 充足的
	a range of	phr. 一系列的，一些
	attend to a client	phr. 接待客戶
	confront	v. 面臨，面對
	context	n. 上下文，（某件事的）來龍去脈，背景
	despair	n. 絕望
	disconnected	adj. 連線中斷的

	dissatisfied	adj. 不滿意的
	dynamic	adj. 動力的，動態的
	enormous	adj. 巨大的
	fall behind	phr. 落後
	feasible	adj. 可行的
	forwarding address	phr. （郵件的）轉寄地址
	get over	phr. 克服
	impress	v. 使印象深刻
	inadequate	adj. 不適當的，不充分的
	in a timely fashion	phr. 適時地，及時地
	limitation	n. 限制，局限
	massive	adj. 大量的，大規模的
	point out	phr. 指出…
	repeatedly	adv. 反覆地，一再
	strategically	adv. 策略性地
Part 7	a great deal	phr. 很多，大量
	be sensitive to	phr. 對…敏感
	bother to do	phr. 費心去做…
	call off	phr. 取消
	carry out market studies	phr. 進行市場研究
	come across	phr. 偶然遇到
	contrive to do	phr. 設法做到…
	currency market	phr. 貨幣市場
	deliberate	adj. 故意的，慎重的，深思熟慮的
	discounted rate	phr. 打了折扣的費用
	for sale	phr. 供出售的
	have a tendency to do	phr. 有做…的傾向
	have an opportunity to do	phr. 有機會做…
	have something to do with	phr. 和…有點關聯
	in turn	phr. 按順序，輪流
	make no exception	phr. 不容許例外
	televise	v. 在電視上播放，播出

多益900分單字

LC	discipline	n. 訓練，紀律
	hilarious	adj. 很好笑的，歡鬧的
	mobility	n. 移動性，易攜帶性
	on the ropes	phr. 瀕臨失敗的
Part 5, 6	abruptly	adv. 突然地
	absorbing	adj. 很引人興趣的
	admiringly	adv. 讚賞地
	at large	phr. 大體上
	boast about	phr. 自誇⋯，誇耀⋯
	correspondent	n. 特派員（通訊記者），通信者
	counterpart	n. 對應的人事物，互補的人事物
	defeat	v. 打敗 n. 失敗
	diversify	v. 使多樣化
	dominant	adj. 支配的，佔優勢的
	fabulous	adj. 非常好的
	fortify	v. 強化，加強
	fundamental	adj. 基礎的，根本的
	mingle	v. （使）混合
	preciously	adv. 珍貴地
	steadiness	n. 穩定，穩健
Part 7	alluring	adj. 誘人的
	assimilate	v. 使⋯同化
	at all costs	phr. 不惜代價，無論如何
	await	v. 等待
	captivate	v. 使⋯著迷
	culminate in	phr. 以⋯告終
	defiance	n. 反抗
	dissipate	v. 浪費，驅散
	driving force	phr. 驅動力
	elicit	v. 引出
	overwhelming	adj. 壓倒性的
	voiced	adj. 說出來的，表達出來的

熱血員工撐起公司和國家的經濟！
經濟

雖然經濟整體情況低迷，消費者的反應也很 **stagnant**，但在罐裝咖啡的市場中，我們公司的銷量卻 **dramatically** 上升，銷售情況非常 **brisk**。總經理問部長，在經濟 **unstable** 的狀況下還能讓銷量 **rapidly soar** 的策略究竟是什麼，他很自豪地 **assert**：「為了罐裝咖啡的銷量，行銷部的員工燃燒生命投入工作，所以業績的 **boost** 是預料中的事。」

更快！更多！
乾杯～乾杯～
灌吧～喝吧～
coffee
Marketing Department

1 **stagnant***
[ˋstægnənt]
衍 stagnate v. 停滯
同 sluggish 緩慢的，疲軟的

adj. 停滯的，不景氣的

Profits are down this year as sales have been **stagnant**.
今年的利潤下降了，因為銷售情況不順利。

出題重點

同義詞 表示「不景氣」時，**stagnant** 可以換成 **sluggish**。

2 **dramatically*****
[drəˋmætɪklɪ]
衍 dramatic adj. 戲劇性的

adv. 戲劇性地

Interest rates climbed **dramatically.**
利率急遽攀升。

出題重點

常考語句 **increase/grow/climb + dramatically** 急遽增加／成長／攀升

dramatically 經常和 increase 等表示增加的動詞搭配出題。

3 **brisk***
[brɪsk]

adj. 活潑的，興旺的

A **brisk** market is developing in online shopping.
網路購物的興盛市場正在發展中。

4 **unstable***
[ʌnˋstebl̩]
反 stable 穩定的

adj. 不穩定的，易變的

Gas prices have been **unstable** in recent years.
最近幾年，汽油價格很不穩定。

5 **rapidly****
[ˋræpɪdlɪ]
衍 rapid adj. 迅速的
rapidity n. 迅速

adv. 迅速地，很快地

Energy demand increased **rapidly**.
能源需求迅速增加。

6 **soar***
[美] [sor]
[英] [sɔː]
[反] plummet 暴跌

v.（物價等）高升，急漲

Interest rates have **soared** due to inflation.
利率由於通貨膨脹而急漲。

7 **assert***
[美] [ə`sɝt]
[英] [ə`səːt]

v. 斷言，主張

The report **asserts** that corporate growth will continue.
那份報告主張，企業的成長將會持續下去。

8 **boost****
[bust]
n. 促進，（價格的）提高

v. 推動，促進（景氣），使上升

The real estate industry has helped **boost** the economy.
不動產業幫助推動了經濟發展。

9 **analyst*****
[`ænəlɪst]
[衍] analyze v. 分析
analysis n. 分析

n. 分析師

Analysts recommend buying stock in energy companies.
分析師建議購買能源公司的股票。

10 **potential*****
[pə`tɛnʃəl]

adj. 潛在的

Potential earnings from the trade deal could reach billions of dollars.
那筆貿易交易的潛在收益可能達到數十億美元。

n. 潛力，可能性

The newly formed company has great **potential** to succeed.
那間新成立的公司很有可能成功。

11 **pleased*****
[plizd]

adj. 滿意的，高興的

Investors are **pleased** with the market's performance.
投資人對於市場的表現感到滿意。

出題重點

常考語句 **be pleased to do** 很樂意做…

pleased 經常以 be pleased to do 的形式出題。

12 **remain*****

[rɪ`men]

衍 remainder n. 剩餘物

remaining adj. 剩下的

v. 保持（…的狀態），仍然有待…

The cost of living will **remain** stable over the next decade.

生活費在未來十年將會保持穩定。

It **remains** to be seen whether or not the tax cut will be passed.

減稅案是否通過仍然有待觀察。

出題重點

常考語句 **remain + steady/harmonious/the same**

保持穩定／協調／相同

remain 主要以後面接形容詞或名詞補語的形態出題。

13 **limited*****

[`lɪmɪtɪd]

adj. 有限的

The island nation has **limited** natural resources.

這個島國的天然資源很有限。

出題重點

常考語句 **limited offer** 限定優惠

for a limited time 限時

limited 經常和 offer, time 等名詞搭配，請一起記下來。

14 **costly*****

美 [`kɑstlɪ]

英 [`kɔstli]

adj. 昂貴的，代價高的

Starting a business is **costly.**

創業很花錢。

15 **particular*****

㊣ [pə`tɪkjələ]
㊥ [pə`tikjulə]

adj. 特定的

Import taxes are higher for **particular** products that are luxury goods. 屬於奢侈品的特定產品，進口稅比較高。

出題重點

常考語句 **in particular** 特別，尤其

請把和 particular 一起使用的介系詞 in 一併記下來。

16 **drastic*****

[`dræstɪk]

adj. 激烈的，猛烈的，徹底的

Resolving the financial crisis will require **drastic** action.
解決金融危機，需要大刀闊斧的行動。

Private citizens want **drastic** reform of the banking industry.
一般公民希望對銀行業進行徹底的改革。

17 **evenly*****

[`ivənlɪ]

衍 even adj. 平的，均等的

adv. 均勻地，平均地

Economic wealth is not **evenly** distributed.
經濟上的財富不是平均分配的。

18 **evidence*****

美 [`ɛvədəns]
英 [`evidəns]

衍 evident adj. 明顯的
evidently adv. 明顯地

n. 證據

The latest employment data shows **evidence** that the economy is improving.
最新的就業數據顯示出經濟正在改善的證據。

19 **prospect*****

美 [`prɑspɛkt]
英 [`prɔspekt]

衍 prospective adj. 預期的，未來的

n. 展望，預期

Bolton Industries is facing the **prospect** of having to reduce its workforce.
Bolton Industries 正面臨必須減少員工的可能性。

20 **lead*****

[liːd]

衍 leading adj. 領導的

v. 領導，引導；導致（某種結果）

Ms. Vasquez helped **lead** the company to success.

Mr. Vasquez 幫助帶領公司走向成功。

Growing oil markets will **lead** to economic improvement.

成長中的石油市場，將會促成經濟的改善。

出題重點

常考語句

1. lead to 導致（結果）

測驗中會考和 lead 搭配的介系詞 to。

2. leading + brand/company/figure

領導的品牌／公司／人物

leading 經常和品牌、公司、人物等名詞一起使用。

21 **fall****

[fɔl]

n. 落下，下降

同 decrease 減少

v.（價格、數值）下降

The rate of unemployment has **fallen** steadily this quarter.

失業率在這一季穩定下降。

出題重點

同義詞 表示「數值等減少」時，**fall** 可以換成 **decrease**。

22 **period****

[ˋpɪrɪəd]

n. 期間，時期

For a **period** of three years, the company underwent rapid expansion.

在三年的期間中，這家公司經歷了迅速的擴展。

23 **indicator****

美 [ˋɪndəˏketɚ]

英 [ˋindikeitə]

衍 indicate v. 指出，顯示

indication n. 徵兆，跡象

n. 指標

Current economic **indicators** show rising growth in mining.

目前的經濟指標顯示礦業的成長正在上升。

24 **industry****

[ˋɪndəstrɪ]

衍 industrial adj. 工業的，產業的

industrious adj. 勤奮的

n. 工業，產業

Jobs in the newspaper **industry** are declining rapidly.

報業的工作（職位）正迅速減少。

25 **likely****

[ˋlaɪklɪ]

衍 likelihood n. 可能性

反 unlikely adj. 不太可能的

adj. 很可能（做…）的

The new CEO is **likely** to confront major challenges.

新任執行長很可能面臨重大挑戰。

出題重點

常考語句

be likely to do 很可能做

likely 經常和 to 不定詞連用出題，請一起記下來。

易混淆單字

likely : possible

請區分表示「可能」的單字用法差異。

likely 似乎會發生

表示某件事成為事實的可能性很高，主詞可以是人。

possible 有可能實現

表示某件事情是有可能實現的，主詞不能是人。

It is not **possible** to process your request at the moment.

目前無法處理您的要求。

26 **boom****

[bum]

n. 繁榮，興盛

Land developers are taking advantage of the housing **boom**.

土地開發業者正在利用住宅市場的熱潮。

27 **director****

美 [dəˋrɛktɚ]

英 [daiˋrektə]

衍 direction n. 指示，說明

direct adj. 直接的，直的 v. 指揮，為…指路

n. 主管，董事

The company **directors** are discussing a new business strategy.

公司的主管們正在討論新的事業策略。

出題重點

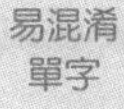

易混淆單字

- **director** 主管，董事
- **direction** 指示，說明

區分人物名詞 director 和抽象名詞 direction 的題目，在測驗中會考。

28**substitute****
美 [\`sʌbstə͵tjut]
英 [\`sʌbstitju:t]

n. 代替品

Corn syrup is used as a **substitute** for sugar in many food products.

玉米糖漿在許多食品中被當成糖的替代品使用。

v. 代替

Ms. Ohara will be **substituting** for the project manager this week.

Ms. Ohara 這禮拜將會代任專案經理。

出題重點

常考語句

substitute A for B 用 A 代替 B

be substituted for 被用來代替…

substitute 主要和介系詞 for 連用。被動態在測驗中也很常出現，所以一定要記起來。

29**consequence***
美 [\`kɑnsə͵kwɛns]
英 [\`kɔnsikwəns]
衍 consequential adj. 隨之發生的

n. 結果，後果

Profits grew as a **consequence** of increased business.

生意增加的結果是利潤跟著成長。

30**fairly***
美 [\`fɛrlɪ]
英 [\`fɛəli]
衍 fair adj. 還不錯的，相當多的
同 quite 相當，很

adv. 相當，頗為

Concerns over the bankruptcy are **fairly** widespread.

對於破產的擔憂相當普遍（很多人擔心破產可能發生）。

出題重點

[同義詞] 強調數量或程度的 **fairly** 可以換成 **quite**。

31 **economical***
[美] [ˌikə`nɑmɪkḷ]
[英] [ˌi:kə`nɔmikəl]
[衍] economic adj. 經濟的
economy n. 經濟，節約
economics n. 經濟學
economist n. 經濟學家
[反] extravagant 揮霍的

adj. 經濟的，節約的

Companies are searching for **economical** ways to utilize energy.
各公司正在尋找經濟的能源使用法。

出題重點

[易混淆單字]
economical 經濟的，節約的
economic 經濟方面的，經濟學的
請區分這兩個字根相同但意義不同的單字。
The latest **economic** indicators are available on the Internet.
最新的經濟指標可以在網路上取得。

[文法] **economics** 經濟學（單數，不加冠詞）
economics 雖然看起來像複數，但其實是當成單數名詞使用，而且不加冠詞。

32 **thrive***
[θraɪv]
[同] prosper, flourish 繁榮，興盛

v. 繁榮，成功

The delivery service industry is **thriving**.
快遞服務產業正蓬勃發展。

33 **implication***
[ˌɪmplɪ`keʃən]
[衍] implicate v. 意味著…，牽連…

n. 暗示，可能的結果

The Supreme Court ruling has **implications** for small businesses.
最高法院的裁決可能會對小型企業造成影響。

出題重點

常考語句	**have implications for** 可能對…造成影響 implication 表示某件事的結果可能對未來造成的影響，在測驗中主要以 have implications for 的形式出題。
文法	請區分 **implication**（n. 可能的結果）和 **implicate**（v. 牽連）的詞性。

34 **wane***

[wen]

v. 減少

n. 減少，衰退

Consumer spending is on the **wane**.

消費者支出正在減少中。

出題重點

常考語句	**on the wane** 減少中，衰退中（= on the decline） 選出和 wane 搭配的介系詞 on，是測驗中會考的題目。

35 **prosperity***

美 [prɑsˋpɛrətɪ]

英 [prɔsˋperiti]

衍 prosper v. 繁榮

prosperous adj. 繁榮的

n. 繁榮

Strong economic growth is a prerequisite for national **prosperity**.

強勁的經濟成長是國家繁榮的必要條件。

出題重點

常考語句	**in times of prosperity** 在繁榮的時期 介系詞 of 是會考的部分。
文法	請區分 **prosperity**（n. 繁榮）和 **prosperous**（adj. 繁榮的）的詞性。

36 **depression***

[dɪˋprɛʃən]

同 slump, recession 衰退

n. 不景氣，蕭條

The entire industry is going through an economic **depression**.

整個產業正經歷經濟的衰退。

37 **dwindle***
[ˋdwɪndl̩]
同 diminish 減少

v. 逐漸減少，逐漸變小
The company's profits **dwindled** in the 1990s.
這間公司的利潤在 1990 年代逐漸減少。

38 **impede***
[ɪmˋpid]
衍 impediment n. 妨礙，阻礙
反 facilitate 促進

v. 妨礙，阻礙
Natural calamities in the summer will **impede** national growth.
夏季的天然災害會妨礙國家的成長。

39 **promising***
美 [ˋprɑmɪsɪŋ]
英 [ˋprɔmisiŋ]

adj. 有希望的，有前途的
Many people find **promising** careers in health and technology.
很多人在醫療保健和科技領域尋找有前途的工作。

40 **adversity***
美 [ədˋvɝsətɪ]
英 [ədˋvə:siti]
衍 adverse adj. 不利的

n. 逆境，不幸
In spite of the **adversity** he faced, Mike managed to find a job.
即使面臨逆境，Mike 還是設法找到了工作。

9th Day Daily Checkup

請把單字和對應的意思連起來。

01 brisk
02 director
03 limited
04 promising
05 analyst

ⓐ 分析師
ⓑ 有希望的，有前途的
ⓒ 主管，董事
ⓓ 有限的
ⓔ 活潑的，興旺的
ⓕ 激烈的，徹底的

請填入符合文意的單字。

06 The business expansion could be too ______ .
07 Oil prices are expected to ______ stable this month.
08 When wheat prices are up, consumers buy corn as a(n) ______ .
09 A(n) ______ in the service industry could produce thousands of jobs.

ⓐ costly ⓑ boom ⓒ wane ⓓ substitute ⓔ remain

10 The firm saw profits drop for a(n) ______ of two months.
11 Shares will be distributed ______ among the firm's partners.
12 Management was hesitant about the investment due to the ______ risk.
13 Market conditions have ______ improved ever since the financial crisis ended.

ⓐ potential ⓑ period ⓒ evidence ⓓ evenly ⓔ dramatically

Answer 1.ⓔ 2.ⓒ 3.ⓓ 4.ⓑ 5.ⓐ 6.ⓐ 7.ⓔ 8.ⓓ 9.ⓑ 10.ⓑ 11.ⓓ 12.ⓐ 13.ⓔ

多益滿分單字

多益基礎單字

LC	business hours	phr. 營業時間
	cast	v. 拋，擲
	CEO (chief executive officer)	n. 執行長
	enterprise	n. 企業，事業
	firm	n. 公司
	franchise	n. （連鎖事業的）特許經營權
	nice-looking	adj. 好看的
	plenty	adj. 足夠的，很多的
	speed up	phr. 加速
	trading	n. 交易
RC	beginning	n. 開始 adj. 初期的
	contribution to	phr. 對…的貢獻／捐獻
	convenient	adj. 便利的，方便的
	differently	adv. 不同地，分別地
	economy	n. 經濟
	formally	adv. 正式地
	industrial	adj. 工業的，產業的
	lightly	adv. 輕輕地，輕微地
	merge	v. 合併
	not A but B	phr. 不是 A 而是 B
	optimistic	adj. 樂觀的
	overall	adj. 整體的，全面的
	possibility	n. 可能性
	private	adj. 私人的
	rise	v. 上升，上漲
	situation	n. 狀況
	strengthen	v. 強化，加強
	up-and-down	adj. 上上下下的，起伏的

多益800分單字

LC	blueprint	n. 藍圖，計畫
	business deal	phr. 商業交易
	family-run	adj. 家族經營的
	first degree	phr. 第一級的
	fluctuation	n. 波動，變動
	for business	phr. 為了商務（工作）
	foreign trade	phr. 海外貿易
	go into business	phr. 從事商業
	go out of business	phr. 歇業，倒閉
	mutual	adj. 相互的
	nationwide	adj. 全國性的
	need monitoring	phr. 需要監測
	neighboring	adj. 鄰近的
	real estate sale	phr. 不動產銷售
	recession	n. （經濟）衰退
	relieve pain	phr. 減輕痛苦
	role model	phr. 模範
	session	n. （特定活動的）時間
Part 5, 6	ascend	v. 升高
	commerce	n. 商務，貿易
	prolong	v. 使延長
	relevantly	adv. 有關聯地
	stimulate	v. 刺激，激勵
	supplement	v. 補充
	tedious	adj. 冗長乏味的
Part 7	be related to	phr. 和…有關
	bring in	phr. 帶來，產生（利潤）
	brokerage	n. 仲介，仲介佣金
	business management	phr. 企業管理
	business practice	phr. 商業慣例
	businessman	n. 商人
	collapse	n. 倒塌，崩潰
	cope with	phr. 處理，對付

cost-effective	adj. 有成本效益的
descending	adj. 下降的，（排序）漸降的
dominate	v. 支配，佔優勢
downturn	n.（經濟）衰退
entail	v. 必然隨之產生…
exchange rate	phr. 匯率
flourish	v. 繁榮，興盛
for large purchases	phr. 對於大量的採購
for the benefit of	phr. 為了…的利益
foremost	adj. 最前面的，第一流的
forerunner	n. 先驅
from around the globe	phr. 來自全球各地
infrastructure	n. 基礎建設，公共建設
marketable	adj. 有銷路的，有市場的
multinational corporation	phr. 跨國企業
multi-regional	adj. 跨區域的
nationality	n. 國籍
net income	phr. 淨收入
penalize	v. 處罰
put forth	phr. 提出，發表
ratio	n. 比例
set up	phr. 建立，創立
skyrocket	v.（價格等）飆升
specialize	v. 專門從事
surge	v.（物價）激增
synergy	n. 協力，協力作用
synthesis	n. 綜合，合成
tactics	n. 戰術，策略
unemployment	n. 失業
variable	adj. 易變的，多變的
vicious cycle	phr. 惡性循環
without a doubt	phr. 無疑地

多益900分單字

LC	billing address	phr. 帳單寄送地址
	government grant	phr. 政府補助金
	market value	phr. 市值，市價
	pull down	phr. 拉下，使降低
Part 5, 6	abate	v. 減少，減輕
	deteriorate	v. 惡化，變糟
	leisurely	adj. 從容的，悠閒的 adv. 從容地
	placement	n. 放置，布置，（輔導就業的）安排
	remark	v. 注意到，談到
	slowdown	n. （景氣）低迷
	solitary	adj. 單獨的，孤獨的
Part 7	ailing	adj. 生病的，衰弱的
	bull market	phr. 牛市（行情看漲的市場）
	cut back on cost	phr. 削減費用
	financial statement	phr. 財務報表
	for minimal outlay	phr. 用最少的費用
	foreign exchange holdings	phr. 外匯儲備
	have a monopoly on	phr. 獨佔…
	in demand	phr. 有需求的
	macroeconomy	n. 總體經濟
	multilateral	adj. 多方的，多國間的
	nontransferable	adj. 不可轉讓的
	parent company	phr. 母公司
	privatization	n. 私有化，民營化
	rebound	n. 回升 v. 反彈，回升
	runner-up	n. 第二名，亞軍
	secondary effect	phr. 次級效應
	securities	n. 證券
	sluggish	adj. 緩慢的，不景氣的
	stagnation	n. 停滯，不景氣
	volatile	adj. （價格等）易變動的

我是網路購物高手！

購物

我的女朋友小敏雖然很節儉，但還是想要有個高貴的名牌包。小敏的生日就快到了，所以我決定 **purchase** 她喜歡的名牌包。可是我口袋空空，就算用 **installments** 購買，那麼貴的東西對我來說也不是 **affordable** 的。我抱著絕望的心情上網瀏覽，在 **auction** 網站發現和最新流行的名牌包 **exactly** 相同的山寨貨。而且價格只要 **authentic** 名牌包的十分之一呢！

1 **purchase*****
㊡ [ˋpɝtʃəs]
㊦ [ˋpəːtʃəs]
同 buy 買

v. 購買
The customer **purchased** a laptop computer.
那位顧客買了一台筆記型電腦。

n. 購買（的東西）
For every **purchase** of $100 or more, customers will receive a raffle ticket.
每次達到 100 美元以上的消費，顧客都會得到一張摸彩券。

出題重點

常考語句 **within ... days of purchase** 在購買後…日內
會考要選擇介系詞 within 的題目。

2 **installment***
[ɪnˋstɔlmənt]

n. 分期付款
The shop allows buyers to pay for furniture in monthly **installments**.
那家店允許顧客用每月分期付款的方式購買家具。

3 **affordable****
㊡ [əˋfɔrdəbl]
㊦ [əˋfɔːdəbl]
衍 afford v. 可負擔…
affordability n. 可負擔性
同 reasonable （價格）合理的，不貴的
反 expensive 貴的

adj.（價格）負擔得起的
Toyama launched an **affordable** mid-range sedan.
Toyama 公司推出了一款價格可負擔（低廉）的中等轎車。

出題重點

常考語句 **at an affordable + rate/price** 以可負擔的費用／價格
affordable 主要和 rate, price 等表示價格的名詞搭配出題。

4 **exactly***
[ɪgˋzæktlɪ]
衍 exact adj. 確切的
同 precisely 準確地，精確地

adv. 確切地，正好
The sales representatives help customers decide **exactly** what style fits them best.
銷售員會幫助顧客決定究竟什麼風格是最適合他們的。

5 **auction****
[ˋɔkʃən]

n. 拍賣

A number of antique pieces will be sold at the **auction**.
許多古董將在拍賣會中出售。

6 **authentic****
[美] [əˋθɛntɪk]
[英] [ɔ:ˋθentik]
[同] genuine 真正的
[反] fake 假的

adj. 真正的，正統的

The new restaurant downtown serves **authentic** Spanish cuisine.
市中心的新餐廳供應正統的西班牙料理。

7 **charge*****
[美] [tʃɑrdʒ]
[英] [tʃɑ:dʒ]
[同] expense 費用

n. 收費，費用；責任

The price includes shipping and handling **charges**.
價格包括運費與手續費。

Ms. Long is in **charge** of product returns.
Ms. Long 負責產品退貨事宜。

v. 索取（費用）；把…記在帳上

The phone company **charges** high fees for installations.
那家電話公司索取很高的安裝費。

She **charged** the fee to her credit card.
她把費用記在信用卡的帳上（她用信用卡付帳）。

出題重點

[常考語句]

1. free of charge 免費
會考在這個慣用語中填入 charge 的題目。請注意其他表示費用的名詞如 rate, price, fare 不能用在這個表達方式裡。

2. in charge of 負責…的
charge 經常以 in charge of 的形式出題，請記起來。

3. additional charge 額外收費

4. charge A to B 把 A 記到 B 的帳上
選擇和 charge 搭配的介系詞 to，是測驗中會考的題目。

[同義詞] 表示物品、服務等等收取的費用時，**charge** 可以換成 **expense**。

8 **notice*****

㊵ [ˋnotɪs]
㊺ [ˋnəutis]
v. 注意到
衍 notify v. 通知
notification n. 通知
noticeable adj. 顯而易見的

n. 通知，公告

The prices listed in the catalog are effective until further **notice**.
直到有進一步的通知之前，目錄中列出的價格都是有效的。

出題重點

常考語句

until further notice 直到有進一步通知

give two weeks' notice 在兩週前通知

notice 主要以慣用語的形式出題，請務必記起來。

9 **experienced*****

[ɪkˋspɪrɪənst]

adj. 有經驗的，熟練的

Bill is the most **experienced** salesperson in the store.
Bill 是店裡最有經驗的銷售員。

10 **instruction*****

[ɪnˋstrʌkʃən]

n. 說明，指示

The receipt gives **instructions** for returning or exchanging items.
收據上提供退換貨的說明。

11 **expert*****

㊵ [ˋɛkspɚt]
㊺ [ˋekspə:t]

n. 專家

A personal shopper is an **expert** at finding bargains for customers.
個人購物助理是為顧客尋找便宜商品的專家。

adj. 專門的，專業的

An **expert** designer created the layout of the store.
一位專業設計師製作了商店的室內佈局圖。

12**warranty*****

美 [ˋwɔrəntɪ]
英 [ˋwɔrənti]

n.（品質等的）保證，保證書

The computer is under **warranty** for two years.
那台電腦保固兩年。

出題重點

常考語句 **under warranty**（商品）在保固期內
請把和 warranty 搭配的介系詞 under 一起記下來。

13**refund*****

[ˋrɪˏfʌnd]
v. 退款 美 [rɪˋfʌnd]
英 [riˋfʌnd]
衍 refundable adj. 可退款的

n. 退款

Buyers can get a full **refund** for a defective product.
買到有瑕疵的產品的人，可以獲得全額退款。

出題重點

常考語句 **a full refund** 全額退款
provide a refund 提供退款
refund 是可數名詞，所以單數時前面要加不定冠詞 a。

14**subscriber*****

美 [səbˋskraɪbɚ]
英 [səbˋskraibə]
衍 subscription n. 訂閱

n. 訂閱者，用戶

The Web site now has millions of **subscribers**.
這個網站現在有數百萬名訂閱者。

15**delivery*****

[dɪˋlɪvərɪ]
衍 deliver v. 運送

n. 運送

We guarantee **delivery** within three days.
我們保證在三天內把貨送到。

16**price*****

[praɪs]
v. 為…定價

n. 價格

The new color printer has a retail **price** of only $150.99.
新的彩色印表機零售價只要 150.99 美元。

出題重點

常考語句
a reduced price 折扣價
a retail price 零售價（↔ a wholesale price）
price 是可數名詞，所以請注意單數時前面要加不定冠詞 a。

17 **receipt*****
[rɪ`sit]
衍 receive v. 收到

n. 收據
The original receipt is **required** for all refunds.
所有退款（申請）都需要原始的收據。

出題重點

常考語句
original/valid + receipt 原始／有效的收據
upon receipt of 一收到…就
請記住 receipt 在多益考題中的慣用語。

18 **offer*****
美 [`ɔfɚ]
英 [`ɔ:fə]
同 provide 提供

v. 提供
Z-Mart **offers** $25 gift cards to customers signing up for membership.
Z-Mart 提供 25 美元的禮券給註冊成為會員的顧客。

n. 提供，優惠
The supermarket entices customers with promotional **offers**.
這間超市用促銷優惠來吸引顧客。

出題重點

常考語句
promotional offers 促銷優惠
job offer 提供工作的邀請
請記住名詞 offer 在多益中常使用的慣用語。

文法
offer A B = offer B to A 提供 B 給 A
offer 是第 4 類句型動詞，常以 offer A B 的句型使用。也可以寫成第 3 類句型 offer B to A。

19 **carefully*****

[美] [ˋkɛrfəlɪ]
[英] [ˋkɛəfəli]
[衍] care n. 照料，關心 v. 關心
careful adj. 小心謹慎的
[反] carelessly 粗心地

adv. 小心謹慎地，仔細地

Please follow the installation directions **carefully**.
請仔細遵照安裝的說明。

出題重點

[文法] 請區分 **carefully**（adv. 小心地）和 **careful**（adj. 小心的）的詞性。

20 **benefit*****

[美] [ˋbɛnəfɪt]
[英] [ˋbenifit]
[衍] beneficial adj. 有益的，有利的
beneficiary n. 受惠者，受益人
[反] disadvantage 不利

n. 利益，好處

The Shoppers' Club offers many **benefits** to its members.
Shoppers' Club 提供許多優惠給會員。

v. 受益，受惠

NBC Mart shoppers **benefit** from various coupons and free delivery service.
NBC Mart 的顧客享有各種優惠券和免費運送服務的福利。

21 **exclusively*****

[ɪkˋsklusɪvlɪ]
[衍] exclusive adj. 獨佔的
exclude v. 排除
[同] solely 單獨地

adv. 獨佔地，排外地

A 10 percent discount is available **exclusively** to Premium Club members.
百分之 10 的折扣僅僅提供給 Premium Club 的會員。

出題重點

[常考語句]
available exclusively online 只在網路上供應的
sell exclusively 獨家販賣
exclusively supply 獨家供應
請記住 exclusively 在多益中常考的慣用語。

[同義詞] 表示「單獨地」、「只有」的意義時，**exclusively** 可以換成 **solely**。

22 **description*****

[dɪˋskrɪpʃən]

㊊ describe v. 說明，描述

㊐ account 說明，解釋

n.（產品等的）說明，描述

Call customer service for a more extensive **description** of any of the equipment.

請打電話到顧客服務中心，以獲得對任何設備更全面的說明。

出題重點

常考語句

job description 職務說明

表示對工作（job）內容的說明（description），是徵才廣告常用的詞語。

易混淆單字

description : information : specification

區分表示「說明」的單字用法差異，是測驗會考的題目。

- **description** （產品等的）說明，描述

  表示「書面說明」時是當可數名詞來用。

- **information** 資訊

  不可數名詞，前面不加冠詞 an。

  Please contact my office for **information** on bulk orders.

  請聯絡我的辦公室，以獲得關於大量訂購的資訊。

- **specification** （詳細的）說明，規格

  表示產品的規格或製造方法，主要以複數形使用。

  The product **specifications** explain how to install the flooring.

  產品的說明書解釋如何裝設地板。

23 **relatively*****

[ˋrɛlətɪvlɪ]

㊊ relative adj. 相對的

adv. 相對地

McCoy's has a **relatively** lenient return policy compared to similar stores.

和類似的商店比起來，McCoy's 有相對寬鬆的退貨規定。

出題重點

常考語句

relatively + lenient/low 相對寬鬆的／較低的

relatively 經常和 lenient, low 等形容詞連用出題。

24 **spare*****

美 [spɛr]
英 [spɛə]

v. 節省，吝惜

The shopping mall **spared** no expense on the 10th anniversary promotion.
這間購物中心不惜經費投入 10 週年慶的促銷活動。

adj. 備用的，剩下的

Customers may order **spare** parts at the service counter.
顧客可以在服務櫃台訂購備用零件。

25 **preparation*****

[ˌprɛpəˋreʃən]

n. 準備

Preparations are under way for the department store's grand opening.
為百貨公司盛大開幕所做的準備正在進行中。

26 **area*****

美 [ˋɛrɪə]
英 [ˋɛəriə]

n. 地區，區域

There are excellent retail stores in this **area**.
這個地區有很好的零售店。

出題重點

易混淆單字

area : site

區分表示「場所」的單字用法差異，是測驗中會考的題目。

area 區域
表示國家，城市等的一部分地區。

site （建築的）工地，地點
表示用於特定目的的地點。

Brody Brothers chose a **site** for its new department store.
Brody Brothers 公司為新的百貨公司選擇了一個地點。

27 **clearance*****

[ˋklɪrəns]

同 authorization 授權，批准

n. 清除，清倉；准許

There is usually a **clearance** sale for winter clothes in March.
三月通常會有冬季服裝的清倉拍賣。

The clerk got special **clearance** to discount the shoes.
那位店員得到了為鞋子打折的特別許可。

出題重點

常考語句 **clearance sale** 清倉拍賣
表示將庫存清空（clearance）的拍賣（sale），是商店廣告常用的詞語。

28 **alter*****

美 [ˋɔltɚ]
英 [ˋɔ:ltə]

衍 alteration n. 改變，修改

同 change, modify 改變

v. 改變（性質、形象），修改（衣服）

The customer asked that the length of his pants be **altered**.
那位顧客要求修改褲子的長度。

29 **apply*****

[əˋplaɪ]

衍 application n. 適用，申請
applicant n. 申請者，應徵者
applicable adj. 可應用的，適用的

同 put into effect 實施
put to use 使用

v. 適用，應用；申請

The cashier **applied** the discount to all the items.
收銀員把折扣套在所有的產品上。

Those wishing to **apply** for the position must be familiar with our merchandise.
想要申請這個職位的人，必須熟悉我們的商品。

30 **mutually****

[ˋmjutʃʊəlɪ]

adv. 互相，彼此

The couple and dealer reached a **mutually** agreeable price for the car.
這對夫婦和經銷商談成了彼此都同意的汽車價格。

31 **method****

[ˋmɛθəd]

同 approach 方法

n. 方法，方式

In recent years, debit cards have become a popular **method** of payment.

近年來，簽帳卡成為一種受歡迎的付款方式。

出題重點

常考語句 **a method of payment** 付款方式

在英美地區，除了信用卡（credit card）、簽帳卡（debit card）和現金（cash）以外，還有支票（check）和匯票（money order）等付款方式。

同義詞 表示方法，方式時，**method** 可以換成 **approach**。

32 **acceptable****

美 [ækˋsɛptəbḷ]

英 [əkˋseptəbl]

同 fine（提案、決定等）不錯的，還可以的

adj. 可接受的，還可以的

Jenson Fashions sells clothes that are **acceptable** as business attire.

Jenson Fashions 公司販賣可以作為商務服裝的衣服。

33 **desire****

美 [dɪˋzaɪr]

英 [diˋzaiə]

n. 渴望，慾望

Effective advertising can create a **desire** in consumers to buy goods they do not need.

有效的廣告宣傳可以在消費者心中產生慾望，讓他們購買不需要的東西。

v. 渴望，想要

Many people **desire** the latest electronic devices.

很多人想要擁有最新的電子設備。

34 **redeemable****

[rɪˋdiməbḷ]

衍 redeem v. 贖回，（用禮券等）兌換商品

adj. 可兌換（現金、商品）的，可償還的

Store gift vouchers are **redeemable** at any branch.

商店的禮券可以在任何一家分店兌換商品。

35 **officially****

[ə`fɪʃəlɪ]

衍 official adj. 官方的，正式的

同 formally 正式地

adv. 正式地

The online store will **officially** open next month.

這個網路商店會在下個月正式開幕。

出題重點

常考語句	**officially open** 正式開幕 officially 經常和表示「開幕」的 open 搭配出題。

36 **consumption****

[kən`sʌmpʃən]

n. 消費（量），消耗

Consumption of high-end products like home theaters has increased recently.

最近，像是家庭劇院這種高階產品的消費量增加了。

37 **qualify****

美 [`kwɑlə͵faɪ]

英 [`kwɔlifai]

衍 qualification n. 資格，資格證明

qualified adj. 有資格的，符合資格條件的

v. 使…有資格

Clients need a regular income to **qualify** for credit cards.

客戶要有定期收入，才有資格申請信用卡。

出題重點

常考語句	**qualify for A** 有 A 的資格 請把和 qualify 搭配使用的介系詞 for 一起記下來。

38 **fabric****

[`fæbrɪk]

n. 布料

The manufacturer's garments are made of natural **fabric** only.

這家製造商的衣服只用天然布料製作。

39 **valid***

[ˋvælɪd]

同 effective 有效的

反 invalid 無效的

adj. 有效的

A **valid** receipt must be presented.

必須出示有效的收據。

出題重點

常考語句

be valid for + 期間 在…期間有效

valid receipts 有效的收據

請記住 valid 在多益中常考的慣用語。

40 **vondor***

美 [ˋvɛndɚ]

英 [ˋvendə]

n. 小販，攤販；販賣業者

The street is filled with **vendors** during the weekly market.

這條街在每週市集的期間會擠滿攤販。

Software **vendors** have been instructed to sell the product at a specific retail price.

軟體販賣業者被指示以特定零售價販賣產品。

10th Day Daily Checkup

請把單字和對應的意思連起來。

01 affordable
02 experienced
03 apply
04 desire
05 alter

ⓐ 渴望，想要
ⓑ 適用；申請
ⓒ 有經驗的，熟練的
ⓓ 可兌換的，可償還的
ⓔ （價格）負擔得起的
ⓕ 改變，修改

請填入符合文意的單字。

06 We add a shipping ______ to the cost of large items.
07 Most shoppers found the store's revised return policies ______ .
08 Customers were asked to ______ a few minutes to answer a brief survey.
09 The company refused to ______ the money for items damaged by the buyer.

ⓐ spare ⓑ refund ⓒ charge ⓓ installment ⓔ acceptable

10 The financial advisor is known for his ______ advice.
11 Energy ______ has dropped in recent years due to rising prices.
12 The retailer is holding a(n) ______ sale to make way for new inventory.
13 Small book ______ may face difficulty competing with large bookstores.

ⓐ delivery ⓑ vendors ⓒ expert ⓓ clearance ⓔ consumption

Answer 1.ⓔ 2.ⓒ 3.ⓑ 4.ⓐ 5.ⓕ 6.ⓒ 7.ⓔ 8.ⓐ 9.ⓑ 10.ⓒ 11.ⓔ 12.ⓓ 13.ⓑ

多益滿分單字

多益基礎單字

LC	bakery	n. 烘焙坊，麵包店
	best-selling	adj. 最暢銷的
	cashier	n.（銀行、商店、旅館等的）收銀員
	clothing	n.（總稱）衣服
	corner	n. 角落，街角
	costume	n. 服裝
	free	adj. 自由的，有空的
	label	n. 標籤，品牌
	necklace	n. 項鍊
	photography equipment	phr. 攝影器材
	shelf	n. 架子
	shop	n. 商店 v. 購物
	shopper	n. 購物客
	size	n. 尺寸，大小
	sunglasses	n. 太陽眼鏡
	supermarket	n. 超級市場
	wear	v. 穿著，留著（鬍子等）
RC	basis	n. 基礎，根據，準則
	brand	n. 品牌，商標
	department store	phr. 百貨公司
	discount store	phr. 打折店，廉價商店
	display	v. 展示，陳列 n. 展示，陳列
	fit	v.（尺寸）合…的身，適合…
	fully	adv. 完全地，充分地
	grocery	n. 食品雜貨
	keep	v. 保有，保持
	store	n. 商店 v. 貯存
	tax	n. 稅

多益800分單字

LC	at the moment	phr. 目前
	celebrate	v. 慶祝
	discounted coupon	phr. 打了折的優惠券
	for sale	phr. 供出售的
	half price	phr. 半價
	instead	adv. 作為替代
	leather	n. 皮革
	make a purchase	phr. 購買
	make no difference	phr. 沒有差別，沒有關係
	make payment	phr. 付款
	Not that I'm aware of.	phr. 據我所知並非如此。
	out of town	phr. 不在市內，出差中
	overcoat	n. 大衣
	pay in cash	phr. 用現金支付
	pottery	n. 陶器類
	put out for display	phr. 把…展示出來，陳列出來
	shoelace	n. 鞋帶
	shopkeeper	n. 店主
	sleeve	n. 袖子
	souvenir	n. 紀念品
	stack	n. 一疊 v. 堆疊
	stand in line	phr. 排隊
	stylish	adj. 時髦的
	sunscreen	n. 防曬霜
	surround	v. 圍繞，包圍
	tag	n.（繫在物品上的）標籤
	take the order	phr. 接受點菜
	watch band	phr. 錶帶
	window-shopping	n. 瀏覽商店的櫥窗
Part 5, 6	afford to do	v. 有足夠的金錢／時間做…
	apparel	n. 衣服，服裝
	dairy products	phr. 乳製品
	gift certificate	phr. 禮券

	glassware	n. 玻璃製品
	inexpensive	adj. 不貴的
	lately	adv. 最近
	latest	adj. 最新的
	luxury	n. 奢侈，奢侈品 adj. 奢侈的
	outerwear	n. 外衣，外套
	outlet	n. 販賣的通路，暢貨中心
	portable	adj. 便於攜帶的
	readership	n. 讀者數
	readily	adv. 輕易地，立刻
	refundable	adj. 可退款的
	value	n. 價值，價格
Part 7	a selection of	phr. 一些（被挑選出來的）…
	a variety of (= various)	phr. 多樣的
	at a discounted price	phr. 以折扣價
	by check	phr. 用支票
	by credit card	phr. 用信用卡
	by no means	phr. 絕不，一點也不…
	extra charge	phr. 額外的收費
	get in line	phr. 排隊
	give a discount	phr. 給予折扣
	in cash	phr. 用現金
	merchandise	n. 商品
	no later than	phr. 不晚於…
	out-of-date	adj. 過時的
	showcase	n. 展示櫃，展示的場合
	textile	n. 紡織品
	thrifty	adj. 節儉的，節約的
	trousers	n. 褲子
	under warranty	phr. 在保固期內的
	valid for	phr. 對於…有效，在…期間有效
	voucher	n. （代替現金的）商品券
	wholesale	adj. 批發的，大批販賣的
	wrap a present	phr. 包裝禮物
	wristwatch	n. 腕錶（手錶）

多益900分單字

LC	automotive repair shop	phr. 汽車修理廠
	cash register	phr. 收銀機
	cooking utensil	phr. 烹飪用具
	display case	phr. 展示櫃
	garment	n. 服裝，衣著
	look different	phr. 看起來不一樣
	tailor	n. 裁縫師 v. 量身訂做
	wind a watch	phr. 為手錶上發條
Part 5, 6	collectable	adj. 可收集的
	complimentary	adj. 讚美的，免費贈送的
	conversely	adv. 相反地
	dilute	v. 稀釋
	exposition	n. 博覽會
	high-end	adj. 高檔的
	merchant	n. 商人 adj. 商業的，貿易的
	observably	adv. 顯而易見地
	predictably	adv. 可預料地
	secondhand	adj. 二手的，間接的
	stylishly	adv. 時髦的，符合流行地
Part 7	at a substantial discount	phr. 以大幅度的折扣
	bargain over prices	phr. 討價還價
	cardholder	n. 持卡人
	embellish	v. 裝飾，潤色
	embroider	v. 繡
	equivalent	adj. 相等的，相同的
	exhilarating	adj. 令人振奮的
	exorbitant price	phr. 過高的價格
	exquisite	adj. 精緻的，優雅的
	extravagance	n. 鋪張浪費，奢侈品
	lavish	adj. 奢華的
	redeem	v. 兌換
	undercharge	v. 少收錢

實戰 Test 1

01 The community center provides residents a ______ of courses in arts and crafts.

(A) showing (B) prospect (C) variety (D) consequence

02 Users of the Zwisher line of kitchen appliances will ______ from the many conveniences they provide.

(A) improvise (B) benefit (C) follow (D) transform

03 Children are not allowed to attend the festival on their own and must be ______ by an adult.

(A) appeared (B) required (C) succeeded (D) accompanied

04 Participating customers will be asked to ______ what they think of the company's products on a survey form.

(A) manage (B) demand (C) adopt (D) indicate

05 The museum's current ______ features displays of ancient artifacts discovered at a historical site in Turkey last year.

(A) audience (B) exhibition (C) subscription (D) announcement

06 Online companies have an ______ over traditional retail stores because they spend less on maintenance.

(A) admission (B) influence (C) advantage (D) experience

07 Employees who wish to ______ how the new policy might affect them should consult their supervisors.

(A) enable (B) clarify (C) contain (D) inform

08 As part of a special ______ , Stomps Gym is discounting its membership fee for new users.

(A) offer (B) notice (C) charge (D) warranty

Questions 09-11 refer to the following e-mail.

Dear Mr. Elias,

As assistant director of human resources, I would like to request ______ to

09 (A) absence (B) incentive
(C) permission (D) feedback

attend a business conference in Los Angeles next month. I will need to be away for a week, but the information I hope to obtain at the event will be ______ for the company. The conference is about reorganizing for maximum

10 (A) creative (B) involved
(C) advanced (D) beneficial

efficiency, and it could provide us with ideas for developing a better office system.

I have attached a list of topics that will be covered at the conference. Please look them over and let me know if any of these topics can ______ our system.

11 (A) check for (B) qualify for
(C) comply with (D) apply to

I am hoping the company will provide me with the support I need to attend this conference.

Gail

The Almaca College board of governors will be meeting at the end of the month to discuss recent concerns. Among the issues expected to be raised are plans to renovate old buildings and whether or not to increase tuition fees this year.

12 The word "concerns" in paragraph 1, line 2 is closest in meaning to

(A) interests (B) methods (C) stresses (D) matters

懷抱信念開發創新產品

產品開發

在今天的新產品開發會議上，我發表了經過長時間 **research** 而 **devise** 出來的 **revolutionary** 產品！老闆大概是對我 **innovative** 的想法太感動了，在我說明產品 **features** 的時候一直闔不上嘴。嗯哈哈～這完全是我預料之中的反應啊。我 **sufficiently** 說明了自己如何得到產品開發的 **inspiration**。在會議中，我已經 **envision** 自己靠著產品的 **patent** 而快速升遷的畫面了。

1 **research*****
[美] [`rɪsɝtʃ]
[英] [`risə:tʃ]
v. 研究，調查
[衍] researcher n. 研究者
[同] study 研究

n. 研究，調查

The company started a **research** program into developing GPS technology. 那間公司開始了一項開發 GPS（全球定位系統）技術的研究計畫。

出題重點

[常考語句] **research on** 關於…的研究
請把和 research 搭配的介系詞 on 一起記下來。

2 **devise***
[dɪ`vaɪz]
[衍] device n. 設備，裝置
[同] contrive 策畫，設計
invent 發明

v. 設計出來，發明

The firm **devised** a more efficient network system.
這家公司設計出一種更有效率的網路系統。

3 **revolutionary***
[美] [ˌrɛvə`luʃənˌɛrɪ]
[英] [ˌrevə`lu:ʃənəri]
[衍] revolution n. 革命

adj. 革命性的

The car's **revolutionary** new engine surpasses those of the competition.
那台車革命性的新型引擎超越了競爭對手的製品。

出題重點

[文法] 請區分 **revolutionary**（adj. 革命性的）和 **revolution**（n. 革命）的詞性。

4 **innovative****
[美] [`ɪnoˌvetɪv]
[英] [`inəuveitiv]
[衍] innovate v. 創新
innovation n. 創新

adj. 創新的

Simpson & Associates provides clients with **innovative** solutions to their needs.
Simpson & Associates 為客戶的需求提供創新的解決方法。

5 **feature****

㊣ [fitʃɚ]
㊥ [fi:tʃə]
同 characteristic 特徵

n. 特徵，特色

The latest dryer has several new **features**.
最新款的吹風機有幾個新的特色。

v. 以…為特色，特別刊載…

This refrigerator model **features** high energy efficiency.
這一款冰箱有很高的能源效率。

6 **inspiration***

㊣ [ˌɪnspəˋreʃən]
㊥ [ˌɪnspɪˋreɪʃən]
衍 inspire v. 給予靈感
inspirational adj. 啟發靈感的

n. 靈感

The new fashion designer draws her **inspiration** from traditional attire.
新的服裝設計師從傳統服飾獲得靈感。

7 **sufficiently***

[səˋfɪʃəntlɪ]
衍 sufficient adj. 充足的
sufficiency n. 充足
反 deficiently 不充分地

adv. 充足地

The containers are **sufficiently** strong to resist breakage.
這些容器夠強韌，足以防止破損。

8 **patent***

[ˋpætn̩t]
v. 取得…的專利

n. 專利，專利權，專利品

The lawyers submitted the paperwork for a **patent** application.
律師提交了專利申請的文件。

9 **envision***

[ɪnˋvɪʒən]

v. 想像，在心中描繪（未來的事等等）

Management **envisions** its latest product being sold in stores across the country.
經營團隊想著要讓最新的產品在全國各地的商店販賣。

10 **extend*****
[ɪk`stɛnd]
衍 extension n. 延長，擴大
extensive adj. 廣泛的，廣闊的
同 lengthen 延長
offer 表現（感謝、尊敬等）

v. 延長（期間），表示（感謝），給予

A switch for adjusting brightness **extends** from the back of the lamp. 調整亮度的開關從燈的後面延伸出來。

The manager **extended** the design deadline for a month.
經理把設計的截止日期延長了一個月。

The CEO **extended** his thanks to the research team for their great work.
執行長對研究團隊傑出的工作表現表達了感謝。

出題重點

同義詞 **extend** 表示延長時可以換成 **lengthen**，表示傳達歡迎、感謝、同情等情感時可以換成 **offer**。

11 **following*****
美 [`fɑləwɪŋ]
英 [`fɔləuiŋ]

prep. 在…之後

The software was launched **following** months of research.
那個軟體在幾個月的研究後上市了。

adj. 接下來的，隨後的

Product brochures are available in the **following** languages.
產品手冊有以下幾種語言的版本。

12 **intend*****
[ɪn`tɛnd]
衍 intention n. 意圖
intent n. 意圖

v. 打算（做…），意圖…

Beauford Incorporated **intends** to release its new appliances this fall. Beauford 公司打算在今年秋天推出新的家電。

The inventor **intended** that her mixer be used for bread－making.
發明者的意圖是讓她的攪拌器用在麵包製作方面。

13 grant***

美 [grænt]
英 [grɑːnt]
同 allowance 津貼

v.（承認並正式）授予，給予

The patent for the handheld computer was **granted** on April 27.
掌上型電腦的專利已於 4 月 27 日授予。

n.（研究經費、獎學金等）補助金

The research team will receive a government **grant** of up to $4,000.
那個研究團隊將獲得最多 4000 美元的政府補助金。

出題重點

常考語句

take ... for granted 把　視為理所當然

表示想也不想，就把某件事當成理所當然的事情而接受，或者把擁有的東西視為理所當然而不珍惜。

14 allow***

[əˋlaʊ]
衍 allowable adj. 可允許的，容許的
allowance n. 限額，津貼，零用錢

v. 允許…，使…能夠做某事

The program's new feature **allows** users to conduct advanced searches.
這個程式的新功能讓使用者能夠進行進階搜尋。

15 inspect***

[ɪnˋspɛkt]
衍 inspection n. 檢查，調查
inspector n. 檢查者，調查員

v. 檢查，調查

The head researcher **inspects** all equipment and chemicals in the laboratory daily to ensure safety.　首席研究員每天檢查實驗室裡所有設備和化學藥品以確保安全。

16 improve***

[ɪmˋpruv]
衍 improvement n. 改善，改進
同 upgrade 使升級，改進

v. 改善，提高

A variety of incentives can **improve** staff productivity.
有多種獎勵金可以提高員工的生產力。

17 **increasingly*****
[ɪn`krisɪŋlɪ]
衍 increase v. 增加
increasing adj. 增加中的

adv. 漸增地，越來越

Technology is becoming an **increasingly** important factor in the nation's economy.
科技正成為國家經濟中越來越重要的因素。

18 **invest*****
[ɪn`vɛst]

v. 投資，投入（時間、金錢等）

Lamont Manufacturing **invested** millions of dollars in improving its assembly line.
Lamont Manufacturing 公司投資了數百萬美元改善組裝線。

19 **various*****
美 [`vɛrɪəs]
英 [`vɛəriəs]
衍 vary v. 變化，不同
variety n. 多樣性，多種

adj. 各種的，多樣的

This car has **various** features not included in older models.
這台車有舊款沒有的多種特色。

20 **upgrade*****
n. [`ʌpgred]
v. [ʌp`gred]

n. 升級，改良

Special customers are eligible for one free computer **upgrade**.
特別的顧客有資格獲得一次免費的電腦升級。

v. 使升級，改進

Gina just **upgraded** her cell phone software.
Gina 剛剛升級了她的手機軟體。

21 **manual*****
[`mænjʊəl]
adj. 手的，用手操作的

n. 說明書，手冊

Rachel is writing the product **manual** for the new air conditioner.
Rachel 正在撰寫新款空調的產品說明書。

22 **explore*****

[美] [ɪk`splor]
[英] [iks`plɔ:]

v. 探勘，探索

Clients seeking company information can **explore** our Web site.
想要找到公司資訊的客戶，可以查看我們的網站。

23 **response*****

[美] [rɪ`spɑns]
[英] [ri`spɔns]
[衍] respond v. 回答，反應

n. 答覆，反應

Those testing the new microwave are asked to submit written **responses** to some questions.
測試新款微波爐的人被要求對一些問題提出書面的答覆。

出題重點

常考語句 **in response to** 回應…

response 表示對某件事或現象的反應或應對，請注意它經常以 in response to 的形式出題。

24 **appearance*****

[ə`pɪrəns]
[衍] appear v. 出現
apparently adv. 表面上，顯然地
[同] outlook 前景，景色

n. 外觀，外貌

The design team completely modernized the product's **appearance**.
設計團隊把產品的外觀完全現代化了。

25 **successful*****

[sək`sɛsfəl]
[衍] succeed v. 成功
success n. 成功
successfully adv. 成功地

adj. 成功的

The floor lamps are the company's most **successful** product.
（底座擺放在地面上的）立燈是這家公司最成功的產品。

26 **hold*****

[美] [hold]
[英] [həuld]
[同] contain 包含
conduct 指揮，進行（特定活動）

v. 容納…，裝著…；舉辦，舉行（會議等）

The washing machine **holds** up to three kilograms of laundry.
這台洗衣機最多可容納三公斤的衣物。

出題重點

同義詞 表示舉辦或舉行會議等活動時，**hold** 可以換成 **conduct**。

27**advance****

美 [əd`væns]
英 [əd`vɑːns]
衍 advancement n. 進步
advanced adj. 進步的
反 setback 挫折，倒退

n. 進步，發展

The product development team researches **advances** in computer technology.
產品開發團隊研究電腦技術的發展。

出題重點

常考語句
in advance 事先
in advance of 在…之前
advance in …方面的進展
advance 會和介系詞 in 一起使用。請注意隨著 in 的位置不同，意義會有所變化。

28**reliable****

[rɪ`laɪəbl]
衍 rely v. 依靠，信賴
reliability n. 可靠性
同 trustworthy, dependable 可信賴的

adj. 可信賴的，可靠的

Tests indicate that Branco's products are **reliable** and efficient.
測試指出，Branco 公司的產品可靠而且有效率。

出題重點

易混淆單字
reliable 可信賴的，可靠的
reliant 依賴的，依靠的
區分這兩個形態相近但意義不同的單字，在測驗中會考。
The firm's management system is not **reliant** on any single person. 這間公司的管理系統並不依靠任何一個人。

29**quality****

美 [`kwɑlətɪ]
英 [`kwɔliti]
adj. 品質好的
衍 qualify v. 取得資格

n. 品質

The **quality** control division inspects samples of all items.
品管部門檢查所有產品的樣本。

30 domestic**
[də`mɛstɪk]

adj. 國內的

Slow sales in the **domestic** market forced companies to expand overseas.
國內市場停滯的銷售情況迫使各家公司往海外擴展。

31 development**
[dɪ`vɛləpmənt]
衍 develop v. 開發，使…發展
developer n. 開發者
developed adj. 已開發的，先進的
developing adj. 開發中的

n. 開發，發展

The project is in the final stage of **development**.
企畫案處於開發的最終階段。
Developments in wireless technology allow for high－powered smartphones.
無線技術的發展考慮到了高性能的智慧型手機。

出題重點

常考語句
be under development 開發中
development in …方面的發展
請把和 development 搭配使用的介系詞 under, in 記起來。

32 availability**
美 [əˌveləˋbɪlətɪ]
英 [əˌveiləˋbiliti]
衍 available adj. 可利用的

n. 可得性，可利用性

Availability of product depends on market demand and supply.
產品的可得性取決於市場的需求與供給。

33 update**
n. [`ʌpdet]
v. [ʌp`det]
衍 updated adj. 最新的

n. 更新，最新消息

The Web site **update** includes information on the latest hair styling appliances.
網站更新內容包括關於最新美髮器材的資訊。

v. 更新，使成為最新

The factory **updated** the software of its equipment to speed up the production rate.

這家工廠更新了設備的軟體，以提高生產速度。

34 **accurate****

[`ækjərɪt]

衍 accuracy n. 正確性
accurately adv. 正確地

反 inaccurate 不正確的

adj. 精確的

The new accounting software is **accurate** and precise.

新的會計軟體既精確又清楚。

35 **complicated****

美 [`kɑmplə͵ketɪd]

英 [`kɔmplikeitid]

衍 complicate v. 使複雜化

adj. 複雜的

Project delays often create a **complicated** situation for the public relations department.

企畫案的延期通常會對公關部門造成複雜的情況。

36 **accomplished****

美 [ə`kɑmplɪʃt]

英 [ə`kɔmpliʃt]

衍 accomplish v. 達到，完成
accomplishment n. 成就，成績

adj. 熟練的，有造詣的

The **accomplished** chemist has been hired to develop a flexible battery.

那位非常專精的化學家受雇開發可彎曲的電池。

37 **inquiry****

美 [`ɪnkwərɪ]

英 [in`kwaiəri]

衍 inquire v. 詢問，調查

n. 詢問，問題

Please call our customer representatives for service **inquiries**.

請打電話給我們的顧客服務專員，以提出關於服務的詢問。

38 **indication****

[͵ɪndə`keʃən]

衍 indicate v. 指出，表明
indicative adj. 指示的，表示的

n. 徵兆，跡象

Uneven printing is an **indication** of a technical fault.

印刷不均勻是技術問題的徵兆。

出題重點

易混淆單字

indication : show

區分有「表示」意義的單字用法差異，在測驗中會考。

indication 徵兆

表示事件、狀態、行動等等的徵兆。

show 顯示，表示

表示感情或意向的表現。

In a **show** of gratitude, staff were given bonuses.
為了表示謝意而發放了獎金給員工。

39**manufacturer****

㊥ [ˌmænjəˋfæktʃərə̠]
㊦ [ˌmænjuˋfæktʃərə̠]
衍 manufacture n. 製造 v. 製造

n. 製造商，製造業者

The **manufacturer** guarantees all its products for up to one year. 製造商為所有產品保固最多一年。

40**compatible***

美 [kəmˋpætəb!]
英 [kəmˋpætibl]
衍 compatibility 相容性

adj. 相容的，能共處的

The remote control is **compatible** with all models.
這個遙控器和所有型號相容。

出題重點

常考語句

be compatible with 與…相容

請把和 compatible 搭配使用的介系詞 with 一起記下來。

41**superior***

美 [səˋpɪrɪə̠]
英 [su:ˋpiəriə]
衍 superiority n. 優越，優越性
同 excellent 優秀的
反 inferior 較差的

adj. 優秀的，較好的

The company's latest television is **superior** to those on the market today.
那家公司最新的電視比當今市面上的產品都還要好。

出題重點

常考語句	**be superior to** 比…優秀 請把和 superior 搭配使用的介系詞 to 一起記下來。因為單字本身已經有「比…優秀」的意思了，所以 to 不能換成 than。
易混淆單字	**superior : incomparable** 請區分表示「優秀的」的單字用法差異。 **superior** 優秀的 表示人事物的能力、價值很優越。 **incomparable** 無與倫比的 表示優秀到其他對象無法相比的程度。 Tourists praise London's **incomparable** museums. 遊客們稱讚倫敦無與倫比的博物館。
同義詞	表示功能或能力很優秀時，**superior** 可以換成 **excellent**。

42 absolute*

[ˋæbsəˏlut]

衍 absolutely adv. 絕對地，完全地

同 complete, utter 完全的

adj. 絕對的，完全的

The latest technology keeps production costs to an **absolute** minimum.

最新的技術將生產成本保持在絕對最小的水準。

出題重點

常考語句	**to an absolute minimum** 到絕對最小的程度 表示將費用或噪音等維持在絕對最小的程度。

43 broaden*

[ˋbrɔdn̩]

衍 broad adj. 寬的
breadth n. 寬度，廣度

同 widen, expand 擴展

v. 拓寬，擴大

The new CEO is **broadening** the scope of the company's research.

新任執行長正在拓寬公司的研究範圍。

出題重點

易混淆單字

區分表示「拓寬」、「增加」的單字用法差異，是測驗中會考的題目。

broaden 拓寬

表示擴大研究範圍或經驗等抽象的領域。

multiply 使增加

表示使數或量增加。

The firm **multiplied** its fortunes by investing wisely.
這家公司藉由明智地投資，使財產增加。

44 **corrosion***

美 [kəˋroʒən]
英 [kəˋrəuʒən]
衍 corrode v. 腐蝕

n. 腐蝕

This steel roof is designed to be resistant to **corrosion** from the weather.
這個鋼鐵製的屋頂，被設計成可以抵抗天氣造成的腐蝕。

出題重點

易混淆單字

corrosion : erosion

請區分表示「腐蝕」、「侵蝕」的單字用法差異。

corrosion 腐蝕

表示金屬因化學變化而腐蝕。

erosion 侵蝕

表示因為自然力的影響，造成岩石或土壤的侵蝕。

Erosion of the coastal environment is a serious problem.
海岸環境的侵蝕是個嚴重的問題。

11th Day Daily Checkup

請把單字和對應的意思連起來。

01 allow
02 invest
03 upgrade
04 response
05 devise

ⓐ 更新，使成為最新
ⓑ 研究
ⓒ 設計出來
ⓓ 使…能夠做某事
ⓔ 投資
ⓕ 答覆

請填入符合文意的單字。

06 Mr. Smith ______ to save money for a new van.
07 The research ______ helped the student complete his design.
08 The company may ______ the project deadline by one month.
09 Customs officers always ______ many imported products for violations.

ⓐ grant ⓑ intends ⓒ extend ⓓ inspect ⓔ update

10 Janice ______ various options before buying a new computer.
11 The factory ______ the old luggage line by using light materials.
12 An ______ photographer was hired to take pictures of the product.
13 ______ in technology lead to breakthroughs in the manufacturing process.

ⓐ accomplished ⓑ advances ⓒ appearances ⓓ explored ⓔ improved

Answer 1.ⓓ 2.ⓔ 3.ⓐ 4.ⓕ 5.ⓒ 6.ⓑ 7.ⓐ 8.ⓒ 9.ⓓ 10.ⓓ 11.ⓔ 12.ⓐ 13.ⓑ

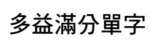

多益滿分單字

多益基礎單字

LC	brand new	phr. 全新的
	break down	phr. 故障
	developer	n. 開發者
	handmade	adj. 手工的
	in a row	phr. 成一排，連續地
	late	adj. 遲到的 adv. 遲到地
	lid	n. 蓋子
	sample	v. 試吃 n. 樣品
	shape	v. 使…成形 n. 形狀
	switch off	phr. （用開關）關掉
	turn off (↔ turn on)	phr. 關掉（電器用品）
RC	be known for	phr. 以…聞名
	be made of	phr. 由…製成
	catalog	n. 目錄，商品目錄
	chemist	n. 化學家
	close down	phr. 關閉，停業
	control	v. 控制，管理 n. 控制，管理
	design	v. 設計 n. 設計
	discovery	n. 發現
	historic	adj. 有歷史意義的
	invention	n. 發明，發明的東西
	original	adj. 最初的，有原創性的 n. 原物
	receive	v. 收到
	repeat	v. 重複
	request form	phr. 申請表
	sensor	n. 感應器
	technique	n. 技術
	test	n. 試驗 v. 測試

多益800分單字

LC	a series of	phr. 一系列的
	check the manual	phr. 查看說明書
	enter a contest	phr. 參加比賽
	give a demonstration of	phr. 示範操作…
	go straight to	phr. 直走到…
	laboratory	n. 實驗室
	latest work	phr. 最新作品
	out-of-date	adj. 過時的
	product designer	phr. 產品設計師
	product display	phr. 產品陳列
	redesign	n. 重新設計，新設計
	trial period	phr. 試用期
	try out	phr. 試驗，試用
	unplug the equipment	phr. 把設備的插頭拔掉
	up-to-date	adj. 最新的
	user's guide	phr. 使用者指南
	waterproof	adj. 防水的
	well-prepared	adj. 準備充足的
	with the lights on	phr. 開著燈
Part 5, 6	advancement	n. 進步，前進，晉升
	appliance	n. 電器用品
	aside from	phr. 除了…以外
	certified	adj. 經過認證的，證明合格的
	composition	n. 構成
	consist of	phr. 由…構成
	cooperative	adj. 合作的，配合的
	delighted	adj. 高興的，快樂的
	designed	adj. 設計好的，故意的
	durable	adj. 持久的，耐用的
	electronics	n. 電子學
	except for	phr. 除了…以外
	exploration	n. 探索，探究
	innovate	v. 創新

	interpretation	n. 解釋，說明
	licensed	adj. 有許可證的，有執照的
	mechanical	adj. 機械的，機械驅動的
	prediction	n. 預測
	prototype	n. 原型，樣品
	quantity	n. 數量
	remnant	n. 剩餘
	screen	n. 螢幕 v. 篩選
	suspend	v. 中止
	technical	adj. 技術性的
	vulnerable to	phr. 容易遭受…的
Part 7	be carried out	phr. 被執行
	be designed to do	phr. 被設計作為…
	breakthrough	n. （科學等的）突破性發展
	by the time	phr. 到…的時候
	collaboration	n. 合作，共同研究
	complement	n. 補充物，補足物
	comprehensive	adj. 全面的，綜合的
	copyright	n. 版權，著作權
	custom-built	adj. 訂製的
	customize	v. 訂做
	disruption	n. 中斷，混亂
	energy efficiency	phr. 能源效率
	energy source	phr. 能源
	expand into	phr. 擴展到…
	fuel consumption	phr. 燃料消耗
	guidance	n. 引導，指導
	keep one's eye on	phr. 看守好…，密切注意…
	limited edition	phr. 限量版
	long-lasting	adj. 持久的
	plenty of	phr. 許多的
	serial number	phr. 序號
	smoke detector	phr. 煙霧偵測器

多益900分單字

LC	be stacked on top of each other	phr. 被一個一個往上疊起來
	hectic	adj. 忙亂的
	intently	adv. 專注地
	ornamental	adj. 裝飾的
	reassign	v. 重新分配（工作等）
	specimen	n. 樣品，樣本
Part 5, 6	achievable	adj. 可完成的，可達到的
	alternatively	adv. 兩者擇一地，或者
	apparatus	n. 設備，器材
	concession	n. 讓步，特許權
	concurrently	adv. 同時地
	configuration	n. 配置
	detectable	adj. 可發覺的
	distill	v. 蒸餾
	dysfunction	n. 機能障礙
	embedded	adj. 嵌入的
	flammable	adj. 易燃的
	implant	v. 移植，灌輸（思想）
	patronize	v. 經常光顧，惠顧
	staple	n. 主食
	steer	v. 操縱
	tentatively	adv. 試驗性地，猶豫不決地
	transparent	adj. 透明的
Part 7	be geared to	phr. 適合…
	bewildering	adj. 令人困惑的
	bring out	phr. 推出（產品），引出（能力）
	cutting-edge	adj. 尖端的，先進的
	obsolete	adj. 過時的，被淘汰的
	quality control standards	phr. 品質控管標準
	state-of-the-art	adj. 最先進的
	streamline	v. 使（工作等）有效率，簡化
	top-of-the-line	adj. 最頂級的

大量生產的產業社會也是人類主導的？
生產

我參觀了公司採購大量 **equipment**、最終達到完全 **automated** 的工廠。監督人員 **properly** 熟悉了設施的 **specifications**，並且遵守 **safety precautions**，監督機械 **operate** 的情況。「原來 **processing** 能夠順利進行、生產的 **capacity** 能夠提高，全都有賴於 **assembly** 線上的監督人員把設備 **utilize** 到最大限度啊。」我了解到了機械化社會中人類的重要性。

1 **equipment*****
[ɪ`kwɪpmənt]
衍 equip 使…配備

n. 設備，裝備
The company uses special **equipment** to load large crates onto freight trucks.
公司使用特殊設備將大型木箱裝到貨運卡車裡。

出題重點

常考語句
office equipment 辦公設備
equipment 是不可數名詞，前面不能加不定冠詞 a(n)。

2 **automate***
[`ɔtə͵met]
衍 automation n. 自動化
automatic adj. 自動的

v. 自動化
The production plant will be fully **automated** by next year.
那間生產工廠在明年前會完全自動化。

3 **specification***
美 [͵spɛsəfə`keʃən]
英 [͵spesifi`keiʃən]
衍 specify v. 具體說明…
specific adj. 明確的，具體的
同 manual 說明書

n. 明細單，說明書，規格
The quality control team checks if all items meet product **specifications**.
品管小組檢查所有產品是否符合產品規格。

4 **properly*****
美 [`prɑpəlɪ]
英 [`prɔpəli]
衍 proper adj. 適當的，適合的

adv. 適當地，正確地
Machinery must be well-maintained to operate **properly**.
機械必須好好維護才能正常運作。

出題重點

常考語句
operate properly 正常運作
properly 經常和 operate 等表示運作的動詞搭配使用。

5 **safety***
[`seftɪ]
衍 safe adj. 安全的
safely adv. 安全地

n. 安全
Factory supervisors prioritize **safety** over speed.
工廠主管重視安全勝於速度。

出題重點

常考語句 **safety + precautions/regulations** 安全預防措施／規定
因為預防措施或規則都包含許多項目，所以要使用複數形 precautions, regulations。

6 **precaution****
[prɪˋkɔʃən]
衍 precautious adj. 小心的
同 safeguard 預防措施

n. 預防措施
After the accident, the company introduced stricter safety **precautions**.
事故之後，公司採用了更嚴格的安全預防措施。

7 **operate*****
美 [ˋɑpəˏret]
英 [ˋɔpəreit]
衍 operation n. 操作，運作
operational adj. 運作的

v.（機械等）運作，操作
The assembly line **operates** round the clock.
那條組裝線 24 小時運作。

8 **processing****
美 [ˋprɑsɛsɪŋ]
英 [ˋprəusesɪŋ]
衍 process v. 加工處理 n. 過程，程序

n. 加工，處理
Food **processing** requires a clean environment.
食品加工需要乾淨的環境。

出題重點

易混淆單字
processing 加工，處理
process 過程，程序
區分表示「處理的行為」的 processing 和表示「應該遵守的步驟」的 process，是測驗中會考的題目。
The new refining **process** will be implemented tomorrow.
新的精煉製程將在明天實施。

9 **capacity****
[kəˋpæsətɪ]
衍 capacious adj. 容量大的
同 role 角色，任務

n. 能力；容量，容納量；職位
The warehouse's **capacity** will double after the construction.
這間倉庫的容量將在工程後增為兩倍。

As Ms. Jones was away, Sam acted in her **capacity** as president during the meeting.
因為 Ms. Jones 不在，所以 Sam 在會議中擔任她的主席工作。

出題重點

常考語句	**be filled to capacity** 被裝到滿 **expand the capacity** 擴大容納量 **limited capacity** 有限的容納量 **storage capacity** 儲存容量 請記住 capacity 在多益中會考的慣用語。
同義詞	表示配合人的資格、地位所擔任的角色時，**capacity** 可以換成 **role**。

10 **assemble***
[ə`sɛmbl̩]
衍 assembly n. 組裝，集會
同 build 組裝（機械之類的東西）
call together 召集
反 disassemble 拆開

v. 組裝（零件、機械等）；召集（人）
Components are manufactured abroad and **assembled** domestically.
零件是在國外生產，在國內組裝。
The manager **assembled** everyone in the department for a meeting.
經理集合了部門裡所有人開會。

出題重點

常考語句	**assembly line** 組裝線 **assembly plant** 組裝廠 名詞 assembly 經常以複合名詞的形式出題。

11 **utilize***
美 [`jutl̩,aɪz]
英 [`ju:tilaiz]
衍 utilization n. 利用
同 use 利用

v. 利用
The technicians **utilized** computer technology to improve processes.
技術人員利用電腦技術改善流程。

12 **place*****

[ples]

衍 placement n. 安置

同 leave 使處於某種狀態
put 放置（在某個場所）

v. 使…處於某種狀態，下（指示、訂單、申請等）

The factory supervisor has **placed** production operations on standby.

工廠主管已經讓生產作業處於待命狀態了。

The office manager has to **place** an order for additional materials immediately.

辦公室管理者必須立即訂購額外的材料。

出題重點

常考語句	**place A on standby** 使 A 處於待命狀態 place 常以 place A on standby 的形態出題，請記住。
同義詞	**place** 表示使人事物處於特定位置或狀態時，可以換成 **leave** 或 **put**。

13 **fill*****

[fɪl]

反 empty 清空

v. 裝滿…；滿足訂單的訂購要求

An attendant **filled** the car's tank with gas.

一名服務員把汽車的油箱加滿汽油。

It will take a week to **fill** the hotel's order for bed sheets.

要供應飯店訂購的床單，需要一週的時間。

出題重點

常考語句	**1. fill A with B** 用 B 裝滿 A 請把和 fill 搭配的介系詞 with 一起記下來。 **2. fill an order** 供應訂單要求的物品 **fill the position** 填補（空缺的）職位 fill 除了表示填滿空間以外，還可以和 order, position 等名詞搭配使用，表示「滿足訂單要求」、「填補職位」的意思。

14**manufacturing*****
[ˌmænjəˋfæktʃərɪŋ]
n. 製造（業）

adj. 製造（業）的

The **manufacturing** process in the automotive industry has changed with computer advances.
汽車工業的製程隨著電腦的進步而改變了。

15**renovate*****
[ˋrɛnəˏvet]

v. 翻新，翻修（舊建築物、舊家具等）

The packaging area was **renovated** to use the space more effectively.
包裝區域經過翻新，以求更有效率地使用空間。

16**decision*****
[dɪˋsɪʒən]

n. 決定

The CEO's **decision** was to release the computer in February. 執行長的決定是在二月發售那款電腦。

出題重點

常考語句 **make a decision about** 做出關於…的決定
請記住 decision 在多益會考的這個慣用語。

17**material*****
[məˋtɪrɪəl]
同 substance 物質

n. 材料，料子

The designers selected the **material** because of its durability.
設計師選擇那種材料是因為它的耐用性。

出題重點

易混淆單字 **material : ingredient**
區分表示「材料」的單字用法差異，是測驗中會考的題目。

material 材料，料子
表示製作物品時使用的材料。

ingredient （料理的）材料，（混和物的）成分
主要表示製造食物時使用的原料。

The bakery only uses organic **ingredients** in its goods.
這間烘焙坊只使用有機原料製作產品。

18 **success*****

[sək`sɛs]

n. 成功，成就

The company owes its **success** to strict quality control.

這間公司將它的成功歸功於嚴格的品質控管。

19 **attribute*****

[ə`trɪbjʊt]

同 ascribe 把…歸因於（原因）

v. 把…歸因於（原因）

Management has **attributed** last year's gains to increased development.

經營團隊把去年的增長歸因於增加的開發。

出題重點

常考語句	**attribute A to B** 把 A 歸因於 B **A is attributed B** A 被歸因於 B 請把和 attribute 搭配的介系詞 to 一起記下來。

20 **efficiency*****

[ɪ`fɪʃənsɪ]

衍 efficient adj. 有效率的

efficiently adv. 有效率地

同 effectiveness 有效性

反 inefficiency 無效率

n. 效率，效能

The consultant suggested measures to improve energy **efficiency**.

顧問建議了改善能源效率的措施。

出題重點

常考語句	**office efficiency** 辦公效率 **energy efficiency** 能源效率 efficiency 經常以複合名詞的形式出題，請一起記下來。
文法	請區分 **efficiency**（n. 效率）和 **efficient**（adj. 有效率的）的詞性。

21 **limit*****

[`lɪmɪt]

v. 限制

衍 limitation n. 局限

limited adj. 受限的，有限的

n. 限制，界限

There is a **limit** to the amount of merchandise the factory can make in a day.

那間工廠一天可以製造的商品數量是有限制的。

22 tailored***

美 [ˋtelɚd]

英 [ˋteiləd]

衍 tailor v. 裁製（衣服），（依照用途、目的）使合適（= adapt）

adj. 量身訂做的，依要求訂做的

This equipment can be **tailored** to the company's production needs.

這種設備可以配合公司的生產需求訂製。

23 component**

美 [kəmˋponənt]

英 [kəmˋpəunənt]

n. 零件，構成要素

The store returned the defective **components** to the manufacturer.

那間商店把有瑕疵的零件退回給製造商。

24 capable**

[ˋkepəbl̩]

衍 capability n. 能力

adj. 有能力（做…）的

Ferrum Corporation is **capable** of processing all kinds of metals.

Ferrum 公司有能力加工各種金屬。

出題重點

常考語句

be capable of -ing 有能力做…

be able to do 能夠做…

請區分表示「能…」的 capable 和 able 的用法差別。capable 後面接「of + 動名詞」，able 後面則是接 to 不定詞。

25 economize**

美 [ɪˋkɑnəˏmaɪz]

英 [iˋkɔnəmaiz]

v. 節約，節省

Hybrid cars are becoming popular because they **economize** on fuel. 混合動力車因為能節省燃料而漸漸受到歡迎。

26 **flexible****

美 [ˋflɛksəbl̩]
英 [ˋfleksibl]

adj. 柔軟的，有彈性的，可變通的

Management is more **flexible** about granting vacations when business is slow.
生意不忙碌的時候，經營團隊對於准假比較有彈性。

Plastic is a **flexible** material that has numerous applications.
塑膠是具有許多用途的彈性材料。

27 **comparable****

美 [ˋkɑmpərəbl̩]
英 [ˋkɔmpərəbl]

adj. 可比較的，比得上的

The car's quality standards are **comparable** to the industry average.
這台車的品質標準比得上業界的平均。

出題重點

常考語句 **be comparable to** 可以和…比較，和…比得上
和 comparable 搭配使用的介系詞 to 是會考的部分。

28 **produce****

[prəˋdjus]
衍 product n. 產品
production n. 生產，生產量
productivity n. 生產力
同 turn out 生產

v. 生產

The new machinery **produces** 1,000 units per hour.
新的機械每小時生產 1000 個產品。

29 **respectively****

[rɪˋspɛktɪvlɪ]

adv. 分別，各自

The camera and tablet computer cost $225 and $350 **respectively**.
相機和平板電腦的價格分別是 225 美元和 350 美元。

30 **device****

[dɪˋvaɪs]
衍 devise v. 設計出來
同 gadget 小裝置

n. 裝置

The new **device** was tested for possible defects.
新的裝置經過測試檢查可能的缺陷。

31**trim****
[trɪm]

v. 修剪，削減，除去

This mechanism **trims** the plastic packaging to make it smaller.
這個機械裝置修整塑膠包裝，讓它變得更小。

The team **trimmed** nearly 20 percent off of current production costs. 這個團隊削減了目前的生產成本將近百分之 20。

32**launch***
[lɔntʃ]
n. 發行，上市
同 introduce
介紹，推出（新產品）

v. 使（新產品）上市

Computer programmers fix technical malfunctions before **launching** any software.
在發行任何軟體之前，程式設計師會修好技術上的缺陷。

33**separately***
[`sɛpərɪtlɪ]
衍 separate adj.
分離的，分開的
separation n. 分離
同 individually 個別地

adv. 分別地，個別地

The cushioning pads are made **separately** as each shoe is slightly different.
緩衝墊是分別製作的，因為每隻鞋都略有不同。

出題重點

常考語句
be made separately 被分別製作
be ordered separately 被分別訂購
separately 主要和 make, order 等動詞搭配出題。

34**expiration***
[ˏɛkspə`reʃən]

n.（期間的）到期，期滿

The **expiration** date is printed on the top of the milk carton.
到期日印在牛奶盒頂端。

35**maneuver***
美 [mə`nuvɚ]
英 [mə`nu:və]

v. 調動

Assembly line workers **maneuvered** the machinery into place.
組裝線的工人將機械移動到定位。

36 **coming***

[ˋkʌmɪŋ]

n. 到來，來臨

同 upcoming 即將到來的

adj. 即將到來的

Factory output will double in the **coming** year.

明年工廠產量將會加倍。

37 **damaged***

[ˋdæmɪdʒd]

衍 damage n. 損壞 v. 損壞

adj. 受損的

The conveyor belts were **damaged** from excessive use.

輸送帶因為過度使用而受損了。

出題重點

易混淆單字

damaged : impaired : injured

區分表示「受傷」的單字用法差異，是測驗中會考的題目。

damaged 受損的

表示事物受到破壞或破損。

impaired （身體上、精神上）能力受損的

表示人的身體機能受損。

Special safety precautions for the hearing **impaired** will be implemented.

為聽力受損者所做的特別安全預防措施將會實施。

injured 受傷的

表示因為意外等情況而受傷。

The company insurance plan will compensate **injured** workers. 公司的保險計畫將會補償受傷的員工。

38 **prevent***
[prɪˋvɛnt]
衍 prevention n. 預防
preventive adj. 預防的
同 avoid 避免
反 allow 允許…

v. 預防…，防止…

Employees are expected to observe safety guidelines to **prevent** accidents.
員工被期望遵守安全指南以預防意外。

出題重點

常考語句 **prevent A from -ing** 防止 A 做…
prevent 經常以 prevent A from -ing 的形態使用，請記起來。

易混淆單字 **prevent : hinder**
請區分有「防止」意義的單字用法差異。

prevent 預防，防止
表示預防某件事情發生。

hinder 妨礙，阻礙
表示阻礙別人，讓別人難以做某件事。

To **hinder** unauthorized access to e-mail accounts, users must regularly change passwords.
為了阻擋對電子郵件帳戶的未經授權存取，使用者必須定期更換密碼。

39 **power***
美 [ˋpaʊɚ]
英 [ˋpaʊə]
衍 powerful adj. 強而有力的
empower v. 授權給…
同 electricity 電

n. 力量，電力

The plant was closed for half a business day due to a **power** outage. 由於停電，工廠關閉了半個營業日。

出題重點

常考語句
1. **power supply** 電力供應
power plant 發電廠
power 一般所知的意義是「力量」，但在多益中主要是當成「電力」的意思來使用。
2. **a powerful engine** 強力的引擎
形容詞 powerful 也很常考，請務必記起來。

40**chemical***

[ˋkɛmɪkḷ]

adj. 化學的

衍 chemist n. 化學家

chemistry n. 化學

n. 化學製品，化學藥品

Protective gear is needed when working with dangerous **chemicals**.

使用危險的化學藥品時，保護裝備是必需的。

出題重點

易混淆單字

- **chemical** 化學藥品
- **chemist** 化學家

區分物質名詞 chemical 和人物名詞 chemist，是測驗中會考的題目。

12th Day Daily Checkup

請把單字和對應的意思連起來。

01 manufacturing
02 comparable
03 efficiency
04 tailored
05 renovate

ⓐ 可比較的，比得上的
ⓑ 翻新，翻修
ⓒ 量身訂做的
ⓓ 製造（業）的
ⓔ 決定
ⓕ 效率，效能

請填入符合文意的單字。

06 This factory has a ______ of 200 workers.
07 Sean carefully ______ the truck into a narrow alley.
08 Jack and Helen were promoted to supervisor and manager ______ .
09 Mr. Bowen ______ the production improvements to the research team.

ⓐ attributed ⓑ respectively ⓒ maneuvered ⓓ capacity ⓔ properly

10 The equipment upgrades ______ several minutes off production time.
11 A ______ schedule allows employees to take care of personal business.
12 The new packaging ______ on cost, as the materials are much cheaper.
13 As the clothing line was such a ______ , the factory increased production.

ⓐ economizes ⓑ trimmed ⓒ prevents ⓓ flexible ⓔ success

Answer 1.ⓓ 2.ⓐ 3.ⓕ 4.ⓒ 5.ⓑ 6.ⓓ 7.ⓒ 8.ⓑ 9.ⓐ 10.ⓑ 11.ⓓ 12.ⓐ 13.ⓔ

多益滿分單字

生產

多益基礎單字

LC	clothing line	phr. 服裝系列
	craft	n. 工藝
	crop	n. 農作物，農產量
	curved	adj. 彎曲的，弧形的
	cyclist	n. 騎自行車的人
	firewood	n. 木柴
	iron	n. 鐵 v. 熨燙
	look up	phr. 查找，抬頭看
	machinery	n. 機械，機械裝置
	not at all	phr. 一點也不
	not far from	phr. 離…不遠的
	plant	n. 植物，工廠 v. 種植（植物）
	publication company	phr. 出版公司
	scratch	v. 刮
	tool belt	phr. 工具腰帶
	watering can	phr. 灑水壺
RC	a number of	phr. 許多的…
	be composed of	phr. 由…構成
	be filled with	phr. 充滿…
	be made up of	phr. 由…組成
	facility	n. 設施
	fasten	v. 繫好，扣上
	incredible	adj. 難以置信的，驚人的
	modification	n. 修改，改變
	rank	n. 階級，順位 v. 將…分級
	raw material	phr. 原物料
	shortage	n. 短缺，不足
	underground	adj. 地下的，祕密的

多益800分單字

LC	assembly	n. 組裝，集會
	best-selling	adj. 最暢銷的
	fasten the strap	phr. 繫緊帶子
	give a hand	phr. 幫忙
	go out of production	phr.（產品）停產
	in a moment	phr. 立即，很快
	maintenance cost	phr. 維護費用
	makeup	n. 組成，構造
	much to one's surprise	phr. 很令某人驚訝地
	not only A but also B	phr. 不但 A 而且 B
	pack away	phr. 收拾好，保存
	remarkably	adv. 引人注目地，明顯地
	reprint	v. 重新印刷，再版（書）
	squeaking sound	phr.（物品動作時）嘎吱作響的聲音
	workbench	n. 工作台
Part 5, 6	automatically	adv. 自動地
	carelessly	adv. 粗心大意地
	evidently	adv. 明顯地，顯然
	priced	adj. 有定價的
	reform	n. 改革 v. 改革
	representation	n. 描寫，表現
	technically	adv. 技術上，嚴格來說
	technician	n. 技術人員，技師
Part 7	adversely	adv. 不利地
	agricultural	adj. 農業的
	artificial	adj. 人工的
	be irrelevant to	phr. 與…無關
	crude	adj. 天然的，未經加工的
	crude oil	phr. 原油
	custom-made	adj. 訂做的
	downsize	v. 裁減，縮小（人力、規模）
	fertilizer	n. 肥料
	gadget	n. 小裝置

gem	n. 寶石
generator	n. 發電機
grease	n. 潤滑油
identically	adv. 完全相同地
in the event of	phr. 萬一…，如果發生…
in the process of	phr. 在…的過程中
individually tailored	phr. 個別訂做的
integration	n. 整合
line worker	phr. 生產線的工人
made-to-order	adj. 依訂單要求訂做的
make an arrangement	phr. 進行安排
make an exception	phr. 作為例外
make public	phr. 公開發表
market awareness	phr. 市場認知度
miniature	adj. 小型的，迷你的 n. 微縮模型
neatly	adv. 整齊地，整潔地
on call	phr. 隨叫隨到的，待命的
on the edge of	phr. 在…的邊緣
on the spot	phr. 當場，立即
outlast	v. 比…長久
output	n. 生產量
put in place	phr. 放在定位
query	n. 詢問
quota	n. 配額，定額
ready-made	adj. 預製的，現成的
reassemble	v. 重新組裝，重新聚集
refine	v. 精煉，改善
reproduction	n. 複製（品），再現
sector	n. 部門，區域
settle on	phr. 決定…，選定…
sort out	phr. 整理…
synthetic	adj. 合成的
tailor-made	adj. 訂做的
upon -ing	phr. 一…就
wear and tear	phr. 磨損，損耗

多益900分單字

LC	come apart	phr. 破碎
	flow chart	phr. 流程圖
	production quota	phr. 生產定額
	tie up	phr. 繫緊，完成（事情）
	void	n. 空無 adj. 空的
Part 5, 6	discontinue	v. 中斷，使（產品）停產
	halt	n. 停止，使停止
	occurrence	n. 發生
	operating	adj.（機器、設備）操作上的，營運上的
	predicted	adj. 被預測的
Part 7	arable	adj.（土地）適合耕種的
	broadly	adv. 大體上
	continuity	n. 連續性，連貫性
	disassemble	v. 拆開
	excavation	n. 挖掘，開鑿
	fabricate	v. 製造
	involuntarily	adv. 非自願地
	liquidity	n.（資產的）流動性
	nimble	adj. 敏捷的，敏銳的
	obfuscate	v. 使模糊，混淆
	pertinent	adj. 有關的
	perturbed	adj. 煩擾不安的
	pragmatic	adj. 務實的，實用主義的
	precede	v. 在…之前，比…優先
	prevail	v. 盛行，佔優勢
	procurement	n.（必需品的）採購，獲得
	provoke	v. 激怒，激起
	recede	v.（價值、品質）倒退
	superintendent	n. 主管人
	tolerance	n. 寬容
	unfailingly	adv. 可靠地，不變地
	unmet	adj.（要求等）未滿足的

顧客至上

顧客服務

deal with 顧客的 **complaints** 也是我的工作之一。只要知道如何 **appropriately respond** 比較 **argumentative** 的顧客，那麼不管是多麼刁難的顧客打來的電話，都有辦法適當處理。雖然有時候顧客的蠻不講理很 **infuriating**，但我還是以 **courteous** 的態度，努力實踐「顧客至上主義」。或許也是因為我能夠徹底解決顧客遭遇到的 **inconvenience**，才能讓他們總是感受到 **satisfaction** 吧。

「超美味麵包」真是太難吃了。
你們怎麼做得出這麼噁心的味道？
親愛的顧客您好，
您給予「超美味麵包」這麼高
的評價，我也感到很高興。

1 **complaint*****
[kəm`plent]
衍 complain v. 抱怨
同 grumble 抱怨
反 praise, compliment 稱讚

n. 抱怨

Customers can register **complaints** at the customer service center or online.
顧客可以在顧客服務中心或者在網路上提出投訴。

出題重點

常考語句
make complaints against 提出對於…的抱怨
file a complaint with 投訴…
complaint 經常搭配動詞 make, file 使用。

2 **deal***
美 [dil]
英 [di:l]
同 handle 處理

v. 處理；交易；分配

The problem will be **dealt** with immediately.
那個問題會立即獲得處理。

Davis Automotive **deals** in used cars and automotive accessories.
Davis Automotive 公司經營二手車和汽車用品的買賣。

The government will **deal** out debt relief grants to the poor.
政府將會發放債務舒緩補助金給窮人。

n. 交易

Fly-Age agency offers good **deals** on international flights.
Fly-Age 旅行社提供國際航班的划算交易（很好的優惠）。

出題重點

常考語句
1. **deal with** 處理（問題等）
動詞 deal 表示「處理」時是不及物動詞，所以要和介系詞 with 連用。經常以被動態 be dealt with 的形態出題，要注意不要漏掉 with。
2. **a good deal** 有利的交易，划算的交易
a great deal of 很多的，大量的
（= a lot of, a great amount of）
請記住 deal 的常考慣用語。deal 的名詞和動詞同形，所以需要根據上下文區分詞性。

3 **argumentative***

[美] [ˌɑrgjə`mɛntətɪv]
[英] [ˌɑːgju`mentətiv]
[衍] argue v. 爭論
argument n. 爭論

adj. 爭辯的，愛爭論的

Service personnel must avoid becoming **argumentative** with upset customers.
服務人員必須避免和生氣的顧客起爭執。

出題重點

易混淆單字

- **argumentative** 爭辯的
- **arguable** 可辯論的，可論證的

請區分這兩個字根相同但意義不同的單字。argumentative 表示發言或人有挑起爭論的傾向，而 arguable 表示某件事有爭論的餘地。

It is **arguable** who is responsible for the lost order.
誰要為遺失的訂購物品負責，有爭論的空間。

4 **appropriately***

[美] [ə`proprɪˌetlɪ]
[英] [ə`prəupriˌeitli]
[衍] appropriate adj. 適當的
[同] suitably 合適地，適當地
[反] inappropriately 不適當地

adv. 適當地

Telephone representatives should know how to handle customer complaints **appropriately**.
電話服務專員應該知道如何適當處理顧客的抱怨。

5 **respond*****

[美] [rɪ`spɑnd]
[英] [ri`spɔnd]
[衍] response n. 答覆，反應
responsive adj. 反應靈敏的

v. 答覆

Sales staff should **respond** promptly to questions from customers.
銷售人員應該快速答覆顧客的問題。

出題重點

易混淆單字

respond : answer

區分表示「回答」的單字用法差異，是多益會考的題目。

respond to 答覆…

respond 用在回答詢問、投訴等情況。因為是不及物動詞，所以要和介系詞 to 連用。

answer 回答…

answer 用在回答問題、命令、呼叫等情況。因為是及物動詞，所以後面直接接受詞。

The clerk was unable to **answer** the query in a satisfactory manner.
店員無法針對詢問給予令人滿意的回答。

6 **infuriate***
[ɪn`fjʊrɪˏet]
衍 infuriating adj. 令人大怒的

v. 激怒，使大怒

The attendant's incompetence **infuriated** the customer.
服務員不稱職的表現激怒了顧客。

7 **courteous***
美 [`kɝtjəs]
英 [`kə:tjəs]
衍 courtesy n. 禮貌
courteously adv. 有禮貌地

adj. 有禮貌的

All inquiries must be handled in a **courteous** manner.
所有詢問都必須以有禮貌的態度處理。

8 **satisfaction****
[ˏsætɪs`fækʃən]
衍 satisfy v. 使滿意
satisfactory adj. 令人滿意的
同 content 滿意
反 dissatisfaction 不滿意

n. 滿意

We hope our assistance was to your **satisfaction**.
希望我們的協助令您滿意。

出題重點

常考語句

to one's satisfaction 令…滿意的

customer satisfaction 顧客滿意

satisfaction survey 滿意度調查

satisfaction 經常以慣用語的形式出題，請一起記下來。

9 **inconvenience***
㊣ [ˌɪnkən`vinjəns]
㊣ [ˌinkən`vi:njəns]
衍 inconvenient adj. 不便的
反 convenience 便利

n. 不便

We apologize for the **inconvenience** during construction.
我們對施工期間造成的不便致歉。

v. 對…造成不便

Cheryl asked the manager if it would **inconvenience** him to reschedule her interview.　Cheryl 問經理，重新安排她的面試時間會不會對他造成不便。

出題重點

文法 **inconvenience + 人** 對…造成不便

inconvenience 通常當名詞，但也會以動詞的用法出題。它是及物動詞，所以後面要接受詞。

10 **complete*****
[kəm`plit]
衍 completion n. 完成，結束
completely adv. 完全地，徹底地
反 incomplete 未完成的

v. 完成，結束

The paperwork must be **completed** within one month.
書面作業必須在一個月以內完成。

adj. 完整的，完成的

Once you receive a confirmation e-mail, the registration process is **complete**.
您一收到確認電子郵件，註冊程序就完成了。

出題重點

常考語句 **complete + a survey/an application**

完成調查問卷／寫好申請書

在測驗中，動詞 complete 搭配的名詞通常是「需要填入資訊的文件」，例如 survey, application 等等。

11 **specific*****

㊣美 [spɪˋsɪfɪk]
㊣英 [spəˋsɪfɪk]

adj. 具體的，明確的

When seeking help online, clients must be very **specific** in describing problems.
在網路上尋求協助時，客戶必須非常具體地描述問題。

12 **return*****

㊣美 [rɪˋtɝn]
㊣英 [riˋtə:n]

v. 歸還，退回

Merchandise can be **returned** at the counter.
商品可以在櫃台退回。

13 **replace*****

[rɪˋples]
衍 replacement n. 取代，替換；替代物，替代者

v. 取代…，替換…

The mechanic **replaced** the generator's motor with a new one.
機械工把發電機的馬達換成新的。

出題、重點

易混淆單字

replace : substitute

請區分表示「替換」的單字用法差異。

replace A with B 用 B 代替 A

replace 表示「取代…」，受詞是被取代的東西。

substitute B for A 用 B 代替 A

substitute 表示「用…代替」，所以受詞是替代用的東西。

Diners may **substitute** french fries for a side salad.
用餐的客人可以把副餐沙拉換成薯條。

14 **presentation*****

㊣美 [ˌprizɛnˋteʃən]
㊣英 [ˌprezenˋteiʃən]
衍 present v. 出示，提交

n. 簡報

Melissa gave the employees a **presentation** about handling difficult clients.
Melissa 向員工發表了關於處理難纏客戶的簡報。

15 **evaluation*****
[ɪˌvæljʊˋeʃən]
衍 evaluator n. 評價者
evaluate v. 評價，評估

n. 評價，評估

Please fill out the **evaluation** form.
請填好評估表。

出題重點

常考語句	**performance evaluation**（工作）表現評價 **course evaluation** 課程評價 請把 evaluation 常考的複合名詞記起來。
易混淆單字	**evaluation** 評價 **evaluator** 評價者 區分抽象名詞 evaluation 和人物名詞 evaluator，是測驗中會考的題目。

16 **confident*****
美 [ˋkɑnfədənt]
英 [ˋkɔnfidənt]
衍 confidently adv. 有自信地
confidence n. 自信，信心

adj. 有自信的

Enthusiasm and a **confident** manner are essential for this sales position.
熱情和有自信的態度，對於這個業務職位是不可或缺的。

出題重點

常考語句	**with a confident manner** 用有自信的態度 confident 經常以修飾 manner 的形式出題。

17 **cause*****
[kɔz]

v. 引起…，造成…

The defect in the lamp was **caused** by improper wiring.
電燈的瑕疵是不當的線路配置造成的。

n. 原因

Researchers tried to find the **cause** of the error.
研究人員努力尋找錯誤的原因。

出題重點

常考語句 **cause + damage/malfunction/delay**
造成損害／故障／延遲
動詞 cause 經常和 damage 等表示損害的名詞搭配出題。

18 **commentary*****
㊵ [ˋkɑmən͵tɛrɪ]
㊕ [ˋkɔmən͵təri]
衍 commentate v. 評論，解說

n. 評論，評註，實況報導
Richard added **commentary** to the service training film.
Richard 為服務訓練影片添加了評註的旁白。

19 **notification*****
㊵ [͵notəfəˋkeʃən]
㊕ [͵nəutifiˋkeiʃən]
衍 notify v. 通知

n. 通知
We require written **notification** of any order cancellations.
我們要求任何訂單的取消都要有書面通知。

出題重點

常考語句 **notification of** 關於…的通知
請把和 notification 搭配使用的介系詞 of 一起記下來。

20 **apologize*****
㊵ [əˋpɑlə͵dʒaɪz]
㊕ [əˋpɔlədʒaiz]
衍 apology n. 道歉

v. 道歉
We **apologize** for the late delivery service.
我們為送貨服務的延遲道歉。

出題重點

常考語句 **apologize for + 原因** 為了…道歉
apologize to + 人 向…道歉
選擇和 apologize 搭配的介系詞 for 或 to，在測驗中會考。

21 **interact****
[͵ɪntəˋrækt]

v. 互動，交流；相互作用
When **interacting** with shoppers, clerks should deal with them in a pleasant manner.
和購物客溝通時，店員應該以令人愉快的態度對待他們。

22**certain****
㊞ [ˋsɝtən]
㊕ [ˋsəːtn]

adj. 確定的，確信的；某個，某些

Sharon was not **certain** where she had bought the blouse.
Sharon 不確定她是在哪裡買了那件短衫。
Registrants are required to provide **certain** details on the form, but other information is optional.
註冊者必須提供表格上的某些細節，但其他資訊是選擇性（填寫）的。

23**commitment****
[kəˋmɪtmənt]
衍 commit v. 使投入
committed adj. 投入的（= devoted）
同 dedication 專心致力

n. 投身，投入，致力

Brand Bank has a longstanding **commitment** to providing excellent client assistance.
Brand 銀行長年以來致力於提供優秀的客戶支援服務。

出題重點

常考語句	**commitment to** 對…的投入 **be committed to** 投入… commitment 和形容詞 committed 經常與介系詞 to 搭配出題。
同義詞	表示對某件事的投入時，**commitment** 可以換成 **dedication**。

24**applaud****
[əˋplɔd]

v. 為…鼓掌；稱讚

The staff **applauded** management's decision to increase overtime pay.
員工對經營團隊提高加班費的決定報以掌聲。

25**biography****
㊞ [baɪˋɑgrəfɪ]
㊕ [baiˋɔgrəfi]

n. 傳記，經歷介紹

A short **biography** on the guest speaker was included in the program.
受邀演講者的簡短經歷介紹包含在活動程序表裡。

26**critical****

[ˋkrɪtɪkḷ]

衍 criticize v. 批評
critic n. 評論家

adj. 批評的；關鍵的；危急的

Many customers were **critical** of the new services.
許多顧客對新的服務不滿。

出題重點

常考語句	**be critical of** 對…不滿，對…挑剔 請把和 critical 搭配的介系詞 of 一起記下來。
文法	請區分 **critical**（adj. 批評的）和 **critic**（n. 評論家）的詞性。名詞 critic 的字尾是 －tic，所以很容易被誤以為是形容詞，請注意。

27**depend on****

衍 dependent adj. 依賴的
dependable adj. 可靠的，可信賴的

phr. 依賴⋯，取決於⋯

The success of a restaurant **depends on** the quality of the food and the customer service.
一間餐廳的成功，取決於食物的品質與顧客服務。

28**combine****

[kəmˋbaɪn]

衍 combination n. 結合，組合
combined adj. 聯合的，合計的

v. 使結合，合併

The store sometimes allows customers to **combine** two special offers.
這間店有時候允許顧客併用兩種特別優惠。

29**priority****

美 [praɪˋɔrətɪ]
英 [praiˋɔriti]

衍 prior adj. 先前的，優先的
prioritize v. 給⋯優先權

n. 優先（權），優先事項

Priority for the service will be provided according to a first come, first served basis.
服務的優先權將根據先來者先服務的原則給予。

30 **observe****

㊈ [əb`zɝv]

㊉ [əb`zə:v]

衍 observance n. 遵守
observation n. 觀察
observant adj. 遵守的

v. 觀察，注意到；遵守（規則等）

The technicians **observed** a demonstration about repairing phones.

技術人員們觀看修理電話的示範。

All staff must **observe** the dress code of the company.

所有員工都必須遵守公司的服裝規定。

出題重點

常考語句 **observe safety regulations** 遵守安全規定

observe guidelines 遵守指導方針

observe 會和 regulations, guidelines 等表示規定、規則的名詞搭配出題。

31 **defective****

[dɪ`fɛktɪv]

衍 defect n. 缺點，缺陷
defectively adv. 有缺陷地

同 faulty 有缺陷的

adj. 有缺陷的

The buyer requested a refund for the **defective** hair dryer.

購買者要求對於有瑕疵的吹風機的退款。

出題重點

文法 請區分 **defect**（n. 缺陷）和 **defective**（adj. 有缺陷的）的詞性。

32 **reflect****

[rɪ`flɛkt]

同 indicate 顯示

v. 反映，顯示

Kimdale Corporation's statement of purpose **reflects** its commitment to quality.

Kimdale 公司的目標說明反映出對於品質的投入。

出題重點

同義詞 表示收據、發票的內容顯示出費用、金額時，**reflect** 可以換成 **indicate**。

33**attitude****
[`ætətjud]

n. 態度，看法
Salespeople with a positive **attitude** tend to sell more products.
有積極態度的銷售員，容易賣出更多產品。

34**disappoint****
[ˌdɪsə`pɔɪnt]
衍 disappointed adj. 感到失望的
disappointing adj. 令人失望的
disappointment n. 失望

v. 使失望
The poor terms of the computer warranty **disappointed** many buyers.
這台電腦糟糕的保固條款讓許多購買者失望。

35**inquire****
美 [ɪn`kwaɪr]
英 [in`kwaiə]
衍 inquiry n. 詢問
反 reply 答覆

v. 詢問
Several people called in to **inquire** about the store's latest promotions.
有幾個人打電話來詢問商店的最新促銷活動。

36**insert***
美 [ɪn`sɝt]
英 [in`səːt]

v. 插入
Please read all the instructions before **inserting** the CD into your computer.
將 CD 放進電腦前，請先閱讀所有說明。

出題重點

常考語句 **insert A into B** 將 A 插入 B
請把和 insert 搭配的介系詞 into 一起記下來。

37**disclose***
美 [dɪs`kloz]
英 [dis`kləuz]
衍 disclosure n. 公開，透露
同 reveal 揭露
expose 揭露
反 conceal 隱藏

v. 公開，透露
Customers will be asked to **disclose** some personal details when ordering online.
在網路上訂購時，顧客會被要求提供一些個人詳細資訊。

出題重點

文法　**disclose + 受詞** 公開…

disclose 是及物動詞，所以後面不能接介系詞。disclose about 是錯誤的用法。

38 **guarantee***

[͵gærən`ti]

n. 保證，保證書

同 assure 保證，確保

v. 保證

Customer satisfaction is **guaranteed**.

（我們）保證顧客滿意。

n. 保證，保障

There is no **guarantee** of a refund in the event of cancellation.

萬一取消，不保證可以得到退款。

出題重點

常考語句　**guarantee of** 對於…的保證

和名詞 guarantee 搭配的介系詞 of，是測驗會考的部分。

39 **politely***

[pə`laɪtlɪ]

衍 polite adj. 禮貌的

politeness n. 禮貌

反 impolitely 無禮地

adv. 禮貌地

Store personnel must always speak to customers **politely**.

商店員工必須總是對顧客說話有禮貌。

出題重點

文法　請區分 **politely**（adv. 禮貌地）和 **polite**（adj. 禮貌的）的詞性。

40 **seriously***

[`sɪrɪəslɪ]

衍 serious adj. 認真的

adv. 認真地

The manager takes customer feedback very **seriously**.

經理很認真看待顧客的回饋意見。

出題重點

常考語句　**take A seriously** 認真看待 A（↔ take A lightly）

seriously 會以 take A seriously 的形式出題，請務必記住。

13th Day Daily Checkup

請把單字和對應的意思連起來。

01 complaint
02 applaud
03 interact
04 priority
05 replace

ⓐ 替換…
ⓑ 為…鼓掌
ⓒ 優先權
ⓓ 評論，評註
ⓔ 抱怨
ⓕ 交流

請填入符合文意的單字。

06 This short ______ will explain how the camera works.
07 Customers will receive ______ of all special offers and sales.
08 Tony's ______ showed he had studied at a university in Texas.
09 This computer sells well because it received a high ______ rating.

ⓐ notification ⓑ presentation ⓒ biography ⓓ satisfaction ⓔ deal

10 The engineers are ______ that their car is the fastest.
11 The efficiency of a business ______ how well it is run.
12 The store has ______ directions for customers to return products.
13 Ms. Tan was ______ with unprofessional manners of some hotel staff.

ⓐ reflects ⓑ disappointed ⓒ critical ⓓ confident ⓔ specific

Answer 1.ⓔ 2.ⓑ 3.ⓕ 4.ⓒ 5.ⓐ 6.ⓑ 7.ⓐ 8.ⓒ 9.ⓓ 10.ⓓ 11.ⓐ 12.ⓔ 13.ⓑ

多益滿分單字

多益基礎單字

LC	a couple of	phr. 兩個…，幾個…
	athlete	n. 運動員
	call for	phr. 要求…，去拿（東西）
	cart	n. 購物車
	customer service representative	phr. 客服專員
	get a phone call	phr. 接到電話
	give a call	phr. 打電話
	have one's hair cut	phr. 讓人剪自己的頭髮
	Just for a minute.	phr. 請稍候。
	laundry service	phr. 洗衣服務
	leave a message	phr. 留言，留下訊息
	product logo	phr. 產品商標
	rinse	v. 沖洗
	voice mail	phr. 語音信箱的留言
RC	as soon as possible	phr. 盡快
	complain	v. 抱怨
	counselor	n. 顧問
	for free	phr. 免費地
	grocery store	phr. （食品）雜貨店
	invite	v. 邀請
	often	adv. 經常
	option	n. 選擇（權）
	pleasure	n. 愉快，高興
	positive	adj. 積極的，確定的
	relationship	n. 關係
	site	n. 地點；網站
	successfully	adv. 成功地
	visit	v. 拜訪 n. 拜訪

多益800分單字

LC	a loaf of	phr. 一塊（麵包），一條（吐司）
	affair	n. 事情，事件
	aisle	n. （座位、貨架之間的）走道
	annoy	v. 惹惱…
	at no charge (= at no cost)	phr. 免費地
	at no extra charge	phr. 不收額外費用地
	be on another call	phr. 正在接聽別的電話
	ceremonial	adj. 儀式的，禮儀的
	contact a customer	phr. 聯絡顧客
	for your own safety	phr. 為了您自身安全
	get a replacement	phr. 獲得替換品
	handheld	adj. 手持的
	head toward	phr. 前往…
	hold the line	phr. 不掛斷電話（等待）
	just to make sure	phr. 只是要確認
	leftover	adj. 剩餘的 n. (-s) 剩飯剩菜
	look through the manual	phr. 瀏覽使用說明書
	on delivery	phr. 貨品送到的時候
	personalized service	phr. 個人化服務
	pharmacist	n. 藥劑師
	potential customer	phr. 潛在顧客
	questionnaire	n. 問卷
	recall	v. 召回（瑕疵品） n. 收回，召回
	return a phone call	phr. 回電話
	ridiculously	adv. 荒謬地
	take back	phr. 拿回…
	wardrobe	n. 衣櫃
Part 5, 6	adverse	adj. 不利的
	argument	n. 爭論，爭吵，辯論
	as requested	phr. 依照要求
	defect	n. 缺陷，瑕疵
	discouraging	adj. 令人洩氣的
	escort	v. 護送，陪同 n. 護送者，陪同者

	exterior	adj. 外部的 n. 外部，外表
	further	adj. 更遠的，進一步的 adv. 進一步地，此外
	go on	phr. （某種情況）繼續下去
	inconvenient	adj. 不便的
	instant	adj. 立即的
	refer to	phr. 提到…，參照…
	smoothly	adv. 順利地
	technical service	phr. 技術服務
	unlike	prep. 不像…
	user-friendly	adj. 容易使用的
	vivid	adj. 鮮明的，生動的
	willing	adj. 願意的，自願的
Part 7	at one's request	phr. 在某人的請求下
	breakage	n. 破損，破損物
	compliment	n. 讚美，稱讚
	cut back	phr. 削減，減少
	dissatisfaction	n. 不滿，不滿意
	faulty	adj. 有缺陷的
	general population	phr. 一般大眾
	make a complaint	phr. 抱怨
	make a request	phr. 請求
	make a response	phr. 做出回應
	make an appointment	phr. 約定會面
	meet the standards	phr. 符合標準
	mistakenly	adv. 錯誤地
	people of all ages	phr. 所有年齡層的人
	post a notice on	phr. 在…張貼公告
	rural community	phr. 農村社會
	service depot	phr. 服務站
	stain	n. 污漬
	trace	v. 追蹤…
	tutor	n. 家庭教師
	wear out	phr. 穿破，磨損
	work properly	phr. 正常運作

多益900分單字

LC	bare	adj. 裸的，沒有遮蓋的
	button up	phr. 扣好扣子
	casualty	n. 傷亡人員
	deputy	n. 代理人
	mend	v. 修補，修理
Part 5, 6	adaptability	n. 適應性
	aggression	n. 侵犯，攻擊性
	attentive	adj. 注意的，體貼的
	censure	n. 譴責 v. 譴責
	claims department	phr. 保險理賠部門
	compelling	adj. 引人注目的，令人信服的
	decisive	adj. 決定性的，堅決的
	distress	n. 苦惱 v. 使苦惱
	facilitate	v. 使容易，促進
	factually	adv. 事實上
	fleetingly	adv. 短暫地
	frankly	adv. 坦白地
	nourish	v. 養育，滋養
	reinforcement	n. 補強，強化
	sparsely	adv. 稀疏地
	unwavering	adj. 不動搖的，堅定的
	vibrant	adj. 充滿活力的
	wonder	v. 想知道… n. 驚奇
Part 7	blemish	n. 瑕疵，污點
	genuine	adj. 真的，真正的
	hazard	n. 危險
	intercept	v. 攔截
	rebate	v. 退還（部分金額）n. 折扣，貼現
	retrospective	adj. 回顧的，追溯的
	slip one's mind	phr. 忘記
	soak up	phr. 吸收，吸掉（液體）
	swiftly	adv. 迅速地，快速地

旅遊途中買些東西不行嗎？

旅遊、機場

為了進公司後第一次 **international** 出差做準備時，我把拜訪熱帶地區人氣 **attraction** 和買紀念品的時間都排進了 **itinerary**，心中充滿了期待。「這次出差要到濱海旅館附近的紀念品店，購買 **diverse** 的 **exotic** 物品～這一定會是趟 **superb** 的旅行！」但是，在回國那天，航空公司確認我的 **baggage** 重量時，說出了讓我很失望的話。我花錢買東西也不行嗎？

1 **international***
美 [ˌɪntɚ`næʃənḷ]
英 [ˌintə`næʃənəl]
反 domestic 國內的

adj. 國際的

Passengers for **international** flights check in at counter three.
國際航班的乘客要在三號櫃台辦理登機報到手續。

2 **attraction*****
[ə`trækʃən]
衍 attract v. 吸引
attractive adj. 有吸引力的

n. 景點

This bus takes visitors to the city's best tourist **attractions**.
這台公車會帶遊客前往市內最佳的觀光景點。

3 **itinerary****
美 [aɪ`tɪnəˌrɛrɪ]
英 [ai`tinərəri]

n. 旅遊行程

The **itinerary** includes a visit to Boston.
旅遊行程包括拜訪波士頓。

4 **exotic***
美 [ɛg`zɑtɪk]
英 [eg`zɔtik]

adj. 異國情調的，奇特的

Our website contains information on numerous **exotic** vacation spots. 我們的網站包含許多異國風度假地點的資訊。

5 **diverse****
美 [daɪ`vɝs]
英 [dai`vəːs]
衍 diversify v. 使多樣化
diversity n. 多樣性
同 varied 多樣的

adj. 多樣的

A **diverse** selection of tours is available for London.
有多種倫敦旅遊行程可供利用（提供多種倫敦旅遊行程）。

出題重點

常考語句	**a diverse + selection/range + of + 複數名詞** 多樣的… diverse 經常搭配 a selection/range of 使用，這時候 diverse 要放在不定冠詞 a 和 selection/range 中間，而 of 後面要接名詞複數形。
文法	請區分 **diverse**（adj. 多樣的）和 **diversity**（n. 多樣性）的詞性。

6 **superb***
[美] [sʊˋpɝb]
[英] [sjuˋpəːb]
[同] excellent, outstanding 出色的

adj. 極好的，一流的

The service at the hotel was **superb**.
那家旅館的服務非常好。

7 **baggage***
[ˋbægɪdʒ]
[同] luggage 行李

n. 行李

Stow **baggage** under the seat in front of you.
請把行李放在您前面的座位下方。

出題重點

[常考語句] **baggage claim**（機場的）行李提領處
baggage 和 luggage 都是不可數名詞，前面不能加不定冠詞（a baggage），也不能寫成複數形（baggages）。

8 **destination*****
[美] [ˌdɛstəˋneʃən]
[英] [ˌdestiˋneiʃən]

n. 目的地

Travel agents can provide information about a travel **destination**.
旅行社員工可以提供關於旅遊目的地的資訊。

9 **missing*****
[ˋmɪsɪŋ]

adj. 遺失的，缺少的

The **missing** luggage will be sent to the hotel when it is found.
遺失的行李找到時會送到旅館。

10 **locate*****
[美] [loˋket]
[英] [ləuˋkeit]
[衍] location n. 位置
[同] find 找到

v. 找到…的位置；使…座落於

Airline staff have tried to **locate** the lost luggage.
航空公司員工已經努力試著找出遺失的行李。
International Arrivals is **located** on the next level.
國際線入境處位於下一個樓層。

出題重點

常考語句	**be (conveniently/perfectly) located + in/at/on 場所** （便利地／最適當地）位於… locate 經常搭配介系詞 in, at, on，以被動態使用。請記住這時候可以加上 conveniently, perfectly 等副詞，強調場所的便利性。
同義詞	表示找出某個東西或建築物的所在位置時，**locate** 可以換成 **find**。

11**approximately*****
美 [ə`prɑksəmɪtlɪ]
英 [ə`prɔksimitli]
衍 approximate adj. 大約的

adv. 大概

A nonstop flight takes **approximately** 13 hours.
直飛班機大約要花 13 個小時。

出題重點

文法	請區分 **approximately**（adv. 大概）和 **approximate**（adj. 大約的）的詞性。

12**duty*****
[`djutɪ]
同 tax 稅

n. 稅，關稅；責任，職責

Passengers must pay **duty** on goods worth more than $500.
乘客必須對價值超過 500 美元的貨品支付關稅。
Security personnel are on **duty** at the airport around the clock.
保全人員在機場 24 小時值勤。

13**process*****
美 [`prɑsɛs]
英 [`prəuses]

n. 過程

The entire airline ticketing **process** can be done online.
機票售票的整個過程都可以在網路上進行。

v. 處理

The Chinese embassy **processes** tourist visas.
中國大使館處理觀光簽證。

14**board*****

[美] [bord]
[英] [bɔːd]

v. 上，登上（大眾運輸工具）

Business class passengers were invited to **board** the plane first.
商務艙乘客獲邀先行登機。

n. 委員會，董事會

Tourism Scotland's **board** of directors approved the budget proposal.
Tourism Scotland 公司的董事會批准了預算提案。

出題重點

[常考語句]
a board member 委員會／董事會成員
a board of directors 董事會
board 在聽力測驗中主要表示「登上」，在閱讀測驗則主要表示「委員會／董事會」。

15**comfortable*****

[美] [ˋkʌmfɚtəbḷ]
[英] [ˋkʌmfətəbl]
[衍] comfort n. 舒適，安慰 v. 使舒適，安慰

adj. 舒適的

The beds in this hotel are very **comfortable**.
這間旅館的床非常舒適。

16**declare*****

[美] [dɪˋklɛr]
[英] [diˋklɛə]
[衍] declaration n.（在海關的）申報；宣告

v.（在海關）申報；宣告

Goods subject to import fees must be **declared**.
需課徵進口稅的貨物必須申報。

17**specify*****

[美] [ˋspɛsə͵faɪ]
[英] [ˋspesifai]
[衍] specific adj. 具體的；特定的

v. 具體說明

Travelers can **specify** on the form which cities they would like to visit.
旅行者可以在表格上表明他們想要拜訪哪些城市。

18 **depart*****

美 [dɪ`pɑrt]
英 [di`pɑ:t]
衍 departure n. 出發
同 take off v.（飛機）起飛

v. 出發

Flight QF302 to Sydney **departs** from London Heathrow airport at 10:45 p.m. 往雪梨的 QF302 班機，晚上 10:45 從倫敦 Heathrow 機場起飛。

出題重點

同義詞 表示飛機從出發地點起飛離開時，**depart** 可以換成 **take off**。

19 **emergency****

美 [ɪ`mɝdʒənsɪ]
英 [i`mə:dʒənsi]

n. 緊急情況

In case of **emergency**, oxygen masks will automatically drop from above.
萬一發生緊急情況，氧氣面罩會自動從上方落下。

20 **passenger****

美 [`pæsndʒɚ]
英 [`pæsindʒə]

n. 乘客

Passengers boarding the cruise ship were welcomed by the captain. 登上遊輪的乘客接受了船長的歡迎。

出題重點

常考語句
1. lead to 導致（結果）
測驗中會考和 lead 搭配的介系詞 to。
2. leading + brand/company/figure 領導品牌／公司／人物
leading 經常和品牌、公司、人物等名詞一起使用。

21 **outgoing****

美 [`aʊt͵goɪŋ]
英 [`aut͵gəuiŋ]

adj.（從場所）出發的，離開的；即將離職的

Outgoing trains leave from platforms three to five.
離站的列車從第三到第五月台出發。
The **outgoing** travel agency manager will train her replacement.
即將離職的旅行社經理將會訓練接替她職位的人。

22 **tightly****
[`taɪtlɪ]

adv. 緊緊地，牢固地

Please ensure your hotel room door is locked **tightly**.
請確認您飯店房間的門有牢牢鎖上。

23 **tour****
[美] [tʊr]
[英] [tuə]
v. 旅行
[衍] tourist n. 觀光客

n.（工廠、設施等的）導覽，旅行

The guide gave us a **tour** of the manufacturing plant.
嚮導為我們導覽了製造廠。

出題重點

[常考語句] **on tour** 旅行中
tour + 觀光地／旅遊地點 在…旅行
名詞 tour 經常搭配介系詞 on 使用。另外，動詞 tour 是及物動詞，後面不接介系詞，直接接旅行地點當受詞。

24 **carrier****
[美] [`kærɪɚ]
[英] [`kæriə]

n. 運輸公司，航空公司；運輸工具

Flyway Airlines is a popular **carrier** among travelers because it is inexpensive.
Flyway Airlines 是很受旅行者歡迎的航空公司，因為它的價格不貴。

This plane was originally designed as a cargo **carrier**.
這台飛機原本是設計作為貨物運輸機的。

25 **customarily****
[美] [`kʌstəm͵ɛrəlɪ]
[英] [`kʌstəm͵erili]
[衍] customary adj. 慣常的
custom n. 習慣，習俗
customs n. 海關

adv. 習慣上，習俗上

Italians **customarily** greet one another with a kiss on the cheek.
義大利人習慣用親吻彼此的臉頰來打招呼。

出題重點

[文法] 請區分 **customarily**（adv. 習慣上，習俗上）和 **customary**（adj. 慣常的）兩者的詞性。

26**confuse****
[kən`fjuz]

v. 使困惑

The building's lack of signs **confused** visitors.
這棟大樓缺乏指示牌，使訪客感到困惑。

27**arrive****
[ə`raɪv]
衍 arrival n. 到達

v. 到達

The tour bus will **arrive** at its destination on time.
這台遊覽車會準時到達目的地。

28**brochure****
美 [bro`ʃʊr]
英 [brəu`ʃjuə]

n. （宣傳用的）摺頁，小冊子

Pick up a sightseeing **brochure** at the information center.
請在詢問處領取觀光宣傳摺頁。

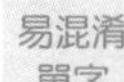

出題重點

易混淆單字

brochure : catalog : guidelines

區分表示「手冊」、「守則」的單字用法差異，是測驗中會考的題目。

- **brochure**（宣傳用的）摺頁，小冊子
  有圖文的宣傳用摺頁。
- **catalog**（商品、書等等的）目錄
  商品目錄或圖書館的書目。
  Mark browsed through a **catalog** of duty-free items on sale.
  Mark 瀏覽了特賣中的免稅商品目錄。
- **guidelines** 指導方針，守則
  關於政策等的守則。
  Health and safety **guidelines** for travelers are posted all over the airport.
  機場各處都有張貼旅客健康與安全守則。

29 **involve****
[美] [ɪnˋvɑlv]
[英] [inˋvɔlv]

v. 需要…，包含…；使…涉入

Getting to Kelford by bus **involves** one transfer.
搭公車到 Kelford 需要轉車一次。

The opening ceremony **involved** many local native dances.
開幕式包含許多本地原住民舞蹈表演。

James enjoys **involving** himself in planning family vacations.
James 很喜歡參與家庭假期的規畫。

30 **ship****
[ʃɪp]
[衍] shipment n. 運輸；運輸的貨物

v.（用船或其他運輸工具）運送

The company's fleet **ships** cargo internationally.
這間公司的船隊進行國際貨物運送。

n. 船

The cruise **ship** has a swimming pool and spa.
那艘遊輪有游泳池和 SPA。

31 **suitcase****
[ˋsutˏkes]

n. 行李箱

Each person is allowed to check in one **suitcase**.
每個人都可以託運一個行李箱。

32 **unavailable****
[ˏʌnəˋveləbl̩]
[反] available 可利用的

adj. 無法利用的，無法取得的

The luxury suite is currently **unavailable**.
目前無法提供豪華套房。

33 **fill out/in***

phr. 填寫，填好（表格）

Please **fill out** the form prior to landing.
請在降落前填好表格。

出題重點

易混淆單字

- **fill out/in** 填寫，填好（表格）
- **fill up** 加滿（汽車的油箱）

區分這些形態相似但意義不同的慣用語，在測驗中會考。

You must **fill up** the tank before dropping off the rental car.
歸還租用的車子之前，必須把油箱加滿。

34 **customs*** [ˋkʌstəmz]

n. 海關

Hundreds of passengers go through **customs** every hour.
每小時有數百名乘客通過海關。

出題重點

常考語句

customs regulations 海關規定

customs clearance （貨物）通關，通關程序

go through customs 通過海關

customs 主要以慣用語的形式出題，請一起記下來。

35 **away*** [əˋwe]

adv. 離開，遠離

The city hall is located about fifteen miles **away** from the convention center.
市政府位於離會議中心大約十五英里的地方。

出題重點

易混淆單字

區分表示「遠離」的單字用法差異，是測驗中會考的題目。

- **away** 離開，遠離

  away 前面可以直接接距離單位。

- **far** 距離很遠

  far 前面不可以接距離單位，所以 20 kilometers far from the airport 是錯誤的表達方式。

The subway station is located **far** from the domestic airport. 地鐵站離國內線機場很遠。

36 **dramatic***

[drə`mætɪk]

衍 dramatically adv. 戲劇性地

adj. 戲劇性的，激動人心的；急劇的

This tour includes admiring the country's most **dramatic** scenery.

這趟旅行的內容包括欣賞這個國家最壯麗的景色。

出題重點

常考語句

dramatic scenery 壯麗的景色

dramatic + increase/rise/fall 急劇的增加／上升／下降

dramatic 除了表示「戲劇性的」、「壯麗」等意義以外，也有「急劇的」的意思，這時候會搭配 increase, rise 等表示增減的名詞使用。

37 **hospitality***

美 [ˌhɑspɪ`tælətɪ]

英 [ˌhɔspi`tæliti]

衍 hospitable adj. 好客的，招待周到的

n. 款待，殷勤招待

The guests appreciated the **hospitality** extended to them during their stay.

住宿客很感謝在住宿期間受到的款待。

出題重點

常考語句

hospitality extended to 給予…的款待

hospitality industry 服務業

hospitality 主要和表示「給予，提供」的動詞 extend 搭配。

38 **indulge***

[ɪn`dʌldʒ]

衍 indulgence n. 沉迷，放縱

v. 沉迷，享樂

Indulge in a getaway to the jungles and reefs of Belize.

盡情享受前往貝里斯的叢林與珊瑚礁的出遊吧。

出題重點

常考語句

indulge in 盡情享受…，沉迷於…（= be addicted to）

請把和 indulge 搭配使用的介系詞 in 一起記下來。

39 **proximity***
美 [prak`sɪmətɪ]
英 [prɔk`simiti]

n. 接近，鄰近

The conference center is in close **proximity** to the hotel.
會議中心很接近飯店。

出題重點

常考語句

in close proximity to 很接近…

in the proximity of 在…附近

proximity 經常以慣用語形式使用，請一起記下來。

40 **seating***
[`sitɪŋ]
衍 seat n. 座位 v. 使就座

n.（整體的）座位安排；座位數

The **seating** capacity of this airplane is 250 passengers.
這架飛機的座位容納量是 250 名乘客。

The **seating** arrangements were finalized before guests arrived.
座位安排在賓客抵達前完成了。

出題重點

易混淆單字

seating : seat

區分表示「座位」的單字用法差異，是測驗中會考的題目。

seating（整體的）座位安排；座位數

表示公共場所或活動場所的「座位安排」或者一個地方的「座位數」。

seat 座位

表示一個座位。

The hotel lounge has a dozen fully reclining **seats**.
旅館大廳有 12 個可以完全後仰的座椅。

41 **unlimited***

[ʌn`lɪmɪtɪd]

衍 unlimitedly 無限地

反 limited, restricted 有限的

adj. 無限制的

Unlimited mileage is included with all our car rental quotes.
我們所有的租車報價都包括無限里程。

出題重點

常考語句

unlimited mileage 無限里程

have unlimited access to the file 可以無限制地使用檔案

unlimited mileage 是租車時使用的片語，表示不管開多少距離收費都一樣。

14th Day Daily Checkup

請把單字和對應的意思連起來。

01 specify
02 comfortable
03 customarily
04 destination
05 confuse

ⓐ 使困惑
ⓑ 找到…的位置
ⓒ 舒適的
ⓓ 目的地
ⓔ 習慣上
ⓕ 具體說明

請填入符合文意的單字。

06 Guests of the hotel praise it for its ______ views.
07 The ______ of entering the country is simpler for residents.
08 ______ may be asked to open their luggage by customs officers.
09 Turkey has ______ cultures influenced by migrations from Europe and Asia.

ⓐ diverse ⓑ outgoing ⓒ superb ⓓ passengers ⓔ process

10 Travelers to Beijing can ______ their train now.
11 This ______ is known for plentiful legroom on its planes.
12 Every year, millions of foreigners visit Italy for ______ .
13 The toy manufacturer ______ some samples to several retail stores.

ⓐ carrier ⓑ depart ⓒ shipped ⓓ tour ⓔ board

Answer 1.ⓕ 2.ⓒ 3.ⓔ 4.ⓓ 5.ⓐ 6.ⓒ 7.ⓔ 8.ⓓ 9.ⓐ 10.ⓔ 11.ⓐ 12.ⓓ 13.ⓒ

多益滿分單字

多益基礎單字

LC	agent	n. 代理人
	airport	n. 機場
	beach	n. 海邊
	boat	n. 小型船
	business class	phr.（飛機的）商務艙
	connect	v. 連接…
	departure time	phr. 出發時間
	duty-free shop	phr. 免稅店
	first class	phr.（飛機的）頭等艙
	flight	n. 飛行，航班，飛行的旅程
	go on vacation	phr. 去度假
	guidebook	n. 旅遊指南
	journey	n. 旅行
	nonstop flight	phr. 直飛航班
	pack	n. 包裹 v. 打包（行李）
	passport	n. 護照
	pilot	n. 飛行員
	salon	n.（服飾、美容等的）店，沙龍
	span	v.（橋等等）橫跨（河流等）
	trip	n. 旅行
RC	border	n. 國界
	central	adj. 中心的，最重要的
	safe	adj. 安全的
	sudden	adj. 突然的
	travel	n. 旅行 v. 旅行
	underwater	adj. 水中的，水面下的
	unique	adj. 獨特的
	visitor	n. 訪客，參觀者

多益800分單字

LC		
	aboard	adv. 在船／飛機／列車上 prep. 在…上
	aircraft	n. 航空器，飛機
	airfare	n. 機票費用
	aisle seat	phr. 靠走道的座位
	an export firm	phr. 出口公司
	be on a trip	phr. 在旅行中
	board a flight	phr. 登上班機
	boarding gate	phr. 登機門
	boarding pass	phr. 登機證
	boarding time	phr. 登機時間
	boating safety	phr. 划船安全
	by air	phr. （表示交通方式）坐飛機
	carry on a bag	phr. 隨身帶著包包上飛機
	carry-on baggage	phr. （帶進機艙的）隨身行李
	crew	n. 全體船員，全體機務人員
	cruise	n. 乘船遊覽
	currency exchange	phr. 貨幣兌換
	drift	v. 漂流
	ferry	n. 渡輪
	flight attendant	phr. 空服員
	fluid	n. 液體
	guest pass	phr. （非會員的）訪客入場券
	guided tour	phr. 有導遊帶領的旅行
	immigration	n. 入境審查，外來的移民
	in-flight	adj. 飛行過程中的
	landing	n. 降落
	landmark	n. 地標，地標建築物
	layover	n. （飛機的）中途停留
	leave for	phr. 出發前往…
	long distance rate	phr. 長途電話費率
	luggage tag	phr. 行李吊牌
	mainland	n. 本土，大陸
	missing luggage	phr. 遺失的行李

	native	adj. 本地的，原住民的
	overseas	adj. 海外的 adv. 在海外，往海外
	port	n. 港口
	porter	n. 行李搬運員
	row the boat	phr. 划船
	stop over	phr.（在飛行航程中）中途停留
	take off	phr. 起飛
	take one's bag off	phr. 把包包拿下來
	travel agency	phr. 旅行社
	travel itinerary	phr. 旅遊行程
	traveler's check	phr. 旅行支票
	unload	v. 從…卸下貨物
	unlock	v. 打開…的鎖
	unpack a suitcase	phr. 把行李箱的行李拿出來
	visa extension	phr. 簽證延期
	walking tour	phr. 徒步旅行
Part 5, 6	favor	n. 善意的行為，幫助
	overhead	adj. 頭上方的
	rightly	adv. 正確地，理所當然地
	travel arrangement	phr. 旅行安排
Part 7	accumulate	v. 累積
	geographic	adj. 地理上的
	go through customs	phr. 通過海關
	jet lag	phr. 時差感（旅行時差引起的疲勞）
	memorable	adj. 值得紀念的，難忘的
	memorial	n. 紀念物 adj. 紀念的
	precisely	adv. 精確地
	round trip	phr. 來回旅行
	runway	n. 機場跑道
	seasickness	n. 暈船
	suburban train line	phr. 往郊區的列車路線
	voyage	n.（遠距離）航海
	wildlife	n. 野生動物

多益900分單字

LC	airsickness	n. 暈機
	barge	n. 平底貨船
	buckle up (= fasten seatbelt)	phr. 扣上安全帶
	carousel	n. （機場讓人提領行李的）行李轉盤
	channel	n. 海峽，航道
	deck	n. 甲板
	dock	n. 船塢，碼頭
	harbor	n. 港口 v. （船）入港停泊
	life preserver	phr. （救生衣等）救生用具
	meet one's flight	phr. （在飛機抵達的時間）為某人接機
	stall	n. 貨攤，攤位 v. 拋錨，熄火，（飛機）失速
	tie the boat to	phr. 把船停泊在…
	turbulence	n. 亂流
Part 5, 6	allowance	n. 允許，容許量，補貼
	lodging	n. 寄宿，寄宿處
	presumable	adj. 可推測的，可能有的
	touch down	phr. 著陸
	transcontinental	adj. 橫貫大陸的
Part 7	aviation	n. 飛行
	charter plane	phr. 包機
	confer	v. 商量，協商
	disembark (= get off, leave)	v. 下飛機，下船
	disembarkation card	phr. 入境登記卡
	dispense	v. 分發
	impound	v. 扣押（物品）
	motion sickness	phr. （搭乘交通工具造成的）動暈症
	prestigious	adj. 有聲望的
	quarantine desk	phr. 檢疫站
	remittance	n. 匯款
	swap	v. 交換，對調
	turn up	v. 出現，被找到
	vessel	n. 大型船艦

DAY15 Hackers TOEIC Vocabulary

不管用什麼手段，只要能簽約就行！
契約

公司為了增強自己的力量，向大企業提出了合併的 **proposal**。雖然過去三個月持續進行協商，卻遲遲無法就 **alliance** 的 **stipulation** 和 **terms** 達成雙方的 **compromise**。**negotiation** 無法達到 **agreement**，陷入了 **deadlock** 的狀態。這時候，多虧課長找來優秀的 **negotiator**，才達成了對我們有利的協議。這件事讓我再次感受到人脈在社會生活裡的重要性。

1 **proposal*****

美 [prəˋpozl]

英 [prəˋpəuzəl]

衍 propose v. 提議，建議（= suggest）

n. 提案，提議

Ms. Chryssom liked the **proposal** so much that she decided to invest immediately.

Ms. Chryssom 很喜歡這個提案，所以決定要立刻投資。

出題重點

常考語句

submit a proposal 提出提案

proposal 會和動詞 submit 搭配出題。請注意不要因為 proposal 的結尾是 -al，就誤以為它是形容詞。

2 **alliance***

[əˋlaɪəns]

衍 ally v. 使結盟

同 union, coalition 同盟，聯合

n. 同盟，聯盟

The corporations formed an **alliance** to protect themselves from competitors.

那些企業組成聯盟，好讓自己在競爭對手面前受到保護。

3 **stipulation***

[ˏstɪpjəˋleʃən]

衍 stipulate v. 規定

n. 契約規定，契約條款

One of the **stipulations** was that the goods must be insured.

契約規定之一是商品必須投保。

4 **term***

美 [tɝm]

英 [təːm]

同 condition 條件

n. 條款；任期，期限

We cannot agree to the **terms** offered.

我們不能同意對方提出的條款。

Ms. Lee's **term** as chairperson will finish next year.

Ms. Lee 的主席任期將於明年屆滿。

出題重點

常考語句

terms and conditions（契約、支付等的）條款

in terms of 就…方面而言

long-term 長期的（↔ short-term）

請把 term 的慣用語一起記下來。

易混淆單字

- **term** 條款，任期
- **terminology** 專門用語（＝ jargon）

區分這兩個形態相似但意義不同的單字，在測驗中會考。

The handbook's **terminology** was surprisingly complex.
這本手冊的專門用語意外地複雜。

5 **compromise****
美 [ˋkɑmprə͵maɪz]
英 [ˋkɔmprəmaiz]
v. 妥協，讓步
同 deal（事業上的）協議

n. 妥協，折衷辦法

The contractors and management finally reached a **compromise** following several talks.
在幾次會談後，承包商和經營團隊終於達成了妥協。

6 **negotiation*****
美 [nɪ͵goʃɪˋeʃən]
英 [ni͵gəuʃiˋeiʃən]
衍 negotiate v. 談判
negotiator n. 談判者
negotiable adj. 可協商的
同 discussion 討論

n. 談判，協商

Negotiations are now in process.
談判正在進行中。

出題重點

常考語句

- **negotiation** 談判
- **negotiator** 談判者

區分抽象名詞 negotiation 和人物名詞 negotiator，是測驗中會考的題目。

7 **agreement*****
[əˋgrimənt]
衍 agree v. 同意
反 disagreement 意見不一，不一致

n. 意見一致，同意；協議

The **agreement** has been signed by both parties.
協議已經經過雙方簽字了。

The business partners reached an **agreement** after hours of discussion.
在數小時的討論之後，企業伙伴之間達成了協議。

出題重點

常考語句 **come to/reach an agreement** 達成協議

agreement 經常和 reach 等表示「到達」的動詞搭配出題。

8 **deadlock***
美 [`dɛd͵lɑk]
英 [`dedlɔk]

n. 僵局

Friday's negotiations ended in a **deadlock**.
週五的談判最終陷入僵局。

9 **review*****
[rɪ`vju]
n. 審查，評論

v. 再檢查，審查

Please **review** all of the documents carefully.
請再仔細檢查所有文件。

10 **contract*****
n. 美 [`kɑntrækt]
英 [`kɔntrækt]
v. [kən`trækt]
衍 contractor n. 立契約者，承包商
contraction n. 收縮

n. 合約（書）

The law requires all participants in the transaction to sign a **contract**.
法律要求交易的所有關係人都要簽署合約。

v. 簽約；收縮

The company **contracted** IBSC to deliver its cargo.
公司和 IBSC 簽約，請他們運送貨物。

The manuscript binding **contracted** due to humid weather.
手稿的裝訂部分因為潮濕的天氣而收縮了。

出題重點

常考語句 **contract out A to B** 把 A 外包給 B

contract out 表示把工作外包給其他公司，承包商前面加 to。

11 **signature*****

美 [ˋsɪgnətʃɚ]

英 [ˋsignitʃə]

n. 簽名

The CEO's **signature** finalized the long-awaited deal.

執行長的簽名完成了這項期待已久的交易。

12 **originally*****

美 [əˋrɪdʒənl̩ɪ]

英 [əˋridʒinəli]

衍 origin n. 起源，由來

original adj. 原來的 n. 原文，原件

originate v. 發源

同 primarily 起初，原來

adv. 原來，起初

The company wants to change the conditions **originally** agreed upon. 那間公司想要更改原先協議的條件。

出題重點

同義詞	表示「原來」、「起初」的 **originally** 可以換成 **primarily**。
文法	請區分 **originally**（adv. 原來，起初）和 **original**（adj. 原來的）的詞性。

13 **direction*****

美 [dəˋrɛkʃən]

英 [diˋrekʃən]

同 course（態度、想法的）方向

n. 方向，指示，指揮

Hoping for a settlement, lawyers led the discussion in a different **direction**.

律師將討論引導到不同的方向，希望能達成和解。

14 **initially*****

[ɪˋnɪʃəlɪ]

衍 initial adj. 最初的

initiate v. 開始

adv. 起初

Managers **initially** thought the legal issues would be resolved quickly.

經理們起初以為這個法律問題很快就會解決。

15 **expire*****

美 [ɪkˋspaɪr]

英 [iksˋpaiə]

衍 expiration n. 期滿，截止

expiry n. 期滿，終止

v.（合約等）期滿

The previous lease **expired** a few weeks ago.

之前的租約在幾週前期滿了。

出題重點

常考語句	**observe expiration date** 遵守截止日期 請注意截止日期不是 expiring date，而是 expiration date。
易混淆單字	**expire : invalidate** 區分表示「合約失效」的單字用法差異，在測驗中會考。 **expire** 期滿 不及物動詞，表示合約到了預定期限而期滿。 **invalidate** 使無效 及物動詞，表示使合約或法律等無效。 The store chain **invalidated** the supply contract, as delivery terms had not been met.　那家連鎖業者取消了供應合約，因為對方沒有遵守送貨條款。

16**collaborate*****

[kə`læbə͵ret]

衍 collaboration n. 合作
collaborator n. 合作者
collaborative adj. 合作的

同 work together 合作

v. 合作

Moksel Company and Boston University **collaborated** on the research project.

Moksel 公司和波士頓大學合作進行了這項研究計畫。

出題重點

常考語句	**collaborate on + 合作內容** 在…方面合作 **collaborate with + 人** 和…合作 collaborate 和介系詞 on 是測驗中會考的部分。
同義詞	表示一些人合力做某件事時，**collaborate** 可以換成 **work together**。

17**dedicate*****

[`dɛdə͵ket]

v. 使（自己）致力於某事，奉獻，獻出（時間、精力）

Ms. Barton **dedicates** herself to ensuring clients get good deals.

Ms. Barton 致力於確保客戶得到好的交易。

出題重點

常考語句 **be dedicated to** 致力於…

dedicate 經常以被動態搭配介系詞 to 使用。to 後面接的不是動詞原形，而是動名詞或名詞。

18**revised*****

[rɪ`vaɪzd]

衍 revise v. 修改，修訂

adj. 修改過的，修訂過的

The company president accepted the **revised** project proposal.

公司總裁接受了修訂過的專案提案。

19**imperative*****

[ɪm`pɛrətɪv]

同 essential 必要的
compulsory 義務性的

adj. 必須履行的，必要的

It is **imperative** that the agreement be fully honored.

協議必須完全遵守。

出題重點

文法 **It is imperative that 主詞 (+ should) + 動詞原形**

imperative 是表示義務的形容詞，所以 that 子句使用「(should) ＋ 動詞原形」。請注意動詞原形不能換成動詞過去式或者加 s。

20**cooperatively*****

美 [ko`ɑpəretɪvlɪ]
英 [kəu`ɔpərətivli]

衍 cooperate v. 合作
cooperation n. 合作
cooperative adj. 合作的

adv. 合作地，配合地

The company worked **cooperatively** with Pacific Corporation to build the railway.

那間公司和 Pacific 公司合作興建這條鐵路。

出題重點

常考語句 **in cooperation with** 和…合作

名詞 cooperation 會以 in cooperation with 的形式出題。

21 **commission*****

[kə`mɪʃən]

同 fee 手續費，費用
request 要求

n. 佣金，手續費；委員會

The new recruit consented to work on **commission**.
新進員工同意以佣金作為工資。

A **commission** has been organized to look into funding sources.
為了調查籌措資金的來源而組成了委員會。

v. 委任…，委託…創作

The building owners **commissioned** an artist to paint a mural.
建築物的業主委託一位藝術家畫壁畫。

22 **omit*****

美 [o`mɪt]
英 [əu`mit]

衍 omission n. 省略，遺漏

v. 遺漏，省略

Grace rewrote the draft to include details **omitted** from the original.
Grace 重寫了草稿，以納入原稿遺漏的細節。

23 **conflict****

美 [`kɑnflɪkt]
英 [`kɔnflikt]

n. 衝突，意見不一致

The executives had a **conflict** over when to expand the business internationally.
對於什麼時候要將事業拓展到海外，主管們的意見不一致。

24 **renew****

[rɪ`nju]

衍 renewal n. 更新
renewable adj. 可更新的

同 refresh 更新

v. 更新（合約等）

The retail company **renewed** the six-month contract after discussions.
經過討論之後，那家零售公司更新了那份六個月的契約。

出題重點

常考語句	**renew + contract/license/subscription** 更新合約／更新執照／續訂 renew 經常和 contract, license, subscription 等名詞搭配出題。
文法	請區分 **renew**（v. 更新）和 **renewal**（n. 更新）的詞性。

25**proficient****
[prə`fɪʃənt]
同 adept 熟練的

adj. 熟練的，精通的

David is **proficient** in several languages, which helps with international negotiations.
David 精通數種語言，這在國際談判方面有所幫助。

26**confidentiality****
美 [ˌkɑnfəˌdɛnʃɪ`ælɪtɪ]
英 [ˌkɔnfiˌdenʃi`æliti]

n. 機密

Study subjects had to sign a **confidentiality** agreement before participating.
研究受試者在參加前必須簽署保密協定。

27**dispute****
[dɪ`spjut]
v. 爭論

n. 爭論，爭執

The **dispute** over the copyright prompted court action.
關於版權的爭執，挑起了法庭訴訟。

出題重點

常考語句 **dispute over** 爭論…
選出和 dispute 搭配的介系詞 over，是測驗中會考的題目。

28**objection****
[əb`dʒɛkʃən]

n. 反對，異議

The deal proceeded despite the board of directors' **objections.**
儘管有董事會的反對，交易還是進行了。

29**define****
[dɪ`faɪn]

v. 定義，界定

The contract **defined** the roles of all parties involved.
合約界定了參與各方的角色。

30 **impression****

[ɪm`prɛʃən]

衍 impress v. 使…印象深刻

impressive adj. 令人印象深刻的

n. 印象

The representative's presentation gave the **impression** that his company is well-organized.

代表人的簡報，讓人留下了那間公司很有組織的印象。

31 **security****

美 [sɪ`kjʊrətɪ]

英 [si`kju:riti]

n. 安全，保全，防護

Security is a priority during next week's sensitive negotiation meetings.

在下週的機密談判會議期間，安全是第一優先。

32 **option****

美 [`ɑpʃən]

英 [`ɔpʃən]

n. 選擇，選擇權

The agreement provides Banister with the **option** to discuss rate adjustments after one year.

協議提供 Banister 在一年後討論費用調整的選擇。

33 **proceed****

[prə`sid]

衍 process n. 過程，進程

procedure n. 程序，步驟

proceeds n. 收入，收益

同 progress 進展，進行

v. 進行，繼續

Talks concerning the companies' merger are **proceeding** well.

關於公司合併的會談正順利進行中。

出題重點

常考語句 **proceed with** 繼續進行…

請把和 proceed 搭配的介系詞 with 一起記下來。

[34]**modify***

美 [ˋmɑdə͵faɪ]
英 [ˋmɔdifai]
衍 modification n. 修改
同 alter 改變，修改

v. 修改，更改

The parties agreed to **modify** the wording of some clauses.
當事人同意修改某些條款的措詞。

出題重點

常考語句　表示改變形態、性質、位置，或者表示修改文件內容時，**modify** 可以換成 **alter**。

[35]**narrow***

美 [ˋnæro]
英 [ˋnærəu]
adj. 狹窄的
反 expand 擴大，擴展

v. 縮小（範圍等）

The number of potential building sites has been **narrowed** down to three.　可能的建設地點數已經縮減到三個了。

出題重點

常考語句　**narrow down A to B** 把 A 的範圍縮小到 B
請務必記住和 narrow down 搭配使用的 to。

[36]**bid***

[bɪd]
v. 出價，投標

n. 出價，投標

The construction firm Martin & Sons put in a **bid** for the contract.　Martin & Sons 建設公司投標爭取那份合約。

出題重點

常考語句　**put in a bid for** 投標爭取…
bid for 競標…
bid 可以當名詞或動詞，經常和介系詞 for 搭配出題。

37settle*
[`sɛtl]
衍 settlement n. 解決
settled adj. 確立的，確定的

v. 解決，和解
The management made attempts to **settle** the unfair dismissal case. 經營團隊試圖解決不公平的解雇案。

38terminate*
美 [`tɝmə͵net]
英 [`tə:mineit]
衍 termination n. 結束
terminal adj. 末端的，終點的
反 initiate 開始

v. 結束，使終止
The company **terminated** the agreement when the project wasn't completed.
因為計畫沒有完成，所以那家公司終止了協議。

39challenging*
[`tʃælɪndʒɪŋ]
衍 challenge n. 挑戰 v. 挑戰

adj. 有挑戰性的，困難的
Renovating the new wing proved to be a **challenging** project.
事實證明，翻修新增部分的建築物是一件有挑戰性的工程。

出題重點

常考語句
challenging project 有挑戰性的工程
challenging 表示雖然需要很多努力，但很有挑戰的價值。

40foundation*
[faʊn`deʃən]
衍 found v. 創辦
founder n. 創辦人

n. 基礎；建立，創辦
The proposal served as the **foundation** on which the agreement was concluded.
那個提案是達成協議的基礎。

出題重點

常考語句
serve as the foundation 具有作為基礎的作用
lay the foundation 奠定基礎
請記住 foundation 在多益中常考的慣用語。

易混淆單字

1. foundation : establishment

區分和「建立」有關的單字用法差異，是測驗中會考的題目。

foundation 基礎；建立，創辦

除了「建立」的意義以外，也能表示某事的「基礎」。

establishment 建立

主要表示建築物、機構或制度等的「建立」。

The developer finalized plans for the shopping mall's **establishment.**

開發業者完成了購物中心的建設計畫。

2. found（創辦）**- founded - founded**

find（找到）**- found - found**

動詞 found 與 find 的過去式 found 寫法相同，請注意不要搞混。

3. **foundation** 基礎

founder 創辦人

區分抽象名詞 foundation 和人物名詞 founder，是測驗中會考的題目。

15th Day Daily Checkup

請把單字和對應的意思連起來。

01 commission
02 cooperatively
03 dedicate
04 direction
05 collaborate

ⓐ 合作地，配合地
ⓑ 合作
ⓒ 佣金；委員會
ⓓ 投標
ⓔ 方向，指示
ⓕ 使致力於某事，奉獻

請填入符合文意的單字。

06 The current contract ______ on March 31.
07 The museum had tight ______ for the special exhibit.
08 The international version of the book ______ one chapter.
09 Most employees raised a(n) ______ to the reduced incentive policy.

ⓐ omits ⓑ security ⓒ expires ⓓ alliance ⓔ objection

10 Attorneys must maintain clients' ______ at all times.
11 The ______ copy of the report includes budget updates.
12 It is ______ that all staff be clearly understood of their tasks.
13 A child whose parents speak different languages can become ______ in both.

ⓐ narrow ⓑ imperative ⓒ proficient ⓓ confidentiality ⓔ revised

Answer 1.ⓒ 2.ⓐ 3.ⓕ 4.ⓔ 5.ⓑ 6.ⓒ 7.ⓑ 8.ⓐ 9.ⓔ 10.ⓓ 11.ⓔ 12.ⓑ 13.ⓒ

多益滿分單字

多益基礎單字

LC	backseat	n. 後座
	borrow	v. 借入
	bother	v. 打擾
	ceiling	n. 天花板
	empty	adj. 空的
	exit	n. 出口
	fashion photographer	phr. 時裝攝影師
	look after	phr. 看顧…
	pair	v. 配對 n. 一對，一雙
	per day	phr. 每一天
	professor	n. 教授
	proof	n. 證據
	put on	phr. 穿上…
	spray	v. 噴灑 n. 噴霧，水霧
	think of	phr. 考慮…
	wear	v. 穿著…（穿在身上的狀態）
RC	climb	v. 攀爬，上升
	deny	v. 否認，拒絕
	escape	v. 逃跑，逃脫
	final	adj. 最終的，決定性的
	generally	adv. 一般而言
	loose	adj. 鬆的
	meaning	n. 意思，意義
	off-season	n. 淡季
	once	conj. 一旦…就 adv. 曾經，一次
	product	n. 產品
	quit	v. 退出，停止
	volume	n. 音量，量，一冊

多益800分單字

LC	complicate	v. 使複雜化
	dial a number	phr. 撥打電話號碼
	disadvantage	n. 不利條件
	focus on	phr. 集中於…
	for ages	phr. 很久
	go over	phr. 檢查，回顧
	household	n. 家庭，一家人
	I have no idea.	phr. 我不知道。
	lock up	phr. 鎖起來
	make a deposit	phr. 付保證金／訂金／押金
	make a mistake	phr. 犯錯
	on one's way to	phr. 在往…的路上
	peak	n. 高峰，最高點
	rain check	phr.（因故而發放的）改天可以使用的兌換券；延期
	rent out	phr. 出租…
	rental agreement	phr. 租賃協議
	rough	adj. 粗糙的，艱難的
	royalty	n. 版稅
	run in several directions	phr. 朝幾個方向進行
	scare	v. 驚嚇，使受驚
	sign a contract	phr. 簽合約
	under a contract	phr. 受合約約束的
	win a contract	phr. 贏得合約
Part 5, 6	agreeable	adj. 宜人的，欣然贊同的
	comfort	v. 安慰 n. 安逸，舒適
	convincing	adj. 有說服力的
	diplomatic	adj. 外交的
	equality	n. 相等，平等，對等
	in contrast	phr. 相比之下，相對地
	instrumental	adj.（對於做某件事）有幫助的，起作用的
	lengthen	v. 延長，加長
	make a move	phr. 採取行動
	offend	v. 違反（規定）

	opposing	adj. 對立的，反對的
	origin	n. 起源，由來
	rational	adj. 理性的，合理的
	recognition	n. 承認
	refusal	n. 拒絕，回絕
	sarcastic	adj. 諷刺的，嘲諷的
	selected	adj. 挑選出來的，精選的
	sort of	phr. 有點，或多或少
	surely	adv. 一定，當然
	surprise	v. 使吃驚 n. 令人驚訝的事
	uninterested	adj. 不感興趣的，沒興趣的
	verbal	adj. 言語的，口頭的
	virtual	adj. 實質上的
Part 7	be in agreement	phr.（彼此）同意
	conditioning	n. 調節
	draw up a new agreement	phr. 制定新的合約
	enclosure	n. 封入，附件，圍繞
	generation gap	phr.（世代間的）代溝
	have difficulty (in) -ing	phr. 在做…方面有困難
	in an attempt to	phr. 試圖做…
	in appreciation of	phr. 為了感謝…
	in print	phr. 已出版的
	in summary	phr. 總而言之
	lifetime employment	phr. 終生雇用
	low-income resident	phr. 低收入居民
	make a bid	phr. 投標
	make a contract with	phr. 和…簽訂合約
	on hand	phr. 在手邊，在近處
	replica	n. 複製品
	rigid	adj. 嚴格的，死板的
	security deposit	phr. 保證金
	sequential	adj. 連續的，相繼而來的
	successful candidate	phr. 合格的人選
	take A seriously	phr. 認真看待 A

多益900分單字

LC	It is no wonder (that)	phr. 難怪…
	portray	v. 描繪（人物、風景）
	reinstall	v. 重新安裝
	repave	v. 重新鋪設（道路）
	run the risk of	phr. 冒…的風險
	think over	phr. 仔細考慮
Part 5, 6	affiliation	n. 聯合，隸屬關係
	arbitration	n. 仲裁
	foil	v. 使挫敗，阻撓
	impartially	adv. 公正地，中立地
	omission	n. 省略，遺漏
	originate in	phr. 發源自…
	preferential treatment	phr. 優惠待遇
	recollection	n. 回憶，回想
	reconcile	v. 使和解，使和好
	relinquish	v. 放棄
	remembrance	n. 回憶，紀念
	solicit	v. 請求，懇求
	subcontract	n. 分包契約 v. 分包出去
	subcontractor	n. 分包商
	technically	adv. 嚴格來說
	trustworthy	adj. 值得信賴的
Part 7	annotated	adj. （書等等）有註解的
	commercial relations	phr. 商業上的關係
	credit limit	phr. 信用額度
	down payment	phr. 頭期款，訂金
	embark	v. 著手，從事
	mediation	n. 調解，調停
	moderator	n. 會議主席，協調人
	provision	n. 規定，條款
	rocky	adj. 障礙重重的

DAY16 Hackers TOEIC Vocabulary

為國家的貿易協定挺身而出！

商業

位於赤道的國家「馬拉基」沒有遵守與我國簽訂的協議，**completely refuse** 我國農產品的進口，所以我們的政府也 **temporarily** 中止了馬拉基農產品的進口。新聞報導指出，已經進口 **bulk** 的馬拉基農產品的 **dealer**，接到了銷毀 **inventory** 的命令，為此必須投入大量人力處理。我看到新聞之後，覺得必須為國家挺身而出，所以 **shortly** 開始投入志願服務活動。

1 **completely*****
[kəm`plitlɪ]
衍 complete v. 完成 adj. 完整的
completion n. 完成，結束
同 totally 完全地
反 partially 部分地

adv. 完整地，完全地

Every product in our catalog is **completely** guaranteed.
我們目錄裡的每件產品都完全受到保障。

出題重點

文法	請區分 **completely**（adv. 完整地）和 **complete**（adj. 完整的）的詞性。

2 **refuse****
[rɪ`fjuz]
衍 refusal n. 拒絕
同 reject, turn down 拒絕
反 accept 接受
approve 批准

v. 拒絕

The shipment was **refused** by the purchaser due to damage caused in transit.
因為運送途中造成的損傷，貨物被購買者拒收了。

出題重點

同義詞	表示拒絕提議時，**refuse** 可以換成 **reject** 或 **turn down**。

3 **temporarily****
美 [`tɛmpə͵rɛrəlɪ]
英 [`tempərerili]
衍 temporary adj. 暫時的
反 permanently 永久地

adv. 暫時地

The popular video game is **temporarily** out of stock in stores, but may be bought online. 這個受歡迎的電玩遊戲在店頭暫時缺貨，但可以在網路上購買。

出題重點

文法	請區分 **temporarily**（adv. 暫時地）和 **temporary**（adj. 暫時的）的詞性。

4 **dealer***
美 [`dilɚ]
英 [`di:lə]
衍 deal v. 交易
dealership n. 代理權，經銷店

n. 經銷業者，代理商

Imported vehicles are sold only by licensed car **dealers**.
進口車只經由有授權的汽車經銷業者出售。

出題重點

易混淆單字
- **dealer** 經銷業者
- **dealership** 經銷店

區分人物名詞 **dealer** 和事物名詞 **dealership**，是測驗中會考的題目。

5 **bulk****
[bʌlk]
n. 體積，大量

adj. 大量的

Many factories offer a modest discount for **bulk** orders.
許多工廠對大宗訂單提供適度的折扣。

出題重點

常考語句
in bulk 大量地
請注意不要寫成 in bulks。

6 **inventory*****
㊣ [ˋɪnvən͵torɪ]
㊥ [ˋinvəntri]
同 stock 庫存

n. 庫存，庫存清單

The **inventory** in the warehouse is checked at regular intervals.
倉庫裡的庫存定期接受檢查。

7 **short****
美 [ʃɔrt]
英 [ʃɔ:t]
衍 shortage n. 短缺
(= deficiency, lack)
shorten v. 縮短
shortly adv. 不久

adj. 短缺的

The plant is running **short** on its supply of raw materials.
那間工廠的原物料供給快要不夠了。

 **出題重點**

常考語句
run short …不足／短缺
be short of 缺乏…
在多益中，short 常考的意思不是大家都知道的「短的」，而是「短缺的」。這時候會搭配動詞 run，或者以 be short of 的形式使用，請一起記下來。

文法
請區分 **shortly**（adv. 不久）和 **short**（adj. 短的，短缺的）的詞性。

8 **cost*****

美 [kɔst]
英 [kɔst]

n. 費用，成本

Singapore is known for its high **cost** of living.
新加坡以很高的生活費用聞名。

v. 花費（費用）

It can **cost** a lot to raise children these days.
現在養育孩子可能會花很多錢。

9 **selection*****

[sə`lɛkʃən]

n. 選擇，選出來的東西，可選擇的範圍

Our Web site boasts a wide **selection** of gift items.
我們的網站以提供種類廣泛的禮品而自豪。

出題重點

常考語句 **a wide selection of** 種類廣泛的…
表示提供了種類很多的東西供選擇。

10 **commercial*****

美 [kə`mɝʃəl]
英 [kə`məːʃəl]

adj. 商業的，商務的

Some **commercial** products may be subject to import taxes.
某些商業產品可能會被課徵進口稅。

n. 廣告

Each television **commercial** must be under 30 seconds long.
每支電視廣告的長度都必須在 30 秒以下。

11 **order*****

美 [`ɔrdɚ]
英 [`ɔːdə]

v. 訂購

The secretary **ordered** supplies from the main office.
祕書向總公司訂購了用品。

n. 訂購，訂單，訂購的東西

InterCore places regular **orders** for microchips from Compucation.
InterCore 公司定期向 Compucation 公司訂購微晶片。

12**provide*****

[prə`vaɪd]

衍 provision n. 提供；條款

provider n. 提供者

v. 提供

We **provide** customers with detailed product lists by e-mail.

我們透過電子郵件提供顧客詳細的產品列表。

Warranties are **provided** with all Blake-Co merchandise.

Black-co 公司的所有產品都附有保證書。

出題重點

常考語句

provide A with B 提供 B 給 A

be provide with 附有…

provide 經常和介系詞 with 搭配，在測驗中通常以被動態出題。

13**contact*****

美 [`kɑntækt]

英 [`kɔntækt]

同 get in touch with 和…取得聯繫

v. 聯絡

Contact the supplier to request express delivery.

請聯絡供應商以要求快速送貨。

n.（商業上的）聯絡人，熟人

Sales representatives should have a wide network of business **contacts**.

業務代表應該擁有廣闊的商業人脈。

出題重點

常考語句

contact : connect

區分表示「聯繫」的單字用法差異，是測驗中會考的題目。

contact 聯絡

表示人們用電話或書信等互相聯絡。

connect 連接

表示把人或事物連接起來，常以 connect A with B（把 A 和 B 連接起來）的形式使用。

This Web site **connects** job seekers with employers.

這個網站把求職者和雇主連接起來。

同義詞 表示去聯絡某人時，**contact** 可以換成 **get in touch with**。

14 **invoice*****
[`ɪnvɔɪs]

n. 發票，發貨單

The manufacturer sent an **invoice** for the production costs.
製造商寄來了生產費用的發票。

15 **move*****
[muv]
同 transfer 轉移

v. 移動，搬遷

Panther Corporation **moved** its Asian headquarters to China.
Panther 公司把亞洲總部遷移到中國了。

n. 行動，措施，對策；移動，遷移

The company's next **move** will be to expand its product line.
那間公司的下一步是擴展產品系列。

Abigail feels a **move** to overseas could help her career.
Abigail 覺得移居海外可能對她的職業生涯有幫助。

16 **supply*****
[sə`plaɪ]
衍 supplier n. 供應者 (= provider)
同 provide, furnish 提供，供應

v. 供應

NovaTech **supplies** its customers with the latest network equipment.
NovaTech 公司提供顧客最新的網路設備。

n. 供應；（-s）用品，補給品

The diagram in the handout shows **supply** and demand in the electricity industry.
講義上的圖表顯示出電力產業的供給和需求。

Office **supplies** purchased online will be shipped within two business days.
在網路上購買的辦公用品將會在兩個工作天內送到。

出題重點

常考語句 **supply A with B** 供應 B 給 A
請把搭配 supply 使用的介系詞 with 一起記下來。

17 **discount*****
[ˋdɪskaʊnt]

n. 折扣

Repeat clients are eligible for a 30 percent **discount** on all items.
老客戶有獲得所有產品百分之 30 折扣的資格。

18 **distribute*****
[dɪˋstrɪbjʊt]
衍 distribution n. 分發，分銷
distributor n. 經銷商

v. 分發，分配，分銷

The goods were **distributed** to local businesses.
商品被分銷（流通）到了地方的商家。

出題重點

常考語句 **distribute A to B** 把 A 分配給 B
請記住和 distribute 搭配的介系詞 to。

19 **acquisition*****
美 [ˌækwəˋzɪʃən]
英 [ˌækwiˋziʃən]

n. 獲得，獲得的東西；收購

Companies can grow quickly through the **acquisition** of other businesses.
企業可以透過收購其他公司快速成長。

The family's latest **acquisition** is a minivan.
這個家庭最近購買的東西是一台休旅車。

20 **assure*****
美 [əˋʃʊr]
英 [əˋʃuə]
衍 assurance n. 保證，信心
同 convince 使確信
promise 承諾

v. 向…保證，使…放心，使…確信

RapidFleet **assures** customers that all purchases are delivered promptly. RapidFleet 公司向顧客保證，所有購買的物品都會快速送達。

The sales assistant **assured** the customer that she would not be disappointed with the purchase.
那位業務助理向顧客保證，她不會對她購買的東西失望。

出題重點

常考語句	**assure A of B** 向 A 保證 B **assure A that 子句** 向 A 保證… assure 後面接人物受詞，然後再接介系詞 of 或 that 子句。
易混淆單字	**assure** 保證 **assume**（即使沒有證據也當成事實）認為，假定 請區分這兩個形態相似但意思不同的單字。 Mr. Jones **assumed** that some people invited to the event would be unable to attend. Mr. Jones 假定有些受邀參加活動的人無法出席。
同義詞	表示保證未來的事情、讓對方相信時，**assure** 可以換成 **convince** 或 **promise**。

21 **subject*****

adj. 美 [\`sʌbdʒɪkt]
英 [\`sʌbdʒikt]
v. [səb\`dʒɛkt]
n. 主題，科目
美 [\`sʌbdʒɪkt]
英 [\`sʌbdʒikt]

adj. 容易受到…影響的；以…為條件的

Prices are **subject** to change without advance notice.
價格可能在未經事先通知的情況下（受到）改變。

Vacation requests are **subject** to approval of the office manager.
休假申請需要經過辦公室經理批准。

v. 使…受到

The researchers subjected the **synthetic** materials to durability tests. 研究人員使合成材料接受了耐久度測試。

出題重點

常考語句	**be subject to + change/damage** 容易被改變／容易受損 **be subject to + approval** 需要得到批准的 **subject A to B** 使 A 受到 B 形容詞 subject 搭配介系詞 to，表示「容易受到…影響」時，後面經常接 change, damage 等表示變化的名詞；如果是表示「以…為條件」時，後面會接 approval 等表示批准、同意的名詞。動詞 subject 也會搭配介系詞 to 使用。

22 **seek*****
[sik]

v. 追求，尋找

Fenway Bank is **seeking** a new manager for its Phoenix branch.
Fenway 銀行正在尋找鳳凰城分行的新任經理。

23 **satisfactory*****
[ˌsætɪsˋfæktərɪ]
衍 satisfy v. 使滿意
satisfaction n. 滿意 (↔dissatisfaction)
satisfying adj. 令人滿意的
satisfied adj. 感到滿意的
satisfactorily adv. 令人滿意地
反 unsatisfactory 不令人滿意的

adj. 令人滿意的

Customers expect **satisfactory** responses to their demands.
顧客期待他們的要求能得到令人滿意的回應。

出題重點

常考語句
satisfactory 令人滿意的
satisfied 感到滿意的

satisfactory 表示結果或回答讓人滿意，而 satisfied 則是表示人對某事感到滿意的狀態，請注意不要搞混了。

Ms. Collins was very **satisfied** with the items she received.
Ms. Collins 對她收到的產品感到非常滿意。

24 **confirmation****
美 [ˌkɑnfɚˋmeʃən]
英 [ˌkɔnfəˋmeiʃən]
衍 confirm v. 確認

n. 確認，證實

Please submit written **confirmation** of the subscription cancellation.
請提交取消訂閱的書面確認。

出題重點

常考語句
confirmation of 對於…的確認
請把和 confirmation 搭配的介系詞 of 一起記下來。

25 **unable****
[ʌnˋebḷ]
反 able 有能力的

adj. 不能（做…）的

The hotel is **unable** to take any more reservations as it is overbooked.
這間旅館無法再接受任何預約，因為預約已經超額了。

26 **payment****

[ˋpemənt]

n. 支付（的款項）

Once **payment** has been received, the books will be delivered.

一收到付款，就會將書送出。

27 **measure****

[美] [ˋmɛʒɚ]
[英] [ˋmeʒə]

n. 措施，手段

The safety **measures** are in place to protect factory workers.

安全措施是為了保護工廠的工人所設的。

v. 測量

The construction crew **measured** the spaces for refrigerators in all apartments.

施工團隊測量了所有公寓放冰箱的空間。

28 **bargain****

[美] [ˋbɑrgɪn]
[英] [ˋbɑ:gin]
[同] deal 交易，（對雙方都有利的）協議

n. 特價商品，協議，討價還價

Stores offer many great **bargains** at the end of the year.

店家在年底會提供許多很划算的特價商品。

29 **stock****

[美] [stɑk]
[英] [stɔk]
v. 貯存
[同] inventory, supplies 庫存

n. 庫存；股票

This particular model is currently out of **stock**.

這個特定型號目前沒有庫存。

Investment bankers must constantly check prices of **stocks**.

投資銀行業者必須持續查看股價。

出題重點

常考語句

in stock 有庫存，有現貨

out of stock 沒有庫存

stock 經常和介系詞 in, out of 搭配出題，表示有沒有庫存。

30 **affordability****

美 [ə͵fɔrdə`bɪlətɪ]
英 [ə͵fɔ:də`biliti]
衍 affordable adj.（價格）可負擔的

n.（價格）可負擔性

Consumers are most concerned about the **affordability** of groceries.

消費者最關心食品雜貨的可負擔性（價格容易購買與否）。

31 **clientele****

美 [͵klaɪən`tɛl]
英 [͵kliən`tel]

n.（總稱）顧客，（律師、建築師等的）所有委託人

The wealthiest **clientele** usually shops in luxury stores.

最富有的客群通常在高級精品店購物。

32 **acclaim****

[ə`klem]
衍 acclaimed adj. 受到讚揚的
同 praise 讚揚，稱讚

n. 喝采，稱讚

Ms. Song's novel won critical **acclaim**, and a studio soon purchased the movie rights.

Ms. Song 的小說贏得了書評們的稱讚，一家電影公司也馬上購買了電影版權。

33 **represent***

[͵rɛprɪ`zɛnt]
衍 representation n. 代表
representative n. 代表人
同 speak for 代表…發言

v. 代表…

Rounders Properties is looking for an agent to **represent** the firm in Europe. Rounders Properties 公司正在尋找在歐洲代表公司的代理人。

出題重點

同義詞 表示代表公司、團體等等發言時，**represent** 可以換成 **speak for**。

34 **rating****

[`retɪŋ]

n. 等級，評等

The Coolmax air conditioner has the highest energy efficiency **rating**. Coolmax 冷氣機擁有最高的能源效率評等。

35**encompass***
[ɪn`kʌmpəs]

v. 包含，圍繞

Techtronic's product range **encompasses** all kinds of electrical goods.
Techtronic 公司的產品範圍包含各種電器用品。

36**finalize***
[`faɪnḷ͵aɪz]

v. 完成，做最後確定

Once Bertram Inc. **finalizes** the contract, they will begin manufacturing the products.
Bertram 公司一敲定合約，就會開始生產產品。

37**market***
美 [`mɑrkɪt]
英 [`mɑ:kit]
v. 銷售，行銷（商品）

n. 市場

Joyful-Cleanse is the best dish detergent on the **market**.
Joyful-Cleanse 是市面上最好的洗碗精。

38**retail***
[`ritel]
衍 retailer n. 零售商（↔ wholesaler）
反 wholesale 批發

n. 零售

Online shops are more popular than most **retail** stores nowadays.
現今網路商店比大部分的零售店更受歡迎。

39**commodity***
美 [kə`mɑdətɪ]
英 [kə`mɔditi]

n. 商品（彼此之間沒有什麼差別，價格取決於市場機制的原物料、大宗產品等等）

Export opportunities are opening up in the agricultural **commodities** sector.
在農產品部門，出口的機會正逐漸開放。

40**quote***
美 [kwot]
英 [kwəut]
同 estimate 估價

n. 報價

The customer requested a price **quote** on the merchandise.
顧客要求那件商品的報價。

v. 報（價）

The landscaper **quoted** a much higher price than expected.
庭園景觀設計師報了比預期高出許多的價錢。

 **出題重點**

常考語句	**price quote** 報價 **custom quote** 針對個別訂單情況的報價 quote 主要和 price, custom 等名詞搭配出題。
易混淆單字	**quote** 報價 **quota** 配額，定額 請區分這兩個形態相似但意思不同的單字。 A **quota** system guarantees each producer a share of the market. 配額體系能保障每個生產者都占有一部分的市場。
同義詞	表示估算價格時，**quote** 可以換成 **estimate**。

41 **consignment***
[kən`saɪnmənt]
衍 consign v. 委託

n. 委託（販賣）

The dealer only sells on **consignment**.
這個經銷商只以寄售方式售貨。

16th Day Daily Checkup

請把單字和對應的意思連起來。

01 consignment	ⓐ 選出來的東西，可選擇的範圍
02 encompass	ⓑ 完全地
03 move	ⓒ 委託販賣
04 selection	ⓓ 完成
05 finalize	ⓔ 搬遷
	ⓕ 包含

請填入符合文意的單字。

06 This section of the city is zoned for ______ enterprises.
07 The company took several ______ to reduce its energy use.
08 Harry made the final ______ after the package was delivered.
09 Wassail has earned widespread ______ for its lovely furniture designs.

ⓐ acclaim ⓑ payment ⓒ assure ⓓ commercial ⓔ measures

10 James is ______ advice on making a financial investment.
11 Lehwood's ______ of Byerson makes it the nation's largest bank.
12 Organic ingredients tend to ______ more than other alternatives.
13 Wolsey ______ brochures to advertise its online printing services.

ⓐ distributed ⓑ representing ⓒ acquisition ⓓ seeking ⓔ cost

Answer 1.ⓒ 2.ⓕ 3.ⓔ 4.ⓐ 5.ⓓ 6.ⓓ 7.ⓔ 8.ⓑ 9.ⓐ 10.ⓓ 11.ⓒ 12.ⓔ 13.ⓐ

多益滿分單字

多益基礎單字

LC	checklist	n. 核對清單
	client	n. 客戶，委託人
	communicate	v. 溝通
	exchange	n. 交換 v. 交換
	film studio	phr. 電影製作公司
	journal	n. 日報，期刊，日誌
	journalist	n. 記者
	magazine	n. 雜誌
	newspaper	n. 報紙
	newsstand	n. 報攤
	parade	n. （節慶的）遊行
	publisher	n. 出版者，出版公司
	reader	n. 讀者
	reporter	n. 報導記者
	sales trend	phr. 銷售趨勢
RC	comforting	adj. 令人感到安慰的
	excellently	adv. 優秀地
	export	v. 出口（貨品）n. 出口
	former	adj. 以前的
	govern	v. 統治，支配
	government	n. 政府
	import	v. 進口 n. 進口
	politician	n. 從事政治的人
	politics	n. 政治，政治學
	shortly	adv. 不久，馬上
	start	v. 開始 n. 開始
	supplier	n. 供應者，供應商
	unlikely	adj. 不太可能的

多益800分單字

LC	be closed for the day	phr.（過了營業時間）結束營業
	be determined to do	phr. 下定決心做…
	business day	phr. 營業日，工作天
	commercial space	phr. 商業空間
	day after tomorrow	phr. 後天
	front-page story	phr. 頭版消息
	give a good price	phr. 提供好的價錢
	headline	n. 新聞標題
	in stock	phr. 有庫存的
	make a recording	phr. 錄音，錄影
	normal operating hours	phr. 一般營業時間
	on sale	phr. 販賣中的，特賣中的
	on the market	phr. 在市場上的
	out of print	phr.（書）絕版的
	out of stock	phr. 沒有庫存的
	overcharge	v. 收費過多
	pay fees	phr. 支付費用
	payer	n. 支付人
	payment option	phr. 付款方式選擇
	place A on top of B	phr. 把 A 放在 B 上面
	place an order	phr. 下訂單
	put A out for sale	phr. 拿出 A 來賣
	retail store	phr. 零售店
	run out of	phr. 用完…，耗盡…
	sales presentation	phr. 推銷簡報
	salesperson	n. 業務員，銷售員
	sold out	phr. 賣完的
	stay open late	phr. 營業到很晚
	stockroom	n. 倉庫，商品儲藏室
	storage facility	phr. 倉儲設施
	storeroom	n. 儲藏室
Part 5, 6	adaptable	adj. 能夠適應的
	along with	phr. 和…一起

	announcer	n. 播音員，播報員
	at the latest	phr. 最晚
	compliant	adj. 遵從的
	correspond	v. 一致，符合
	cultivation	n. 栽培，培養
	do business with	phr. 和…做生意
	honorable	adj. 可敬的，正直的
	perceptive	adj. 感知的，敏銳的
	transformation	n. 變化，變形
Part 7	attain	v. 達到（目標）
	barter	v. 以物易物 n. 以物易物
	boycott	v. 抵制 n. 抵制行動
	capitalize on	phr. 利用，從…中獲利
	council	n. 理事會，議會
	Department of Commerce	phr. 商務部
	depot	n. 倉庫，儲藏處
	diminish	v. 減少
	duty-free	adj. 免關稅的
	election	n. 選舉
	exercise one's right	phr. 行使權利
	federal	adj. 聯邦的
	hold power	phr. 掌握權力
	inclination	n. 傾向，意願
	inevitable	adj. 不可避免的
	loyal customer	phr. 忠實顧客
	outside provider	phr. 外部供應者
	poll	n. 投票，民意調查
	possession	n. 所有物，擁有
	satellite picture	phr. 衛星照片
	scarce	adj. 缺乏的，不足的
	status	n. 地位
	switch A to B	phr. 把 A 轉換到 B
	wholesaler	n. 批發商
	withstand	v. 抵抗，禁得起

多益900分單字

LC	be closed to the public	phr. 不開放一般大眾進入的
	breaking news	phr. 突發新聞，新聞快報
	invoice	n. 發票，發貨單
	run an article	phr. 刊登報導
	step down	phr. 辭職下台
	write up	phr. 詳細記錄（事件）
Part 5, 6	diversified	adj. 多樣的，各種的
	engrave	v. 雕刻（文字、圖案等）
	keep track of	phr. 追蹤…，持續注意…的動態
	profoundly	adv. 深深地
Part 7	barring	prep. 除了…以外
	bureaucracy	n. 官僚體制
	cast a ballot	phr. 投票
	come to power	phr. 得到權力
	constituency	n. 選區的全體選民
	contend with	phr. 對付…
	diplomacy	n. 外交，外交手腕，交際手段
	in place of	phr. 代替…
	in the prepaid envelope	phr. 在預付郵資的信封裡
	nationalize	v. 國有化
	parliament	n. 議會，國會
	parliamentary assembly	phr. 議會
	peddler	n. 小販
	political drawback	phr. 政治上的缺點
	price quote	phr. 報價
	protocol	n. 協議，議定書
	scarcity	n. 缺乏，不足
	summit	n. 高峰會
	surrender	v. 放棄，投降
	take an action against	phr. 採取行動對抗…
	third party	phr. 第三方
	unsuccessful candidate	phr. 不合格的人選，落選者

重要的東西請盡快送到！

貿易、貨運

今天，我的部門通知平時往來的貨運公司，說有一批「**fragile** 而且 **perishable** 的貨品」要運送，而且非常緊急，希望能盡快 **deliver**。貨運公司聽出了這件事的急迫性，所以 **ensure** 會快速送達，**courier** 也真的在幾個小時後就把東西送來了。**carton** 裡面裝的急件，對我們來說真的是世界上最重要的東西。

1 **fragile***
[美] [ˋfrædʒəl]
[英] [ˋfrædʒail]

adj. 易碎的

Fragile items are wrapped in protective packaging.
易碎品被包裹在保護性的包裝裡。

2 **perishable****
[ˋpɛrɪʃəbl̩]
[衍] perish v. 腐壞
perishing adj. 要命的
[反] imperishable
不會腐壞的

adj. 易腐壞的

Perishable goods are shipped in insulated containers.
易腐壞的產品會裝在隔熱的容器裡運送。

出題重點

常考語句	**perishable + goods/items** 易腐壞的產品 perishable 經常和 goods, item 等表示產品的名詞搭配出題。

3 **deliver*****
[美] [dɪˋlɪvɚ]
[英] [diˋlivə]
[衍] delivery n. 運送

v. 運送，送到；發表（演說）

All packages are **delivered** by the next morning.
所有包裹會在隔天早上送達。

The president **delivered** an address on the international financial crisis. 總統針對國際金融危機發表了演說。

4 **ensure*****
[美] [ɪnˋʃʊr]
[英] [inˋʃuə]
[衍] sure adj. 確定的
[同] assure 保證
make certain
弄清楚，確定

v. 保證，確保

The receptionist called to **ensure** the message was delivered.
接待員打電話確認訊息已經傳達到了。

出題重點

同義詞	表示保證某件事會發生時，**ensure** 可以換成 **assure** 或 **make certain**。

5 **courier****
[美] [ˋkʊrɪɚ]
[英] [ˋkuriə]

n. 快遞公司，快遞員

The customer will send the package by **courier**.
顧客會用快遞寄包裹。

6 **carton***

[美] [ˋkɑrtn̩]
[英] [ˋkɑːtən]

n. 紙箱

The **carton** of goods was shipped by sea.
那箱貨品是用海運寄的。

7 **address*****

n. [美] [ˋædrɛs]
[英] [əˋdres]
v. [əˋdres]

n. 地址

The **address** is stored in our database.
地址存在我們的資料庫裡。

v. 處理，解決（問題等）

A solution was found to **address** the clients' needs.
處理那些客戶需求的解決方案已經找到了。

8 **shipment*****

[ˋʃɪpmənt]
[同] freight, cargo 貨物

n. 運輸，運輸的貨物

Freightline specializes in the **shipment** of food products.
Freightline 公司專門從事食品的運輸。
The **shipment** was sent to the wrong port.
貨物被送到錯誤的港口了。

9 **particularly*****

[美] [pɚˋtɪkjələlɪ]
[英] [pəˋtikjuləli]
[衍] particular adj. 特定的

adv. 尤其，特別是

The new trade agreement will hurt local business, **particularly** farmers.
新的貿易協議將會傷害地方業者，尤其是農民。

出題重點

常考語句	**in particular** 尤其 in particular 是測驗中常出現的慣用語，請熟記。
文法	請區分 **particularly**（adv. 尤其）和 **particular**（adj. 特定的）的詞性。

10 **adequately*****

美 [ˋædəkwɪtlɪ]
英 [ˋædikwitli]
衍 adequate adj. 足夠的，適當的
同 properly, appropriately 適當地
反 inadequately 不適當地

adv. 適當地

The workers ensure that glassware is **adequately** wrapped.
工人們確認玻璃器皿是否有適當包裝。

出題重點

常考語句	表示符合某種標準或方法時，**adequately** 可以換成 **properly** 或 **appropriately**。

11 **article*****

美 [ˋɑrtɪkḷ]
英 [ˋɑ:tikl]

n. 物品，物件；文章，報導

Several **articles** of clothing are missing from the shipment.
貨物裡的幾件衣物不見了。

There was an **article** about tariffs in *World Business Magazine.*
《World Business》雜誌有一篇關於關稅的文章。

12 **efficient*****

[ɪˋfɪʃənt]
衍 efficiency n. 效率
efficiently adv. 有效率地
同 effective 有效的
反 inefficient 沒效率的

adj.（機器、方法等）有效果的，有效率的

Seal-wrap is an **efficient** means of packaging.
密封膠膜是一種有效率的包裝方法。

出題重點

常考語句	**efficient + processing/administration** 有效率的處理／管理 efficient 經常和 processing, administration 等表示工作過程或經營管理的名詞搭配出題。
文法	請區分 **efficient**（adj. 有效率的）和 **efficiently**（adv. 有效率地）的詞性。

13 **agency*****

[ˋedʒənsɪ]

n. 代辦處，代理機構

The government hired an **agency** to inspect all grain imports.
政府雇用了代理機構來調查所有的穀物進口。

出題重點

常考語句

a real estate agency 不動產仲介公司

a travel agency 旅行社

an employment agency 人力仲介公司

an advertising agency 廣告代理公司

a car rental agency 租車公司

請記住這些多益常考的業者名稱。

14 **enclose*****

美 [ɪn`kloz]

英 [in`kləuz]

衍 enclosure n. 附件，圍繞

v. 封入…；圍繞…

Please find a copy of the invoice **enclosed**.

請查看（隨信）附上的發票副本。

The café is beside a courtyard **enclosed** by art shops.

這間咖啡館在有許多藝術商店圍繞的庭院旁邊。

出題重點

常考語句

enclose : encase : encircle

區分表示「包圍」的單字用法差異，是測驗中會考的題目。

enclose 封入，圍繞

用在圍牆圍繞四周，或者把東西放進信封等情況。

encase（用箱子、包裝等）把…裝起來，包住

用在把東西放進箱子等等，完全密閉的情況。

The picture comes **encased** in a protective acrylic sleeve.

這幅畫裝在壓克力保護套裡販賣。

encircle 環繞

表示環繞某個對象的行為。

A network of expressways **encircles** the city center.

高速公路路網環繞著市中心。

15 **careful*****

美 [`kɛrfəl]

英 [`kɛəfəl]

衍 carefully adv. 小心地，慎重地

adj. 小心的，謹慎的

Dock workers were extra **careful** with the crates containing sculptures.

碼頭工人在處理裝著雕像的箱子時特別小心。

16 **pick up*****

phr. 取走…；用車載（人）

Packages can be **picked up** from the reception desk.
包裹可以在接待處取件。

Joan drove to school to **pick up** her daughter.
Joan 開車到學校載她女兒。

17 **carry****
[`kærɪ]

v. 搬運，攜帶；（商店）有售（商品）

All delivery drivers are required to **carry** at least one piece of identification.
所有送貨司機都必須攜帶至少一種身分證明。

The store **carries** shipping containers in six different sizes.
這間店有販賣六種不同尺寸的送貨用容器。

18 **attach****
[ə`tætʃ]
衍 attached adj. 附加的
attachment n. 附著，附件
同 affix 貼上
反 detach 使分離

v. 貼上，附加

Carefully **attach** the address label to the package.
請把地址標籤小心貼在包裹上。

出題重點

常考語句

1. attach A to B 把 A 貼到 B 上
請把和 attach 搭配的介系詞 to 一起記下來。

2. attached + schedule/document/file
附加的日程表／文件／檔案
形容詞 attached 主要修飾 schedule, document 等表示日程表或文件的名詞。

19 **formerly****
美 [`fɔrmɚlɪ]
英 [`fɔ:məli]

adv. 以前

Mr. Lee was **formerly** in charge of the entire shipping department.
Mr. Lee 以前負責整個運務部門。

20 **package****
[ˋpækɪdʒ]

n. 包裹，包裝

Packages are delivered daily at 4 p.m.
包裹每天下午 4 點寄送。

21 **react****
[rɪˋækt]
衍 reaction n. 反應

v. 反應，做出反應

Local businesspeople **reacted** negatively to news of stricter import regulations.
地方上的商人對於進口規定變嚴格的消息反應負面。

22 **content****
美 [ˋkɑntɛnt]
英 [ˋkɔntent]

n. 內容

Please make sure that the **contents** of your package are not damaged.　請確認包裹的內容物沒有受損。

23 **convenience****
美 [kənˋvinjəns]
英 [kənˋvi:njəns]
衍 convenient adj. 便利的
反 inconvenience 不便

n. 便利，方便

For your **convenience**, a tracking number is provided.
為了您的方便（為了方便您查詢），（我們）提供了一個追蹤號碼。

Please reply at your earliest **convenience**.
請在您方便時盡早回覆。

出題重點

常考語句

for your convenience 為了您的方便
at your earliest convenience 在您方便時盡早
at your earliest convenience 主要用在書信中，表示希望對方盡可能早點回覆等等。

24 **acknowledge****
美 [əkˋnɑlɪdʒ]
英 [əkˋnɔlidʒ]

v. 承認；告知（收到信件等）

The government **acknowledged** the need for reduced trade tariffs.　政府承認了降低貿易關稅的必要性。

I am writing to **acknowledge** receipt of your letter of November 23.
我寫這封信是為了告知已經收到您 11 月 23 日的來信。

25**caution****
[ˋkɔʃən]
v. 警告
衍 cautious adj. 小心謹慎的
反 carelessness 粗心大意

n. 小心，警告
Please use **caution** when unpacking your order.
從包裹中取出訂購物品時請小心。

出題重點

常考語句 **with caution** 小心地，謹慎地
caution 主要以慣用語形式出題，請務必記住。

26**correspondence****
美 [ˏkɔrəˋspɑndəns]
英 [ˏkɔriˋspɔndəns]
衍 correspond v. 通信
correspondent n. 通信者，通訊記者

n. 通信，信件
Please send all **correspondence** to this address.
請將所有信件寄到這個地址。

出題重點

易混淆單字
- **correspondence** 通信，信件
- **correspondent** 通信者，通訊記者

區分事物名詞 correspondence 和人物名詞 correspondent，是測驗中會考的題目。

27**separate****
美 [ˋsɛpəˏret]
英 [ˋsepərət]
衍 separately adv. 個別地
separation n. 分開，分離

v. 分開，區分
Liquids must be **separated** from other materials being shipped.
液體必須和其他被運送的材料分開。
The shipping department **separates** international orders from domestic ones.
運務部門把國際訂單和國內訂單區分開來。

adj. 分開的，個別的，獨立的

Each product will be wrapped in a **separate** box.

每件產品都會以個別的盒子包裝。

28 **remarkable****

美 [rɪ`mɑrkəbl]

英 [ri`mɑːkəbl]

衍 remarkably adv. 明顯地，非常

adj. 出色的，引人注目的

Epic Corporation underwent a **remarkable** transformation in its export strategy.

Epic 公司在出口策略方面經歷了非常顯著的轉變。

29 **handle****

[`hændl]

衍 handling n. 處理，搬動

同 take care of 處理（問題等）

treat 對待，處理

manage 處理

v. 處理，搬動

The hazardous substances must be **handled** with care.

危險物質必須小心搬運。

出題重點

同義詞 **handle** 表示處理某種問題或事情時，可以換成 **take care of**；表示處理某個東西時，可以換成 **treat**；表示處理工作、問題時，可以換成 **manage**。

30 **warehouse****

美 [`wɛr͵haʊs]

英 [`wɛəhaus]

n. 倉庫，倉儲

Crates go to the **warehouse** before being delivered to their respective companies.

木箱在送到各自不同的公司之前，會先放進倉庫。

31 **impose****

美 [ɪm`poz]

英 [im`pəuz]

衍 imposition n. 徵收

同 levy 徵收

v. 課徵（稅等等）

The government plans to **impose** taxes on imported steel.

政府計畫對進口鋼鐵課稅。

出題重點

常考語句 **impose A on B** 對 B 課徵 A

請把和 impose 搭配的介系詞 on 一起記下來。

同義詞 表示課徵稅或罰金時，**impose** 可以換成 **levy**。

32**storage****
[ˋstorɪdʒ]
衍 store v. 貯存，保管
n. 商店

n. 貯藏，貯藏空間

Unclaimed packages will be placed in **storage** for six months.
無人領取的包裹會放在貯藏室六個月。

33**detach****
[dɪˋtætʃ]
同 separate 分開，分離

v. 分開，撕下

Please **detach** and send in the completed form.
請撕下並寄出填好的表格。

出題重點

同義詞 表示使兩個以上的東西「分開」時，**detach** 可以換成 **separate**。

34**envelope****
美 [ˋɛnvəˏlop]
英 [ˋenvələup]

n. 信封

A return address must be stamped on each **envelope**.
每個信封都必須用印章蓋上退回郵件的地址。

35**exclusion****
[ɪkˋskluʒən]
衍 exclude v. 排除，排斥
exclusive adj. 排外的，獨佔的
exclusively adv. 獨佔地，僅僅

n. 排除在外

The **exclusion** of shipping fees is offered for orders exceeding $500.
免運費提供給超過 500 美元的訂單。

36**recipient***
[rɪˋsɪpɪənt]
反 sender 寄件人

n. 收件人

Please enter the **recipient**'s shipping address below.
請在下方輸入收件人送貨地址。

37**affix***
[əˋfɪks]
n. 附加（物）

v. 貼上（郵票等）

Please **affix** a 50-cent stamp for postage to New York.
請貼上 50 美分的郵票作為寄件到紐約的郵資。

出題重點

常考語句 **affix A to B** 把 A 貼在 B 上

請把和 affix 搭配的介系詞 to 一起記下來。

38 **incorrect***

[ˌɪnkəˋrɛkt]

衍 incorrectly adv. 不正確地

同 inaccurate 不正確的

adj. 不正確的

Incorrect mailing information will slow the order process.

不正確的郵寄資訊會使訂購過程變慢。

出題重點

同義詞 表示資訊或計算不正確時，**incorrect** 可以換成 **inaccurate**。

39 **oblige***

[əˋblaɪdʒ]

衍 obligation n. 義務

obligatory adj. 義務性的

v. 使不得不做某事，迫使做某事

The importers were **obliged** to destroy 20,000 boxes of apples.

進口商被迫銷毀 20,000 箱蘋果。

出題重點

常考語句 **oblige A to do** 迫使 A 做…

be obliged to do 被迫做…

oblige 經常在受詞後面接 to 不定詞，或者以被動態使用。

40 **step***

[stɛp]

v. 跨步，行走

n. 步驟，階段；措施

The importer completed the final **step** of customs formalities.

進口商完成了通關手續的最後步驟。

America will take **steps** to expand bilateral trade.

美國將採取措施，擴大雙邊貿易。

出題重點

常考語句 **take steps** 採取措施

step 表示措施時，經常會和 take 搭配出題。

17th Day Daily Checkup

請把單字和對應的意思連起來。

01 article	ⓐ 運輸
02 shipment	ⓑ 適當地
03 attach	ⓒ 以前
04 particularly	ⓓ 尤其
05 adequately	ⓔ 貼上
	ⓕ 物品

請填入符合文意的單字。

06 Please find the receipt ______ in the envelope.
07 To ______ the safety, all products are packed very well.
08 The company will ______ outside of Asia for an additional fee.
09 Please open the packages with ______ as they contain fragile items.

ⓐ address ⓑ deliver ⓒ enclosed ⓓ ensure ⓔ caution

10 The fastest way to send this package is by ______ .
11 The latest ______ was a letter from the shipping company.
12 A ______ of online shopping is that purchases are brought to your door.
13 The Department of Agriculture inspects all animals, with the ______ of pets.

ⓐ exclusion ⓑ courier ⓒ agency ⓓ correspondence ⓔ convenience

Answer 1.ⓕ 2.ⓐ 3.ⓔ 4.ⓓ 5.ⓑ 6.ⓒ 7.ⓓ 8.ⓑ 9.ⓔ 10.ⓑ 11.ⓓ 12.ⓔ 13.ⓐ

多益滿分單字

多益基礎單字

LC	butcher's shop	phr. 肉店
	cargo	n. 貨物
	clinic	n. 診所
	crate	n. 木板箱
	flow	n. （供給、生產品的）流動，流通 v. 流動
	following week	phr. 下週
	get a ticket	phr. 買票
	in storage	phr. 保管中的，儲存中的
	load	n. 裝載量，工作量
	mail	n. 郵件 v. 郵寄
	museum	n. 博物館
	parcel	n. 包裹，小包
	pick up packages	phr. 領取包裹
	pottery	n. 陶器
	public park	phr. 公園
	stamp	v. 蓋章 n. 郵票
	van	n. 廂型車
	venue	n. 場所
	weight	n. 重量，體重
RC	barrier	n. 障礙，障礙物
	base	n. 基礎
	delay	v. 拖延，延誤 n. 延誤
	due date	phr. 到期日
	instructor	n. 講師
	offload	v. 卸下（貨物）
	parking pass	phr. 停車證
	shipping	n. 運輸，貨運
	trade	n. 貿易

多益800分單字

LC

as of now	phr. 目前
broker	n. 代理人，經紀人
carry a large parcel	phr. 搬運大型包裹
closing	n. 關閉 adj. 結束的，閉幕的
courier service	phr. 快遞服務
door-to-door delivery	phr. 宅配
drive off	phr. 開車離去，趕走
drycleaner (= drycleaner's)	n. 乾洗店
floor manager	phr. 樓面主管
hold onto the handrail	phr. 握住扶手
in transit	phr. 運送途中
inn	n. 小旅館
lab report	phr. 實驗報告
lab technician	phr. 實驗室技術人員
lace	n. 鞋帶，帶子 v. 繫好帶子
legal department	phr. 法務部門
load A onto B	phr. 把 A 裝到 B 上
load a truck	phr. 把貨物裝到卡車上
loaded with	phr. 裝著（貨物）的
loading	n. 裝載貨物
long distance call	phr. 長途電話
lost in delivery	phr. 在運送過程中遺失的
mailing list	phr. 郵寄名單
major traffic delay	phr. 嚴重的交通延遲
make a delivery	phr. 運送
packing tape	phr. 封箱膠帶
pavement	n. 鋪設過的路面，人行道
people on foot	phr. 步行者
pick up passengers	phr. （開車）接乘客
pile up	phr. 把…堆起來
stationery store	phr. 文具店
surface mail	phr. 非航空（水陸路）郵件
time limit	phr. 時間限制

	weigh	v. 重達…
	weight limit	phr. 重量限制
	wrap up	phr. 把…包起來
Part 5, 6	correction	n. 更正，修正
	delivery option	phr. 運送方式選擇
	discard	v. 丟棄
	express mail	phr. 快捷郵件
	fortunately	adv. 幸運地，幸好
	graduation ceremony	phr. 畢業典禮
	ideally	adv. 理想地，完美地
	load size	phr. 裝載的容量
	marginally	adv. 些微地
	ordered	adj. 有條理的，整齊的
	ordering	n. 整理，排序
	packaging	n. 包裝
	provided (that)	conj. 倘若…
	respond to	phr. 回應…
	separation	n. 分開，分離
	sizable	adj. 相當大的
	society	n. 社會，協會
Part 7	accelerate	v. 加速，促進
	additional charge	phr. 額外的收費
	ahead of schedule	phr. 超前進度
	at the last minute	phr. 在最後一刻
	by hand	phr. 用手工，專人送達地
	car maintenance	phr. 汽車保養
	city council	phr. 市議會
	city official	phr. 市府官員
	free of charge	phr. 免費
	museum director	phr. 博物館館長
	postage	n. 郵資
	trade negotiation	phr. 貿易協商
	trade show	phr. 貿易展
	without delay	phr. 不拖延地，立即

多益900分單字

LC	freight	n. 貨物，貨運
	janitor	n. （大樓的）管理員
	loading dock	phr. （工廠的）裝卸貨平台
	mail-order shopper	phr. 郵購消費者
	package slip	phr. （貨物裡的）裝箱單，包裝單
	realtor (= real estate agency)	n. 房地產經紀人
	registered mail	phr. 掛號郵件
Part 5, 6	classified	adj. 分類的，機密的
	consulate	n. 領事館
	decidedly	adv. 確實地，明確地，斷然地
	inaugurate	v. 正式開始…，為…開幕
	institute	n. 協會，研究所
	institution	n. 機構，（學校、醫院等的）設施
	openly	adv. 公開地
	oversight	n. 疏忽，監督
	province	n. 省分
	selective	adj. 選擇性的
	transportable	adj. 可運輸的，可運送的
Part 7	alumni association	phr. 校友會
	bilateral	adj. 雙邊的
	diplomat	n. 外交官
	embargo	n. （特定商品的）貿易禁令，禁運
	expedite	v. 加快，迅速執行
	handling	n. 處理，搬運 adj. 處理的，搬運的
	import license	phr. 輸入許可證
	intended recipient	phr. 預定收件人
	progression	n. 進行，進展
	reciprocal	adj. 相互的，互惠的
	shipping department	phr. 運務部門
	stow	v. 裝載（貨物）
	surplus	n. 盈餘，（貿易）順差
	warehouse supervisor	phr. 倉庫主管

餐廳端出來的水，不一定是拿來喝的

住宿、餐廳

為了參加大型會議而前往外地，在旅館要 **check in** 的時候，接待人員說沒有空房，必須等三個小時。為了 **compensate** 我等待的時間，旅館為我提供了 **complimentary** 的餐廳 **chef** 特選午餐。在我等他們上菜的時候，服務生把一個裝著檸檬片的 **container** 放在桌上。哦哦…旅館的餐廳果然不一樣，就連水都要 **elegant** 地加檸檬片來喝呢…我正好口渴，就一邊品味這檸檬 **flavor** 的水，一邊把它咕嚕咕嚕喝下肚了。

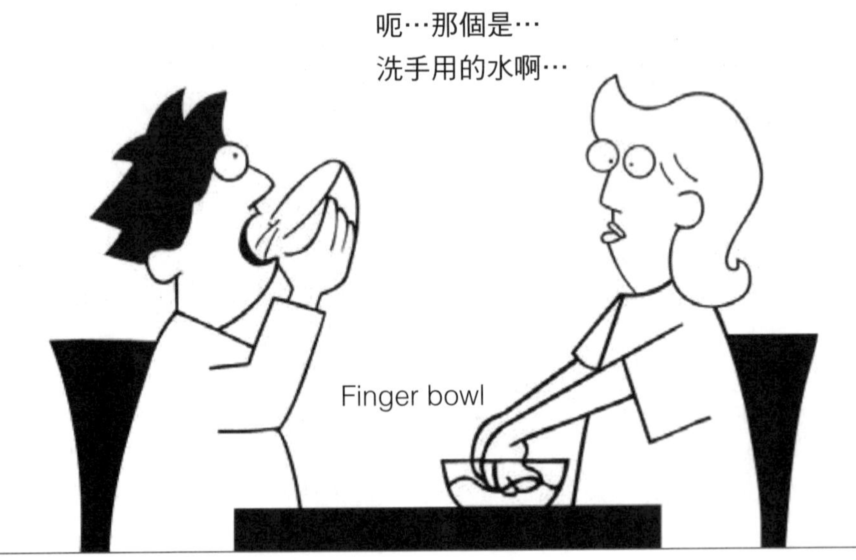
呃…那個是…
洗手用的水啊…
Finger bowl

1 **check in***

㊦ check out 辦理旅館退房手續

phr. 辦理旅館入住手續，辦理登機報到手續

Please be sure to **check in** by 7 p.m.
請務必在晚上 7 點前辦理入住手續。

2 **compensate****

㊤ [ˋkɑmpən͵set]
㊥ [ˋkɔmpenseit]
㊨ compensation n. 補償，賠償金
compensatory adj. 補償的

v. 補償

The hotel **compensated** the guest for the erroneous charge.
旅館向房客補償了錯誤的收費。

出題重點

常考語句	**compensate A for B** 向 A 補償 B 請把和 compensate 搭配的介系詞 for 一起記下來。

3 **complimentary****

㊤ [͵kɑmpləˋmɛntərɪ]
㊥ [͵kɔmpliˋmentəri]
㊧ free 免費的

adj. 免費贈送的

Guests are given a **complimentary** light breakfast.
房客會得到免費贈送的輕食早餐。

出題重點

常考語句	**complimentary + breakfast/service** 免費早餐／服務 complimentary 主要和 breakfast 或 service 等關於服務的名詞一起使用。
易混淆單字	**complimentary** 免費贈送的 **complementary** 互補的 請區分這兩個形態相似但意思不同的單字。 Color and style are **complementary** aspects of interior design. 顏色和風格是室內設計中互補的層面。

4 **chef***

[ʃɛf]

n. 主廚

The restaurant's head **chef** is famous across Europe.
那間餐廳的首席主廚是全歐洲知名的。

5 **container****
㊣ [kən`tenɚ]
㊍ [kən`teinə]
衍 contain v. 容納，含有

n. 容器，貨櫃

Food may be kept for longer periods by storing it in airtight **containers**.
食物可以藉由存放在密封容器中而保存更久。

6 **elegant***
[`ɛləgənt]
衍 elegance n. 優雅，雅致

adj. 優雅的，高雅的

The recently renovated lobby boasts **elegant** decor.
最近整修好的大廳以擁有優雅的裝潢為傲。

7 **flavor***
㊣ [`flevɚ]
㊍ [`fleivə]
同 savor 味道，風味

n. 味道，風味

The shop sells ice cream in a variety of **flavors**.
那間店販賣多種口味的冰淇淋。

8 **accommodate*****
㊣ [ə`kɑmə͵det]
㊍ [ə`kɔmədeit]
衍 accommodation n. 住宿設施
同 lodge 為…提供住宿

v.（建築物等）容納…，供…住宿；迎合（條件、要求等）

The hotel can **accommodate** 350 guests.
這間旅館可以供 350 位房客住宿。

The new security system will **accommodate** the government regulations.
新的保全系統將符合政府規定。

9 **available*****
[ə`veləbl̩]
衍 availability n. 可利用性
反 unavailable 不能利用的

adj.（事物）可利用的；（人）有空的

The sauna is **available** to all registered guests.
蒸氣室開放所有登記過的房客使用。

The dining hall is **available** for private functions.
宴會廳可供私人聚會使用。

I will be **available** after 6 p.m.
我下午 6 點之後有空。

10 **reception*****
[rɪ`sɛpʃən]
衍 receive v. 接收，接待
receptionist n. 接待員

n. 接待，歡迎會；（旅館、公司、醫院等的）接待處

The college held a welcome **reception** for the guest speaker.
這間大學為客座演講者舉辦了一場歡迎會。

Visitors must register at the **reception** desk upon arrival.
訪客抵達時必須在接待櫃台登記。

出題重點

易混淆單字
reception 接待，歡迎會
receptionist 接待員
區分事物名詞 reception 和人物名詞 receptionist，是測驗中會考的題目。

11 **in advance*****

phr. 事先，預先

Guests must notify the front desk **in advance** to reserve an airport shuttle.
房客必須事先通知櫃台以預約機場接駁車。

12 **refreshments*****
[rɪ`frɛʃmənts]

n. 茶點，輕便的飲食

Before leaving the resort, the group was served some **refreshments**.
離開度假村之前，這個團體被招待了一些茶點。

13 **make*****
[mek]

v. 做…，製作…

To **make** telephone calls from your room, dial 9 first.
要從房間撥打電話，請先按 9。

出題重點

常考語句
make a decision 做決定
make a request 提出要求
make a reservation 預約
make a telephone call 打電話
make progress 進步
填入慣用語中的 make，是測驗中會考的題目。

14**cater*****
美 [ˋketɚ]
英 [ˋkeitə]

v.（為宴會等）供應飲食，承辦外燴

The Stovepipe Grill charges reasonable rates to **cater** large events. Stovepipe Grill 公司收取合理的費用，為大型活動辦理外燴。

15**reservation*****
美 [ˏrɛzɚˋveʃən]
英 [ˏrezəˋveiʃən]
衍 reserve v. 預約
reserved adj. 被預約的，保留的
同 booking 預約

n. 預約，預訂；保護區

Once you receive confirmation by e-mail, the **reservation** has been made.
一旦您收到用電子郵件寄的確認信，預約就成立了。

St. Louis has been designated as a **reservation** for wildlife since 1985. St. Louis 自從 1985 年起被指定為野生動物保護區。

16**beverage*****
[ˋbɛvərɪdʒ]

n. 飲料

Snacks and **beverages** are available in the business-class lounge. 商務艙旅客休息室提供點心和飲料。

17**confirm*****
美 [kənˋfɝm]
英 [kənˋfə:m]
衍 confirmation n. 確認
confirmative adj. 確認的
同 verify 確認

v. 確認

Please **confirm** your seating reservation prior to arrival.
請在到達前確認您的座位預約。

出題重點

常考語句	**confirm a reservation** 確認預約 confirm 經常和 reservation 搭配出題。
同義詞	表示對預約或變更事項進行確認時，**confirm** 可以換成 **verify**。

18**cancel*****
[ˋkænsl]

v. 取消

Those wishing to **cancel** a booking are asked to do so at least a day in advance.
想要取消預約的人，請至少在一天前取消。

19 **rate*****
[ret]
v. 評定，評價
同 fee 費用

n. 費用

The inn offers fine rooms at affordable **rates**.
這間旅館以可負擔的費用提供不錯的房間。

20 **conveniently*****
美 [kən`vinjəntlɪ]
英 [kən`vi:njəntli]
衍 convenient adj. 便利的
convenience n. 便利

adv. 便利地

Our hotel is **conveniently** located in downtown Sydney.
我們的旅館在雪梨市中心，位置便利。

出題重點

常考語句	**conveniently + located/placed** 便利地位於… conveniently 主要和 located 等表示位置的單字搭配出題。
文法	請區分 **conveniently**（adv. 便利地）和 **convenient**（adj. 便利的）的詞性。

21 **decorate*****
美 [`dɛkəˏret]
衍 decorative adj. 裝飾的，裝飾性的

v. 裝飾，裝潢

The restaurant owner **decorated** its interior with paintings of Italy. 這間餐廳的老闆用義大利的畫作裝飾餐廳內部。

22 **information*****
美 [ˏɪnfɚ`meʃən]
英 [ˏinfə`meiʃən]
衍 inform v. 通知，告知

n. 資訊

Further **information** about the resort can be found on its Web site.
關於度假村的進一步資訊，可以在它的網站上找到。

出題重點

常考語句	**additional/further + information** 額外的／進一步的資訊 information 經常和 additional, further 等形容詞搭配出題。

23**retain*****

[rɪ`ten]

衍 retention n. 保持，保留

同 maintain 維持，保持

v. 保持，保留

The cafeteria **retains** customers by offering inexpensive, flavorful food.

這間自助餐廳藉由提供不貴又好吃的食物來留住顧客。

24**atmosphere*****

美 [`ætməs͵fɪr]

英 [`ætməsfiə]

同 mood 氣氛

n. 氣氛，氛圍

The hotel provides a comfortable **atmosphere**.

這間旅館提供舒適的氣氛。

25**cuisine*****

[kwɪ`zin]

n.（獨特的）料理

Jacque will prepare an exquisite selection of international **cuisine**.

Jacque 將會準備多種精緻的世界料理。

26**sequence*****

[`sikwəns]

v. 按順序排列

n. 順序，次序

The head chef makes sure every dinner order is prepared in the correct **sequence**.

首席主廚確認每張晚餐的點菜單都以正確的順序準備。

27**extensive****

[ɪk`stɛnsɪv]

衍 extend v. 延長，擴大

extension n. 延長，擴大

extended adj. 長期的

extensively adv. 廣泛地

同 comprehensive 全面的

diverse 多樣的

adj. 廣泛的，廣闊的

The restaurant offers an **extensive** range of Chinese dishes.

這間餐廳提供種類廣泛的中式菜餚。

出題重點

同義詞 表示包含某件事所需要的各種東西，或者包含所有相關的東西時，**extensive** 可以換成 **comprehensive**。

28 **prior****

[美] [ˋpraɪɚ]
[英] [ˋpraiə]
[衍] priority n. 優先事項，優先（權）

adj. 在前的，在先的

Prior to checkout, guests are asked to fill out a survey.
在退房前，房客被要求填寫調查表。

出題重點

[常考語句]	**prior to** 在…之前 請記住 prior 必須加上 to 才能當介系詞使用。

29 **book****

[bʊk]
n. 書，書籍，書本

v. 預約

The restaurant is busy on weekends, so **booking** a table is necessary.
這間餐廳週末的時候很忙，所以預約位子是必要的。

30 **amenity****

[美] [əˋminətɪ]
[英] [əˋmi:niti]

n. 便利設施

The hotel **amenities** include a health center and a swimming pool. 這間飯店的便利設施包括保健中心和游泳池。

31 **belongings****

[美] [bəˋlɔŋɪŋz]
[英] [biˋlɔ:ŋiŋz]

n. 攜帶物品

Safety boxes are available in every room for the storage of valuable **belongings**.
每間房間都有保險箱，供貴重物品存放用。

32 **entirely****

[美] [ɪnˋtaɪrlɪ]
[英] [inˋtaiəli]
[衍] entire adj. 整個的

adv. 完全地

The Eatery is known to cook **entirely** with organic produce.
Eatery 公司以完全使用有機農產品烹調而知名。

33**ease****

[iz]

衍 easy adj. 容易的，輕鬆的
easily adv. 容易地，輕鬆地

v. 減輕，緩和

Jennifer **eased** the temperature of the oven to avoid burning her dish.

Jennifer 降低了烤箱的溫度，避免把她的菜烤焦。

n. 容易，輕鬆自在

Customers appreciate the **ease** with which they can make reservations online.

顧客對於能夠在網路上預約的簡便給予好評。

34**ingredient****

[ɪn`gridɪənt]

n. 材料，成分

The chef shops for fresh **ingredients** each morning at the local market.

那位主廚每天早上會在當地市場選購新鮮的食材。

35**sip****

[sɪp]

v. 啜飲，小口喝

Sip your beverages at the café's new outdoor area!

在咖啡館新設的戶外區域品嚐飲料吧！

36**stir***

美 [stɝ]
英 [stə:]

v. 攪拌，攪動

Stir the sauce to prevent it from sticking.

攪拌醬汁以免變黏稠。

出題重點

易混淆單字 **stir : turn**

區分表示「轉動」的單字用法差異，是測驗中會考的題目。

stir 攪拌，攪動

表示攪拌液體等等。

turn 旋轉，轉動

表示以軸為中心，讓周圍旋轉。

Turn a knob on the stove to adjust the temperature.
轉動火爐上的旋鈕來調整溫度。

37 **choice***
[tʃɔɪs]
衍 choose v. 選擇

n. 選擇，選擇範圍，選擇的東西

Today's special comes with the **choice** of soup or a salad.
今天的特餐可選擇附湯或沙拉。

出題重點

易混淆單字 **choice : option**

區分表示「選擇」的單字用法差異，是測驗中會考的題目。

choice 選擇，選擇範圍

choice 表示從一些種類當中選出來的人或物。

option 選項，選擇權

表示在一些種類中可以選擇的選項。

Diners have the **option** of eating at the bar.
用餐者可以選擇在吧台用餐。

38 **complication***
美 [ˌkɑmplə`keʃən]
英 [ˌkɔmpli`keiʃən]
衍 complicate v. 使複雜化

n. 複雜的問題

We encountered several **complications** with our reservation.
我們在預約方面遇到了幾個複雜的問題。

39 **freshness***

[美] [`frɛʃnɪs]
[英] [`freʃnis]
[衍] fresh adj. 新鮮的，（想法等）新穎的

n. 新鮮

Wrapping produce in paper helps prolong its **freshness**.
用紙包裝農產品有助於延長新鮮度。

出題重點

易混淆單字
- **freshness** 新鮮
- **refreshment** 恢復活力，（−s）茶點

請區分這兩個形態相似但意思不同的單字。也要注意 refreshment 的單數形和複數形表示不一樣的意思。

Snacks and liquid **refreshments** are sold at the kiosk.
小賣店販賣零食和飲料。

40 **occupancy***

[美] [`ɑkjəpənsɪ]
[英] [`ɔkjupənsi]
[衍] occupy v. 佔據
occupant n. 佔用者，居住者
occupation n. 佔據，職業

n.（旅館等的）入住率

The ski resort's **occupancy** peaks in January.
這家滑雪度假村的入住率在一月達到最高。

18th Day Daily Checkup

請把單字和對應的意思連起來。

01 reception
02 information
03 ingredient
04 refreshments
05 sequence

ⓐ 材料
ⓑ 順序
ⓒ 新鮮
ⓓ 茶點
ⓔ 歡迎會
ⓕ 資訊

請填入符合文意的單字。

06 The hotel will ______ its lobby with elegant furnishings.
07 The restaurant's event room can ______ up to 150 diners.
08 A light seasoning was used to ______ the meat's natural flavor.
09 The company can ______ any type of private or business occasion.

ⓐ accommodate ⓑ decorate ⓒ confirm ⓓ retain ⓔ cater

10 Guests are treated to a ______ drink upon arrival.
11 A business center is ______ located on the facility's second floor.
12 Check the details of your reservation ______ to making payment.
13 The 50-year old Gerano Resort will undergo ______ renovations next month.

ⓐ conveniently ⓑ extensive ⓒ available ⓓ complimentary ⓔ prior

Answer 1.ⓔ 2.ⓕ 3.ⓐ 4.ⓓ 5.ⓑ 6.ⓑ 7.ⓐ 8.ⓓ 9.ⓔ 10.ⓓ 11.ⓐ 12.ⓔ 13.ⓑ

多益滿分單字

多益基礎單字

LC	bite	v. 咬 n. 一口
	buffet	n. 自助餐
	cafeteria	n. （公司或學校內的）自助餐廳
	cereal	n. 穀片
	cookbook	n. 烹飪書
	delicious	adj. 美味的
	dessert	n. 餐後甜點
	dine	v. 用餐
	dining room	phr. 餐廳，飯廳
	dish	n. 盤子，菜餚
	dishwasher	n. 洗碗機
	dry dishes	phr. 擦乾盤子
	garlic	n. 大蒜
	meal	n. 一餐
	plate	n. 盤子
	pot	n. （深的）鍋子
	prepare a meal	phr. 準備餐點
	seafood	n. 海鮮
	spicy	adj. 辣的
	spill	v. 濺出
	tasty	adj. 美味的
	whipped cream	phr. 鮮奶油
RC	blend	v. 混合
	clean	adj. 乾淨的 v. 把…弄乾淨
	fresh	adj. 新鮮的
	recipe	n. 食譜
	spice	n. 香料
	taste	v. 嚐…的味道，品嚐

多益800分單字

LC		
	a glass of	phr. 一杯…
	appetizer	n. 開胃菜
	bottled water	phr. 瓶裝水
	chop	v. 剁碎
	diner	n. 用餐的人
	dining area	phr. 用餐區
	dining supplies	phr. 餐廳用品
	food supplier	phr. 食品供應業者
	frosting	n. 糖霜
	frozen food product	phr. 冷凍食品
	gather up	phr. 收拾
	get the food ready	phr. 把食物準備好
	grain	n. 穀物
	grill	n. 烤架
	gusty	adj. 颳陣風的
	have a light dinner	phr. 吃簡單的晚餐
	have a meal	phr. 用餐
	have a snack	phr. 吃零食
	kitchen appliance	phr. 廚房家電、爐具等
	kitchen stove	phr. 廚房爐具
	lost and found	phr. 失物招領處
	order a meal	phr. 點餐
	patio	n. 露台
	peel off	phr. 為…去皮
	potholder	n. 拿熱鍋用的布或隔熱手套
	pour	v. 倒，灌
	server	n. 服務生
	serving (= helping, portion)	n. 上菜，食物的一份
	set the table	phr. 擺設餐桌上的餐具等
	snack shop	phr. 賣零食的店
	specialty	n. 專長，特產，特色菜
	starving	adj. 飢餓的
	stove	n. （烹飪用的）爐子

	tablecloth	n. 桌巾
	take an order	phr. 接受點菜
	teapot	n. 茶壺
	trial	n. 審判，試用
	unpack	v. 把（行李）拿出來
	valuables	n. 貴重物品
	wait for a table	phr. 等待空桌
	waitress	n. 女服務生
Part 5, 6	agreeably	adv. 令人愉快地
	competitiveness	n. 競爭力
	explain to	phr. 向…說明
	organizer	n. 組織者，籌辦人
	progressively	adv. 逐漸地
	recognized	adj. 公認的，被認可的
	refer	v. 參考，查閱
	thickly	adv. 厚厚地
	waiting list	phr. 等候名單
Part 7	accommodation	n. 住處，設施
	booking	n. 預約
	brew	v. 釀造，煮（咖啡）
	caterer	n. 外燴業者
	catering service	n. 外燴服務
	eat up	phr. 吃完
	gently	adv. 溫柔地，溫和地
	hotelier	n. 旅館老闆，旅館經營者
	overnight stay	phr. 過夜
	parking facility	phr. 停車設施
	polish	v. 擦亮
	restaurant supplies	phr. 餐廳用品
	squeeze	v. 擠壓
	suite	n. （飯店的）套房
	utensil	n. （廚房）用具
	vegetarian	n. 素食者
	vinegar	n. 醋
	wake-up call	phr. 電話叫醒服務

多益900分單字

LC	cloakroom	n.（飯店、劇場的）寄放衣物的地方
	gourmet	n. 美食家
	grab a bite	phr. 簡單吃點東西
	help oneself to the food	phr. 自行取用食物
	meal pass	phr. 用餐券
	pick up the check	phr. 買單
	preheat	v. 預熱（烤箱等）
	slurp	v.（用吸的）出聲吃或喝東西
Part 5, 6	courtesy	n. 禮貌，有禮的舉止
	forfeit	v.（因為受罰而）喪失（權利、財產等）
	room rate	phr. 客房價錢
	themed	adj. 有特定主題的
Part 7	assorted	adj. 各種種類綜合的
	atrium	n. 室內中庭
	batch	n. 一批，一群
	batter	n. 麵糊
	concierge	n.（旅館的）綜合服務人員
	continental breakfast	phr. 歐陸式早餐
	corridor	n. 走廊
	culinary	adj. 烹飪的
	decaffeinated	adj. 除去咖啡因的
	double occupancy	phr. 兩人使用一間房間
	facility management	phr. 設施管理
	garnish	v. 裝飾（菜餚）
	indigenous	adj. 當地的，土產的
	palate	n. 味覺
	parlor	n.（旅館的）休息室
	reconfirm a reservation	phr. 再次確認預約
	room attendant	phr. 客房服務員
	sanitary	adj. 衛生的
	shut down	phr. 停止營業
	sift	v.（用篩網）篩

有辦法創造比機器人更高的收益嗎？
收益

今天公布的年度財務報表，顯示公司的支出持續 **decline**，而且有 **markedly increase** 的 **revenue**。因為結果比 **projection** 還要好，所以我和同事們都打著如意算盤，**anticipate** 下次發薪會有 **substantial** 的獎金，但部長卻掛著冷冷的表情，向我們介紹了可以做五人份的工作，又不用給薪水的新型機器人。我們有辦法比默默工作的機器人更快速、更 **significantly** 提升公司的收益嗎？

這是不拿薪水也能做
五人份工作的新型機器人…
FREE

1 **decline*****

[dɪˋklaɪn]

同 decrease, reduction 減少

reject 拒絕

n. 減少，下降

A sharp **decline** in the number of buyers has lowered this year's profits. 購買人數的銳減，降低了今年的收益。

v. 減少；拒絕（邀請、申請）

The investor **declined** our invitation to lunch.

那位投資人拒絕了我們的午餐邀約。

出題重點

常考語句	**the rate of decline** 減少率 **decline in** …的減少 和名詞 decline 搭配的介系詞 in，是測驗中會考的部分。

2 **markedly***

美 [ˋmɑrkɪdlɪ]

英 [ˋmɑːkidli]

衍 marked adj. 顯著的，明顯的

adv. 顯著地，明顯地

Corporate profits continue to increase **markedly**.

企業收益持續顯著增加。

3 **increase*****

n. [ˋɪnkris]

v. [ɪnˋkris]

衍 increasing adj. 正在增加的

increasingly adv. 漸增地，越來越…

反 decrease 減少

n. 增加

All employees will receive a five percent pay **increase** next year. 所有員工明年將獲得百分之五的加薪。

v. 增加

The number of delivery requests for the new product has **increased** significantly.

新產品的送貨要求次數顯著增加了。

出題重點

文法	請區分 **increase**（n. 增加）和 **increasing**（adj. 正在增加的）的詞性。

4 **revenue****
[`rɛvə͵nju]
同 income, earnings 收入
反 expenditure 支出，花費

n. 收入
The company's **revenue** was boosted by higher album sales.
公司的收入因為專輯銷量增加而獲得提升。

5 **projection*****
[prə`dʒɛkʃən]
衍 project v. 預測
同 estimate 估計

n. 預測（值）
This month's income **projections** are higher than last month's were.　這個月的收入預估比上個月來得高。

出題重點

常考語句 **spending and income projections** 支出與收入預估
請記住 projection 的慣用語。

6 **substantial*****
[səb`stænʃəl]
衍 substantially adv. 相當多地
同 considerable 相當大的，相當多的

adj. 相當大的，相當多的
The company made **substantial** investments in several emerging markets.
這間公司在幾個新興市場進行了相當多的投資。

出題重點

常考語句 **substantial + amount/increase/reduction**
相當多的量／增加／減少
substantial 經常搭配 amount, increase, reduction 等表示量或增減的名詞出題。

同義詞 表示數量、大小、程度相當大的時候，**substantial** 可以換成 **considerable**。

7 **anticipate*****
美 [æn`tɪsə͵pet]
英 [æn`tisipeit]
衍 anticipation n. 預期，期望
同 expect 預期，期待

v. 預期，期望
We **anticipate** a 40 percent increase in sales next year.
我們預期明年銷售額將有百分之 40 的成長。

出題重點

常考語句

anticipate : hope

區分表示「期望」的單字用法差異，是測驗中會考的題目。

anticipate 預期…

不加介系詞，直接接受詞。

hope for 盼望…

hope 後面要加介系詞 for，才能接名詞當受詞。

The financiers **hope for** a high return on their investment.

金融家們盼望投資會有高報酬。

同義詞 表示期望某事發生時，**anticipate** 可以換成 **expect**。

8 **significantly*****

[sɪgˋnɪfəkəntlɪ]

衍 significant adj. 顯著的

significance n. 重要性

adv. 顯著地

The layoffs will reduce expenses **significantly**.

裁員會明顯減少支出。

9 **estimate*****

v. 美 [ˋɛstə͵met]

英 [ˋestimeit]

n. 美 [ˋɛstə͵mət]

英 [ˋestimət]

v. 估計，估價

The laptops were **estimated** to bring in over $50 million.

這些筆計型電腦預估將帶來超過 5 千萬美元的收入。

n. 估計（值），估價

Profits for the second quarter failed to meet **estimates** made in April.

第二季的收益無法達到四月時的預估值。

10 **shift*****

[ʃɪft]

v. 轉移，挪動

The firm **shifted** some capital into its newest investment project.

這家公司把一些資本轉移到最新的投資計畫。

n. 轉變；輪班工作時間

A **shift** in government policy could affect the company's profitability.
政府政策的轉變有可能影響公司的獲利能力。

The night **shift** is from midnight to 8 a.m.
夜班時間是從午夜到早上 8 點。

11 **fee*****
[fi]
同 rate 費用

n. 費用，服務費用

The merchant may charge a small **fee** to process credit card payments.
那個商人可能會收取小額費用來處理信用卡的付款。

The **fee** for installing cable television will go up next month.
下個月，安裝有線電視的費用會上漲。

12 **production*****
[prə`dʌkʃən]
衍 produce v. 生產 n. 農產品
反 consumption 消費

n. 生產，產量

Production will rise drastically with the addition of a third shift.　產量將隨著第三班的增設而急遽上升。

13 **sale*****
[sel]

n.（-s）銷售額，銷售量；降價特賣

Domestic **sales** have recently begun to drop.
國內銷售額最近開始下降了。

All items are 50 percent off during the clearance **sale**.
清倉特賣期間，所有產品一律折扣百分之 50。

出題重點

常考語句　**retail sales figures** 零售額
請注意表示「銷售額」時一定要寫成 sales。

14**impressive*****
[ɪm`prɛsɪv]
衍 impressed adj. 感到印象深刻的
impression n. 印象
impress v. 使…印象深刻
impressively adv. 令人印象深刻地

adj. 令人印象深刻的

NeuWear made **impressive** gains in the sportswear market.
NeuWear 公司在運動服飾市場得到了可觀的獲利。

出題重點

易混淆單字	**impressive** 令人印象深刻的 **impressed** 感到印象深刻的 impressive 表示人或事物令人印象深刻，impressed 則表示人感到印象深刻。請區分兩者的差異，不要搞混了。
文法	請區分 **impressive**（adj. 令人印象深刻的）和 **impression**（n. 印象）的詞性。

15**representative*****
[rɛprɪ`zɛntətɪv]
adj. 代表的
衍 represent v. 代表…

n. 代表，專員

The sales **representative** developed an impressive client base.
那位推銷員開拓了相當可觀的客層。
The committee will be comprised of **representatives** from each division.
委員會將由各部門的代表組成。

出題重點

常考語句	**sales representative** 推銷員 representative 經常和 sales 搭配出題。
文法	請區分 **representative**（n. 代表）和 **represent**（v. 代表…）的詞性差異。

16**recent*****
[`risn̩t]
衍 recently adv. 最近

adj. 最近的

Additional costs are reflected in the supplier's most **recent** price quote.
追加費用反映在供應商最近一次的報價上。

出題重點

易混淆單字	**recent : modern** 區分表示「最近」的單字用法差異，是測驗中會考的題目。 **recent** 最近的 表示時間上最近的事或物。 **modern** 現代的 表示符合現代的作風。 Our **modern** designs are popular with customers. 我們的現代感設計很受顧客歡迎。
文法	請區分 **recent**（adj. 最近的）和 **recently**（adv. 最近）的詞性。

17**exceed*****

[ɪk`sid]

衍 excess n. 超過，過量

excessive adj. 過度的

同 surpass 超過…

反 fall short of 沒有達到…

v. 超過…

The new restaurant's profits **exceeded** initial projections.

新餐廳的收益超過了最初的預估。

出題重點

同義詞	表示超過預估或其他比較對象時，**exceed** 可以換成 **surpass**。

18**improvement*****

[ɪm`pruvmənt]

n. 改善

The **improvements** to the chair designs led to increased sales.

椅子設計的改良使得銷售額上升了。

19**employer*****

美 [ɪm`plɔɪɚ]

英 [im`plɔiə]

n. 雇主

The largest **employer** in the city is the automotive factory.

市內最大的雇主是那間汽車工廠。

20 **regular*****
[美] [ˋrɛgjələ˞]
[英] [ˋregjulə]
[衍] regularly adv. 定期地

adj. 定期的；慣常的

Regular assessments of profitability occur throughout the fiscal year.　整個會計年度都會進行定期的獲利能力評估。

Special events were held to reward **regular** customers.
特別活動是為了回饋常客而舉辦的。

出題重點

常考語句	**regular + meeting/schedule/assessment** 定期會議／固定的時間表／定期評估 regular 主要和定期發生的 meeting, schedule, assessment 搭配出題。
文法	請區分 **regular**（adj. 定期的）和 **regularly**（adv. 定期地）的詞性。

21 **summarize*****
[ˋsʌməˏraɪz]
[衍] summary n. 總結，摘要

v. 總結，概述

EquityCorp **summarized** its business operations in the annual report.
EquityCorp 公司在年度報告中概述了事業營運狀況。

22 **typically*****
[ˋtɪpɪklɪ]

adv. 典型地，通常

Cell phones **typically** go on sale before new models are released.
行動電話通常會在新機種上市前折價出售。

23 **whole*****
[美] [hol]
[英] [həul]

adj. 全部的，整個的

The **whole** amount of the loan must be paid in 60 days.
貸款全額必須在 60 日內償付。

24 **growth****

[美] [groθ]
[英] [grəuθ]
[衍] grow v. 成長
growing adj. 成長中的

n. 成長，發展

The company will be unable to maintain its present rate of **growth**.

那間公司將無法維持現在的成長率。

25 **figure****

[美] [ˋfɪgjɚ]
[英] [ˋfɪgə]
v. 認為…
[同] number 數

n. 數字

Last quarter's sales **figures** need to be sent to the main office.

上一季的銷售數字需要傳送到總公司。

出題重點

易混淆單字

figure : digit

區分表示「數字」的單字用法差異，是測驗中會考的題目。

figure 數字，數值

表示數值，尤其是統計數字。

digit（每一位數的）數字

表示從 0 到 9 的數字。

The number 215 contains three **digits**.

215 這個數有三位數字。

26 **steady****

[ˋstɛdɪ]

adj. 穩定的；堅定的

Furniture sales have seen a **steady** rise since March.

家具銷售額從三月開始穩定上升。

The **steady** stock market has given investors more confidence.

穩定的股票市場給了投資人更多信心。

27 **frequent****

[ˋfrikwənt]

adj. 頻繁的，常發生的

The company was able to adapt quickly despite **frequent** market changes.

即使面對頻繁的市場變化，那間公司還是能夠快速適應。

28**achieve****
[ə`tʃiv]
衍 achievement n. 達成，成就
achiever n. 達成者，成功者
同 reach 抵達，達到

v. 達成，成就

The corporation **achieved** its sales goals for the year.
這間公司達成了今年度的銷售目標。

29**assumption****
[ə`sʌmpʃən]

n. 假定，假設

DonCo's **assumption** that consumers value quality over price proved correct.
事實證明，DonCo 公司認為消費者重視品質勝於價格的假設是對的。

30**share****
美 [ʃɛr]
英 [ʃɛə]
同 discuss 討論

v. 分享（事物、想法、經驗、感情等），共用

The CEO **shared** some excess profits with employees through bonuses.
執行長藉由獎金和員工分享了一些超額的收益。

n. 一份，股份

Each partner will receive an equal **share** of profits from the sale of the company.
每個合夥人都會從公司的銷售利潤中獲得均等的一份（平分利潤）。

31**encouraging****
美 [ɪn`kɝɪdʒɪŋ]
英 [in`kʌridʒiŋ]
衍 encourage v. 鼓勵
encouragement n. 鼓勵
反 discouraging 令人洩氣的

adj. 鼓勵的，令人振奮的

The figures for this quarter were **encouraging**.
這一季的數字很令人振奮。

出題重點

文法	請區分 **encouragement**（n. 鼓勵）和 **encourage**（v. 鼓勵）的詞性差異。

32 incur**

美 [ɪn`kɝ]
英 [in`kəː]
衍 incurrence n. 招致，遭受

v. 遭受（損失），招致（債務）

We have **incurred** significant operating losses since our inception a decade ago.
自從十年前開業以來，我們已經遭受了嚴重的營業損失。

33 slightly**

[`slaɪtlɪ]
衍 slight adj. 輕微的

adv. 稍微

Inquiries regarding purchases are expected to decrease **slightly**.
預期關於採購的詢問會稍微減少。

出題重點

文法	請區分 **slightly**（adv. 稍微）和 **slight**（adj. 輕微的）的詞性差異。

34 profit**

美 [`prɑfɪt]
英 [`prɔfit]
衍 profitable adj. 有利益的（= lucrative）
profitability n. 獲利能力

n. 收益，利潤

The **profits** from the auction will go to charity.
拍賣收益將會捐給慈善機構。

35 reliant**

[rɪ`laɪənt]

adj. 依賴的，依靠的

Much of the business is **reliant** on sales from returning customers.
生意有一大部分是依靠來自回頭客的銷售額。

36 illustrate**

[`ɪləstret]
衍 illustration n. 說明，圖解
illustrator n. 插畫家

v. 說明，圖解

The line graph **illustrates** the rise in expenses.
這張折線圖說明開支的上升。

出題重點

易混淆單字

- **illustration** 說明，圖解
- **illustrator** 插畫家

區分事物名詞 illustration 和人物名詞 illustrator，是測驗中會考的題目。

37 **inaccurate***
[ɪn`ækjərɪt]
反 accurate 正確的

adj. 不正確的

The calculations in the report were **inaccurate**.
報告中的計算不正確。

出題重點

常考語句

inaccurate information 不正確的資訊
inaccurate 經常和名詞 information 搭配出題。

38 **percentage***
美 [pɚ`sɛntɪdʒ]
英 [pə`sentidʒ]

n. 百分比，比例

The **percentage** of people buying digital music players has decreased somewhat.
購買數位音樂播放器的消費者百分比稍微減少了。

出題重點

易混淆單字

percentage : percent
區分表示「百分比」的單字用法差異，是測驗中會考的題目。

- **percentage** 百分比
  不能跟數字一起使用，例如 10 percentage 就是錯誤的說法。
- **percent** 百分之一
  可以和數字一起使用。
  The company sold 10 **percent** more oats than in the previous month.
  這家公司賣了比上個月多百分之 10 的燕麥。

39 **reduce***

[rɪˋdjus]

㊎ reduction n. 減少
reductive adj. 減少的

㊐ diminish, decrease
減少

v. 減少，縮減

Management **reduced** the travel budget in an effort to cut costs.
經營團隊為了縮減成本而減少了出差預算。

出題重點

常考語句 **reduce + costs/budget** 減少成本／預算

reduce 經常和 cost, budget 等表示費用的名詞搭配出題。

易混淆單字 **reduce : dispose**

區分表示「除去」的單字用法差異，是測驗中會考的題目。

reduce 減少，縮減

表示為了減少而去除。

dispose of 處理掉…，清除…

dispose 必須和介系詞 of 連用，表示把廢棄物品處理掉的意思。

The company **disposed of** old equipment it no longer needed.
這家公司把不再需要的舊設備處理掉了。

40 **tend***

[tɛnd]

㊎ tendency n. 傾向

v. 傾向於…，容易…

Corporate profits **tend** to rise in line with national income.
公司收益傾向於隨著國民所得一起成長。

出題重點

常考語句 **tend to do** 傾向於做…

tend 主要和 to 不定詞一起使用。

19th Day Daily Checkup

請把單字和對應的意思連起來。

01 shift
02 projection
03 fee
04 improvement
05 achieve

ⓐ 改善
ⓑ 費用，服務費用
ⓒ 達成，成就
ⓓ 轉移，挪動
ⓔ 預測（值）
ⓕ 說明

請填入符合文意的單字。

06 The department ______ its product ideas with the designers.
07 Sales of heaters have remained ______ due to the cold weather.
08 The ______ department worked on the product launch together.
09 Unusually high expenses this year caused a temporary ______ in profitability.

ⓐ whole ⓑ steady ⓒ reliant ⓓ decline ⓔ shared

10 The company ______ a budget shortfall of $2 million on the project.
11 Sales ______ improved this year, with profits higher than ever before.
12 People ______ spend more during holiday season than other times of the year.
13 The manager's ______ about the next trend in fashion industry was correct.

ⓐ typically ⓑ assumption ⓒ estimates ⓓ revenue ⓔ significantly

Answer 1.ⓓ 2.ⓔ 3.ⓑ 4.ⓐ 5.ⓒ 6.ⓔ 7.ⓑ 8.ⓐ 9.ⓓ 10.ⓒ 11.ⓔ 12.ⓐ 13.ⓑ

多益滿分單字

多益基礎單字

LC	booklet	n. 小冊子
	by telephone	phr. 透過電話
	from now	phr. 從現在起，從此以後
	frying pan	phr. 平底鍋
	go shopping	phr. 去購物
	goods	n. 商品
	lesson	n. 課，（體會到的）教訓
	midday	n. 中午
	miss	v. 錯過，想念
	rent	n. 租金 v. 租
	save	v. 挽救，儲存，儲蓄
	unbelievable	adj. 難以置信的
	upset	adj. 苦惱的，生氣的 v. 使苦惱，使生氣
	win	v. 贏，贏得（獎品等）
	work on	phr. 處理…
RC	change	n. 零錢
	decrease	n. 減少 v. 減少
	gain	v. 獲得
	height	n. 高度
	income	n. 收入
	liquid	n. 液體 adj. 液體的
	loss	n. 損失
	model	n. 原型，模範 v. 做…的模型
	pace	n. （工作、生活等的）步調，步伐
	range	n. 範圍，區域 v. （範圍）延伸，排列
	refrigerator	n. 冰箱
	rely on	phr. 依靠…
	send	v. 寄送

多益800分單字

LC	be shaded	phr. 被遮蔽，（表格）顏色較深
	bring about	phr. 引起…
	cut costs	phr. 削減成本
	figures	n. 數字，數額
	harsh	adj. 粗糙的，嚴厲的
	have the best rates	phr. 有最便宜的費用
	laundry machine	phr. 洗衣機
	link together	phr. 連接在一起
	make money	phr. 賺錢
	meet one's goal	phr. 達到目標
	misread	v. 讀錯，誤讀
	sales report	phr. 銷售報告
	situated	adj. 位於…的
	slight chance	phr. 很小的機會
	take a course	phr. 學習一門課程
	to be honest with you	phr. 老實對你說
Part 5, 6	allot	v. 分配
	allotment	n. 分配，分配物
	charity	n. 慈善團體
	continued	adj. 持續的
	desperate	adj. 拚命的，絕望的
	doubly	adv. 兩倍地
	downfall	n. 衰落
	enhancement	n. 提升，改善
	factor	n. 因素，要素
	fortune	n. 財富，運氣
	gross	n. 總額 adj. 總的，毛的
	gross income	phr. 總收入
	impossible	adj. 不可能的
	linguistics	n. 語言學
	make up for	phr. 補償…，彌補…
	moderate	adj. 適度的，中等的
	physics	n. 物理學

	planner	n. 計畫者
	possess	v. 擁有，持有
	profitable	adj. 有利益的
	profitably	adv. 有利益地
	put A in jeopardy	phr. 使 A 處於危險中
	sales figure	phr. 銷售數字
	seek to do	phr. 試圖做…
	split	v. 分裂，使分開 n. 裂縫，分裂
	submission	n. 提交
	sufficient	adj. 充足的
	surrounding	adj. 周圍的，周遭的
	transition	n. 轉變
	unusually	adv. 不尋常地，格外
Part 7	added benefits	phr. 附加利益
	additional fee	phr. 額外費用
	at a rapid rate	phr. 以很快的速度
	commercial value	phr. 商業價值
	dean	n. 院長，系主任
	disappointing	adj. 令人失望的
	do damage	phr. 造成損害，造成損失
	engineering	n. 工程學
	file for bankruptcy	phr. 聲請破產
	growth potential	phr. 成長潛力
	highlight	n. 最重要的部分 v. 強調
	long-term stability	phr. 長期穩定（性）
	non-profit organization	phr. 非營利組織
	on the rise	phr. 上升中的
	piece by piece	phr. 一點一點地
	proportion	n. 比例，部分
	raised	adj. 凸起的，升高的
	rising cost	phr. 上升中的成本
	semester	n. 學期
	timeline	n. 時程表
	undergraduate	n. 大學生
	up to	phr. 最高到…，多達…

多益900分單字

LC	make a profit	phr. 獲利
	make forecast	phr. 預測
	retrieve	v. 取回
	uncover	v. 揭露
Part 5, 6	distributor	n. 分配者，分銷商
	estimated	adj. 估計的
	financier	n. 金融家，財務官
	gratified	adj. 高興的，滿意的
	indicated	adj. 被表明的，被指出的
	indicative	adj. 指示的，表示的
	literally	adv. 照字面意義地，確實
	minimally	adv. 最低限度地，最少地
	outpace	v. 超越
	outsell	v. 賣得比…多
	proportionate	adj. 成比例的
	rewarding	adj. 有益的，有報酬的
	signify	v. 表示…的意思
	swell	v. 腫脹
	terminology	n. 專業術語
	unproductive	adj. 沒有生產力的
	unprofitable	adj. 沒有利益的
	variably	adv. 易變地，變化地
	vitally	adv. 重要地，非常
Part 7	agile	adj. 機敏的
	compound interest	phr. 複利
	deviate	v. 偏離
	even out	phr. 使…均衡，平均分配…
	infusion	n. 注入，混入物
	insolvent	adj. 無力償還的，破產的
	offset	v. 補償
	profit margin	phr. 利潤率
	simple interest	phr. 單利（利息不加入本金）

為了節省公司開銷，請善用資源
會計

〈公告〉

年底實施 **audit** 之後，**accounting** 部門為了減少公司 **budget** 的浪費，並且維持 **financial** 的穩定，所以請大家 **curtail** 不必要的辦公用品使用。如果發現浪費物品，將會嚴格處罰，所以請各位員工把辦公用品當成自己的東西愛惜使用，並且只用必要的物品，共同參與避免預算 **deficit** 的行動。

請節約
用紙
兩面都用過的廢紙
還可以這樣利用！
呼～呼～
剛烤好的地瓜
最好吃了…

1 **audit***
[`ɔdɪt]
v.（會計）稽核
衍 auditor n. 稽核員

n. 審計，查帳
An internal **audit** of financial records will be conducted.
財務紀錄的內部審計即將進行。

2 **accounting*****
[ə`kaʊntɪŋ]

n. 會計
The **accounting** department reports directly to the CEO.
會計部直屬於執行長之下。

3 **budget*****
[`bʌdʒɪt]

n. 預算
The community center was given an annual operations **budget** of $120,000.
社區活動中心得到了 12 萬美元的年度營運預算。

4 **financial*****
[faɪ`nænʃəl]
衍 finance n. 財務 v. 為…提供資金
financing n. 籌措資金

adj. 財務的，金融的
A consultant's **financial** advice is helpful for major projects.
顧問的財務建議對於重大計畫有幫助。

出題重點

文法　請區分 **financial**（adj. 財務的）和 **finance**（n. 財務）的詞性。

5 **curtail***
美 [kɝ`tel]
英 [kəː`teil]
衍 curtailment n. 削減
同 reduce 減少

v. 縮減，削減
The manager made an effort to **curtail** office expenses.
經理努力縮減辦公室的開支。

6 **deficit***
美 [`dɛfəsɪt]
英 [`defisit]
同 shortfall 不足額
反 surplus 黑字，盈餘

n. 赤字，不足額
Reserve funds will be used to make up for the **deficit**.
預備資金將會被用來彌補赤字。

7 **recently*****

[ˋrisn̩tlɪ]

衍 recent adj. 最近的

同 lately 最近

adv. 最近

Bookkeeping costs have **recently** risen considerably.

簿記費用最近大幅上漲了。

出題重點

常考語句 **have + recently + p.p.** 最近…了

recently 表示最近的動向，經常搭配現在完成式使用。

8 **substantially*****

[səbˋstænʃəlɪ]

衍 substantial adj. 可觀的，大量的

substance n. 物質，實質

同 significantly, considerably 顯著地，相當地

adv. 大大地，相當多地

The marketing team was **substantially** expanded to help boost sales. 為了幫助提高銷售，行銷團隊獲得大幅擴編。

出題重點

常考語句 **substantially + expand/exceed** 大幅擴大／超過

substantially 主要和 expand, exceed 等表示擴大的動詞搭配。

同義詞 表示數值大幅增減時，**substantially** 可以換成 **significantly** 或 **considerably**。

9 **committee*****

[kəˋmɪtɪ]

n. 委員會

The **committee** submitted a report on donations.

委員會提交了關於捐款的報告。

10 **frequently*****

[ˋfrikwəntlɪ]

adv. 頻繁地，經常

Clients who **frequently** pay on time may receive favorable terms.

經常準時付款的客戶，可能會得到有利的條款（條件）。

[11]**capability*****

[美] [ˌkepə`bɪlətɪ]
[英] [ˌkeipə`biliti]

n. 能力，才能

The firm has the **capability** to advise clients on a range of financial decisions.
這間企業有能力為客戶提供關於多種財務決策的建議。

[12]**proceeds*****

[美] [`prosidz]
[英] [`prəusi:dz]

n. 收入

All **proceeds** from the auction will go to local charities.
拍賣的所有收入將捐給地方慈善團體。

[13]**reimburse*****

[美] [ˌriɪm`bɝs]
[英] [ˌri:im`bə:s]
[衍] reimbursement n. 補償，費用核銷

v. 補償，核銷

The company will fully **reimburse** any travel expenses incurred.
公司會全額核銷出差產生的所有費用。

出題重點

常考語句

reimburse 費用 核銷費用

reimburse 人 for 費用 核銷某人付了的費用

reimburse 可以表示「核銷費用」或「為某人核銷費用」，所以受詞可以是人或費用。

易混淆單字

reimburse : reward : compensate

區分表示「補償」的單字用法差異，是測驗中會考的題目。

- **reimburse** 補償，核銷
  表示補償先行墊付的費用。
- **reward** 回報
  表示回報對方所做的好事。
  We **reward** employees with benefits commensurate with their contributions.
  我們會給予符合員工貢獻的福利作為回報。
- **compensate** 補償
  表示補償損失。
  The insurance company **compensated** the firm for fire damage.　保險公司補償了那間公司的火災損失。

14 **considerably*****
[kən`sɪdərəblɪ]

adv. 相當，相當多地

The new software program makes computing taxes **considerably** easier.
新的軟體使得計算稅金變得簡單許多。

15 **adequate*****
[美] [`ædəkwɪt]
[英] [`ædikwit]
[衍] adequacy n. 適當，恰當
adequately adv. 足夠地，適當地

adj. 足夠的，適當的

Pelton Manufacturing lacks **adequate** funds for the purchase of new equipment.
Pelton Manufacturing 公司缺少足夠的資金來採購新設備。

16 **total*****
[美] [`totḷ]
[英] [`təutl]
n. 總數，合計
v. 合計，把…加起來
[衍] totally adv. 完全地

adj. 總計的，全部的

Total revenues for the year have yet to be added up.
年度總收入還需要合計起來。

出題重點

文法	請區分 **total**（adj. 總計的）和 **totally**（adv. 完全地）的詞性。

17 **allocate*****
[`ælə͵ket]
[衍] allocation n. 分配，配置
[同] assign 分配

v. 分配，分派

Funds were **allocated** for the charity benefit.
為了慈善募款活動而分配了資金。

出題重點

常考語句	**allocate A for B** 為了 B 分配 A **allocate A to B** 把 A 分配到 B 和 allocate 連用的介系詞 for 後面接「分配的目的」，to 後面接「分配的去向」。
同義詞	表示分配資源或工作時，**allocate** 可以換成 **assign**。

18 **inspector*****

美 [ɪnˋspɛktɚ]

英 [inˋspektə]

n. 檢查員，督察員

The **inspector** reviewed all the receipts submitted last year.

稽查員檢查了去年提出的所有發票。

19 **preferred*****

美 [prɪˋfɝd]

英 [priˋfəd]

衍 prefer v. 偏好

preference n. 偏好

adj. 偏好的，優先的

Our **preferred** method of online payment is through Pay Safe.

我們偏好的線上付款方式是透過 Pay Safe。

出題重點

常考語句

1. preferred + means/method 偏好的方法

preferred 經常和 means, method 等表示方法的名詞搭配。

2. prefer A to B 偏好 A 勝過 B

請把和動詞 prefer 搭配的介系詞 to 一起記下來。

20 **quarter****

美 [ˋkwɔrtɚ]

英 [ˋkwɔːtə]

n. 季度；四分之一

Profits this **quarter** are 20 percent higher than the last one.

這一季的利潤比上一季高出百分出 20。

Expenses dropped by a **quarter** after Milton Autos changed suppliers.

Milton Autos 公司更換供應商之後，開支減少了四分之一。

21 **interrupt****

[ˌɪntəˋrʌpt]

v. 打斷，中斷

Poor cash management forced the company to **interrupt** payments to its contractors.

現金管理不善，迫使這家公司中斷了對承包商的付款。

22 **browse****
[braʊz]

v. 瀏覽，隨意觀看

Investors may **browse** through the firm's financial statements before making a decision.
投資人在下決定之前，可以先瀏覽公司的財務報表。

23 **prompt****
[美] [prampt]
[英] [prɔmpt]

adj. 即時的，迅速的

The CEO demanded a **prompt** response to her questions about the budget.
執行長對於自己提出的預算問題，要求立即的回應。

Sheffing Co. was **prompt** in paying a bill.
Sheffing 公司付帳很迅速。

v. 導致，促使

Mark's success at buying stocks **prompted** interest from other investors.
Mark 在購買股票方面的成功，引起了其他投資人的興趣。

24 **deduct****
[dɪˋdʌkt]
[衍] deduction n. 扣除

v. 扣除，減除

Michael **deducted** his business expenses from his gross income.
Michael 從自己的總收入中扣除了業務上的開支。

25 **measurement****
[美] [ˋmɛʒɚmənt]
[英] [ˋmeʒəmənt]

n. 測量，測定；尺寸

Close **measurement** of the company's operating expenses helped the accountants spot inefficiencies. 對公司營運費用的嚴密計算，幫助會計師找出了缺乏效能之處。

26 **shorten****
[美] [ˋʃɔrtn̩]
[英] [ˋʃɔ:tn]

v. 縮短，變短

Tracking expenses online **shortens** the time needed to calculate expenditures.
線上追蹤支出可以縮短計算費用所需的時間。

To improve its cash position, the firm **shortened** its payment terms to 30 days.
為了改善現金狀況，這家公司把付款期限縮短到 30 天。

27 **amend****
[ə`mɛnd]
衍 amendment n. 修正
amendable adj. 可修正的
同 revise, modify 修改

v. 修正
Ms. Ford **amended** the budget to account for the increased prices of goods.
Mr. Ford 為了說明商品上升的價格而修正了預算。

出題重點
同義詞 表示修正文件內容時，**amend** 可以換成 **revise** 或 **modify**。

28 **calculate****
[`kælkjə͵let]
衍 calculation n. 計算

v. 計算
The contractors **calculated** the cost of rebuilding to be around $2 million.
承包商算出重建的費用大約會是 2 百萬美元。

29 **exempt****
[ɪg`zɛmpt]
衍 exemption n. 免除

adj. 被免除的
Certain goods are **exempt** from import taxes.
某些貨物免進口稅。

出題重點
常考語句 **be exempt from** 免於⋯
請記住和 exempt 搭配使用的介系詞 from。

30 **deficient****
[dɪ`fɪʃənt]
衍 deficiency n. 不足
反 sufficient 充足的

adj. 不足的，缺乏的
Funding for the office renovations is **deficient**.
辦公室整修的資金不足。

31**compare****
美 [kəm`pɛr]
英 [kəm`pɛə]
衍 comparison n. 比較
comparable adj. 可比較的，比得上的

v. 比較

This software automatically **compares** profits for each year in a chart.
這個軟體會自動比較表格裡的各年度利潤。

出題重點

常考語句
compared to 和…相比
compare A with B 把 A 和 B 比較
compare 會以 compared to 或 compare A with B 的慣用語形式出題。

32**fortunate****
美 [`fɔrtʃənɪt]
英 [`fɔ:tʃənit]
衍 fortunately adv. 幸運地

adj. 幸運的

Some stockholders were **fortunate** to invest in the company early.
有些股東很幸運，很早就投資這家公司。

33**expenditure***
美 [ɪk`spɛndɪtʃɚ]
英 [iks`penditʃə]
衍 expend v. 花費
同 expense 支出，費用
反 income, revenue 收入

n. 支出，開支

This month's sales outweigh **expenditures**.
這個月的銷售額大於支出。

出題重點

同義詞 表示支出費用時，**expenditure** 可以換成 **expense**。

34**accurately***
[`ækjərɪtlɪ]
衍 accurate adj. 精確的
accuracy n. 精確
反 inaccurately 不精確地

adv. 精確地

To prevent later confusion, record transactions **accurately**.
為了避免日後的混淆，請精確記錄交易內容。

出題重點

易混淆單字 **accurately : assuredly**

區分表示「確定」的單字用法差異，是測驗中會考的題目。

accurately 精確地

表示在細節方面正確無誤。

assuredly 確實地，有把握地

表示毫不懷疑，非常確定。

Launching a Web site will **assuredly** increase your customer base. 設立網站一定會增加你的客群。

35 **worth***

美 [wɝθ]
英 [wəːθ]

adj. 值得…的

It is **worth** the cost to upgrade our machinery.
升級我們的機械所花的費用是值得的。

n. 價值

$200,000 **worth** of inventory was added last month alone.
光是上個月就增加了價值 20 萬美元的存貨。

出題重點

常考語句 **worth + 費用** 值（多少費用）的

worth -ing 值得做…的

形容詞 worth 主要在後面接表示金額的名詞，或者接動名詞使用。

易混淆單字 **worth : value**

區分表示「價值」的單字用法差異，是測驗中會考的題目。

worth （值多少的）價值

除了單純表示「價值」以外，也表示「相當於多少的價值」。（價格 + worth of + 物品：價值多少的物品）

value 價值，價格

表示東西的價值或價格。

Shirley inquired about the **value** of the antique bookcase.
Shirley 詢問了那個古董書櫃的價格。

36 **excess***

[ɪk`sɛs]

衍 exceed v. 超過
excessive adj. 過度的
excessively adv. 過度地，非常

反 shortage 短缺，不足

n. 超過，過量

Spending controls led to an **excess** of funds.
支出控制導致了資金過剩。

出題重點

常考語句 **in excess of** 超過…

excess 會以 in excess of 的慣用語形態出題，請務必記住。

37 **fiscal***

[`fɪskḷ]

adj. 會計的，財政的

Results for the past **fiscal** year will be announced in August.
上個會計年度的結果將會在八月公布。

出題重點

常考語句 **fiscal year** 會計年度

fiscal operations 會計業務

fiscal year 指的是作為預算編製、執行與結算的期間標準，在會計業務上設定的一年期間。

38 **incidental***

美 [ˌɪnsə`dɛntḷ]

英 [ˌinsi`dentl]

衍 incident n. 偶發事件
incidentally adv. 偶然地

adj. 附帶的

Total all **incidental** expenses for the journey and submit the form to accounting. 請總計旅行中衍生的所有附帶費用，並且將表格提交給會計部。

出題重點

常考語句 **incidental expenses** 附帶費用

incidental expenses 表示附帶的費用，也就是額外產生的費用。

39**inflation***

[ɪn`fleʃən]

衍 inflate v. 膨脹，使（物價）上漲

inflationary adj. 通貨膨脹的

n. 通貨膨脹

A high **inflation** rate affected the company's net gains.

高通膨率影響了這家公司的淨利。

出題重點

常考語句

lead to inflation 導致通貨膨脹

inflation rate 通貨膨脹率

the cause of inflation 通貨膨脹的原因

請記住 inflation 在測驗中會考的慣用語。

40**liable***

[`laɪəbl̩]

衍 liability n. 責任；債務

同 responsible 應負責的

likely 很可能會…的

adj. 負有責任的，很可能會…的

The guarantor is **liable** for any unpaid debts.

保證人要為任何未償還的債務負責。

Expense accounts are **liable** to be misused.

支出帳戶很可能會被濫用。

出題重點

常考語句

be liable for 對…有責任（= be responsible for）

be liable to do 很可能會…（= be likely to do）

liable 會和介系詞 for 和 to 不定詞搭配使用。

41**spend***

[spɛnd]

衍 spending n. 花費，開銷

v. 花費，花用

The firm **spent** a lot of money on reinventing its products.

這家公司花了很多錢重新打造自己的產品。

出題重點

常考語句

1. **spend A on B** 把 A 花在 B 方面

   spend 和 on 都是測驗中會考的部分。

2. **research and development spending** 研究與開發費用

   請注意不要把名詞 spending 寫成動詞 spend。

42 **turnover***

[美] [`tɝn͵ovɚ]

[英] [`tə:n͵əuvə]

n. 營業額，交易額；人事異動率

The company's **turnover** exceeded $2.8 million.

這家公司的營業額超過 280 萬美元。

Poor work conditions lead to high employee **turnover**.

糟糕的工作環境會導致很高的員工流動率。

20th Day Daily Checkup

請把單字和對應的意思連起來。

01 frequently
02 capability
03 quarter
04 substantially
05 accurately

ⓐ 季度；四分之一
ⓑ 相當，相當多地
ⓒ 精確地
ⓓ 預算
ⓔ 能力，才能
ⓕ 頻繁地，經常

請填入符合文意的單字。

06 Financial planners ______ funds to each department.
07 Auditors checked the annual report for ______ errors.
08 Construction noises may ______ employees as they work.
09 The ______ from this auction will benefit the children's hospital.

ⓐ interrupt ⓑ allocate ⓒ proceeds ⓓ amend ⓔ accounting

10 The assistant ensured that there was ______ food for the banquet.
11 Customers usually ______ for 15 minutes before choosing a product.
12 The president will ______ work hours to see how it affects productivity.
13 Increased sales have improved the company's ______ situation considerably.

ⓐ browse ⓑ shorten ⓒ adequate ⓓ incidental ⓔ financial

Answer 1.ⓕ 2.ⓔ 3.ⓐ 4.ⓑ 5.ⓒ 6.ⓑ 7.ⓔ 8.ⓐ 9.ⓒ 10.ⓒ 11.ⓐ 12.ⓑ 13.ⓔ

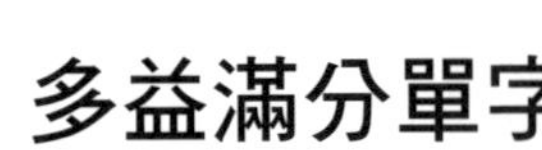

多益滿分單字

多益基礎單字

LC	abundant	adj. 大量的，充足的
	contest	n. 競賽，比賽
	glass cabinet	phr. 玻璃櫃
	picture	n. 圖畫，照片
	powerful	adj. 強而有力的，很有效力的
	shore	n. （海、河、湖的）岸，水岸
	tie	v. 繫，打結
RC	addition	n. 增加，增加的東西
	advisor	n. 提供建議者，顧問
	attack	v. 攻擊
	double	adj. 雙倍的 v. 加倍，使加倍
	expressive	adj. （想法、感情方面）表達的
	fund	n. 資金
	funding	n. 提供資金
	generate	v. 產生，引起
	in the coming year	phr. 在下一年
	in the direction of	phr. 在…的方向
	model number	phr. 型號
	overcome	v. 克服
	proper	adj. 適當的
	question	n. 問題 v. 質問
	rare	adj. 罕見的
	score	n. 得分，成績
	senior	n. 上級，資深者 adj. 地位比較高的
	spending	n. 支出
	temporary	adj. 暫時的
	theme	n. 主題
	traditional	adj. 傳統的

多益800分單字

LC	a copy of	phr.（書、文件）一份…
	at a fast pace	phr. 用很快的速度
	be assigned to	phr. 被分配到…
	be pleased to do	phr. 很樂意做…
	be similar to	phr. 和…相似
	bring together	phr. 召集
	charge for	phr. 收取…的費用
	country code	phr. 國碼
	cut down	phr. 削減
	decide on	phr. 考慮後選定…
	flat	adj.（費用）均一的，（輪胎）洩氣的
	flawless	adj. 無瑕的
	handbook	n. 手冊，指南
	handwritten	adj. 手寫的
	phenomenon	n. 現象
	portion	n. 部分，（食物）一份
	record high	phr. 最高紀錄
	reset	v. 重置，重新啟動（機械）
	see if	phr. 看看是否…
	sequel	n. 續集，結果
	set up a date	phr. 排定日期
	sharpen	v. 削尖，磨利，增強（技術）
	side by side	phr. 並排地
	square meter	phr. 平方公尺
Part 5, 6	accountant	n. 會計師
	chief financial officer (CFO)	phr. 財務長
	corrective	adj.（對於以前的錯誤）修正的
	frequency	n. 頻率
	impressively	adv. 令人印象深刻地
	unfamiliar	adj. 不熟悉的，陌生的
Part 7	A be followed by B	phr. A 之後接著 B
	a string of	phr. 一串…，一列…
	accounting department	phr. 會計部

activate	v. 使活化，啟動
add A to B	phr. 把 A 加到 B
add up to	phr. 合計是…
annual budget	phr. 年度預算
annual report	phr. 年度報告
badly	adv. 嚴重地，惡劣地，非常
barely	adv. 勉強，幾乎不…
be owned by	phr. 為…所擁有
be suited for	phr. 適合…
bookkeeper	n. 簿記人員
bound for	phr.（火車、船）往…的
calculation	n. 計算
cancellation	n. 取消
capital	n. 資本
category	n. 種類，範疇
certificate	n. 證書
claim refund	phr. 要求退款
collectively	adv. 集體地，全體地
combine A with B	phr. 把 A 和 B 結合起來
commercial use	phr. 商業用途
common interest	phr. 共同利益，共同的興趣
compose	v. 創作，組成
consulting firm	phr. 顧問公司
conversion	n. 轉換
digit	n. 數字
in the red	phr. 赤字的
monetary	adj. 金錢的，財政的
outlay	n. 開支，費用
phase	n. 階段，方面
place of origin	phr. 原產地
purchase order	phr. 採購訂單
rigorously	adv. 嚴格地
shipping and handling fee	phr. 運送及處理費
unplug device	phr. 拔掉設備的電源
well in advance	phr. 提前許多

多益900分單字

LC	cut one's losses	phr.（在惡化之前）減少損失
	formula	n. 方案，配方
	in place	phr. 在適當的位置
Part 5, 6	implicate	v. 意味著…
	inconsistency	n. 不一致
	relevance	n. 適宜，關聯性
	reliably	adv. 可靠地，可信賴地
Part 7	adjournment	n. 休會
	amply	adv. 充分地，充足地
	back order	phr. 延期交貨的訂單
	be in the black	phr. 處於盈餘（黑字）狀態
	be in the red	phr. 處於赤字狀態
	break-even point	phr. 損益平衡點
	by a considerable margin	phr. 以很大的差距
	cash reserves	phr. 現金準備
	classification	n. 分類，等級
	discrepancy	n. 不一致，差異
	incrementally	adv. 遞增地
	ledger	n. 分類帳簿
	levy	n. 課稅
	liability	n. 責任，（-ties）負債，債務
	operation budget	phr. 營運預算
	plus tax	phr. 稅金外加
	precedent	n. 先例
	preclude	v. 防止
	pretax	adj. 稅前的
	pros and cons	phr. 贊成和反對的理由，利害得失
	public bond	phr. 公債
	statistics	n. 統計學
	stringently	adv. 嚴格地，嚴厲地
	treasurer	n. 財務主管
	year-end	adj. 年底的

實戰 Test 2

01 The company provides regular safety training to ______ workplace accidents.

(A) decline (B) prevent (C) refuse (D) oblige

02 Several building tenants visited the administration office and filed ______ about the lack of visitor parking.

(A) complaints (B) inventories (C) disputes (D) commitments

03 The engineers at Sunshine Electronics designed the cable to be ______ with most types of computers available on the market today.

(A) manual (B) broad (C) successful (D) compatible

04 The restaurant asks customers to ______ they have been given the correct takeout orders before making payment.

(A) calculate (B) combine (C) contact (D) confirm

05 Ms. Anderson's ______ presentation was a great success, bringing in two very lucrative clients.

(A) unlimited (B) absolute (C) impressive (D) argumentative

06 Employees must submit receipts from their business trips in order to be ______ for expenses.

(A) amended (B) deducted (C) prompted (D) reimbursed

07 The latest trend in home interiors is ______ furniture pieces that can be folded in order to save space.

(A) defective (B) innovative (C) perishable (D) unavailable

08 Although the company showed a ______ last quarter, it is expected to make money from cell phone sales this fall.

(A) deficit (B) market (C) budget (D) commodity

Questions 09-11 refer to the following article.

Bolton Sets Profit Record

Figures recently released by popular clothing retailer, Bolton, show that last year's profit margin ______ that of any previous year. Spokesperson for

09 (A) totals (B) curtails
(C) represents (D) exceeds

Bolton, Rochelle DeVries, said there was dramatic growth in sales last year for its men's clothing collections. ______ , only 20 percent of the store

10 (A) Typically (B) Markedly
(C) Accurately (D) Fortunately

chain's sales come from men's clothes. This year, that number was up by 12 percent, and gross sales were up nearly 28 percent. DeVries claims that the main reason for the rise in profitability was the implementation of a commission system. The company now ______ its sales staff with

11 (A) improves (B) replaces
(C) compensates (D) produces

cash bonuses based on their levels of sales, which has helped raise corporate profits.

All modifications customers make to their orders will immediately be reflected in their online account. Additionally, if the quantity of any item is changed, an e-mail will be sent to inform the customer that their order has been altered.

12 The word "reflected" in paragraph 1, line 1 is closest in meaning to

(A) implied (B) directed (C) signaled (D) indicated

我想在輕鬆的氣氛中工作

公司動向

公司 **announce** 了名為「創造適合工作的氣氛」的計畫。對計畫 **interested** 的員工，都 **active** 地提出了意見，我也向部長提出了可行的想法。在各種提議之中，我已經 **forsee** 自己投入了感情的想法會被 **accept** 了。只要這個提案被採納，所有員工一定會前所未有地積極參與！

1 **announce*****
[ə`naʊns]
衍 announcement n. 公告

v. 宣布，公告

The chairperson **announced** plans to increase overseas production.
董事長宣布了增加海外生產的計畫。

出題重點

易混淆單字

announce : inform : display
區分表示提供資訊的單字用法差異，是測驗中會考的題目。

announce + 內容 宣布…
受詞是宣布的內容。

inform + 人 + of + 內容 / that子句 通知某人某事
inform 後面接人當受詞，表示「通知某人」。
The manager **informed** her staff of the corporate change.
經理通知她的員工關於公司變革的事。

display 展示，顯示
表示將重要的資訊顯示出來讓人看到。
The sign **displays** the departure and arrival of every flight.
這個看板顯示每個航班的出發和到達資訊。

2 **interested*****
美 [`ɪntərɪstɪd]
英 [`intəristid]
衍 interest n. 興趣
interesting adj. 有趣的

adj. 有利害關係的，感興趣的

Interested parties met to discuss the investment proposal.
有利害關係的各方，會面討論了投資提案。

He is **interested** in the offer to buy the travel agency.
他對於買下那間旅行社的提議有興趣。

出題重點

常考語句

be interested in 對…感興趣
interested 和介系詞 in 都是測驗中會考的部分。

3 **active***

[ˋæktɪv]

㊗ actively adv. 積極地

adj. 積極的，活躍的

Mr. Jones decided to take a more **active** role in the operations of his company.

Mr. Jones 決定在公司的營運中扮演更積極的角色。

4 **accept****

[əkˋsɛpt]

㊗ acceptable adj. 可接受的

acceptance n. 接受

㊧ reject 拒絕

v. 接受，採用

The managers voted to **accept** the new building proposal.

經理們投票決定接受新的建設提案。

出題重點

常考語句 **accept responsibility for** 承擔…的責任

accept 經常和 responsibility 搭配出題。

易混淆單字 **accept : admit**

請區分這兩個單字的用法差異。

accept 接受

表示接受提案等。

admit 承認

表示承認某件事情是事實。

The company **admitted** that it had concealed information from trustees.

這間公司承認曾經隱瞞資訊不讓受託人知道。

5 **foresee***

㊤ [forˋsi]

㊥ [fɔːˋsiː]

㊗ foreseeable adj. 可預見的

㊐ predict 預測

v. 預見，預知

Food companies try to **foresee** future trends in agriculture.

食品公司試圖預知農業的未來趨勢。

出題重點

同義詞 表示事先預測未來會發生的事時，**foresee** 可以換成 **predict**。

6 **expansion*****
[ɪk`spænʃən]
衍 expand v. 擴大
expansive adj. 全面的，廣闊的

n. 擴張，擴大
The firm is seeking opportunities for **expansion** into new markets.
這家公司正在尋找擴張到新市場的機會。

出題重點

常考語句
expansion project 擴張計畫
building expansion 建築物擴建
refinery expansion 精煉廠擴建
expansion 經常以複合名詞的形式出題，請記下來。

7 **relocate*****
美 [ri`loket]
英 [`ri:ləu`keit]
衍 relocation n. 遷移

v. 搬遷（工廠等）
The board decided to **relocate** the plant's main base of operations.
董事會決定遷移工廠的主要營運基地。

8 **competitor*****
美 [kəm`pɛtətə]
英 [kəm`petitə]

n. 競爭者，競爭業者
The company's closest **competitor** is catching up in sales.
跟這間公司最接近的競爭業者，正在追上他們的銷售額。

出題重點

易混淆單字
competitor 競爭者
competitiveness 競爭力
區分這兩個字根相同但意義不同的單字，在測驗中會考。
To maintain the company's **competitiveness**, it is downsizing some departments.
為了維持競爭力，這間公司即將裁減一些部門的員工。

9 **asset*****

[ˋæsɛt]

同 estate, property 財產，資產

n. 資產

Wilcox Inc. regards its employees as its most valuable **assets**.

Wilcox 公司將員工視為最有價值的資產。

10 **contribute*****

[kənˋtrɪbjut]

衍 contribution n. 捐獻，貢獻

contributor n. 貢獻者

v. 捐獻，貢獻

Various factors **contributed** to the company's success.

有多種因素促成這家公司的成功。

11 **dedicated*****

[ˋdɛdəˌketɪd]

衍 dedicate v. 奉獻

dedication n. 奉獻

同 devoted, committed 專注的，奉獻的

adj.（對於目標）專注的，奉獻的

The new director is **dedicated** to improving the firm's public image. 新任主管致力於改善公司的公眾形象。

出題重點

常考語句

be dedicated to 致力於…

a dedicated and talented team 專注且具備才能的團隊

請把和 dedicated 搭配的介系詞 to 一起記下來。

12 **misplace*****

[mɪsˋples]

v. 放錯地方，放在想不起來的地方

Marsha accidentally **misplaced** several sensitive company documents.

Marsha 不小心把幾件機密的公司文件搞丟了。

13 **considerable*****

[kənˋsɪdərəbḷ]

衍 consider v. 考慮

consideration n. 考慮

considerably adv. 相當

同 substantial（量、價值、重要性）相當大的

反 insignificant 微不足道的

adj.（程度或量）相當大的，相當多的

The developer raised the capital after **considerable** effort.

那個開發商付出了相當大的努力後募集到資金。

出題重點

易混淆單字	**considerable** 相當大的 **considerate** 體貼的 區分這兩個字根相同但意義不同的單字，是測驗中會考的題目。 The president is very **considerate** to his employees. 總裁對他的員工很體貼。
文法	請區分 **considerable**（adj. 相當大的）和 **consideration**（n. 考慮）的詞性。

14 **last*****
[美] [læst]
[英] [lɑ:st]
adj. 最後的，上次的
adv. 最後，上次

v. 持續

The recession **lasted** longer than most governments had expected.
經濟衰退持續得比大部分政府預期的還要久。

15 **emerge*****
[美] [ɪ`mɝdʒ]
[英] [i`mə:dʒ]
[衍] emergence n. 出現

v. 出現，浮現

Macrotech Software **emerged** as the leader in the industry.
Macrotech Software 嶄露頭角，成為業界的領導者。

出題重點

常考語句	**emerge as** 以…的身分／地位出現 emerge 會以 emerge as 的形態出現在試題中，請務必記住。

16 **grow*****
[美] [gro]
[英] [grəu]
[衍] growth n. 成長
[同] develop 發展

v. 成長，使生長

The market for electric vehicles is **growing** slowly but steadily.
電動車的市場正緩慢但穩定地成長中。

[17]**select*****

[sə`lɛkt]

衍 selection n. 選擇，挑選

v. 選擇，挑選

The board of Chambers Corp. **selected** a new chairperson last week.

Chambers 公司的董事會上週選出了新的董事長。

出題重點

易混淆單字

select : decide : nominate

區分表示「選定」的單字用法差異，是測驗中會考的題目。

select 選擇，挑選

表示認真挑選出來的意思。

decide 決定

表示決定結果、做出決定的意思。

The marketing manager **decided** to accept the position of vice president of sales.

行銷部經理決定接下業務副總經理的職位。

nominate 提名

表示提名或推薦人選的意思。

The committee **nominated** Mr. Watson to be their leader.

委員會提名 Mr. Watson 擔任領導人。

[18]**merge*****

美 [mɝdʒ]

英 [məːdʒ]

衍 merger n. 合併

同 amalgamate 合併

v. 合併，融合

The private firm **merged** with a corporate giant.

那間私人公司和一家大企業合併了。

出題重點

常考語句

mergers and acquisitions (M&A) 合併與收購

名詞 merger 也經常出現在考題中，請記起來。

[19]**imply*****

[ɪm`plaɪ]

同 suggest 暗示

v. 暗示，意味著

A rise in the company's stock price **implies** investor confidence in its future performance. 這間公司的股價上漲，意味著投資人對它未來的業績有信心。

20**vital*****
[ˋvaɪtḷ]
衍 vitally adv. 極其

adj. 必要的
Understanding customers' needs is **vital** to growing a business.
了解顧客的需求，對於發展事業而言是必要的。

21**persist*****
美 [pɚˋsɪst]
英 [pəˋsist]
衍 persistent adj. 堅持不懈的

v. 堅持，堅持不懈，持續
The firm must **persist** in its attempts to prosecute copyright violators.
那家公司必須堅持起訴侵犯版權者的努力。

22**independent*****
[ˏɪndɪˋpɛndənt]
反 dependent 依賴的

adj. 獨立的，自立的
An **independent** review board was formed to evaluate business proposals.
為了評估商業計畫書而組成了一個獨立的審查委員會。

出題重點

常考語句 **independent agency** 獨立機構
請記住 independent 常考的慣用語。

23**force*****
美 [fors]
英 [fɔ:s]
v. 強迫

n. 勢力
Johnson Homes has become a major **force** in the real estate sector.
Johnson Homes 成為了不動產部門的主要勢力。

24**establish****
[əˋstæblɪʃ]
衍 establishment n. 建立
established adj. 已確立的，知名的

v. 創立，建立
The businessman is planning to **establish** an offshore company.
那位企業家正在計畫創立一家境外公司。

25 **initiate****

[ɪˋnɪʃɪt]

衍 initial adj. 初期的 n.（名字的）首字母
initially adv. 起初

同 start, launch, commence 開始

v. 開始（事業等）

The CEO **initiated** plans for continued business growth.
執行長開始進行了以事業持續成長為目標的計畫。

出題重點

同義詞 表示開始一項事業或計畫時，**initiate** 可以換成 **start, launch, commence**。

26 **enhance****

美 [ɪnˋhæns]
英 [inˋhɑ:ns]

衍 enhancement n. 提升，提高，改善

同 improve 改善
reinforce, strengthen 強化

v. 提升，提高，改善（品質等）

Support of nonprofit organizations can **enhance** a company's image.
對非營利組織的贊助，可以提升公司形象。

出題重點

同義詞 **enhance** 表示改善品質、價值、外觀等等時，可以換成 **improve**；表示提升功能或效率時，可以換成 **reinforce** 或 **strengthen**。

27 **renowned****

[rɪˋnaʊnd]

adj. 著名的，有名的，有聲譽的

Several **renowned** economists spoke at this year's national business conference.
幾位著名經濟學家在今年的國內商業會議上演講。

28 **informed****

美 [ɪnˋfɔrmd]
英 [inˋfɔ:md]

衍 inform v. 通知
informative adj. 有益的
information n. 資訊

adj. 根據情報的

Seeking legal advice will help you make an **informed** decision.
尋求法律諮詢，可以幫助您做出明智的決定。

出題重點

常考語句 **informed + decision/choice** 明智的決定／選擇

informed decision 表示依照好的資訊做出的決定，也就是明智的決定。

29 **minutes****
[`mɪnɪts]

n. 會議紀錄

Janine took **minutes** from the meeting and will send everyone a copy.

Janine 做了那場會議的會議紀錄，會寄給每個人一份。

30 **waive****
[wev]

v. 放棄（權利、要求等），免除（規定等的要求）

The Revenue Department **waives** tax requirements in exceptional circumstances.

稅務局在例外情況下會免除納稅的要求。

31 **reach****
[ritʃ]
n. 伸手可及的範圍，影響力的範圍
同 achieve 達成

v. 達到（尺寸、數量等）；抵達…

Sales figures for Sameco phones have **reached** 15 million units.

Sameco 電話的銷售數字達到了 1500 萬台。

The bus **reached** Camberton three hours after leaving Hazelwood.

巴士在離開 Hazelwood 三小時後到達了 Camberton。

出題重點

同義詞 表示達到銷售、利潤等等的目標或標準時，**reach** 可以換成 **achieve**。

32 **authority****

[美] [ə`θɔrətɪ]

[英] [ɔ:`θɔriti]

[衍] authorize v. 授權給…

n. 權力；當局

Ms. Franklin has the **authority** to revoke the agent's license.

Ms. Franklin 有權力撤銷代理人的執照。

The stock transaction was investigated by the **authorities**.

這筆股票交易受到了當局的調查。

出題重點

易混淆單字

authority : authorization : authorship

區分和「權力」有關的單字，是測驗中會考的題目。

authority 權力

表示能夠指示、控制別人的權力。

authorization 授權

表示正式的許可。

She obtained **authorization** to access the classified data.

她獲得了存取機密資料的授權。

authorship 作者身分

表示一件著作的作者身分。

The **authorship** of the anonymously published study proved to be Mr. Tate.

那個匿名發表的研究，結果證實作者是 Mr. Tate。

33 **acquire****

[美] [ə`kwaɪr]

[英] [ə`kwaiə]

[衍] acquired adj. 獲得的，習得的
acquisition n. 取得，收購

v. 取得，收購

The company will **acquire** property near the financial district.

那間公司將收購金融區附近的房地產。

34 **surpass****

[美] [sɚ`pæs]

[英] [sə:`pɑ:s]

[衍] surpassingly adv. 卓越地，超群地

v. 超越，勝過

Profits for the last fiscal year **surpassed** $300 million.

上個會計年度的利潤超過了 3 億美元。

35 **run****
[rʌn]
同 operate, manage 經營

v. 經營，營運

The organization is **run** by retired executives.
這個組織由退休的主管營運。

出題重點

同義詞 表示經營事業、組織等等時，**run** 可以換成 **operate** 或 **manage**。

36 **improbable****
美 [ɪm`prɑbəbl̩]
英 [im`prɔbəbl]

adj. 不太可能的，不太可能發生的

Mr. Jenkins is an **improbable** candidate for the job, as he lacks experience.　Mr. Jenkins 不太可能成為這個工作的人選，因為他缺乏經驗。

37 **edge****
[ɛdʒ]

n. 優勢；邊緣

Mr. Paulson's vast experience gives him an **edge** on the other job candidates.
Mr. Paulson 廣泛的經驗，帶給他勝過其他求職者的優勢。
Property prices are far cheaper on the **edge** of town than in the center.　城市邊緣的不動產價格遠比市中心便宜。

38 **simultaneously***
美 [saɪməl`tenɪəslɪ]
英 [siməl`teiniəsli]
衍 simultaneous adj. 同時的

adv. 同時地

The company is attempting to enter both Asia and Europe **simultaneously**.
這間公司試圖同時進軍亞洲和歐洲。

39 **reveal***
[rɪ`vil]
衍 revelation n. 揭露
反 conceal 隱藏

v. 揭露，透露

The companies **revealed** their plan to set up a joint venture.
這些公司透露了成立合資企業的計畫。

40 **productivity***

美 [ˌprodʌkˋtɪvətɪ]
英 [ˌprɔdʌkˋtiviti]

n. 生產力

Brewster Manufacturing has raised **productivity** at its Jakarta plant.

Brewster Manufacturing 公司提升了雅加達廠的生產力。

出題重點

常考語句 **staff/employee + productivity** 員工生產力
請注意不要把名詞 productivity 的位置換成形容詞 productive。

易混淆單字
productivity 生產力
product 產品
請不要把這兩個字根相同、意義不同的單字搞混了。

41 **uncertain***

美 [ʌnˋsɝtn]
英 [ʌnˋsə:tn]
衍 uncertainly adv. 不確定地
反 certain 確定的

adj. 不確定的，不明確的

The company is **uncertain** about the cost of operating a factory in China.

這家公司不確定在中國經營工廠的成本。

出題重點

常考語句 **be uncertain about** 對…不確定
請把和 uncertain 搭配的介系詞 about 一起記下來。

42 **premier***

美 [ˋprimɪɚ]
英 [ˋpremjə]

adj. 第一的，首要的

Harrison Software quickly became the nation's **premier** game manufacturer.

Harrison Software 很快成為國內第一的遊戲製造商。

21st Day Daily Checkup

請把單字和對應的意思連起來。

01 acquire
02 interested
03 vital
04 emerge
05 persist

ⓐ 必要的
ⓑ 出現，浮現
ⓒ 堅持不懈，持續
ⓓ 有利害關係的，感興趣的
ⓔ 已確立的，知名的
ⓕ 取得，收購

請填入符合文意的單字。

06 Employee loyalty ______ a lot to the company's success.
07 Economic slump has ______ longer than economists expected.
08 Allistair Finance is ______ for investing clients' money wisely.
09 The decline of the national economy is ______ due to a strong export sector.

ⓐ improbable ⓑ initiated ⓒ contributed ⓓ lasted ⓔ renowned

10 The report was ______ and not found in time for the meeting.
11 Some financial planners ______ the economic crisis in advance.
12 Sales at Magnus Media ______ their highest levels in a decade last year.
13 The company has outperformed all of its ______ in the technology industry.

ⓐ reached ⓑ competitors ⓒ authority ⓓ misplaced ⓔ foresaw

Answer 1.ⓕ 2.ⓓ 3.ⓐ 4.ⓑ 5.ⓒ 6.ⓒ 7.ⓓ 8.ⓔ 9.ⓐ 10.ⓓ 11.ⓔ 12.ⓐ 13.ⓑ

多益滿分單字

公司動向

多益基礎單字

LC	branch	n. 分公司，分店，樹枝
	critic	n. 評論家
	end up	phr. 結果…，最終…
	in the past	phr. 在過去
	indoors	adv. 在室內
	inward	adv. 向內
	lean	v. 斜倚，傾身
	lift	v. 舉起
	partnership	n. 合夥關係，合夥企業
	plaza	n. 廣場
	relax	v. 放鬆
	staff	n. （全體）員工
	stretch	v. 伸展，拉開
	switch	v. 切換
RC	as long as	phr. 只要…
	correctly	adv. 正確地，得體地
	expressly	adv. 明顯地，明確地
	fever	n. 發燒，狂熱
	founder	n. 創辦人
	in spite of	phr. 儘管…，不管…
	individual	n. 個人 adj. 個人的
	ironing	n. 熨燙
	minor	adj. 較小的，次要的
	poorly	adv. 糟糕地，不足地
	region	n. 地區
	sharply	adv. 尖銳地
	surface	n. 表面
	unit	n. 一個，單位

多益800分單字

LC	bankrupt	adj. 破產的
	bankruptcy	n. 破產
	be in a position to do	phr. 處在可以…的地位
	business owner	phr. 企業主
	celebratory	adj. 慶祝的
	converse	v. 交談
	crack	v. 使裂開 n. 裂縫，裂痕
	gathering space	phr. 聚會場所
	have a good view	phr. 有很好的景色
	look into	phr. 調查…
	look out	phr. 小心
	luxury goods	phr. 奢侈品
	main entrance	phr. 正門
	manufacturing plant	phr. 製造廠
	newsletter	n. （公司、團體等的）業務通訊，新聞信
	occupy	v. 占據
	quality service	phr. 高品質的服務
	renown	n. 名聲
	reputation	n. 名譽
	set a record	phr. 創紀錄
	side effect	phr. 副作用
	spokesperson	n. 發言人
	spread the word	phr. 散播消息
Part 5, 6	alteration	n. 改變，修改
	anticipated	adj. 被預期的，期望中的
	disguise	v. 偽裝，掩飾
	go through	phr. 經歷（苦難、經驗）
	incline	v. 傾斜，使傾斜
	innovation	n. 創新，革新
	outline	v. 概述
	progressive	adj. 進步的
	sensible	adj. 意識到的，合情理的
	strategic	adj. 策略性的

Part 7		
	a great deal of	phr. 大量的，許多的
	advisory	adj. 諮詢的
	bump into	phr. 偶然遇見⋯
	commemorative	adj. 紀念的
	correlation	n. 相互關係
	corruption	n. 腐敗，貪汙
	era	n. 時代
	exaggerate	v. 誇張
	fast-growing	adj. 快速成長的
	hinder	v. 妨礙，阻擋
	inhabitant	n. 居民
	inhabitation	n. 居住
	instinctive	adj. 本能的，直覺的
	into the distance	phr. 在遠處
	isolated	adj. 孤立的，被隔離的
	landfill	n. 垃圾掩埋場
	leading manufacturer	phr. 領導業界的製造商
	market share	phr. 市場占有率
	meditate	v. 沉思
	merger	n. 合併
	on strike	phr. 罷工中的
	outreach	n. 對外服務的關懷活動
	oversized	adj. 過大的
	overstaffed	adj. 員工過多的
	racial	adj. 種族的
	rashly	adv. 輕率地
	regional	adj. 地區的
	rule out	phr. 把⋯排除在外
	scholar	n. 學者
	spotless	adj. 非常潔淨的，無瑕的
	stand for	phr. 代表⋯，象徵⋯
	strike	n. 罷工
	struggle	v. 掙扎，奮鬥
	succession	n. 連續
	takeover	n. 接管

多益900分單字

LC	make the first move	phr. 開始，踏出第一步
	take a turn for the better	phr. 好轉
	warm-up	n. 暖身，準備練習
Part 5, 6	contingent	adj. 取決於…的，視條件而定的
	established	adj. 已確立的，知名的
	favorable	adj. 有利的，適合的
	intermittently	adv. 間歇性地
	momentarily	adv. 短暫地
	neutral	adj. 中立的
	prompt	adj. 迅速的，即時的
	retreat	v. 撤退，後退
	stance	n. 立場，態度
Part 7	allegedly	adv. 據說，據稱
	be oriented to	phr. 朝著…方向
	beware	v. 小心
	clout	n. 影響力，勢力
	craftsmanship	n. 技藝
	detector	n. 探測器
	equilibrium	n. 平衡，均衡
	exemplify	v. 例示，是…的例子
	exert pressure on	phr. 對…施加壓力
	interfere with	phr. 妨礙
	keep on top of	phr. 保持在…的頂端
	latent	adj. 潛在的，潛伏的
	liquidate	v. 清算（公司）
	lucid	adj. 清晰的，易懂的
	makeshift	adj. 臨時代用的
	maternity	adj. 孕婦的，產婦的
	shrinkage	n. 縮小，收縮
	squeaky	adj. 吱吱作響的
	subsidize	v. 補助…
	succumb to	phr. 屈服於…

開會也解決不了的熱門話題

會議

今天下午，為了尋找辦公室裡重大 **agenda** 的解決方法，我們 **convene** 了會議。只要有人提出意見，就會被其他人猛烈地 **refute**。雖然我試圖 **convince** 大家，應該 **coordinate** 各種意見並且達成 **unanimous** 的決定，才能回到崗位正常工作，但每個人還是堅持自己的主張。最後部長出面，請大家趕快找出 **consensus**，但會議還是在惡劣的氣氛中被 **defer** 了。

1 **agenda*****
[əˋdʒɛndə]

n. 議程，待議事項

Mr. Jones planned the **agenda** for the stockholders' meeting.

Mr. Jones 規畫了股東會的議程。

出題重點

常考語句

printed agenda 印出來的議程表

on the agenda 在議程上的

請記住 agenda 在測驗中會考的慣用語。

2 **convene*****
[kənˋvin]
衍 convention n. 會議，大會

v. 聚集，集會，召開（會議）

The CEOs will **convene** tomorrow to review joint investment initiatives.

執行長們明天會聚集開會，檢討共同投資的提議。

3 **refute***
[rɪˋfjut]
反 refutation n. 反駁，駁斥

v. 反駁，駁斥

Mr. Geiger did not **refute** the allegations made against him.

Mr. Geiger 沒有反駁那些針對自己的指控。

4 **coordination****
美 [koˋɔrdn͵eʃən]
英 [kəuˋɔ:diˋneiʃən]
衍 coordinate v. 協調
coordinator n. 協調者，會議主持人

n. 協調

Mr. Dane has taken on the **coordination** of the seminar.

Mr. Dane 負責了研討會的協調工作。

5 **unanimous***
美 [jʊˋnænəməs]
英 [juˋnæniməs]
衍 unanimously adv. 意見一致地

adj. 意見一致的，一致同意的

The plans gained **unanimous** support from board members.

那些計畫得到了董事會成員的一致支持。

出題重點

常考語句

express unanimous support 表達一致的支持

unanimous 經常和 support 等表示支持的名詞搭配出題。

6 **convince****

[kən`vɪns]

衍 convincing adj. 有說服力的

v. 說服，使確信

The broker **convinced** the investors that the scheme was commercially viable. 那位經紀人說服投資人，讓他們相信那個計畫在商業上是可行的。

出題重點

常考語句

convince A of B 說服 A 相信 B 這件事

convince A that 子句 說服 A 相信…

convince 先接人物受詞，然後再接介系詞 of 或 that 子句。

7 **consensus****

[kən`sɛnsəs]

衍 consent v. 同意 n. 同意，准許

同 agreement 意見一致，協議

n. 輿論，一致的意見

The general **consensus** seems to be that selling is the best option. 普遍的意見似乎認為出售是最好的選項。

出題重點

常考語句

general consensus 普遍的意見

reach a consensus on 對於…達成共識／協議

在測驗中，consensus 會被 general 修飾，或者搭配動詞 reach 使用。

同義詞

表示對某件事的意見一致時，**consensus** 可以換成 **agreement**。

8 **defer***

美 [dɪ`fɝ]

英 [di`fə:]

同 postpone, delay 延遲

v. 延後，延期

The registration deadline has been **deferred** for one week. 註冊最後期限被延後了一週。

9 **usually*****

[`juʒʊəlɪ]

衍 usual adj. 通常的，平常的

反 unusually 不尋常地

adv. 通常

Team members **usually** discuss the schedule each Monday. 團隊成員通常每週一討論行程。

出題重點

[文法] **usually + 現在式** 通常
usually 表示平常會做什麼的時候，經常搭配現在式使用。

10 **reschedule*****
[美] [riˋskɛdʒʊl]
[英] [ri:ˋʃedju:l]

v. 重新安排…的時間

The conference may be **rescheduled** if Mr. Bellman is unavailable. 如果 Mr. Bellman 沒有空的話，可能會重新安排會議的時間。

11 **meeting*****
[ˋmitɪŋ]

n. 會議

The **meeting** will begin at 10 a.m., so please be on time.
會議將在上午 10 點開始，所以請準時。

12 **determine*****
[美] [dɪˋtɝmɪn]
[英] [diˋtə:min]

v. 查明，判定；決定

The team met to **determine** the cause of the chemical leak.
那個團隊開會判定化學物質洩漏的原因。

The project participants gathered briefly to **determine** their next course of action.
計畫參加者短暫地聚集在一起，決定接下來行動的方向。

出題重點

[常考語句] **determine the cause of** 判定…的原因
determine 表示「查明、判定」的時候，經常搭配 cause 等表示原因或真相的名詞使用。

13 **report*****

美 [rɪ`port]
英 [ri`pɔ:t]
同 come 來

v. 報告；（在職場、會議等）報到

The head researcher **reported** his findings to the department leaders. 首席研究員向部長們報告他的研究結果。

All new employees need to **report** to the orientation upon arrival.
所有新進員工到公司之後，都必須出席參加新進人員訓練。

n. 報告書；報導

Frank presented a **report** on his consumer study findings.
Frank 提出了一份關於消費者研究的結果報告。

One discussion topic was a news **report** about rising gas prices.
有一項討論主題是關於油價上漲的新聞報導。

出題重點

常考語句	**report A (directly) to B** 向 B（直接）報告 A 動詞 report 經常以 report A to B 的形態使用，也會加上 directly 修飾。
同義詞	表示特定的人前往參加會議或活動時，**report to** 可以換成 **come**。

14 **comment*****

美 [`kamɛnt]
英 [`kɔment]
n. 評論，意見

v. 評論，發表意見

The spokesperson refused to **comment** on the budget cuts.
發言人拒絕對於預算刪減發表意見。

出題重點

常考語句	**comment + about/on** 對於…發表意見 comment 經常搭配介系詞 about, on 使用。

15 **phase*****

[fez]

n. 階段

Mr. Baker made a detailed plan for the building project's third **phase**.
Mr. Baker 為建設工程的第三階段制定了詳細的計畫。

16**approve****
[ə`pruv]
衍 approved adj. 獲得認可的（= confirmed）

v. 批准，贊成

The head architect **approved** the proposal for changing the design process. 首席建築師批准了改變設計過程的提案。

出題重點

常考語句
approve the request 批准請求
approve the plan 批准計畫
approve 經常和 request, plan 等表示請求或計畫的名詞搭配。

17**enclosed****
美 [ɪn`klozd]
英 [in`kləuzd]
衍 enclose v. 隨信或包裹附上

adj. 被附上的

A program is **enclosed** in the conference's information packet.
會議行程表附在會議資料袋裡。

18**easy****
[`izɪ]
衍 ease n. 簡單，容易
easily adv. 簡單地
同 smooth 順利的

adj. 簡單的，容易的

The decision to sell the shopping mall was not **easy** to make.
做出賣掉購物中心的決定並不容易。

出題重點

常考語句
easy to do 做…很容易
easy 主要和 to 不定詞搭配出題。

19**record****
n. 美 [`rɛkɚd]
英 [`rekɔ:d]
v. 美 [rɪ`kɔrd]
英 [ri`kɔ:d]

n. 紀錄；履歷，經歷

Managers reviewed the accounts **record** before making a final decision.
經理們在做出最終決定之前，審查了帳戶的紀錄。

v. 記錄

The secretary **recorded** everything that was said at the gathering. 祕書記錄了集會中所說的一切。

出題重點

常考語句

transaction records 交易紀錄

請把 rocord 在測驗中會考的慣用語記下來。

常考語句

┌ **record** 紀錄
└ **recording** 錄音，錄影

請注意不要把表示資訊紀錄的名詞 record 和表示「錄音、錄影」的名詞 recording 搞混了。

video **recordings** 影像紀錄

recording equipment 錄音設備，錄影設備

a **recording** session 錄音時間

20 **suggestion****

美 [sə`dʒɛstʃən]

英 [sə`dʒestʃən]

衍 suggest v. 建議…

n. 建議，提議

Mr. Kumar made a useful **suggestion** to help improve profit margins.

Mr. Kumar 提出了一項幫助改善利潤率的有用建議。

出題重點

常考語句

suggestion : proposal

請區分表示「提議」的單字用法差異。

┌ **suggestion** 建議
│ 表示一般的建議，並不是特別積極的提案。
└ **proposal** 提案
  表示積極推動的、工作方面的提案。

Antoine translated the business **proposal** into French.

Antoine 把那份事業計畫（提案）翻譯成法文。

21 **attention****

[ə`tɛnʃən]

衍 attentive adj. 注意的
attentively adv. 專心地

n. 注意，專心

The officials paid **attention** to the incoming president's formal address. 官員注意聆聽新任總統的正式演講。

出題重點

常考語句

pay attention to 注意…

call attention to 引起對…的注意

catch one's attention 吸引…的注意

attentive to 注意…的

attention 經常搭配 pay, call, catch 等等，以慣用語的形態使用。也請記住和形容詞 attentive 搭配的介系詞 to。

22 **object****

[əb`dʒɛkt]

n. 物體，對象

美 [`ɑbdʒɪkt]

英 [`ɔbdʒikt]

衍 objection n. 反對，異議
objective adj. 客觀的

v. 反對

No one **objected** to taking a short coffee break.
沒有人反對稍微休息片刻。

出題重點

文法

object to -ing 反對…

和 object 搭配的 to 是介系詞，所以後面要接動名詞，請注意 to 後面不是接動詞原形。

23 **coincidentally****

美 [koˌɪnsə`dɛntlɪ]

英 [kəuˌinsə`dentli]

adv. 巧合地，碰巧地，同時發生地

The new managers introduced at the meeting were both **coincidentally** from Taiwan.
會議上介紹的兩位新任經理，很巧地都來自台灣。

24 **crowded****
[ˋkraʊdɪd]

adj. 擁擠的

Conference attendees have complained about the small venue being too **crowded**.
與會者抱怨小小的會場太過擁擠。

25 **undergo****
㊊ [ˏʌndɚˋgo]
㊋ [ˏʌndəˋgəu]

v. 經歷，承受，接受

The meeting room is unavailable because it is **undergoing** renovation. 會議室無法使用，因為正在整修中。

出題重點

常考語句

undergo construction/renovations 受到建設／整修
undergo extensive training 接受廣泛的訓練
undergo improvement 受到改善
請記住 undergo 在測驗中常考的慣用表達方式。

26 **outcome****
[ˋaʊtˏkʌm]

n. 結果

The **outcome** of the study was a topic for debate.
那項研究的結果是討論的一項主題。

27 **narrowly****
㊊ [ˋnærolɪ]
㊋ [ˋnærəuli]
衍 narrow v. 狹窄的

adv. 狹窄地，嚴密地；勉強，好不容易，以些微之差

The keynote speech was **narrowly** focused on trends in the industry.
專題演講的內容很密切地集中在業界趨勢方面。

出題重點

常考語句

be narrowly focused on 密切集中於…
請記住 narrowly 在多益中常考的慣用表達方式。

28 **differ****

美 [ˋdɪfɚ]
英 [ˋdifə]
衍 difference n. 不同
different adj. 不同的
differently adv. 不同地

v. 不同，不一樣

Executives **differ** in their opinions on the issue of telecommuting.
對於在家上網工作的問題，主管們的意見不同。

出題重點

常考語句 **differ + in/from** 在…方面不同／和…不同
請把和 differ 搭配的介系詞 in, from 一起記下來。

29 **discuss****

[dɪˋskʌs]
衍 discussion n. 討論
同 share 分享（想法、經驗、心情等）

v. 討論

Jeremy Stevens **discussed** the design proposal with his colleagues.
Jeremy Stevens 和他的同事們討論了設計提案。

出題重點

文法 **discuss + 受詞** 討論…
請注意 discuss 是及物動詞，所以後面不加介系詞，直接接受詞。

同義詞 表示分享對於某件事或主題的想法時，**discuss** 可以換成 **share**。

30 **give****

[gɪv]
衍 given adj. 被給予的，特定的（= particular）
prep. 考慮到…

v. 給予，發表（演講），講授（課程）

The former president of Gascom will **give** a speech.
Gascom 公司的前總裁即將發表一場演說。

出題重點

常考語句 **give a speech** 發表演說
give a presentation 發表簡報
give A one's support 給予 A 支持
在這些慣用語中填入 give，是測驗中會考的題目。

31 **brief***
[brif]
adj. 簡短的，短暫的
衍 briefly adv. 簡短地，短暫地

v. 向…簡短說明，簡短地報告
The manager **briefed** the staff on the policy change.
經理向員工簡短說明了政策的改變。

出題重點
常考語句 **brief A on B** 向 A 簡短說明 B
請把和 brief 搭配的介系詞 on 一起記下來。

32 **distract***
[dɪˋstrækt]
衍 distraction n. 分心

v. 使分心，分散（注意力）
The meeting's participants were constantly **distracted** by noise.
參加會議的人一直被噪音干擾而分心。

33 **emphasis***
[ˋɛmfəsɪs]
衍 emphasize v. 強調
emphatic adj. 強調的
同 stress 強調

n. 強調，重點
The speaker placed an **emphasis** on economic development strategies. 演講人把重點放在經濟發展策略上。

出題重點
常考語句 **place an emphasis on** 強調…，把重點放在…
emphasis 經常以 place an emphasis on 的形態出題。

34 **press***
[prɛs]
同 media 媒體

n. 報刊，新聞媒體
The **press** covered the merger talks closely.
新聞媒體詳細報導了合併會談。

v. 按，壓
The lecturer **pressed** the button to lower the screen.
演講者按下按鈕，把螢幕降下來。

出題重點

常考語句

press release 新聞稿

press conference 記者會

請記住 press 在測驗中常考的複合名詞。

35 **organize***

[美] [ˋɔrgəˏnaɪz]
[英] [ˋɔ:gənaiz]
[衍] organization n. 組織，機構
organizer n. 組織者，籌辦人

v. 組織，安排，整理

Roy Dell **organized** a series of marketing seminars.

Roy Dell 籌辦了一系列的行銷研討會。

出題重點

常考語句

organize a committee 組織委員會

organize one's thoughts 整理想法

organize 可以表示組織團體或整理想法的意思。

36 **mention***

[ˋmɛnʃən]
n. 提及

v. 提到

Karl **mentioned** his concern about the low attendance levels.

Karl 提到了他對於低出席率的擔憂。

37 **persuasive***

[美] [pɚˋswesɪv]
[英] [pəˋsweisiv]
[衍] persuade v. 說服
persuasion n. 說服
persuasively adv. 有說服力地
[反] unconvincing 沒有說服力的

adj. 有說服力的

Julia Accord's offer was refused despite her **persuasive** arguments. 雖然提出了有說服力的論點，但 Julia Accord 的提案還是被拒絕了。

出題重點

常考語句

1. persuasive + argument/evidence
有說服力的論點／證據

persuasive 經常和 argument 等表示主張的名詞搭配出題。

2. persuade 人 to do 說服…去做…

動詞 persuade 經常以受詞後面加上 to 不定詞的形態使用。

38 **understanding***

[美] [ˌʌndɚˋstændɪŋ]
[英] [ˌʌndəˋstændiŋ]
n. 理解，諒解
[衍] understand v. 了解
understandable adj. 可以理解的

adj. 理解的，諒解的

The negotiator assumed an **understanding** attitude throughout the discussion.
協商者在討論中始終採取諒解的態度。

出題重點

易混淆單字
- **understanding** 理解的
- **understandable** 可以理解的

請區分這兩個字根相同但意義不同的單字。understanding 表示理解、諒解對方，understandable 則是表示某人的行為或心情是可以理解的。

It is **understandable** that the director was so upset.
主任這麼生氣是可以理解的。

39 **adjourn***

[美] [əˋdʒɝn]
[英] [əˋdʒə:n]

v. 使休會

The meeting was **adjourned** an hour after it began.
會議開始後一小時宣告休會了。

40 **constructive***

[kənˋstrʌktɪv]
[衍] construct v. 建設
construction n. 建設
constructively adv. 建設性地
[反] destructive 破壞性的

adj. 建設性的

Supervisors should give **constructive** criticism to employees.
主管應該給員工有建設性的批評。

41 **preside***

[prɪˋzaɪd]
[衍] president n. 總裁，會議主席
presidency n. 總裁職位

v. 主持（會議），擔任會議主席

The chief of human resources will **preside** over the annual staff gathering. 人力資源部的部長將主持年度員工大會。

出題重點

易混淆單字
- **a president** 總裁
- **presidency** 總裁職位

區分人物名詞 president 和抽象名詞 presidency 的差異，是測驗中會考的題目。president 是可數名詞，但 presidency 是不可數名詞，所以請記住前面不能加上不定冠詞 a。

42 **irrelevant***
美 [ɪ`rɛləvənt]
英 [i`relivənt]
反 relevant 有關的

adj. 無關的，不相關的

The argument was **irrelevant** to the topic.
這個論點和主題無關。

出題重點

易混淆單字
irrelevant : irrespective
區分表示「不相關」的單字用法差異，在測驗中會考。
- **irrelevant to** 和…無關的
  irrelevant 表示和什麼沒有關聯，搭配介系詞 to 使用。
- **irrespective of** 與…無關，不論…
  irrespective 表示不管是什麼都沒有影響，搭配介系詞 of 。

Internet conferencing allows communication **irrespective of** location.
網路會議讓人不管在什麼地方都能夠溝通。

43 **constraint***
[kən`strent]
衍 constrain v. 限制

n. 限制

Due to time **constraints**, the policy change was not discussed.
由於時間限制，政策的改變沒有被討論到。

出題重點

易混淆單字

constraint : inhibition

區分表示「限制」的單字用法差異，是測驗中會考的題目。

constraint 限制

表示想要做某事時，因為情況而受到的限制。

inhibition （對情緒的）抑制，壓抑

表示對於恐懼之類的感情或行為、慾望的抑制。

With training, Roy lost all his **inhibitions** about public speaking.
經過訓練，Roy 對於公開演說不再有壓抑的感覺。

22nd Day Daily Checkup

請把單字和對應的意思連起來。

01 outcome
02 approve
03 consensus
04 crowded
05 object

ⓐ 輿論，一致的意見
ⓑ 反對
ⓒ 結果
ⓓ 批准，贊成
ⓔ 意見一致的，一致同意的
ⓕ 擁擠的

請填入符合文意的單字。

06 The first item on the ______ is assigning projects.
07 Both speakers had ______ attended the same university.
08 Jeff ______ to the production team on the survey results.
09 The second ______ was completed faster than the first stage was.

ⓐ phase ⓑ reported ⓒ narrowly ⓓ agenda ⓔ coincidentally

10 Please return the ______ form by the end of the month.
11 Managers will ______ the meeting to a more convenient time.
12 The representatives will ______ together to discuss sales strategy.
13 The organizer must ______ how many invitations should be mailed.

ⓐ reschedule ⓑ irrelevant ⓒ determine ⓓ convene ⓔ enclosed

Answer 1.ⓒ 2.ⓓ 3.ⓐ 4.ⓕ 5.ⓑ 6.ⓓ 7.ⓔ 8.ⓑ 9.ⓐ 10.ⓔ 11.ⓐ 12.ⓓ 13.ⓒ

多益滿分單字

多益基礎單字

LC	annual meeting	phr. 年度會議
	conference room	phr. 會議室
	guest speaker	phr. 客座演講者
	hand out	phr. 分發…
	holiday	n. 假日
	let's end	phr. 我們結束…吧
	meeting time	phr. 會議時間
	scan	v. 仔細觀察，掃瞄
	shake hands	phr. 握手
	speech	n. 演說
	teammate	n. 隊友，同隊成員
	water	n. 水 v. 澆水
	write down	phr. 寫下…
RC	advise A of B	phr. 向 A 告知 B
	be held	phr. （活動）舉行
	be scheduled for	phr. 時間預定在…
	business talk	phr. 商務會談
	conversation	n. 對話
	debate	v. 討論
	express	v. 表達
	gathering	n. 集會，聚會
	judge	v. 判斷，評價
	local time	phr. 當地時間
	result in	phr. 導致…
	seating chart	phr. 座位表
	seminar	n. 研討會
	vote	v. 投票 n. 投票
	weekly	adj. 每週的 adv. 每週

多益800分單字

LC	a large attendance	phr. 很多的出席人數
	attend a conference	phr. 出席會議
	business attire	phr. 商務服裝
	conference call	phr. 電話會議
	convention	n. 大會
	get an appointment	phr. 得到會面的機會
	get back in touch	phr. 恢復聯繫
	get in touch with	phr. 和…取得聯繫
	give a presentation	phr. 發表簡報
	have a discussion	phr. 討論
	keynote address	phr. 專題演講
	keynote speaker	phr. 專題演講人
	make a speech	phr. 演講
	make adjustments	phr. 調整
	pass around	phr. 依序分送…
	pass out	phr. 分發…
	put in an offer	phr. 提議
	run a meeting	phr. 主持會議
	schedule an appointment	phr. 安排會面的時間
	speak up	phr. 大聲說
	stare into	phr. 盯著…
	take down	phr. 記下…
	take notes	phr. 做筆記
	take part in	phr. 參加…
Part 5, 6	conversational	adj. 日常會話的
	custom	n. 習俗，慣例
	hold back	phr. 抑制，阻擋
	intense	adj. 強烈的，激烈的
	misprint	n. 印刷錯誤
	participate in	phr. 參加…
	punctual	adj. 守時的
	sharpness	n. 銳利
	to start with	phr. 首先，起初

Part 7		
	arrange a conference	phr. 安排會議
	be supposed to do	phr. 應該做…
	biweekly	adj. 每兩週的 adv. 每兩週地
	bring up	phr. 提起（問題）
	clash	n. （意見的）衝突
	come to a decision	phr. 達成決定
	come to an agreement	phr. 達成協議
	controversial	adj. 有爭議的
	develop into	phr. 發展成…
	get the point	phr. 了解重點
	in conclusion	phr. 總之，結論是
	in support of	phr. 支持…
	in the middle of	phr. 在…中間
	insist	v. 堅持
	insult	v. 侮辱
	inviting	adj. 吸引人的，誘人的
	luncheon	n. 午餐會
	make a conclusion	phr. 做出結論
	make a decision	phr. 做決定
	offer an apology to A	phr. 向 A 道歉
	offer current news	phr. 提供當前的消息
	official arrangement	phr. 官方正式的安排
	OJT (on-the-job training)	n. 實務訓練
	opponent	n. 對手，反對者
	postpone until	phr. 延期到…
	public speaking	phr. 公開演講
	question-and-answer	n. 問與答
	reach a conclusion	phr. 達成結論
	reach unanimous agreement	phr. 達成一致的協議
	reassure	v. 使放心
	recess	n. 休會
	stare	v. 盯著，凝視
	to the point	phr. 說到重點的
	turn out	phr. 結果是…
	without the consent of	phr. 沒有經過…的同意

多益900分單字

LC	conflict of interest	phr. 利益衝突
	prop against	phr. 把東西靠在…上面
	run late	phr. 晚到
	sit through	phr. 一直坐到…結束
	stand on	phr. 依據…，依靠…
	symposium	n. 研討會，討論會
Part 5, 6	consenting	adj. 同意的，准許的
	conversationalist	n. 口才好的人
	conversationally	adv. 會話地
	faction	n. 派系，小集團
	illegible	adj. （文字）難以判讀的
	presumably	adv. 大概，或許
Part 7	abbreviate	v. 縮寫，使簡短
	abridgment	n. 刪節，刪節過的版本
	coherent	adj. （話語）有條理的，連貫的
	confine	v. 限制，局限
	counteroffer	n. （不滿意對方提案而提出的）反提案
	disperse	v. （群眾等）解散
	distinguished	adj. 卓越的，著名的
	elaborate	v. 詳盡闡述
	enthuse	v. 充滿熱情地說
	moderate a meeting	phr. 主持會議
	off chance	phr. 少有的機會，很小的可能性
	presiding	adj. 主持（會議）的
	put off	phr. 推遲，拖延
	reconvene	v. 重新召集
	stand up for	phr. 支持…，擁護…
	succinct	adj. 簡潔的
	summit meeting	n. 高峰會
	summon	v. 召喚，傳喚
	the bottom line	phr. 概要，底線
	uphold	v. 支持，贊成

換個立場思考的研討會
員工福利

因為是公司 **host** 的 **annual** 研討會，不得不參加，所以我 **enroll** 了以增進勞資關係為 **purpose** 的課程。聽完心理學博士關於解決紛爭的 **lecture** 之後，我們進行了「互換立場」的角色扮演活動。**participants** 們以一名上司、一名員工的組合各自分成兩人組。上司和員工互換角色，比想像中還要有趣，員工們的幹勁也提升了。**attend** 這個課程真是太值得了！

1 **host***
[美] [host]
[英] [həust]
n. 主人；主持人

v. 主辦（大會等）

Wilmar Industries will **host** this year's convention.
Wilmar Industries 公司將主辦今年的大會。

出題重點

常考語句

host + a display/a lecture/a celebration
主辦一場展覽／講座／慶祝活動
host 會和表示活動的名詞搭配出題。

2 **annual*****
[`ænjʊəl]
[衍] annually adv. 每年

adj. 年度的，一年一度的

This year's **annual** conference was held in Atlanta.
今年的年度會議是在亞特蘭大舉行的。

出題重點

常考語句

annual growth rate 年成長率
annual conference 年度會議
annual safety inspection 年度安全檢查
請記住 annual 在測驗中會考的表達方式。

易混淆單字

biannual 每年兩次的
biennial 兩年一次的
biannual 經常出現在多益試題中，意思和 twice a year 相同。
請注意不要和拼法相似的 biennial 搞混了。

3 **purpose****
[美] [`pɝpəs]
[英] [`pə:pəs]
[同] aim 目標

n. 目的，意圖

The **purpose** of the training is to familiarize the staff with the new networking system.
訓練的目的是讓員工熟悉新的網路系統。

4 **enroll****
[美] [ɪn`rol]
[英] [in`rəul]
[衍] enrollment n. 登記
[同] register, sign up 登記

v. 登記（報名）

Employees must **enroll** in at least one program.
員工至少必須報名參加一門課程。

出題重點

常考語句 **enroll in** 報名參加…

請把和 enroll 搭配的介系詞 in 一起記下來。

5 **lecture****

[美] [ˋlɛktʃɚ]

[英] [ˋlektʃə]

[衍] lecturer n. 演講者，講師

n. 講座，演講

The course will offer weekly guest **lectures**.

這個課程將會提供每週的客座演講。

6 **participant*****

[美] [pɑrˋtɪsəpənt]

[英] [pɑːˋtisipənt]

[衍] participate v. 參與

participation n. 參與

[同] attendee, attendant 參加者

n. 參與者

Many **participants** in the training program showed some improvement.

訓練計畫的許多參與者都顯現出一些進步。

7 **attend*****

[əˋtɛnd]

[衍] attendance n. 出席，參加

attendee n. 出席者

attendant n. 侍者，服務員

v. 出席，參加

Staff were urged to **attend** weekend software courses.

員工被要求參加週末的軟體課程。

出題重點

易混淆單字 **attend : participate**

區分表示「參加」的單字用法差異，是測驗中會考的題目。

attend 參加…

及物動詞，後面直接接受詞。

participate in 參加…

participate 是不及物動詞，所以後面要加上介系詞 in 才能接受詞。

Employees **participated in** company-sponsored sporting events. 員工參加了公司贊助的體育活動。

8 **encourage*****
[美] [ɪn`kɝɪdʒ]
[英] [in`kʌridʒ]
[同] promote 促進

v. 鼓勵，促使

The CEO **encouraged** managers to allow flextime for workers.
執行長鼓勵經理們允許員工的彈性工作時間。

出題重點

常考語句

encourage A to do 鼓勵 A 做…

be encouraged to do 被鼓勵做…

encourage 主要和 to 不定詞搭配出題。請注意 to 後面的動詞原形不能換成名詞。

9 **leave*****
[liv]
[同] absence 不在，缺席

n. 休假

Employees can take up to 10 days annually for emergency **leave**.
員工每年最多可以請十天的緊急事假。

v. 離開；留下

The sales manager **left** for Singapore to conduct the orientation for sales staff. 業務經理為了主持業務部的新進員工訓練而出發前往新加坡。

出題重點

常考語句

on leave 休假中

leave for + 目的地 出發前往…

leave A for B 離開 A 前往 B

leave 可以當名詞或動詞用。請把搭配的介系詞一起記下來。

10 **recommendation*****
[ˌrɛkəmɛn`deʃən]

n. 推薦，建議，推薦信

Staff were asked for **recommendations** on improving the break room.
員工被要求提出改善休息室的建議。

11 **conference*****

[美] [ˋkɑnfərəns]
[英] [ˋkɔnfərəns]

n. 會議，研討會

This year's **conference** focuses on developments in the field of human resources.
今年的會議重點在於人力資源領域的發展。

12 **schedule*****

[美] [ˋskɛdʒʊl]
[英] [ˋʃedʒul]
n. 時間表，行程表

v. 預定…的時間

Orientation is **scheduled** for the morning.
新進人員訓練預定在早上進行。

出題重點

常考語句

1. be scheduled for + 時間 被預定在…

be scheduled to do 被預定做…

動詞 schedule 通常以被動態搭配介系詞 for 或 to 不定詞出題。

2. ahead of/behind + schedule 超前／落後進度

請把和名詞 schedule 搭配的介系詞 ahead of, behind 一起記下來。

13 **include*****

[ɪnˋklud]
[衍] inclusion n. 包含
inclusive adj. 包含的
[同] contain 包含
[反] exclude 排除

v. 包含

The workshop curriculum **includes** special digital media classes.
研討會課程內容包含數位媒體的特別講課。

出題重點

易混淆單字

include : consist

請區分表示「包含」的單字用法差異。

include 包含

include 表示把某個東西「包含」為一部分，後面直接接受詞。

consist of 由…組成

consist 表示由一些部分「組成」，搭配介系詞 of 使用。

The company benefits package **consists of** health, dental, and vision insurance.　那間公司的福利套裝方案由健康、牙科與視力保險等部分組成。

14 **result*****
[rɪ`zʌlt]

n. 結果

As a **result** of increased sales, the marketing team was rewarded with a vacation.
銷售額增加的結果是行銷團隊獲得了假期。

v. 導致（…的結果）

Positive responses to the prototype **resulted** in more funding for it.　對於產品原型的正面回應，導致了更多資金的投入。

出題重點

常考語句

as a result of 由於…，…的結果是

as a result 結果

result in + 結果 導致…，最後變成…

result from + 原因 起因於…

result 經常以慣用語的形式出題，請一併記起來。

15 **register*****

美 [ˋrɛdʒɪstɚ]
英 [ˋredʒistə]
衍 registration n. 登記，註冊（= enrollment）
同 enroll in 報名參加…

v. 登記，註冊

Employees must **register** for unemployment insurance with the state government.
員工必須登記加入州政府的失業保險。

出題重點

常考語句 **register for** 登記參加…
請把和 register 搭配的介系詞 for 一起記下來。

16 **require*****

美 [rɪˋkwaɪr]
英 [riˋkwaiə]
衍 requirement n. 要求
required adj. 必須的
同 call for 要求…，需要…
entail 必然伴隨著…，必定需要…

v. 要求

Staff are **required** to attend the insurance provider's presentation on benefits.
員工被要求參加提供保險的公司關於津貼的簡報。

出題重點

常考語句
require A to do 要求 A 做…
be required to do 被要求做…
be required for 對於…是必要的
required documents 必要的文件
動詞 require 主要和 to 不定詞或介系詞 for 搭配使用，請一起記下來。形容詞 required 主要以 required documents 的形態出題。

17 **grateful*****

[ˋgretfəl]

adj. 感謝的，感激的

Ms. Warren was **grateful** for her recent raise in salary.
Ms. Warren 對於她最近得到的加薪覺得很感謝。

18 **overtime*****

美 [ˌovɚˋtaɪm]
英 [ˋəuvəˋtaim]
adv. 超過規定時間

n. 加班時間

Employees are paid $20 for every hour of **overtime**.
員工加班每一小時會得到 20 美元。

19 **responsibility*****

美 [rɪˌspɑnsəˋbɪlətɪ]
英 [riˌspɔnsəˋbiliti]
衍 responsible adj. 有責任的

n. 責任，義務

Conference fees will be paid by Direxco, but dining expenses are the participants' **responsibility**. 會議費用將由 Direxco 公司支付，但用餐費用由參加者負擔。

出題重點

常考語句 **environmental and social responsibility** 環境及社會責任
請把 responsibility 在多益中會考的慣用語記起來。

20 **assent*****

[əˋsɛnt]

v. 同意，贊成

The managers **assented** to giving everyone a small raise.
經理們同意給每個人小小的加薪。

n. 同意，贊成

The company's president gave her **assent** for a planned construction project.
那家公司的總裁同意了一項計畫好的建設案。

21 **regard****

美 [rɪˋgɑrd]
英 [riˋgɑ:d]
衍 regarding prep. 關於…（= concerning, about）
同 view 將…視為

v. 認為…是，看待

Workers **regard** prompt salary payment as a basic right.
工人們認為迅速發薪是一項基本權利。

n. 關心，注意

The company showed little **regard** for employee welfare.
這家公司不太關心員工的福利。

出題重點

常考語句 **regard A as B** 認為 A 是 B
show little regard for 對…不怎麼關心
regard 和介系詞 as 都是測驗中會考的部分。

22 **tentative****

[ˋtɛntətɪv]

衍 tentatively adv. 暫定地，試驗性地

同 temporary 臨時的 indefinite（時間、期限等）不定的

adj. 暫定的，試驗性的

The plan to increase paternity leave is still **tentative**.

增加陪產假的計畫仍然是暫定的。

出題重點

常考語句 **be tentatively scheduled for + 時間** 時間暫定在…

tentatively 用在行程或計畫屬於暫定的情況。

23 **welcome****

[ˋwɛlkəm]

adj. 受歡迎的

The extra microwave was a **welcome** addition to the staff kitchen.

額外的微波爐是員工廚房裡受歡迎的新增物品。

v. 歡迎

Audrey was **welcomed** warmly by her new colleagues on her first day at work.

Audrey 第一天上班時受到新同事的熱忱歡迎。

出題重點

常考語句 **a welcome addition to** …受歡迎的新增物品／新人

be welcome to do 可以隨意做…

請記住 welcome 在多益中常考的慣用語。

24 **function****

[ˋfʌŋkʃən]

v. 運作

n. 盛大的聚會；功能

The dining hall seats 100 people for private and business **functions**.

餐廳可供私人及商業聚會容納 100 人入座。

25 **commence****

[kə`mɛns]

衍 commencement n. 開始

同 begin 開始

v. 開始

The new shifts will **commence** next week.
新的輪班時間將從下週開始實施。

26 **objective****

[əb`dʒɛktɪv]

adj. 客觀的

衍 object v. 反對 n. 對象；物體

objection n. 反對，異議

objectivity n. 客觀性

同 purpose 目的

n. 目標，目的

The learning **objectives** of the program are outlined in the brochure. 這個學程的學習目標概述在摺頁裡。

出題重點

常考語句	**object to** 反對… 請把和動詞 object 搭配的介系詞 to 一起記下來。
易混淆單字	**objective** 目的 **objection** 反對 **objectivity** 客觀性 區分這些字根相同但字義不同的單字差異，是測驗中會考的題目。

27 **excited****

[ɪk`saɪtɪd]

adj. 興奮的，激動的

Fred was **excited** about the opportunities his promotion would give him. Fred 對於他的升職將帶來的機會感到興奮。

28 **reimbursement****

美 [ˌriɪm`bɝsmənt]

英 [ˌriːim`bəːsmənt]

衍 reimburse v. 補償，核銷

n. 補償，費用核銷

Employees will receive **reimbursement** for accommodations on business trips. 員工將會獲得出差住宿費的核銷。

出題重點

文法	請區分 **reimbursement**（n. 補償）和 **reimburse**（v. 補償）的詞性差異。

29 treatment**

[ˋtritmənt]

衍 treat v.（以某種態度）對待，處理（= deal with）

n. 對待，處理

Every staff member, regardless of position, receives the same level of **treatment** from Mr. Scanlyn.

不論職位，每位員工都會得到 Mr. Scanlyn 同等的對待。

30 honor**

美 [ˋɑnɚ]
英 [ˋɔnə]

v. 向…表示尊敬，給…榮譽

n. 榮譽，尊敬

A banquet was held in **honor** of our director's retirement.

為了慶祝我們主任的退休，舉辦了一場宴會。

出題重點

常考語句 **in honor of** 為了祝賀…，為了向…表示敬意

honor 會以慣用語 in honor of 的形式出題，請務必記起來。

31 emphasize**

[ˋɛmfəˏsaɪz]

衍 emphasis n. 強調，重點

同 stress 強調

v. 強調

Lindall Inc. **emphasizes** the importance of employees to its success.

Lindall 公司強調員工對於公司成功的重要性。

32 entry**

[ˋɛntrɪ]

衍 enter v. 參加
entrance n. 入口，入場

同 submission（文件、企畫案等的）提交

n.（比賽等的）參賽者，參賽作品

The competition organizers will not accept late **entries**.

比賽主辦方不會接受逾期報名的參賽者。

出題重點

易混淆單字
entry 參賽者
entrance 入口

區分這兩個字根相同但字義不同的單字，在測驗中會考。

同義詞 表示提出申請參加比賽時，**entry** 可以換成 **submission**。

33 **bonus****
美 [ˋbonəs]
英 [ˋbəunəs]

n. 獎金，紅利

Those who perform well receive a higher **bonus** at year's end.
表現好的人年底會得到比較高的獎金。

34 **salary****
[ˋsælərɪ]

n. 薪水

The base **salary** at Serpar is much higher than the industry norm.
Serpar 公司的基本薪資比業界標準高得多。

35 **earn***
美 [ɝn]
英 [əːn]
衍 earnings n. 收入，收益

v. 賺（錢）；贏得，獲得（好評）

Jane **earns** $3,000 a month.
Jane 一個月賺 3,000 美元。
He **earned** recognition as a loyal and hardworking employee.
他被肯定是一位忠誠而且勤奮工作的員工。

出題重點

易混淆單字

earn : gain

區分這兩個表示「得到」的單字用法差異，是測驗中會考的題目。

earn 賺（錢）；贏得（好評）
除了表示得到名聲以外，還有「賺錢」的意思。

gain 獲得，（努力之後）得到
表示獲得人氣或勝利等等。

Ms. Howard **gained** fame as the company's first female CEO.
Ms. Howard 獲得了身為公司第一任女性執行長的名譽。

36 **arise***
[əˋraɪz]
同 happen 發生

v.（問題等）出現，產生

A number of employee complaints have **arisen**.
出現了一些來自員工的抱怨。

37**labor***
美 [`lebɚ]
英 [`leibə]

n. 勞動
The new contract sparked a **labor** dispute.
新合約引發了勞動爭論。

v. 勞動，努力
Construction workers **labor** outdoors, often regardless of weather conditions.
建設工人經常不論天氣狀況如何都在室外工作。

38**union***
美 [`junjən]
英 [`ju:njən]

n. 工會
All the employees belong to the labor **union**.
所有員工都歸屬於工會。

39**existing***
[ɪg`zɪstɪŋ]
衍 exist v. 存在
existence n. 存在

adj. 現存的，現行的
The company is restructuring the **existing** benefits package.
公司正在調整現行的福利制度。

出題重點

常考單字
existing + equipment/product 現有的設備／產品
existing 會以修飾 equipment, product 等等的形式出題。

40**exploit***
[ɪk`splɔɪt]
衍 exploitation n. 剝削，利用

v. 剝削，濫用
Workers Forward is dedicated to preventing employees from being **exploited**.
Workers Forward 公司致力於預防員工受到剝削。

23rd Day Daily Checkup

請把單字和對應的意思連起來。

01 regard
02 grateful
03 salary
04 leave
05 recommendation

ⓐ 感謝的，感激的
ⓑ 薪水
ⓒ 關心，注意
ⓓ 推薦
ⓔ 工會
ⓕ 休假；離開

請填入符合文意的單字。

06 The CEO made a ______ decision on the urgent issue.
07 The team will have to work ______ to meet the deadline.
08 Caprice Inc. ______ team-building activities to build morale.
09 Staff can ______ online to receive benefits for family members.

ⓐ annual ⓑ tentative ⓒ overtime ⓓ emphasizes ⓔ register

10 Expense ______ will be made at the end of the month.
11 The team leader is popular for his fair ______ of employees.
12 The stricter attendance policy has ______ in fewer absences.
13 The manager ______ staff to volunteer to clean the conference room.

ⓐ reimbursements ⓑ encouraged ⓒ treatment ⓓ resulted ⓔ earned

Answer 1.ⓒ 2.ⓐ 3.ⓑ 4.ⓕ 5.ⓓ 6.ⓑ 7.ⓒ 8.ⓓ 9.ⓔ 10.ⓐ 11.ⓒ 12.ⓓ 13.ⓑ

多益滿分單字

多益基礎單字

LC	application	n. 申請，申請書
	award ceremony	phr. 頒獎典禮
	chat	n. 聊天 v. 聊天
	clap	n. 拍手 v. 拍手
	fireplace	n. 壁爐
	get paid	phr. 拿到酬勞
	grab	v. 抓住
	group	v. 把…分組
	hook	n. 鉤子 v. 用鉤子掛，鉤住
	introduction	n. 介紹，引進
	learning center	phr. 學習中心
	loudspeaker	n. （廣播用的）揚聲器
	lounge	n. 休息室
	management seminar	phr. 管理研討會
	smoking section	phr. 吸菸區
	take a vacation	phr. 休假
RC	bold	adj. 大膽的，勇敢的
	finely	adv. 很好地，精細地
	friendly	adj. 友善的
	gentle	adj. 溫和的，溫柔的
	in charge of	phr. 負責…
	lively	adj. 充滿活力的，活潑的
	pharmacy	n. 藥局
	precise	adj. 精確的，準確的
	prize	n. 獎品 v. 重視
	registration	n. 註冊，登記
	vacation	n. 假期

多益800分單字

LC	a letter of gratitude	phr. 感謝信
	childcare	n. 兒童保育
	don't have the nerve to do	phr. 沒有勇氣做…
	give a raise	phr. 給予加薪
	going away party	phr. 送別會
	in one's mid 30s	phr. 在 35 歲左右
	it's about time	phr. 差不多該做某事了
	it's no use -ing	phr. 做…沒有用
	job satisfaction	phr. 工作滿意度
	just in case	phr. 以防萬一
	keep A up to date	phr. 持續讓 A 得知最新消息
	know A like the back of one's hand	phr. 對 A 瞭若指掌
	miserable	adj. 不幸的，悲慘的
	paid leave	phr. 有薪假
	pick up one's paycheck	phr. 領薪水
	pity	n. 憐憫，同情
	privately	adv. 私下地
	psychological	adj. 心理的
	put in some overtime	phr. 加班
	safety drill	phr. 安全演練
	sensitivity	n. 敏感性
	show around	phr. 帶人到處參觀
	surprisingly	adv. 令人驚訝地
	take place	phr. 發生，舉行
	take some time off	phr. 請假，休假
	terribly	adv. 非常，糟糕地
	terrific	adj. 很棒的
	the next best	phr. 僅次於最好的
	thrilling	adj. 令人興奮的
Part 5, 6	intentionally	adv. 有意地，故意地
	respectfully	adv. 尊敬地，恭敬地
	sign up	phr. 登記，報名
	unused	adj. 未使用的

Part 7		
	be engaged to	phr. 和…訂婚
	be tired of	phr. 對…感到厭倦
	biannual	adj. 一年兩次的
	charitable	adj. 慈善的
	course of study	phr. 學習科目
	depressed	adj. 沮喪的
	extra pay	phr. 額外的薪水
	featured speaker	phr. 主講人
	generous	adj. 慷慨的
	laugh away	phr. 用笑消除…
	merit	n. 優點
	night shift	phr. 夜班
	occupational safety and health	phr. 職場安全與健康
	overtime allowance	phr. 加班津貼
	overtime rate	phr. 加班費
	paid vacation	phr. 有薪假期
	pay increase	phr. 加薪
	pension	n. 退休金
	poorly paid	phr. 薪水少的
	preservation area	phr. 保護區
	reference number	phr. 參照號碼，編號
	regional allowance	phr. 地區津貼
	regular working hours	phr. 正常工作時間
	research institution	phr. 研究機構
	retirement party	phr. 退休派對
	retirement plan	phr. 退休金計畫
	retirement planner	phr. 退休金規畫者
	salary and benefits	phr. 薪資與福利
	sheltered housing	phr.（老人、殘障人士的）庇護住宅
	sick leave	phr. 病假
	strong-willed	adj. 意志堅強的
	time-off	n. 休假
	welfare	n. 福利
	work environment	phr. 工作環境
	working condition	phr. 工作條件（情況）

多益900分單字

LC	get reimbursed for	phr. 得到…的核銷
	hearty	adj. 熱忱的，（食物的量）豐盛的
	kindhearted	adj. 親切的
	knock off	phr. 收工
	maternity leave	phr. 產假
	misuse	n. 誤用，濫用
	nursery	n. 托兒所，幼兒房
	nursing	n. 護理，看護
Part 5, 6	chronological	adj. 依時間順序的
	customize	v. 訂做
	exhibitor	n. （展覽的）參展者
	give in	phr. 讓步
	reinforcement	n. 加強，強化
Part 7	citation	n. 引用，引文，嘉獎
	commemorate	v. 紀念
	conjunction	n. 結合，連接
	cut benefits	phr. 減少福利
	discriminate	v. 有差別地對待
	distort	v. 扭曲
	flextime	n. 彈性工作時間制
	fringe benefits	phr. 附帶福利
	goodwill	n. 好意
	labor costs	phr. 勞動成本
	labor dispute	phr. 勞動爭議，勞資糾紛
	off-peak	adj. 非高峰期的，淡季的
	pique	n. 惱怒
	sabotage	n. 蓄意破壞
	salary review	phr. （為了調整薪水的）薪資審查
	severance pay	phr. 遣散費
	spry	adj. 精神好的，活潑的
	straightforward	adj. 率直的，簡單的
	yearn	v. 渴望

升職就表示擁有濫權的能力

人事異動

因為課長休假，部長就暫時 **appoint** 我擔任行銷課課長。這不正是因為我的業績受到 **appraisal**，他們才會 **promote** 我嗎？哈哈哈～身為課長，我展現出 **skilled** 的一面，用 **radical** 的方法平息了最近團隊內部的爭議。擁有 **exceptional** 的能力的人，果然就是不一樣～看到我徹底處理了懸而未決的問題，辦公室裡的其他員工好像也很 **appreciate** 我呢。

1 **appoint*****
[ə`pɔɪnt]
衍 appointment n. 任命，會面的約定

v. 任命，指派

President Davis **appointed** Roger Lance as head of finance.
總裁 Davis 任命 Roger Lance 擔任財務部主管。

2 **appraisal*****
[ə`prezḷ]
衍 appraise v. 評價
同 assessment, evaluation 評價

n. 評價

Supervisors carry out performance **appraisals** every three months. 主管每三個月進行考績。

出題重點

常考語句 **performance appraisals** 考績（績效考核）
表示人事上的考核，意義和 performance evaluation 相同。

3 **promote*****
美 [prə`mot]
英 [prə`məut]
衍 promotion n. 升職
反 demote 使降級

v. 使升職；促進

Ms. Wilson was **promoted** in April to the position of marketing director. Ms. Wilson 四月被升上行銷主任的職位。
Managers need to **promote** better communication among employees. 經理們需要促進員工之間更好的溝通。

4 **skilled*****
[skɪld]
衍 skill n. 技能，技術

adj. 熟練的，有技能的

Several production plants are short of **skilled** workers.
幾間生產廠缺乏熟練的工人。

出題重點

常考語句 **be skilled at** 擅長…
skilled 經常搭配介系詞 at 使用。

5 **radically***
[`rædɪkḷɪ]
衍 radical adj. 根本的，徹底的

adv. 根本地，徹底地

Several divisions will be **radically** restructured.
幾個部門將會被徹底改組。

6 **exceptional***

[ɪk`sɛpʃənl̩]

衍 exceptionally adv. 例外地，特別地

同 remarkable 卓越的

adj. 優異的，例外的

Paul Lang showed **exceptional** talent in computer programming.

Paul Lang 在電腦程式設計方面展現出優異的才能。

出題重點

文法 請區分 **exceptional**（adj. 優異的）和 **exceptionally**（adv. 特別地）的詞性。

7 **appreciation****

[ə͵priʃɪ`eʃən]

衍 appreciate v. 感謝，欣賞

n. 感謝，欣賞

The director gave a short speech to express his **appreciation**.

主任發表了簡短的演講來表達他的感謝。

8 **evaluate*****

[ɪ`væljʊ͵et]

衍 evaluation n. 評價

同 judge 判斷，評價

v. 評價

Workers' performance should be **evaluated** annually.

員工表現應該每年評價。

9 **suggest*****

美 [sə`dʒɛst]

英 [sə`dʒest]

v. 建議

Charles **suggested** posting a job advertisement.

Charles 建議刊登徵人廣告。

10 **preference*****

[`prɛfərəns]

n. 偏好

Rita has no **preference** for working the night shift or the day shift. Rita 對於值夜班或日班並沒有偏好。

出題重點

常考語句 **meal preference** 餐點的偏好

meal preference 經常使用在詢問飛機餐點、宴會餐點偏好菜色的表格中。

11**management** ***
[`mænɪdʒmənt]

n. 管理，經營，經營團隊

Management announced a new hiring plan this month.
經營團隊本月宣布了新的雇用計畫。

12**predict*****
[prɪ`dɪkt]
衍 prediction n. 預測

v. 預測

Many **predict** that the CEO will retire soon.
許多人預測執行長很快會退休。

13**transfer*****
美 [træns`fɝ]
英 [træns`fə:]
n. 調職 美 [`trænsfɝ]
英 [`trænsfə:]
同 move 移動

v. 轉移；使調職

The technology department will **transfer** the old files to the new server. 技術部門會把舊的檔案轉移到新伺服器上。

The administrator has been **transferred** to England.
那位管理者已經被調到英國了。

出題重點

常考語句 **transfer A to B** 把 A 轉移到 B，把 A 調動到 B

請把和 transfer 搭配的介系詞 to 一起記下來。

14**award*****
美 [ə`wɔrd]
英 [ə`wɔ:d]

n. 獎

The best-employee **award** is given every year.
最佳員工獎每年頒發。

v. 授予（獎項等）

The company **awards** a prize to the most dedicated employee.
這家公司會頒獎給最敬業的員工。

15 **mandatory*****

[美] [ˋmændə͵torɪ]
[英] [ˋmændətəri]

adj. 義務性的

Attendance to the weekly staff meeting is **mandatory**.
參加每週員工會議是義務性的。

16 **competent*****

[美] [ˋkɑmpətənt]
[英] [ˋkɔmpitənt]

adj. 有能力的，勝任的

Eileen is very **competent** at her job and is well-liked by her staff.
Eileen 非常勝任自己的工作，而且很受到她的員工喜愛。

17 **performance*****

[美] [pɚˋfɔrməns]
[英] [pəˋfɔ:məns]
[衍] perform v. 執行，表演
performer n. 表演者
[同] execution n. 執行，演奏

n. 表現，成果；表演，演出，演奏

The CEO attributed the company's outstanding **performance** to the staff. 執行長將公司的傑出表現歸功於員工。
The director's welcoming ceremony included a **performance** by a string quartet.
那位董事的歡迎儀式包含絃樂四重奏的表演。

出題重點

易混淆單字

- **performance** 表現，成果
- **performer** 表演者

區分抽象名詞 performance 和人物名詞 performer，是測驗中會考的題目。

18 **reward*****

[美] [rɪˋwɔrd]
[英] [riˋwɔ:d]
[衍] rewarding adj. 有益的，值得做的

v. 報償，回報

Management plans to **reward** employees' efforts with wage increases. 經營團隊打算用加薪回報員工的努力。

n. 報償，回報

He was given the job as a **reward** for meeting his sales quota.
他獲得了那個職位，作為他達到銷售配額的回報。

19 **search*****
[美] [sɝtʃ]
[英] [sə:tʃ]
v. 尋找

n. 尋找，搜尋，調查

We have been in **search** of a new president ever since Mr. Rowles resigned.
Mr. Rowles 辭職後，我們一直在尋找新任總裁。

20 **inexperienced*****
[ˌɪnɪk`spɪrɪənst]

adj. 沒經驗的，不熟練的

Robert is too **inexperienced** to be promoted to manager.
Robert 太缺乏經驗，沒辦法被升為經理。

21 **early*****
[美] [`ɝlɪ]
[英] [`ə:li]
adv. 早，提早
[反] late 晚的

adj. 早的，提早的

Ms. Jones opted for an **early** retirement.
Ms. Jones 選擇了提早退休。

出題重點

易混淆單字

early : previous

區分表示「早的」的單字用法差異，是測驗中會考的題目。

early 早的，提早的
表示時間上比一般情況來得早。

previous 之前的
表示在現在之前的事情。

Her **previous** post was sales manager.
她之前的職位是業務部經理。

22 **designate****

[ˋdɛzɪg͵net]

衍 designation n. 指定，指派

v. 指定，指派

Ms. Carling **designated** Owen to be the project's team leader.

Ms. Carling 指派 Owen 擔任專案小組領導人。

23 **executive****

[ɪgˋzɛkjʊtɪv]

adj. 經營管理的

Mr. Fulton holds an **executive** position at Greenway Bank.

Mr. Fulton 在 Greenway 銀行擔任管理職位。

24 **dedication****

[͵dɛdəˋkeʃən]

衍 dedicate v. 使…致力於某事

dedicated adj. 專注的，投入的

n. 專心致力

Ms. Hayes was recognized for her **dedication** to the company.

Ms. Hayes 因為對公司的奉獻而受到了認可。

出題重點

常考語句 **dedication to** 對…的專心致力／奉獻

請把和 dedication 搭配的介系詞 to 一起記下來。

25 **unanimously****

美 [jʊˋnænəməslɪ]

英 [juˋnæniməsli]

adv. 全體意見一致地

The board voted **unanimously** to replace the underperforming CEO.

董事會投票一致決定更換那位績效不佳的執行長。

26 **progress****

美 [ˋprɑgrɛs]

英 [ˋprəugres]

v. 行進，進步，進展 [prəˋgrɛs]

衍 progressive adj. 進步的

n. 行進，進步，進展

Daily reports are good tools for measuring employees' work **progress**.

每日報告是評量員工工作進度的好工具。

27 **congratulate****

[美] [kən`grætʃə,let]
[英] [kən`grætju,leit]
[衍] congratulation n. 祝賀

v. 祝賀

The president personally **congratulated** the assistant on her promotion. 總裁親自祝賀那位助理升職。

出題重點

常考語句 | **congratulate A on B** 向 A 祝賀 B
和 congratulate 搭配的介系詞 on 是測驗中會考的部分。

28 **dismiss****

[dɪs`mɪs]
[衍] dismissal n. 解雇

v. 解雇

Those staff found in violation of company regulations may be **dismissed**.
被發現違反公司規定的員工可能會被解雇。

29 **independence****

[,ɪndɪ`pɛndəns]

n. 獨立

Branch managers are given the **independence** to make some decisions. 分公司經理被賦予做某些決定的自主權。

30 **participation****

[美] [pɑr,tɪsə`peʃən]
[英] [pɑ:,tisi`peiʃən]
[衍] participate v. 參與
participant n. 參加者
[同] involvement 參與

n. 參與，參加，加入

Workers gained valuable knowledge through **participation** in the program. 員工透過參與計畫而獲得了寶貴的知識。

出題重點

易混淆單字
- **participation** 參與
- **participant** 參加者

區分抽象名詞 participation 和人物名詞 participant，是測驗中會考的題目。

31 **praise****
[prez]
v. 稱讚
同 compliment 稱讚

n. 稱讚
Stacey Randall received **praise** for her outstanding sales record.
Stacey Randall 因為她傑出的銷售紀錄而獲得了稱讚。

32 **accomplishment****
美 [ə`kɑmplɪʃmənt]
英 [ə`kɔmpliʃmənt]

n. 成就
The team was given a bonus for its **accomplishments** last quarter.
這個團隊因為上一季的成就而獲得了獎金。

33 **deliberation****
[dɪˏlɪbə`reʃən]

n. 商議，審議
The **deliberation** about hiring new staff lasted for nearly two hours.
關於雇用新員工的商議持續了將近兩小時。

34 **leadership****
美 [`lidɚʃɪp]
英 [`li:dəʃip]

n. 領導，領導才能
Ms. Robinson's display of **leadership** has earned her the respect of her staff.
Ms. Robinson 領導能力的展現，為她贏得了員工的尊敬。

35 **retire****
美 [rɪ`taɪr]
英 [ri`taiə]
衍 retirement n. 退休

v. 退休
Peter Oswald **retires** in May after 40 years with the firm.
在公司工作 40 年後，Peter Oswald 要在五月退休。

36 **nomination****

[美] [ˌnɑmə`neʃən]
[英] [ˌnɔmi`neiʃən]
[衍] nominate v. 提名
nominee n. 被提名人
[同] appointment 任命

n. 提名，任命

Sue Blaine's **nomination** to the board was a surprise.
Sue Blaine 被任命進入董事會很令人意外。

出題重點

[同義詞] 表示任命某人擔任職務時，**nomination** 可以換成 **appointment**。

37 **reorganize****

[美] [ri`ɔrgəˌnaɪz]
[英] [ri:`ɔ:rgəˌnaiz]
[衍] reorganization n. 改組（= restructuring）

v. 重新組織，改組

The marketing team will be **reorganized** after the merger.
在合併之後，行銷團隊將被改組。

38 **serve***

[美] [sɝv]
[英] [sə:v]
[衍] service n. 服務
[同] act 扮演（角色）

v. 服務，擔任

The marketing director will **serve** as the acting director of consumer relations for now.
行銷主任將會暫時擔任顧客關係代理主任。

出題重點

[常考語句] **serve as** 擔任…
測驗中會考選出介系詞 as 的題目。

39 **encouragement***

[美] [ɪn`kɝɪdʒmənt]
[英] [in`kʌridʒmənt]
[衍] encourage v. 鼓勵
encouraging adj. 激勵人心的

n. 鼓勵

Mr. Vance offers regular **encouragement** to his employees.
Mr. Vance 定期鼓勵他的員工。

[40] **resignation***
[ˌrɛzɪgˋneʃən]
衍 resign v. 辭職
（= step down）

n. 辭職，辭呈

The company announced the **resignation** of its head of development.
這家公司宣布了開發部部長的辭職。

[41] **strictly***
[ˋstrɪktlɪ]
衍 strict adj. 嚴格的
同 severely, sternly
嚴重地，嚴格地

adv. 嚴格地

International transfer opportunities are **strictly** limited.
海外調任的機會受到嚴格的限制。

出題重點

常考語句	**strictly + limited/prohibited** 嚴格受限的／禁止的 strictly 經常和 limit, prohibit 等表示限制的動詞搭配使用。

24th Day Daily Checkup

請把單字和對應的意思連起來。

01 mandatory
02 competent
03 early
04 skilled
05 unanimously

ⓐ 熟練的
ⓑ 全體意見一致地
ⓒ 嚴格地
ⓓ 早的，提早的
ⓔ 義務性的
ⓕ 有能力的，勝任的

請填入符合文意的單字。

06 Ms. Verano ______ for three years as the branch director.
07 Mr. Dubois was ______ to Chicago from the Toronto office.
08 The employee of the year was ______ with a week of paid vacation.
09 Beth was ______ to a higher position after just eight months with the firm.

ⓐ transferred ⓑ rewarded ⓒ served ⓓ designated ⓔ promoted

10 Only ______ has the authority to change company policy.
11 Ms. Wang was recognized for her exemplary ______ over the past year.
12 Employees have a measure of ______ with regard to their work schedule.
13 Burton Ltd. showed its ______ for the employees by handing out bonuses.

ⓐ appreciation ⓑ preference ⓒ management ⓓ independence ⓔ performance

Answer 1.ⓔ 2.ⓕ 3.ⓓ 4.ⓐ 5.ⓑ 6.ⓒ 7.ⓐ 8.ⓑ 9.ⓔ 10.ⓒ 11.ⓔ 12.ⓓ 13.ⓐ

多益滿分單字

多益基礎單字

LC	accept an award	phr. 領獎
	anniversary celebration	phr. 週年慶祝
	fire	v. 解雇
	flash	n. 閃光，（想法的）閃現
	go downstairs	phr. 下樓
	greenhouse	n. 溫室
	gymnasium	n. 體育館
	job title	phr. 職稱
	knob	n. （圓形的）門把，旋鈕
	ladder	n. 梯子
	lengthy	adj. 冗長的
	move around	phr. 四處走動
	plan	n. 計畫 v. 計畫
	point at	phr. 指著…
	scale	n. 規模，磅秤
	scatter	v. 撒，散播
	send out	phr. 發出，派出
	yell	v. 叫喊
RC	appointment	n. 會面的約定，任命
	characteristic	n. 特徵，特色
	helping	adj. 幫助的 n. （食物的）一份
	hopeful	adj. 有希望的，抱著希望的
	level	n. 水準，（社會的）地位
	resign	v. 辭職，辭去
	role	n. 角色
	safeguard	n. 預防措施，保護裝置
	throughout the day	phr. 一整天
	view	n. 看法，觀點 v. 看待

多益800分單字

LC	arm in arm	phr. 彼此挽著手臂
	experienced employee	phr. 有經驗的員工
	get a promotion	phr. 獲得升職
	give A an advance	phr. 讓 A 預支薪水
	human resources	phr. 人力資源
	identification number	phr. 身分證號碼，識別號碼
	language acquisition	phr. 語言習得
	move over one seat	phr. 移動一個座位（坐到旁邊的位子上）
	move up	phr. 晉升
	newly arrived	phr. 新上任的
	obviously qualified	phr. 顯然有資格的
	pavilion	n.（博覽會的）展示館
	personnel management	phr. 人事管理
	rear	n. 後部
	regional director	phr. 地區主任
	reposition	v. 改變…的位置
	retiree	n. 退休者
	retirement	n. 退休
	senior executive	phr. 資深主管
	spare key	phr. 備用鑰匙
	take early retirement	phr. 提早退休
	take note	phr. 注意
	take one's place	phr. 接下某人的職位
	take over	phr. 接管
Part 5, 6	achiever	n. 有成就的人
	admired	adj. 受人敬佩的
	as a result of	phr. 由於…的結果
	department manager	phr. 部門經理
	elect	v. 選出
	incompetent	adj. 沒有能力的
	knowledgeable	adj. 博學的
	namely	adv. 即，也就是
	nearby	adj. 附近的

	nominate	v. 提名，任命
	promotion	n. 升職
	put in for	phr. 申請…
	recommendable	adj. 可推薦的，值得推薦的
	specially	adv. 特別地
	stand in for	phr. 替代，代表（某人）
	state	n. 狀態 v. 陳述
	undoubtedly	adv. 無疑地，肯定
Part 7	aspire to	phr. 渴求…
	dismissal	n. 解雇
	empower	v. 授權給…
	go forward	phr. 前進
	heighten	v. 提高
	hit the road	phr. 出發（開始旅行）
	immigrant	n. （移入的）移民
	initiative	n. 倡議，主動性
	inter-department	adj. 部門間的
	job cutback	phr. 人力縮減
	lay off	phr. 解雇
	named representative	phr. 被指名的代表
	new appointment	phr. 新的任命
	official title	phr. 正式職稱
	on the recommendation of	phr. 經由…的推薦
	pass up	phr. 拒絕，放棄（機會等）
	preach	v. 說教
	predecessor	n. 前任者
	provincial	adj. 省的，地方的
	push back	phr. 使延期
	ritual	n. （正式的）儀式，例行公事
	run for	phr. 競選…
	speck	n. 污點
	supervisory	adj. 監督的，管理的
	turn away	phr. 驅逐，解僱
	underestimate	v. 低估
	understaffed	adj. 人手不足的

多益900分單字

LC	plunge	v. 下降，急降
	salute	v. 敬禮，致敬
	scheme	n. 計畫
Part 5, 6	cordially	adv. 誠摯地
	delicate	adj. 易碎的，要小心處理的
	designation	n. 指定，指派
	intent	n. 意圖，目的 adj. 熱切的
	irreversible	adj. 不可逆的，不能撤回的
	perpetual	adj. 無止盡的
	tolerant	adj. 寬容的，容忍的
Part 7	decode	v. 破解（密碼）
	degrade	v. 降級，降低（品質、地位等）
	demote	v. 降級
	deploy	v. 部署
	dignitary	n. 顯要人物
	disorient	v. 使迷失方向，使混亂
	extraordinary feat	phr. 非凡的功績
	forage	v. 搜尋
	gratis	adv. 免費地
	hurdle	n. 障礙，困難
	immensity	n. 廣大，巨大
	in defiance of	phr. 違抗…
	in one's grasp	phr. 在…的掌握中
	incumbent	adj. 現任的
	miscellaneous	adj. 各種各樣的
	reinstate	v. 使復職
	scuff	v. 磨壞
	shred	v. 用碎紙機碎掉
	underpass	n. 地下道
	unwind	v. 解開（捲起來的東西），放鬆（緊張的心情）
	upbeat	adj. 樂觀的

嚴重塞車也不妨礙約會

交通

因為天氣很好，我和小敏就決定開車去郊外兜風。但很不湊巧，高速公路發生了車禍，**congestion** 非常嚴重。時間一點一滴地過去，情況卻沒有獲得 **alleviate** 的跡象。在處理車禍的期間，警察為了 **divert** 車流，指示了 **detour** 的方向。屋漏偏逢連夜雨，我們在替代道路上沒有加油站的地方把 **fuel** 用完了，連排檔也發生 **malfunction**。遭遇這些事情，讓這次約會變成我們很難忘的經驗。

1 **congestion****
[kən`dʒɛstʃən]
衍 congest v. 使充滿，使擠滿
同 traffic jam 塞車

n. （交通）堵塞，擁擠
Traffic **congestion** on the highway is heaviest between 5 p.m. and 7 p.m.
高速公路的塞車情況在下午 5 點到 7 點之間最嚴重。

2 **alleviate****
[ə`livɪˏet]
衍 alleviation n. 緩和，減輕
同 ease 緩和
反 exacerbate 使惡化

v. 緩和，減輕
The new freeway lane **alleviated** traffic congestion.
新的高速公路車道緩和了塞車情況。

出題重點

常考語句	**alleviate + congestion/concern** 緩和堵塞／減輕憂慮 alleviate 經常和 congestion, concern 等名詞搭配出題。
同義詞	表示緩和交通情況或憂慮等等時，**alleviate** 可以換成 **ease**。

3 **divert***
美 [daɪ`vɝt]
英 [dai`və:t]
衍 diversion n. 轉向

v. 使轉向，使改道
Traffic was **diverted** during construction.
在施工期間，交通被改道了。

4 **detour***
美 [`ditʊr]
英 [`di:tuə]
v. 繞道

n. 繞道，繞行的路
The express bus had to take a **detour** to avoid heavy traffic.
快捷巴士必須改道，避開擁擠的車潮。

5 **fuel***
[`fjʊəl]

n. 燃料
Our car ran out of **fuel** on the highway.
我們的車在高速公路上把油用光了。

6 **malfunction***

[mæl`fʌŋʃən]

v. （內臟、機械等）機能失常，故障

n. 故障，機能失常

The car's problems stemmed from a brake **malfunction**.

這台車的問題源自於煞車失靈。

7 **permit*****

v. 美 [pɚ`mɪt]

英 [pə`mit]

n. 美 [`pɝmɪt]

英 [`pə:mit]

衍 permission n. 許可

permissive adj. 許可的

同 allow 允許

反 forbid, prohibit 禁止

v. 許可，允許

The store **permits** only shoppers to park in the lot.

這家店只允許顧客在停車場停車。

n. 許可證

Residents must purchase a parking **permit** every year.

住戶必須每年購買停車許可證。

出題重點

易混淆單字 **permit : permission**

區分表示「許可」的單字意義差異，是測驗中會考的題目。

permit 許可證

表示證明獲得許可的證書。

permission 許可

表示允許請求或要求的行為。

The pilot requested **permission** for the aircraft to land.

飛行員要求降落飛機的許可。

同義詞 表示允許時，**permit** 可以換成 **allow**。

8 **transportation*****

美 [ˌtrænspɚ`teʃən]

英 [ˌtrænspə`teiʃən]

衍 transport v. 運輸

n. 運輸，運輸工具

All of the city's major tourist attractions are reachable by public **transportation**.

市內所有主要觀光景點都可以利用大眾運輸工具到達。

9 **opportunity*****

[美] [ˌɑpɚ`tjunətɪ]
[英] [ˌɔpə`tju:niti]

n. 機會

The bus tour provides visitors an **opportunity** to explore the city in one day. 這趟遊覽車旅行，提供觀光客在一天之內探索這座城市的機會。

出題重點

常考語句	**opportunity to do** 做…的機會 opportunity 經常和 to 不定詞搭配出題。

10 **clearly*****

[美] [`klɪrlɪ]
[英] [`kliəli]
[衍] clear adj. 清楚的 adv. 清晰地，完全；遠離
[同] evidently 明顯地

adv. 清楚地，顯然

The reporter's use of animated graphics **clearly** showed the flow of traffic during rush hour. 這位記者使用動畫圖案，清楚顯示出尖峰時段的交通流動情況。

出題重點

常考語句	**be clearly displayed** 被清楚展示出來 **speak clearly** 說清楚 clearly 經常和 display, speak 等動詞搭配出題。
易混淆單字	**clearly** 清楚地 **clear** 清晰地，完全；遠離 區分這兩個字根、詞性相同，但意義不同的單字，是測驗中會考的題目。clearly 表示說話或說明得很清楚、明確、容易理解。clear 當副詞時，除了表示「清晰地、完全地」以外，還有「遠離」的意思，常用在動詞後面。 When the weather is good, you can see **clear** across the lake from one side to the other. 天氣好的時候，你可以從湖的一邊清楚看到另一邊。

11 **ongoing*****
㊇ [ˋɑnˏgoɪŋ]
㊧ [ˋɔnˏgəuiŋ]

adj. 持續進行中的

Ongoing roadwork is causing delays through the city center.
進行中的道路施工，造成整個市中心的交通延遲。

12 **detailed*****
[ˋdiˋteld]
衍 detail n. 細節

n. 詳細的

The tourist information counter provides **detailed** local maps for visitors. 旅客服務台提供詳細的當地地圖給參觀者。

出題重點

常考語句

detailed information 詳細資訊
explain/know + in detail 詳細地解釋／知道
detailed 會和 information 搭配出題。功能相當於副詞的 in detail，主要修飾 explain, know 等動詞。

13 **alternative*****
㊇ [ɔlˋtɝnətɪv]
㊧ [ɔ:lˋtə:nətiv]
衍 alternatively adv. 不然的話，兩者擇一地
alternate v. 交替，輪流
alternation n. 交替

n. 替代方案

Consider walking to work as a healthy **alternative** to driving.
請考慮走路上班，作為開車以外的健康替代方案。

adj. 替代的

Due to a flight cancellation, Samuel had to fly on an **alternative** air carrier.
由於航班取消，Samuel 必須搭其他航空公司的飛機。

出題重點

常考語句

a feasible alternative to 取代…的可行方案
請把和名詞 alternative 搭配的介系詞 to 一起記下來。

14 **obtain*****

[əb`ten]

衍 obtainable adj. 可獲得的

同 secure 獲得

v. 得到，獲得

Driver's licenses can be **obtained** from the Department of Motor Vehicles.

駕照可以在機動車輛管理局取得。

15 **designated****

[`dɛzɪg͵netɪd]

衍 designate v. 指定
designation n. 指定，指派

同 appointed 被任命的

adj. 指定的

Parking is restricted to **designated** spots.

停車只限於指定地點。

出題重點

常考語句	**designated + spots/hotels** 指定的地點／旅館 designated 經常和 spot, hotel 等表示場所的名詞搭配出題。
同義詞	表示「指定的」時，**designated** 可以換成 **appointed**。

16 **intersection****

美 [͵ɪntɚ`sɛkʃən]
英 [͵intə`sekʃən]

n. 交叉路口

A traffic light is being installed at the **intersection** of Fifth Avenue and Main Street.

第五大道和主街的路口正在裝設交通號誌。

17 **equip****

[ɪ`kwɪp]

衍 equipment n. 設備，裝備

v. 使配備，使具備

Newer cars come **equipped** with emergency kits.

較新的車款配備緊急工具組。

出題重點

常考語句	**equip A with B** 使 A 配備 B **be equipped with** 配備… 請把和 equip 搭配的介系詞 with 一起記下來。

18 **commute****
[kəˋmjut]
n. 通勤路程
衍 commuter n. 通勤者

v. 通勤
Many workers **commute** into the city daily by bus.
許多工作者每天搭公車通勤進入市內。

19 **downtown****
[ˏdaʊnˋtaʊn]
n. 市中心

adv. 在市中心
It is difficult to find free parking **downtown**.
在市中心很難找到免費停車位。

20 **automotive****
美 [ˏɔtəˋmotɪv]
英 [ˏɔtəˋmotɪv]

adj. 汽車的
Automotive repair service is offered for free on new vehicles.
汽車維修服務免費提供給新車。

21 **closure****
美 [ˋkloʒɚ]
英 [ˋkləuʒə]

n. 關閉
Road **closures** occur frequently during the winter.
道路封閉在冬天時常發生。

22 **vehicle****
[ˋviɪkḷ]

n. 車輛，運載工具
All **vehicles** must be officially registered upon purchase.
所有車輛在購買時都必須正式登記。

23 **platform****
美 [ˋplætˏfɔrm]
英 [ˋplætˏfɔ:m]

n. 月台
All trains to Denver will now be departing from **platform** two.
所有往丹佛的列車，現在將會從第二月台出發。

24 **official****
[əˋfɪʃəl]
衍 officially adv. 官方地，正式地
同 formal 正式的

n. 公務員，官員
Transportation **officials** announced plans to construct a city bypass.
交通部官員宣布了建設城市外環道路的計畫。

adj. 官方的，正式的

The **official** report showed that automobile accidents have recently increased.
官方報告顯示汽車事故最近增加了。

25**transit****
美 [ˋtrænsɪt]
英 [ˋtrænsit]

n. 運輸，運送

The travel card can be used for all public **transit**.
這張旅行卡可以使用於所有大眾運輸。

出題重點

常考語句

public transit 大眾運輸

in transit 運送途中

transit 除了大家比較熟悉的「交通運輸」以外，在多益中也經常以「運送」的意義出題。

26**fare****
美 [fɛr]
英 [fɛə]

n. 交通票價

Bus **fares** increased in line with gasoline prices.
公車票價隨著油價上漲了。

出題重點

易混淆單字

fare : fee : toll

區分表示「費用」的單字用法差異，是測驗中會考的題目。

fare 交通票價

表示利用公車、火車、船等交通工具的費用。

fee 各種手續費、無形服務的費用

表示入場費、學費等各種費用。

The parking lot's entry **fee** is higher on weekends.
這個停車場的入場費用在週末比較高。

toll 通行費

表示利用道路或橋樑時支付的費用。

The transit department voted to double the **toll** for the bridge.　交通部投票決定將橋樑的通行費加倍。

27 **expense****

[ɪk`spɛns]

衍 expensive adj. 貴的

同 charge, cost 費用
expenditure 支出

n. 費用，支出

Residents agreed that the new highway was worth the **expense**.
居民同意新的高速公路值得它所花的費用。

Illegally parked vehicles will be removed at the owner's **expense**.
違法停放的車輛將會被移走，費用由車主負擔。

出題重點

常考語句

at one's expense 由…負擔，由…付費

travel expenses 旅行費用

expense receipts 支出收據

outstanding expenses 未償付的費用

請記住 expense 在多益中會考的慣用語。

28 **trust****

[trʌst]

n. 信任，信賴

Car owners who earn the **trust** of insurers are eligible for discounts. 獲得保險公司信賴的車主可以享有折扣。

v. 相信，信賴

Drivers **trust** that the police will keep roadways safe.
駕駛人相信警察會保持道路安全。

29 **head****

[hɛd]

v.（朝著…）出發，前進

The motorcyclists **headed** west toward the mountains.
機車騎士們朝西騎向山的方向。

30 **drive****

[draɪv]

v. 開（車），駕駛，操作

Vehicles with multiple passengers are allowed to **drive** in the carpool lane.
有多名乘客的車輛可以在共乘車道行駛。

31 **fine****

[faɪn]

v. 處以罰金

adj. 很好的，晴朗的

同 penalty, forfeit 罰金

n. 罰金

Drivers speeding in a school zone are subject to a substantial **fine**.

在學校區域超速的駕駛人，會被處以高額罰款。

出題重點

易混淆單字 **fine : tariff : price : charge**

區分表示「費用」的單字用法差異，是測驗中會考的題目。

fine 罰金

表示違法時應繳納的費用。

tariff 關稅

表示對於通過海關的商品課徵的稅金。

The government reduced **tariffs** on imported vehicles by 25 percent. 政府對進口車減少了百分之 25 的關稅。

price 價格

表示買東西時所付的費用。

The yacht's retail **price** is set at $1 million.
這艘遊艇的零售價格定為一百萬美元。

charge 費用，收費

表示對於特定服務支付的費用。

The guest asked about a mistaken **charge** for car maintenance. 客人詢問了一筆汽車保養的錯誤收費。

32 **pass****

美 [pæs]

英 [pɑ:s]

v. 經過，通過

For safety reasons, motorists should not **pass** other cars on the right.

基於安全理由，汽車駕駛不應該從其他車輛的右側超車。

33 **securely***

[美] [sɪ`kjʊrlɪ]
[英] [si`kjuəli]
[衍] secure adj. 安全的
security n. 安全，安全感
[反] insecurely 不安全地，危險地

adv.（繩結等）牢固地，穩固地

Passengers are required to fasten seatbelts **securely**.
乘客必須繫好安全帶。

出題重點

常考語句
securely + fastened/attached/anchored
穩固地繫上的／貼上的／下錨停泊的
securely 表示東西連接得很牢固，主要修飾 fasten 等動詞。

34 **prominently***

[美] [`prɑmənəntlɪ]
[英] [`prɔminəntli]
[衍] prominent adj. 顯著的
[同] noticeably 明顯地

adv. 顯著地，顯眼地

Traffic control signs are **prominently** displayed along the highway. 交通管制標誌醒目地沿著高速公路設置。

出題重點

易混淆單字
prominently : markedly : explicitly
區分表示「顯著」的單字用法差異，是測驗中會考的題目。

- **prominently** 顯著地，顯眼地
  表示標誌等很顯眼。
- **markedly** 顯著地，明顯地
  表示變化或差異很明顯。
  The traffic conditions were **markedly** better after the roadwork was completed.
  道路施工完成後，交通狀況明顯變好了。
- **explicitly** 明白地，明確地
  表示意圖或目的明確而不模糊。
  The government **explicitly** forbids unauthorized importation of automotive parts.
  政府明確禁止未經授權進口汽車零件。

35 **reserved***

[美] [rɪ`zɝvd]

[英] [ri`zə:vd]

[衍] reserve v. 預約

reservation n. 預約

adj. 預約的，預訂的；留作專用的

The rail service allows passengers to book **reserved** seats online. 鐵路局允許乘客在網路上預訂對號座。

Reserved parking for tenants is available at the rear of the building. 預留給住戶的專用停車位在大樓後部。

出題重點

常考語句	**reserved parking** 專用停車位 請記住 reserved 表示「專用的」時常考的這個慣用語。
易混淆單字	**reserved : preserved** 區分表示「被保留」的單字用法差異，在測驗中會考。 **reserved** 預約的，預訂的 表示為了特定目的而事先預約。 **preserved** 被保存的，被保護的 表示保護目前的狀態免於污染或破壞。 Many tourists are attracted to Stewart Island's **preserved** wildlife habitat. 許多遊客因為被 Stewart 島上受保護的野生動物棲息地吸引而前往。

36 **average***

[`ævərɪdʒ]

adj. 平均的

n. 平均值，平均

Compared to last year's **average**, road accidents have significantly decreased.

相較於去年平均，道路事故已經顯著減少。

37 **collision***

[美] [kə`lɪʒən]

[英] [kə`liʒən]

n. 碰撞

Fortunately, no one was hurt in the four-car **collision**.

幸好沒有人在那場四台車碰撞的事故中受傷。

38 **tow***

[美] [to]
[英] [təu]

n. 拖吊（汽車）

All unauthorized vehicles will be **towed**.

所有未經許可的車輛都會被拖吊。

39 **reverse***

[美] [rɪˋvɝs]
[英] [riˋvə:s]
n. 相反，背面
v. 逆轉，反轉

adj. 相反的，背面的

Jim accidentally put the truck into **reverse** gear.

Jim 不小心把卡車打到倒車檔。

40 **obstruct***

[əbˋstrʌkt]
[衍] obstruction n. 阻礙，阻礙物
obstructive adj. 阻礙的
[同] block 阻礙

v. 遮擋（視線等）；阻塞（道路等）

Passengers must not **obstruct** the driver's view.

乘客不可以擋住駕駛人的視野。

The road was **obstructed** by a fallen tree.

路被一棵倒下的樹堵住了。

出題重點

[同義詞] 表示擋住視野或道路時，**obstruct** 可以換成 **block**。

25th Day Daily Checkup

請把單字和對應的意思連起來。

01 collision　　ⓐ 汽車的
02 commute　　ⓑ 關閉
03 automotive　　ⓒ 罰金
04 fare　　ⓓ 交通票價
05 closure　　ⓔ 通勤
　　ⓕ 碰撞

請填入符合文意的單字。

06 The cruise ship is ______ for Jamaica.
07 Buses are an economical form of public ______ .
08 Commuters can avoid traffic ______ by taking the subway.
09 Train passengers must stand behind the yellow line on the ______ .

ⓐ transit ⓑ alleviated ⓒ platform ⓓ headed ⓔ congestion

10 There was an accident at the ______ beside the park.
11 Buses going ______ are convenient for office workers.
12 There are ______ discussions about expanding the train system.
13 Allen reduced his commuting hours by an hour with the ______ route.

ⓐ downtown ⓑ intersection ⓒ alternative ⓓ ongoing ⓔ detour

Answer 1.ⓕ 2.ⓔ 3.ⓐ 4.ⓓ 5.ⓑ 6.ⓓ 7.ⓐ 8.ⓔ 9.ⓒ 10.ⓑ 11.ⓐ 12.ⓓ 13.ⓒ

多益滿分單字

多益基礎單字

LC	bus stop	phr. 公車站
	busy street	phr. 繁忙的街道
	cab	n. 計程車
	car rental	phr. 車輛租賃
	crosswalk	n. 行人穿越道
	free parking	phr. 免費停車
	gas station	phr. 加油站
	get off	phr. 下車，動身出發
	hang	v. 懸掛
	heavy traffic	phr. 繁忙的交通
	highway	n. 高速公路
	on foot	phr. 用走的，徒步
	park	v. 停車
	path	n. 小徑
	subway station	phr. 地下鐵車站
	tour bus	phr. 觀光巴士，遊覽車
	traffic light	phr. 交通號誌，紅綠燈
	wall	n. 牆壁
	wash the car	phr. 洗車
	wheel	n. 輪子
RC	access to	phr. 前往…的方法
	cite	v. 引述
	hood	n.（汽車的）引擎蓋
	inside	prep. 在…內部
	route	n. 路線
	sharp	adj. 鋒利的，尖的
	solve	v. 解決
	stand	v. 站立

多益800分單字

LC	across the street	phr. 穿過街道地
	around the corner	phr. 在街角，即將來臨，在附近
	be closed to traffic	phr. 禁止通行
	be held up in traffic	phr. 被塞在車陣中
	broadcast	v. 廣播 n. 廣播
	bypass	n.（避開交通繁忙地區的）外環道
	carpool	v. 共乘汽車
	come to a standstill	phr. 停滯
	commuter	n. 通勤者
	cross the street	phr. 穿越街道
	driver's license	phr. 駕駛執照
	driveway	n.（通往住宅或車庫的）私人車道
	driving direction	phr. 行車方向
	get a ride	phr. 搭便車
	get lost	phr. 迷路
	get to	phr. 到達…
	give A a ride	phr. 讓 A 搭便車
	have a flat tire	phr. 汽車爆胎
	headlight	n. 車頭燈
	land at the dock	phr. 停泊在碼頭
	lane	n. 車道
	lean over the railing	phr. 靠在欄杆上
	license plate number	phr. 車牌號碼
	lock the key in the car	phr. 把鑰匙鎖在車裡
	lunchtime traffic	phr. 午餐時間的交通
	make a stop	phr. 停止
	make a transfer	phr. 轉乘，換車
	march	v. 行進
	mileage	n. 里程數
	navigation	n. 航海，導航
	one-way ticket	phr. 單程車票
	parking garage	phr. 立體停車場
	pathway	n. 小徑，通道

	push one's way through	phr. 硬擠穿過，強行穿過
	ride away	phr. 騎車離開
	road construction	phr. 道路施工
	road sign	phr. 道路標誌
	roadwork	n. 道路施工
	shortcut	n. 捷徑
	stop at a light	phr. 紅燈停車
	stop for fuel	phr. 停車加油
	street sign	phr. 路牌
	traffic jam	phr. 塞車
	traffic mess	phr. 交通混亂
	walk across the street	phr. 走路穿越街道
	walk through	phr. 走路通過…
	walking distance	phr. 走路可以到的距離
	walkway	n. 走道
Part 5, 6	creation	n. 創造
	motivate	v. 給予動機，刺激
	normal	n. 標準，常態
	traffic signal	phr. 交通號誌，紅綠燈
	valuable	adj. 貴重的，寶貴的
	volunteer	n. 自願者，義工
Part 7	at full speed	phr. 用全速
	clear A from B	phr. 把 A 從 B 清除
	collide	v. 碰撞
	congested	adj.（人潮、交通）擁擠的，堵塞的
	encounter	v.（偶然）遇到，遭遇（困難）
	in the opposite direction	phr. 在相反的方向
	in the same direction	phr. 在相同的方向
	move forward	phr. 向前移動
	principal	adj. 主要的，首要的 n.（團體的）首長，校長
	public transportation	phr. 大眾運輸
	standing room	phr. 站立的空間
	steering wheel	phr. 方向盤
	traffic congestion	phr. 塞車

多益900分單字

LC	be towed away	phr.（車）被拖走
	bicycle rack	phr. 自行車停車架
	carriage	n. 車廂
	ferry dock	phr. 渡船碼頭
	fuel-efficient	adj. 燃料效率好的
	overnight express	phr. 深夜快車
	pass by	phr. 經過，路過
	passenger delay	phr. 乘客遇到的延誤
	passerby	n. 路過的人，過客
	pave	v. 鋪（路）
	pedestrian	n. 行人
	pull into	phr. 停進，停泊
	sidewalk	n. 人行道
	specialist	n. 專家
	streetcar	n. 路面電車
	towing service	phr. 拖車服務
	wagon	n. 運貨車廂；旅行車
Part 5, 6	bear	v. 攜帶，具有
	emphatic	adj. 強調的，堅定的
	hastily	adv. 匆忙地，倉促地
	inconveniently	adv. 不便地
	necessitate	v. 使…成為必要
	opposition	n. 反對，對抗
	surround	v. 圍繞，環繞
Part 7	compact car	phr. 小型車
	conform to	phr. 符合，遵守（規則等）
	drawbridge	n.（可以從兩邊拉起來的）開合橋
	give off	phr. 散發，排放
	gratuity	n. 小費，酬金
	ramp	n. 坡道
	refurbish	v. 整修
	traffic controller	phr. 交通管制員

DAY26 Hackers TOEIC Vocabulary

銀行存款和孝順程度成反比

銀行

今天我收到通知，說信用卡帳戶 **delinquent**，還有很多水電瓦斯費 **overdue**。更糟的是，銀行還打電話，**regrettably** 通知我已經提款過多，**balance** 是負的，要我盡快 **deposit**。我不敢相信，為了 **investigate** 帳戶為什麼會沒有錢，所以調閱了 **account statement**。從紀錄來看，顯然是有人 **withdraw** 了很大的 **amount**。這時候我才想到…

1 **delinquent***

[dɪˋlɪŋkwənt]

衍 delinquency n. 滯納，未付

delinquently adv. 拖欠地

同 overdue 逾期未付的

adj.（稅款等）到期未付的，拖欠的

The **delinquent** account has been suspended.

拖欠的帳戶已經被停用。

出題重點

同義詞　表示超過支付期限時，**delinquent** 可以換成 **overdue**。

2 **overdue***

美 [ˋovɚˋdju]

英 [ˋəuvəˋdju:]

同 outstanding, delinquent 未償付的

adj.（付款、償還等）逾期未付的，超過支付期限的

The bill for October is **overdue** and must be paid soon.

十月的帳單過期了，必須盡快付款。

出題重點

易混淆單字

overdue : outdated

區分表示「過期」的單字用法差異，是測驗中會考的題目。

overdue 逾期未付的

表示水電瓦斯費等等沒有按時繳費。

outdated 過時的

表示因為太舊了，所以跟不上時代或者沒用了。

Our billing forms are far too **outdated**.

我們的請款單格式太舊了。

3 **regrettably***

[rɪˋgrɛtəblɪ]

衍 regret v. 後悔，遺憾

regrettable adj. 令人遺憾的

adv. 遺憾地

We are **regrettably** unable to approve your loan.

很遺憾，我們無法批准您的貸款。

4 **balance****

[ˋbæləns]

v. 使平衡

同 remainder 剩餘物

n. 結餘，帳戶餘額

Urban Bank's Web site allows customers to check their account **balance** online.

Urban 銀行的網站讓客戶可以在網路上查看帳戶餘額。

出題重點

[同義詞] 表示餘額時，**balance** 可以換成 **remainder**。

5 **deposit*****
[美] [dɪˋpɑzɪt]
[英] [diˋpɔzit]
n. 存款；保證金，押金
[反] withdraw 提領

v. 存（款）

Steve **deposited** his paycheck at the bank this morning.
Steve 今天早上把他的薪資支票存到銀行。

6 **investigation****
[美] [ɪnˏvɛstəˋgeʃən]
[英] [inˏvestiˋgeiʃən]
[衍] investigate v. 調查
investigative adj. 調查的

n. 調查

The government's **investigation** into Harp Financial revealed no signs of illegal activity. 政府對於 Harp Financial 公司的調查，沒有顯示出非法活動的跡象。

出題重點

[常考語句]
conduct an investigation 進行調查
under investigation 受到調查中的
請把和 investigation 搭配的動詞 conduct 和介系詞 under 記下來。

7 **account****
[əˋkaʊnt]
[衍] accounting n. 會計
accountant n. 會計師
[同] description 說明

n. 帳戶；說明；考慮

More than $100 must be put in the **account** to keep it active.
必須要有超過 100 美元存在帳戶裡，讓它保持使用中（非靜止）的狀態。

The report gave an **account** of the financial negotiations.
這份報告對於金融協商提供了說明。

Banks always take security into **account**.
銀行總是會考慮安全性。

v. 解釋，說明（…的理由）；佔（多少比率）

The teller could not **account** for the error.
銀行出納員無法解釋那個錯誤。

Mail-in orders **account** for most of the company's gross revenue. 郵購訂單佔那家公司總收入的大部分。

出題重點

常考語句

1. take ... into account 考慮到…

account for 解釋（…的理由）；佔（多少比率）

名詞 account 經常以 take ... into account 的形式出題。動詞 account 經常和介系詞 for 一起使用，表示「解釋（…的理由）」或「佔（多少比率）」。

2. bank account 銀行帳戶

account number 帳戶號碼

checking account 支票存款帳戶

savings account 儲蓄帳戶

account 表示「帳戶」時，經常以複合名詞的形式出現。

同義詞 名詞 **account** 表示「說明」時，可以換成 **description**。

8 **statement****
[ˋstetmənt]
衍 state v. 敘述 n. 狀態

n. 結算單，聲明

Bank **statements** are sent out monthly.
銀行結算單每個月寄出。

9 **amount*****
[əˋmaʊnt]
v. 總計…

n. 總數，總額

The **amount** of money needed to open a savings account is $50.
開設儲蓄帳戶所需要的金額是 50 美元。

10 **withdrawal***
[wɪð`drɔəl]
衍 withdraw v. 提領
反 deposit 存款

n.（存款的）提領

Withdrawals can be made anytime at the cash machine.
提款可以隨時在提款機進行。

11 **previously*****
[`priviəslɪ]
衍 previous adj. 先前的
同 before, earlier 之前

adv. 之前

The SC card application requires proof of a **previously** opened credit card account.
SC 卡的申請需要先前開設信用卡帳戶的證明。

12 **due*****
[dju]

adj. 到期的，到支付期限的；（金錢等）應支付的

Payment must be received by the **due** date.
款項必須在到期日前收到。

Remittance is **due** to the contractor.
匯款是應付給承包商的。

出題重點

常考語句 **due to** 由於…
請把多益常考的介系詞 due to 記下來。

13 **receive*****
[rɪ`siv]
衍 receipt n. 收據；收到
reception n.（飯店等的）接待；歡迎（會）

v. 收到，接收

Carmen **received** a statement for her credit card in the mail.
Carmen 在郵件中收到了信用卡的結算單。

14 **expect*****
[ɪk`spɛkt]
衍 expectation n. 預期，期待
expected adj. 預期的
同 anticipate 預期，期待

v. 預期，期待

Interest rates are **expected** to increase by 2 percent.
利率預期將增加百分之 2。

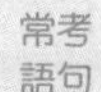 出題重點

常考語句 **expect A to do** 預期／期待 A 做…
be expected to do 被預期／期待做…
expect 經常以受詞後面接 to 不定詞的句型使用。被動態也經常出現，所以請一起記下來。

同義詞 表示預期某事發生時，**expect** 可以換成 **anticipate**。

15 **certificate*****
美 [sɚˋtɪfəkɪt]
英 [səˋtifikit]
衍 certification n. 證明
certify v. 證明
certified adj. 經認證的

n. 證書
The bank requires a **certificate** of employment to approve the loan.
這間銀行要求在職證明，以核准貸款。

16 **document*****
n. 美 [ˋdɑkjəmənt]
英 [ˋdɔkjumənt]
v. 美 [ˋdɑkjə͵mɛnt]
英 [ˋdɔkjument]
衍 documentary n. 紀錄片
documentation n. 證明文件

n. 文件
Please submit the required tax **documents** by this Friday.
請在本週五前提交必要的稅務文件。

v. 記錄，用文件證明
The secretary must **document** all of the office's costs.
祕書必須記錄辦公室的所有支出。

17 **spending*****
[ˋspɛndɪŋ]
衍 spend v. 花費（精力、時間等）
同 expense 費用；支出
expenditure 支出；花費

n. 花費；支出
The Vantage Checking Account is ideal for your daily **spending** needs.
Vantage 支票存款帳戶對於您每日的支出需求很理想。

18 **successfully*****
[səkˋsɛsfəlɪ]
衍 succeed v. 成功，接續
success n. 成功
successful adj. 成功的

adv. 成功地
James **successfully** transferred $5,000 to his overseas account.
James 成功將 5,000 美元轉到他的海外帳戶。

19**bill*****

[bɪl]

同 charge 收費
check 帳單

v. 開帳單給…

Residents will be **billed** separately for gas and electricity charges. 住戶將分別收到瓦斯費和電費的帳單。

n. 帳單，請款單

The times and dates of all calls made appear on the **bill**.
所有通話的時間和日期都顯示在帳單上。

20**pleasure*****

美 [`plɛʒɚ]
英 [`pleʒə]

衍 please v. 使高興，取悅
pleased adj. 高興的

n. 愉快，高興，樂意

Fast and friendly service makes it a **pleasure** to bank with Township Capital.
快速且親切的服務，使得在 Township Capital 進行銀行業務成為一件愉快的事。

21**study*****

[`stʌdɪ]

v. 研究

同 research 研究

n. 研究

This **study** investigates the feasibility of the proposed tax cuts.
這項研究是調查減稅提案的可行性。

出題重點

常考語句 **some studies + indicate/suggest + that 子句**
有些研究指出／暗示…
study 經常和 indicate, suggest 等表示「顯示」的動詞搭配。

22**summary*****

[`sʌmərɪ]

衍 summarize v. 總結，概述

n. 概要，大綱

The statement gives a **summary** of Cantor's financial activities.
結算單提供了 Cantor 公司的財務活動概要。

[23]**temporary****

㊤ [ˋtɛmpəˏrɛrɪ]
㊥ [ˋtempərəri]
衍 temporarily adv. 臨時地，暫時地

adj. 臨時的，暫時的

A **temporary** password is given to bank clients until they choose a new one.
在銀行客戶選擇新密碼之前，會提供一個臨時密碼。

[24]**lower****

㊤ [ˋloɚ]
㊥ [ˋləuə]
衍 low adj. 低的
反 raise 提高

v. 降低（量、價格）

The new tax break **lowers** costs for large businesses.
新的減稅優惠降低大企業的支出。

出題重點

常考語句
- **lower the price** 降低價格
- **the lower price** 較低的價格

動詞 lower 和形容詞 low 的比較級形態相同，所以要依照上下文來區分意思。

[25]**transaction****

[trænˋzækʃən]
衍 transact v. 處理（業務、交涉等）

n. 交易，買賣

The first five **transactions** will not be charged a service fee.
前五次交易不會被收取服務費。

[26]**double****

[ˋdʌbl̩]
n. 兩倍
adj. 兩倍的

v.（使）變成兩倍

All of the investors who purchased MAGG's stock a month ago **doubled** their money. 所有一個月前購買 MAGG 公司股票的投資者，資金都翻倍了。

27 **identification****

美 [aɪˌdɛntəfəˋkeʃən]
英 [aiˌdentifiˋkeiʃən]
衍 identify v. 確認，識別（身分等）
identity n. 身分，特性

n. 身分證明

Two forms of **identification** are required to open an account.
要開設帳戶，需要兩種身分證明。

出題重點

常考語句
- **identification** 身分證明
- **identity** 身分，特性

區分這兩個字根相同但意義不同的單字，在測驗中會考。

The bank clerk requested proof of **identity**.
銀行行員要求了身分的證明。

28 **dissatisfaction****

[ˌdɪssætɪsˋfækʃən]
衍 dissatisfy v. 使不滿意
satisfaction 滿足，滿意

n. 不滿，不滿意

Clients registered their **dissatisfaction** with the bank at the Consumer Protection Office.
客戶們在消費者保護處登記了他們對銀行的不滿。

29 **in common****

phr. 共通地，共同地

Credit unions and banks have much **in common.**
信用合作社和銀行有許多共同之處。

30 **interest****

美 [ˋɪntərɪst]
英 [ˋintərist]
衍 interested adj. 感興趣的，有利害關係的
interesting adj. 有趣的

n. 興趣；利益；利息

Investors have shown great **interest** in shares of Speedy Motors.
投資人對 Speedy Motors 公司的股票表現出很大的興趣。

PlusTech has a particular **interest** in developing the local cellular phone market.
PlusTech 公司對於開發當地手機市場特別有興趣。

Bay Bank offers the most competitive **interest** rates.
Bay 銀行提供最有競爭力的（最好的）利率。

出題重點

常考語句

interest in 對…的興趣

in one's best interest 對…最有利地

a vested interest 既得利益

interest 和介系詞 in 都是測驗中會考的部分。

31**reject****
[rɪ`dʒɛkt]
衍 rejection n. 拒絕

v. 拒絕

Sarah was **rejected** for a mortgage application at Singer Bank.
Sarah 在 Singer 銀行的抵押貸款申請被拒絕了。

32**relation****
[rɪ`leʃən]
衍 related adj. 有關聯的

n. 關係

Relations between the financial corporation and investors became strained.
這家金融企業和投資人的關係變得緊張。

33**tentatively****
[`tɛntətɪvlɪ]
衍 tentative adj. 試驗性的，暫時性的

adv. 試驗性地，暫時地

Helen **tentatively** agreed to invest $10,000 in Jim's company.
Helen 暫時同意投資 10,000 美元到 Jim 的公司。

34**alternatively****
美 [ɔl`tɝnə͵tɪvlɪ]
英 [ɔ:l`tə:nə͵tivli]
衍 alternative adj. 可供替代的
alternate adj. 輪流的，交替的 v. 輪流，交替
alternation n. 交替，輪流

adv. 不然的話，或者

The money can go in a savings account; **alternatively**, it can be placed into an investment fund.
錢可以存進儲蓄帳戶，或者也可以投資基金。

35 **attentive****

[ə`tɛntɪv]

[衍] attend v. 注意；出席
attention n. 注意（力）

adj. 注意的，關心的

Martin was very **attentive** while he discussed investment options with the advisor.

Martin 和顧問討論投資選擇時非常專心。

36 **convert****

[美] [kən`vɝt]
[英] [kən`vəːt]

[衍] conversion n. 轉換，轉變

v. 轉換，轉變

Savings accounts can be **converted** into mutual funds at no charge. 儲蓄帳戶可以免費轉換到共同基金。

出題重點

常考語句

convert A into B 把 A 轉換成 B

請把和 convert 搭配的介系詞 into 一起記下來。

37 **heavily****

[`hɛvɪlɪ]

[衍] heavy adj. 重的，激烈的

adv. 程度很大地，非常

The institution **heavily** relies on capital gained from lending.

這個機構非常依賴來自借款的資金。

出題重點

常考語句

heavily rely on 非常依賴…

rain heavily 雨下得很大

heavily 是表示程度非常大的強調副詞，經常搭配 rely on, rain 等動詞出題。

38 **loan***
美 [lon]
英 [ləun]

n. 借貸，貸款

The couple took out a **loan** to finance their child's college education.

那對夫妻申請了貸款，為孩子的大學教育提供資金。

39 **unexpected***
[ˏʌnɪk`spɛktɪd]
衍 unexpectedly adv. 意料之外地

adj. 意料之外的

Price drops were an **unexpected** side effect of the economic reform policy.

物價下跌是經濟改革政策的意外副作用。

40 **cash***
[kæʃ]
n. 現金

v. 兌現

The bank refuses to **cash** the check without proper identification.

銀行拒絕在沒有適當身分證明的情況下兌現支票。

41 **mortgage***
美 [`mɔrgɪdʒ]
英 [`mɔːgidʒ]

n. 抵押貸款

Higher **mortgage** rates will hurt homeowners.

較高的抵押貸款利率會對屋主造成損失。

42 **payable***
[`peəbḷ]
衍 pay v. 支付
payment n. 支付，付款

adj. 應支付的

Make all checks **payable** to Everson Ltd.

請把所有支票的受款人指定為 Everson 公司。

出題重點

常考語句

1. **payable to + 人/公司** 支付給…的

選出 payable 後面接的介系詞 to，是測驗中會考的題目。

2. **account payable** 應付帳款

43 **personal***

[美] [`pɝsn̩l]
[英] [`pəːsənl]
[衍] person n. 人
personality n. 性格，個性
personally adv. 親自，當面

adj. 個人的

Jane visited the bank to cash a **personal** check.

Jane 去銀行兌現個人支票。

出題重點

常考語句

personal check 個人支票

personal belongings 個人攜帶物品

personally welcome 親自歡迎

請注意不要在副詞 personally 的位置使用形容詞 personal。

26th Day Daily Checkup

請把單字和對應的意思連起來。

01 successfully
02 attentive
03 temporary
04 alternatively
05 previously

ⓐ 或者
ⓑ 臨時的，暫時的
ⓒ 之前
ⓓ 試驗性地
ⓔ 成功地
ⓕ 注意的

請填入符合文意的單字。

06 Sharon's bank savings ______ after a few months.
07 Customers receive bank ______ at the end of each month.
08 Researchers monitored people's ______ habits in the store.
09 Investors ______ a seven percent return on their investment.

ⓐ spending ⓑ statements ⓒ doubled ⓓ interest ⓔ expected

10 Coreland has been under several ______ into financial fraud.
11 Customers may ______ cash using an automated teller machine.
12 A ______ of employment is required when requesting a mortgage.
13 The bank ______ the loan application, because the financial risk was great.

ⓐ rejected ⓑ dissatisfaction ⓒ investigations ⓓ deposit ⓔ certificate

Answer 1.ⓔ 2.ⓕ 3.ⓑ 4.ⓐ 5.ⓒ 6.ⓒ 7.ⓑ 8.ⓐ 9.ⓔ 10.ⓒ 11.ⓓ 12.ⓔ 13.ⓐ

多益滿分單字

多益基礎單字

LC	at the earliest	phr.（表示可能的時間）最早
	at the same time	phr. 同時
	at this point	phr. 現在，目前
	automatic payment	phr. 自動付款
	banker	n. 銀行家
	banking	n. 銀行業務，銀行業
	be used to -ing	phr. 習慣…
	by the end of the year	phr. 在年底前
	by this time	phr. 到現在（已經）
	clerk	n. 職員，店員
	cozy	adj. 舒適的
	credit card number	phr. 信用卡號碼
	float	v. 漂浮，浮動
	for a short time	phr. 短時間，暫時
	gesture	n. 手勢
	hand	n. 手 v. 遞交
	next to	phr. 在…旁邊
	password	n. 密碼
RC	coin	n. 硬幣
	evening news	phr. 晚間新聞
	generously	adv. 慷慨地
	in addition	phr. 此外
	in addition to	phr. 除了…以外
	in short	phr. 總之，簡而言之
	thankful	adj. 感謝的
	unnecessary	adj. 不必要的
	useful	adj. 有用的

多益800分單字

LC	awfully	adv. 極度地，非常
	bank loan	phr. 銀行貸款
	bank teller	phr. 銀行出納員
	be amazed at	phr. 對…感到驚訝
	be caught in	phr. 被困在…，陷在…
	drawer	n. 抽屜，（支票的）開票人
	every other day	phr. 每隔一天（兩天一次）
	flawed	adj. 有缺陷的
	foreign currency	phr. 外國貨幣
	gaze into	phr. 凝視…
	get a loan	phr. 取得貸款
	give out	phr. 分發
	glance at	phr. 匆匆一看…，快速閱讀…
	go wrong with	phr. …出問題
	hang out	phr. 消磨時間
	have around	phr. 隨身攜帶…
	if possible	phr. 可能的話
	if you insist	phr. 如果你堅持的話
	I'll bet	phr. 我很肯定
	locally	adv. 在當地
	pay off	phr. 清償（債務），帶來回報
	put in	phr. 存款，投資
	savings	n. 儲蓄
	savings bank	phr. 儲蓄銀行
	savings plan	phr. 儲蓄計畫
	short-term deposit	phr. 短期存款
	the following day	phr. 翌日，隔天
	until the first of next month	phr. 直到下個月 1 日
Part 5, 6	across from	phr. 在…對面
	courteously	adv. 有禮貌地
	owing to	phr. 由於…
	partial	adj. 部分的，偏袒的
	pay out	phr. 支付，支出

	provide with	phr. 提供…
	receptive	adj. 善於接受的
	simplify	v. 簡化
	turn down	phr. 拒絕
Part 7	account payable	phr. 應付帳款
	bank account	phr. 銀行帳戶
	be highly regarded	phr. 獲得很高的評價
	be of particular interest to	phr. 讓…特別有興趣
	billing information	phr. （被請款者的）請款資訊
	central bank	phr. 中央銀行
	credit	n. 信用
	creditor	n. 債權人
	currency	n. 貨幣
	debit card	phr. （直接從帳戶扣款的）簽帳卡
	debt	n. 債
	debtor	n. 債務人
	expiration date	phr. 到期日
	financial history	phr. 金融史
	for the sake of	phr. 為了…
	forge	v. 偽造
	forgery	n. 偽造
	forthcoming	adj. 即將來臨的
	midtown	n. 市中心和外圍之間的地帶
	national bank	phr. 國立銀行
	owe	v. 欠（債）
	paper money	phr. 紙幣
	PIN (personal identification number)	n. 個人識別密碼
	pop up	phr. （在畫面上）跳出
	public holiday	phr. 國定假日
	reluctant	adj. 不情願的
	requisition	n. 正式要求
	save money	phr. 存錢，省錢
	scrutinize	v. 仔細檢查
	sustain	v. 維持，使持續

多益900分單字

LC	be held up	phr. 被延誤
	crash	n.（股價的）暴跌，碰撞，墜毀
	make a withdrawal	phr. 提款
	on loan	phr. 借出中的
	overdrawn	adj. 透支的
	take out a loan	phr. 貸款
	take out insurance on	phr. 為…買保險
Part 5, 6	accrue	v. 累積
	curb	v. 抑制 n. 抑制，約束
	redemption	n. 贖回，挽救
	secured	adj. 有擔保的
Part 7	belatedly	adv. 延遲地
	bounce	v.（支票）跳票
	business loan	phr. 企業貸款
	cluster	n. 一群，集團，群體
	collateral	n. 擔保品，抵押品
	confiscate	v. 沒收
	contender	n. 競爭者
	counterfeit	n. 偽造物，冒牌貨
	credit money to one's account	phr. 存金額到帳戶裡
	deposit slip	phr. 存款單
	deterrent	n. 制止物，阻止物
	direct deposit	phr.（薪資）直接存入
	draw a check	phr. 開支票
	fortnight	n. 兩週
	on standby	phr. 待命中的
	spurious	adj. 假的，偽造的
	trust company	phr. 信託公司
	trustee	n. 受託人
	wire money to	phr. 匯款到…
	wire transfer	phr. 電匯
	withdrawal slip	phr. 提款單

傷害友誼的投資

投資

在投資銀行工作的朋友告訴我，有一個現在馬上進行 **investment**，一定非常 **lucrative** 的機會。雖然股市並不是 **inherently secure**，但他一直以來總是有 **forsee** 哪些股票強勢、哪些股票該出清的 **innate** 能力。我心裡感謝著他的友情，並且把自己所有 **property** 都賣了，全部拿來購買「出走輪胎」的股票…

1 **investment*****
[ɪnˋvɛstmənt]
衍 investor n. 投資人

n. 投資，投資額

Development of a new laptop will require a minimum **investment** of $250,000.
一台新的筆記型電腦的開發，最少需要 25 萬美元的投資。

出題重點

易混淆單字
- **investment** 投資
- **investor** 投資人

區分抽象名詞 investment 和人物名詞 investor，是測驗中會考的題目。

2 **lucrative***
[ˋlukrətɪv]

adj. 有利可圖的，賺錢的

The company scanned the market for **lucrative** investment opportunities.
這家公司搜尋了市場中有利可圖的投資機會。

3 **inherently***
[ɪnˋhɪrəntlɪ]
衍 inherent adj. 內在的，固有的
同 essentially 本質上

adv. 本質上

Stock market investment is considered **inherently** risky.
股市投資被認為本質上是有風險的。

出題重點

同義詞 表示本質上的時候，**inherently** 可以換成 **essentially**。

4 **secure*****
美 [sɪˋkjʊr]
英 [siˋkjuə]
adj. 安全的，牢固的
同 obtain 取得，獲得
fasten 繫緊

v. 確保，獲得；使安全；使牢固

The retailer saved some money by **securing** favorable terms on a loan.
那個零售商藉著取得有利的貸款條件而省了一些錢。

Whatever is placed in your vault will be **secured** by multiple security systems. 任何放在您的保險庫裡的東西，都會受到多重保全系統的保護。

Please make sure that your seatbelt is **secured** at all times.
請確認您的安全帶隨時都是繫好的狀態。

出題重點

同義詞 **secure** 表示取得什麼東西的時候，可以換成 **obtain**；表示用鎖等裝置固定的時候，可以換成 **fasten**。

5 **foreseeable****
美 [for`siəbl]
英 [fɔː`siːəbl]
衍 foresee v. 預見
同 predictable 可預測的

adj. 可預見的
The recent financial losses were not **foreseeable**.
最近的財務損失是無法預見的。
Oil companies have no expansion plans in the **foreseeable** future.
在可預見的未來，石油公司並沒有擴張的計畫。

出題重點

常考語句 **in the foreseeable future** 在可預見的未來
foreseeable 經常以 in the foreseeable future 的形式出題。

6 **innate***
[ɪn`et]
衍 innately adv. 天生地

adj. 天生的
Mr. Rogers has an **innate** ability to predict market fluctuations.
Mr. Rogers 有天生能預測市場波動的能力。

7 **property*****
美 [`prɑpɚtɪ]
英 [`prɔpəti]

n. 財產，房地產
All real estate transactions are liable for **property** tax.
所有不動產交易都必須繳財產稅。

8 **on behalf of*****

phr. 代表…
The broker received authorization to sell shares **on behalf of** his client.
那位股票經紀人得到了代表客戶出售股份的授權。

9 **lease*****
[lis]
v. 租用，出租

n. 租賃，租約
Investors agreed to a 25-year **lease** on the office building.
投資者們同意了對那棟辦公大樓的 25 年租約。

10 **sponsor*****
㊕ [ˋspɑnsɚ]
㊍ [ˋspɔnsə]

v. 贊助
Reed Bank **sponsored** a series of financial seminars.
Reed 銀行贊助了一系列的金融研討會。

n. 贊助者
The organizer kindly thanked the **sponsors** of the event.
主辦人親切地感謝了活動的贊助者們。

11 **propose*****
㊕ [prəˋpoz]
㊍ [prəˋpəuz]

v. 提議
Gould Capital **proposed** to fund Ms. Locke's venture.
Gould Capital 公司提議為 Ms. Locke 的風險投資提供資金。

12 **support*****
㊕ [səˋport]
㊍ [səˋpɔ:t]

n. 支持，支援
The small business owner is seeking the **support** of investors.
那個小企業的業主正在尋求投資人的（資金）支持。

v. 支持，支援；供養，維持（生命、力量等）
The museum is **supported** financially by several local companies.
這間博物館受到幾家當地公司的財務資助（贊助）。
Wildlife reserves **support** many different species of animals.
野生動物保護區讓許多不同物種的動物能夠生活。

出題重點

常考語句 **for one's continued support** 對於某人的持續支持
support 經常以 for one's continued support 的形式出題，是用在感謝持續往來或持續使用商品、服務的情況。

13 **distribution*****
[美] [ˌdɪstrəˋbjuʃən]
[英] [ˌdistriˋbju:ʃən]

n. 分發，分配

The **distribution** of profits will be announced to shareholders next week. 利潤的分配將在下週對股東宣布。

14 **consider*****
[美] [kənˋsɪdɚ]
[英] [kənˋsidə]
[衍] considerate adj. 體貼的
consideration n. 考慮

v. 考慮

Before buying a property, it's important to **consider** the hidden expenses involved.
購買房地產之前，考慮相關的隱藏費用是很重要的。

15 **nearly*****
[美] [ˋnɪrlɪ]
[英] [ˋniəli]
[衍] near adv. 接近 adj. 近的
[同] almost 幾乎

adv. 幾乎，將近

The firm was operated so well that investors **nearly** doubled their money.
這間公司經營得很好，讓投資人的錢幾乎翻倍了。

出題重點

常考語句	**nearly + 數值** 將近… nearly 經常和表示數值的詞語搭配出題。請注意不要和形態相近但意義不同的 near（接近，近的）搞混。

16 **consent*****
[kənˋsɛnt]
v. 同意
[同] approval, permission 許可，允許
[反] dissent, objection 異議，反對

n. 同意，贊同

A sale of the business will require the **consent** of shareholders.
企業的出售需要有股東們的同意。

出題重點

常考語句	**consent of** …的同意 請把和 consent 搭配的介系詞 of 一起記下來。
同義詞	表示許可時，consent 可以換成 approval 或 permission。

17 gratitude***
㊇ [ˋgrætəˏtjud]
㊈ [ˋgrætitjuːd]

n. 感謝，謝意

The CEO showed his **gratitude** to those who have stayed with the company from the beginning.
報行長對陪著公司度過草創期的人表示了自己的謝意。

18 consult**
[kənˋsʌlt]

v. 商量，諮詢

Unsure about whether to invest, Jacob **consulted** with his financial advisor.
因為不確定要不要投資，所以 Jacob 諮詢了他的財務顧問。

出題重點

常考語句
consult the manual 查看手冊
consult 除了表示「商量」以外，在多益中也經常以「查閱」、「查看」的意義使用。

19 advice**
[ədˋvaɪs]
衍 advise v. 勸告

n. 勸告，建議

The bank provides its clients with **advice** on how to save more money.
這間銀行提供顧客關於如何省更多錢的建議。

20 partially**
㊇ [ˋpɑrʃəlɪ]
㊈ [ˋpɑːʃəli]

adv. 部分地，一部分

Indigo Inc. will be **partially** funded by the sale of bonds.
Indigo 公司將藉由發行債券獲得部分資金。

21 evident**
㊇ [ˋɛvədənt]
㊈ [ˋevidənt]

adj. 明顯的

The executives of Panta Ltd. are pleased at the **evident** interest shown in their public offering.
市場對公司股票的公開發行表現出明顯的興趣，讓 Panta 公司的主管很高興。

22 **reliability****

美 [rɪˌlaɪəˋbɪlətɪ]
英 [riˌlaiəˋbiliti]

n. 可靠性，可信賴性

KTR's success is dependent on the **reliability** of its financial research analysis.

KTR 公司的成功，仰賴於公司財務研究分析的可靠性。

23 **cautious****

[ˋkɔʃəs]
衍 cautiously adv. 小心地
caution n. 小心，謹慎
反 careless 粗心的

adj. 小心的，謹慎的

Analysts are **cautious** about recommending the troubled company's stocks.

對於推薦遭遇困境的公司股票，分析師們很謹慎。

出題重點

常考語句

cautiously optimistic 審慎樂觀的

reenter the market cautiously 謹慎地重新進入市場

cautiously 經常以 cautiously optimistic 的形式出題。

24 **insight****

[ˋɪnˌsaɪt]

n. 深刻見解，洞察力

The feature article on Dunbar offered valuable **insight** into the company's operations.

關於 Dunbar 公司的專題報導，提供了關於該公司經營情況的重要洞見。

25 **portfolio****

美 [portˋfolɪˌo]
英 [pɔːtˋfəuljəu]

n. 作品集，投資組合

The advisor suggested that his client diversify her **portfolio**.

那位顧問建議他的客戶將投資組合多樣化。

26 **possible****

美 [ˋpɑsəbl]
英 [ˋpɔsəbl]
衍 possibly adv. 可能，也許
possibility n. 可能性
反 impossible 不可能的

adj. 可能的，可能發生的

Cautious investors take every **possible** measure to prevent losses.

謹慎的投資人會採取各種可能的措施來預防損失。

出題重點

常考語句	**in any way possible** 盡一切可能 possible 經常在名詞後面做修飾。
文法	請區分 **possible**（adj. 可能的）和 **possibility**（n. 可能性）的詞性。

27**speculation***
[ˌspɛkjəˋleʃən]
衍 speculate v. 推測

n. 推測，猜測

Company shares fell amid growing **speculation** of bankruptcy.
公司的股價在逐漸升高的破產臆測中下跌了。

出題重點

常考語句	**widespread/growing + speculation** 廣為流傳的／越來越多的推測 speculation 經常和 widespread, growing 等形容詞搭配出題。

28**solely***
美 [ˋsollɪ]
英 [ˋsəulli]
衍 sole adj. 僅有的，唯一的
同 exclusively 僅僅

adv. 單獨地，僅僅

Their interest was **solely** in foreign investment.
他們的興趣僅限於海外投資。

29**entrepreneur***
美 [ˌɑntrəprəˋnɝ]
英 [ˌɔntrəprəˋnə:]
衍 enterprise n. 企業，公司

n. 企業家

Rosedale Investments offers venture capital to young **entrepreneurs**.
Rosedale Investments 公司提供創業資金給年輕的企業家。

30**eventually***
美 [ɪˋvɛntʃʊəlɪ]
英 [iˋventjuəli]
衍 eventual adj. 最後的
同 finally, ultimately 終於，最終

adv. 最終，最後

Stocks are expected to stabilize **eventually**.
股票（的價格）被預期終將穩定。

31 **shareholder***
㊊ [ˋʃɛr͵holdɚ]
㊍ [ˋʃɛə͵həuldə]

n. 股東

Shareholders can now gain access to updated financial reports on the company's Web site.
股東現在可以在公司的網站上查看更新過的財務報告。

32 **outlook***
[ˋaʊt͵lʊk]
同 prospect 展望，前景

n. 展望，前景

The **outlook** for financial markets is positive.
金融市場的前景是正面的。

33 **stability***
㊊ [stəˋbɪlətɪ]
㊍ [stəˋbiliti]
衍 stable adj. 穩定的
stabilize v. 穩定

n. 穩定，穩定性

Sound economic policies are essential for long-term **stability**.
健全的經濟政策，對於長期的穩定是必要的。

34 **bond***
㊊ [bɑnd]
㊍ [bɔnd]

n. 債券

The government issued public **bonds** to raise money for infrastructure projects.
政府為了募集基礎建設計畫的資金而發行了公債。

35 **depreciation***
[dɪ͵priʃɪˋeʃən]
衍 depreciate v. 貶值

n. 貶值

Due to the currency **depreciation**, many investors experienced a loss.
由於貨幣貶值，許多投資者遭受到損失。

36 **increasing***
[ɪnˋkrisɪŋ]
衍 increase v. 增加
increasingly adv. 漸增地

adj. 增加中的

Increasing market pressure led banks to decrease lending rates.
越來越大的市場壓力，使得銀行降低了貸款利率。

出題重點

常考語句

increasing amount of information 增加中的資訊量

increasing market pressure 越來越大的市場壓力

increasing 經常和 amount, pressure 等等與「量」有關的名詞搭配出題。

37 prevalent*

[ˋprɛvələnt]

衍 prevail v. 盛行
prevalence n. 盛行

同 widespread 普遍的
popular 受歡迎的，流行的

adj. 流行的，普遍的

Analysts watch the most **prevalent** trends in the market.
分析師們觀察市場上最流行的趨勢。

出題重點

易混淆單字

prevalent : leading

區分表示「主導性的」的單字用法差異，在測驗中會考。

- **prevalent** 普遍的
  表示某種狀態或習慣很普遍。
- **leading** 主要的，領導的
  表示在特定領域中最重要或突出。
  Corruption is a **leading** cause of economic instability in the region.　貪污是那個地區經濟不穩定的主要原因。

同義詞

表示廣為普及時，**prevalent** 可以換成 **widespread** 或 **popular**。

38 rapid*

[ˋræpɪd]

衍 rapidly adv. 迅速地
rapidity n. 迅速

adj. 迅速的，快速的

Utility companies have been growing at a **rapid** rate in suburban areas.　公用事業公司在郊區以很快的速度成長。

出題重點

常考語句

rapid + rate/increase/decline/growth/change

很快的速度／增加／減少／成長／變化

rapid 經常和表示速度或增減的名詞搭配出題。

39 **unprecedented***
[美] [ʌn`prɛsə͵dɛntɪd]
[英] [ʌn`presidəntid]

adj. 前所未有的，空前的

Housing prices in the region rose an **unprecedented** 50 percent in just six months.　僅僅六個月，這個區域的房價就前所未有地上漲了 50%。

40 **yield***
[jild]
n. 生產量；利潤

v. 產生（利潤）

Our investments for the past fiscal year **yielded** returns exceeding 100 percent.
我們在上個會計年度的投資，產生了超過 100% 的利潤。

27th Day Daily Checkup

請把單字和對應的意思連起來。

01	secure	ⓐ	商量，諮詢
02	support	ⓑ	財產
03	consult	ⓒ	租賃，租約
04	yield	ⓓ	產生（利潤）
05	property	ⓔ	確保，獲得
		ⓕ	支持，支援

請填入符合文意的單字。

06 The facilitator provided excellent ______ on savings plans.
07 Companies cannot sell its properties without the ______ of shareholders.
08 The director ______ putting funds into new machinery and everyone agreed.
09 Because of the ______ of its data, *Stock Today* is popular with economists.

ⓐ advice ⓑ reliability ⓒ consent ⓓ distribution ⓔ proposed

10 Inexperienced amateurs need to be ______ when buying stocks.
11 It was ______ that the economy was improving after stock prices rose.
12 Experts predict real estate value in the city will drop in the ______ future.
13 Mr. Kerns invested in a ______ shipping company, which is now a success.

ⓐ foreseeable ⓑ lucrative ⓒ cautious ⓓ evident ⓔ innate

Answer 1.ⓔ 2.ⓕ 3.ⓐ 4.ⓓ 5.ⓑ 6.ⓐ 7.ⓒ 8.ⓔ 9.ⓑ 10.ⓒ 11.ⓓ 12.ⓐ 13.ⓑ

多益滿分單字

多益基礎單字

LC	challenge	n. 挑戰 v. 挑戰
	comfort	v. 安慰 n. 安慰
	compact	adj. 小型的
	data	n. 資料
	distance	n. 距離
	elementary	adj. 基本的，初級的
	extra	adj. 額外的
	fake	adj. 偽造的 n. 偽造品
	joint	adj. 聯合的
	listen to	phr. 聆聽…
	mentor	n. 導師
	network	n. 網路
	relaxing	adj. 令人放鬆的
	rental car	phr. 出租用的車
	single	adj. 單一的
	soon	adv. 不久，很快
	spot	n. 場所
RC	accuracy	n. 正確性
	goal	n. 目標
	lose	v. 失去，損失
	owner	n. 物主，所有人
	risky	adj. 危險的
	somewhat	adv. 有點，稍微
	tight	adj. 緊的，緊湊的
	truly	adv. 真正地
	usual	adj. 通常的，平常的
	wait	v. 等待 n. 等待
	worry	v. 擔心

多益800分單字

LC	at one's disposal	phr. 供某人任意使用
	be reluctant to do	phr. 不情願做…
	believe it or not	phr. 信不信由你
	blame A on B	phr. 把 A 歸咎於 B
	call an urgent meeting	phr. 召開緊急會議
	call for some assistance	phr. 要求協助
	circumstances	n. 狀況，環境
	cutback	n. 削減
	emergency evacuation	phr. 緊急疏散
	festive	adj. 節慶的
	frustrate	v. 挫折
	get rid of	phr. 擺脫…
	give it a try	phr. 嘗試
	have reason to do	phr. 有理由做…
	hazardous	adj. 危險的
	in private	phr. 私下，祕密地
	in the distant past	phr. 在遙遠的過去
	intake	n. （飲食的）攝取
	leaky	adj. （對於液體）易漏的
	look for	phr. 尋找…
	organize a picnic	phr. 籌備野餐活動
	pair up with	phr. 和…搭檔
	Please let me know.	phr. 請通知我。
	reflection	n. （鏡子等的）反射，反映
	self-esteem	n. 自尊
	show off	phr. 炫耀
	sponsored by	phr. 由…贊助的
	stock market	phr. 股票市場
	supporting	adj. 支持的，支援的
	tear	v. 撕
	unconditionally	adv. 無條件地
Part 5, 6	abundantly	adv. 大量地，極其
	additionally	adv. 另外

	ambitious	adj. 有野心的
	cautiously	adv. 小心地
	considerate	adj. 體貼的
	consultation	n. 商議，諮詢
	effectively	adv. 有效地
	favored	adj. 受到優待的，受到偏愛的
	improper	adj. 不適當的，不得體的
	insecure	adj. 不安全的，沒有把握的
	insecurely	adv. 不安全地
	justify	v. 證明為正當
	reduced	adj. 縮小的，減少的
	reluctance	n. 不情願，勉強
	reviewer	n. 評論者
	venture	n. 冒險 v. 冒險
Part 7	branch office	phr. 分公司，分支機構
	confusion	n. 混亂
	controversy	n. 爭議
	cost analysis	phr. 成本分析
	faintly	adv. 微弱地
	input	n. 投入，輸入
	investor	n. 投資人
	legacy	n. 遺產，遺存物
	meet the expenses	phr. 支付經費
	on a regular basis	phr. 定期地
	on one's own account	phr. 獨自，為了自己的利益
	pioneer	n. 先驅者，開拓者
	projected	adj. 預測的，預計的
	real estate agent	phr. 不動產仲介
	reexamine	v. 再檢查
	repetitive	adj. 反覆的
	set up a business	phr. 成立事業
	strength	n. 力量，長處
	take precautions	phr. 採取預防措施
	throw away	phr. 丟掉
	throw out	phr. 丟掉

多益900分單字

LC	cost estimate	phr. 成本估計
	dispatch	v. 發送（包裹等）
	faithfully	adv. 忠實地，準確地
	impair	v. 損傷
	in the vicinity of	phr. 在…附近
	outlying	adj. 遠離中心的，偏遠的
	play a role in	phr. 在…扮演角色
Part 5, 6	allocate	v. 分配
	approximation	n. 近似值
	courteousness	n. 有禮貌
	dividend	n. 股息
	fictitious	adj. 虛構的，假的
	speculate	v. 推測
	unbiased	adj. 無偏見的
	untimely	adj. 不適時的，不合時宜的
	unwillingness	n. 不情願
Part 7	accredit	v. 認可
	cover the cost	phr. 負擔費用
	deflate	v. 使通貨緊縮，使物價下跌
	deliberately	adv. 故意地
	devastate	v. 摧毀
	evoke	v. 喚起（記憶等）
	fleet	adj. 轉瞬即逝的
	manipulation	n. 操縱
	outweigh	v.（價值、重要性方面）比…重
	property line	phr. 地界線
	put together	phr. 綜合（部分、要素）
	set aside	phr. 留出，撥出
	start-up cost	phr. 創業成本
	take steps	phr. 採取步驟
	well-balanced	adj. 均衡的
	wipe off	phr. 擦掉，清除

老舊房屋 vs. 古典住宅，就看你怎麼想

建築、住宅

從實習生變成正式員工之後，我搬進公司依照福利制度提供的 **furnished residence**。這裡很符合公司的格調，不但很 **spacious**，還 **drape** 了絲質窗簾，地板還是大理石的呢！門口的警衛說，因為很長一段時間 **unoccupied**，所以空氣不太好，而且很多地方需要 **renovation**。但我說自己喜歡古典的風格，所以舊舊的反而很好。

1 **furnished***

[美] [ˋfɝnɪʃt]
[英] [ˋfɜ:nɪʃt]
[衍] furnish v. 配置家具
furniture n.（集合名詞）家具
[反] unfurnished 沒有家具的

adj. 配有家具的

Furnished apartments often cost more to rent than those that come empty.
配有家具的公寓套房，租起來通常比沒有家具的貴。

2 **residence***

[美] [ˋrɛzədəns]
[英] [ˋrezidəns]
[衍] reside v. 居住
resident n. 居民

n. 住處，住宅

Students usually attend the school closest to their **residence**.
學生通常會就讀距離住處最近的學校。

出題重點

[常考語句] **an official residence** 官邸
residence 表示「住處」或「住宅」。也有像 an official residence 一樣表示「官邸」的說法。

3 **spacious***

[ˋspeʃəs]
[衍] spaciously adv. 寬敞地
[同] roomy 寬敞的

adj.（空間）寬敞的

The corporate offices are equipped with a **spacious** kitchen area. 公司的辦公室配備寬敞的廚房區域。

出題重點

[同義詞] 表示空間寬敞時，**spacious** 可以換成 **roomy**。

4 **drape***

[drep]
n. (-s) 窗簾

v. 用窗簾等裝飾

The decorator **draped** the living room windows with a silk curtain. 裝潢師為客廳的窗戶裝上了絲質窗簾。

出題重點

[常考語句] **drape A with B** 用 B 裝飾 A
請把和 drape 搭配的介系詞 with 一起記下來。

5 **unoccupied***

美 [ʌn`ɑkjə͵paɪd]
英 [`ʌn`ɔkjupaid]
衍 occupy v. 佔用（場所）
occupant n. （房子的）居住者
同 vacant 沒有人住的
反 occupied 有人住的，被佔用的

adj.（房子等）空著的，沒有人住的

The top floor has been **unoccupied** for four months.
頂樓已經空了四個月。

出題重點

同義詞　表示房子、辦公室沒有人使用，或者座位空著的時候，**unoccupied** 可以換成 **vacant**。

6 **renovation****

[͵rɛnə`veʃən]
衍 renovate v. 整修（= refurbish, remodel）

n. 整修，翻修

The archives room will be closed for **renovation**.
檔案室將會因為整修而關閉。

7 **appropriate*****

美 [ə`proprɪ͵et]
英 [ə`prəupriət]

adj. 合適的，適當的

The apartment's size is **appropriate** for a family of four.
這個公寓套房的大小適合四人家庭。

8 **delay*****

[dɪ`le]
n. 延遲，拖延

v. 延遲，拖延

The landlord repeatedly **delayed** repairing the roof.
房東一再拖延屋頂的修理。

出題重點

常考語句　**without delay** 毫不拖延地，立刻
名詞 delay 經常和介系詞 without 搭配出題，請記起來。

9 **community*****

[kə`mjunətɪ]

n. 社區，社會

Plans for building a new airport were met with strong **community** opposition.
建設新機場的計畫受到社區的強烈反對。

10 **construction*****

[kən`strʌkʃən]

衍 construct v. 建設
constructive adj. 建設性的

反 demolition, destruction 毀壞

n. 建設，建築物

The **construction** of the bridge is progressing well.
那座橋的建設工程順利進行中。

出題重點

常考語句	**under construction** 建設中的，施工中的 construction 前面的介系詞 under 是測驗中會考的部分。

11 **repair*****

美 [rɪ`pɛr]
英 [ri`pɛə]

衍 repairable adj. 可修理的
repairman n. 修理工

v. 修理

The plumber **repaired** the leaking pipe.
水管工修理了漏水的水管。

12 **currently*****

美 [`kɝəntlɪ]
英 [`kʌrəntli]

衍 current adj. 現在的，目前的

adv. 現在，目前

The museum is **currently** closed due to reconstruction.
這座博物館目前由於重建工程而關閉中。

出題重點

常考語句	**currently + available/closed** 目前可利用的／關閉的 currently 經常和 available 等表示能否使用的形容詞搭配。

13 **regularly*****

美 [`rɛgjələlɪ]
英 [`regjuləli]

adv. 定期地

A gardener **regularly** does yard work in front of the home.
園丁定期在房屋前面整理庭院。

14 **arrange*****

[ə`rendʒ]

衍 arrangement n. 安排，整理

v. 布置，整理

Miranda **arranged** the boardroom furniture in a functional way.
Miranda 把董事會議室的家具安排得很實用。

15**location*****

[美] [lo`keʃən]

[英] [ləu`keiʃən]

[衍] locate v. 使…座落於

n. 地點，位置

The bay area is an ideal **location** for a house.

灣區是房屋的理想地點。

出題重點

常考語句	**strategic/perfect/convenient + location** 策略性的／完美的／便利的地點 location 經常和 strategic, perfect, convenient 等形容詞搭配。
文法	請區分 **location**（n. 地點）和 **locate**（v. 使…座落於）的詞性。

16**restore*****

[美] [rɪ`stor]

[英] [ri`stɔ:]

[衍] restoration n. 恢復，修復

v. 恢復，修復

The historic sites were **restored** to their original appearance.

那些歷史遺跡被恢復成原來的樣子了。

出題重點

常考語句	**restore A to B** 把 A 恢復成 B 請把和 restore 搭配的介系詞 to 一起記下來。

17**presently*****

[`prɛzn̩tlɪ]

[衍] present adj. 現在的 n. 現在

adv. 現在

The entrance is **presently** under construction.

入口正在施工中。

18**numerous*****

[`njumərəs]

[衍] number n. 數，數字 numerously adv. 許多地

adj. 許多的

The condominium has been rented to **numerous** families in recent years.

這間獨立產權公寓，最近幾年曾經出租給許多家庭。

19 **abandon*****
[ə`bændən]

v. 放棄，中止；拋棄

The building project was **abandoned** when funds ran out.
這項建築工程在資金用盡時被中止了。

20 **contractor*****
㊈ [`kɑntræktɚ]
㊇ [kən`træktə]

n. 承包商

The **contractor** expects to finish all renovations in one month.
承包商預計一個月後完成所有整修工作。

21 **develop*****
[dɪ`vɛləp]

v. 開發

Asiawide is **developing** the property into a complex of townhouses.
Asiawide 正在把那塊地開發成連棟住宅群。

22 **maintain*****
[men`ten]
衍 maintenance n. 保養
同 keep 保持

v. 維持，保養

Tenants must pay fees to **maintain** the building.
承租人必須支付費用來維護大樓。

出題重點

同義詞 表示維持特定狀態或位置時，**maintain** 可以換成 **keep**。

23 **densely*****
[`dɛnslɪ]
衍 dense adj. 密集的
density n. 密度

adv. 密集地

Hong Kong is **densely** packed with apartment buildings.
香港擠滿了公寓大樓。

24 **prepare*****
㊈ [prɪ`pɛr]
㊇ [pri`pɛə]

v. 準備

The custodian is **preparing** the apartment for the new tenants.
管理員正在為新房客把公寓準備好。

25 **finally****

[`faɪnḷɪ]

衍 final adj. 最終的

finalize v. 完成，結束

adv. 最後，終於

The vacant lot was **finally** sold for $1.2 million.

那塊空地最後以 120 萬美元的價格售出。

26 **district****

[`dɪstrɪkt]

同 area 區域

n. 地區，區域

The business **district** is the most expensive area of city.

商業區是市內最昂貴的地區。

出題重點

同義詞 表示特定地區、區域時，**district** 可以換成 **area**。

27 **renewal****

[rɪ`njuəl]

衍 renew v. 更新

n. 更新

The city embarked on an urban **renewal** project.

這個城市開始進行了一項都市更新計畫。

出題重點

常考語句 **a renewal of urban towns** 都市的更新

請記住 renewal 的常考慣用說法。

28 **compulsory****

[kəm`pʌlsərɪ]

衍 compel v. 強迫

compulsion n. 強迫

同 obligatory 義務的

adj. 義務的，必須做的

Obtaining permission for home renovations is **compulsory**.

獲得房屋整修的許可是必要的。

出題重點

同義詞 表示依法或依規定必須做時，**compulsory** 可以換成 **obligatory**。

[29]**interfere****
美 [ˌɪntɚˋfɪr]
英 [ˌintəˋfiə]

v. 妨礙

Persistent bad weather **interfered** with construction progress.
持續的壞天氣妨礙了建設進度。

出題重點

常考語句	**interfere with** 妨礙 請把和 interfere 搭配的介系詞 with 一起記下來。

[30]**relocation****
美 [riloˋkeʃən]
英 [ri:ləuˋkeiʃən]

n. 遷移

Relocation of the company's offices can begin as soon as the new building is completed.
新大樓一完成，公司辦公室的遷移就可以開始了。

[31]**totally****
美 [ˋtotḷɪ]
英 [ˋtəutəli]

adv. 完全，全然

The theater has been **totally** renovated and will reopen soon.
劇場已經完全翻新，很快就會重新開幕。

[32]**actually****
[ˋæktʃʊəlɪ]

adv. 實際上，事實上

Axiom Tower has fewer floors than the Wade Building, but it is **actually** taller.　Axiom Tower 的樓層數比 Wade Building 少，實際上卻比較高。

33 **architect****

美 [ˋɑrkəˏtɛkt]
英 [ˋɑ:kitekt]

n. 建築師

Architects at the firm of McCall and Associates are busy working on a design for the building. McCall and Associates 公司的建築師忙著處理那棟大樓的設計。

出題重點

易混淆單字
- **architect** 建築師
- **architecture** 建築物

區分人物名詞 architect 和事物名詞 architecture，是測驗中會考的題目。

34 **enlarge****

美 [ɪnˋlɑrdʒ]
英 [inˋlɑ:dʒ]

v. 擴大

The parking area will need to be **enlarged** to accommodate more cars.
停車區域需要擴大，以容納更多車輛。

35 **install****

[ɪnˋstɔl]
衍 installation n. 安裝
同 set up 設置，安裝

v. 設置，安裝

The Internet line will be **installed** on Monday.
網路線將在星期一安裝。

出題重點

同義詞 表示設置機械或設備以供使用時，**install** 可以換成 **set up**。

36 **permanent***

美 [`pɝmənənt]
英 [`pə:mənənt]
衍 permanently adv. 永久地
反 temporary 暫時的

adj. 永久的

Please write your **permanent** address in the space provided.
請在提供的欄位內填寫您的固定地址。

出題重點

文法	請區分 **permanent**（adj. 永久的）和 **permanently**（adv. 永久地）的詞性。

37 **suppose***

美 [sə`poz]
英 [sə`pəuz]

v. 認為，猜想

The building project could take longer to finish than anyone **supposes**.
這個建築工程完成的時間，可能會比任何人所想的都還要久。

38 **adjacent***

[ə`dʒesənt]

adj. 鄰接的

The storage room is **adjacent** to the administrative offices.
儲藏室在管理辦公室隔壁。

出題重點

常考單字	**adjacent to** 鄰接…的 請把和 adjacent 搭配的介系詞 to 一起記下來。

39 **consist***

[kən`sɪst]

v. 構成，組成

The center **consists** of two conference rooms.
那個中心包含兩間會議室。

出題重點

常考單字	**consist of** 由…構成 請把和 consist 搭配的介系詞 of 一起記下來。

40 **utility***

[ju`tɪlətɪ]

衍 utilize v. 利用

n. 公共事業，公共事業費用

Ohio Water was named the best **utility** company in America.

Ohio Water 被評為美國最佳的公共事業公司。

This property's **utility** bills are very high.

這棟建築物的公共事業費（水電瓦斯費）很高

出題重點

常考語句

utility company（電、瓦斯等的）公共事業公司

no utilities included 不含公共事業費用

utility 表示水、電、瓦斯等公共事業，以及這些事業收取的費用。請把這個字常考的慣用語一起記下來。

28th Day Daily Checkup

請把單字和對應的意思連起來。

01 utility
02 currently
03 furnished
04 finally
05 renovation

ⓐ 目前
ⓑ 公共事業，公共事業費用
ⓒ 密集地
ⓓ 配有家具的
ⓔ 整修，翻修
ⓕ 最後，終於

請填入符合文意的單字。

06 The lot makes an ideal ______ to build a gas station.
07 The studio unit is not ______ for more than two residents.
08 ______ tenants complained about the increase in maintenance fees.
09 ______ of the new house will start as soon as the weather improves.

ⓐ construction	ⓑ location	ⓒ appropriate	ⓓ compulsory	ⓔ numerous

10 The factory was ______ three years ago, and is still unoccupied.
11 Work crews ______ the construction site so that the project could begin.
12 Heating and air conditioning systems are ______ by the building custodian.
13 Ms. Thomas ______ her move as her new apartment was not ready for tenants.

ⓐ prepared	ⓑ delayed	ⓒ abandoned	ⓓ developed	ⓔ maintained

Answer 1.ⓑ 2.ⓐ 3.ⓓ 4.ⓕ 5.ⓔ 6.ⓑ 7.ⓒ 8.ⓔ 9.ⓐ 10.ⓒ 11.ⓐ 12.ⓔ 13.ⓑ

多益滿分單字

多益基礎單字

LC	armchair	n. 扶手椅，單人沙發
	ceiling	n. 天花板
	cleanup	n. 清掃
	decoration	n. 裝飾，裝潢
	fence	n. 圍欄
	floor	n. 地板
	frame	n. 框架，外框
	furniture	n. 家具
	garage	n. 車庫
	heating system	phr. 暖氣系統
	lobby	n. 大廳
	remodeling	n. 房屋改建
	rooftop	n. 屋頂
	rope	n. 繩索
	stick	n. 棍子，手杖
	tank	n. （水、瓦斯等的）儲存槽
	veranda	n. 建築物外側有屋簷的走廊
RC	desktop	adj. 桌上型的 n. 桌上型電腦
	dwell	v. 居住
	fireplace	n. 壁爐
	heat	n. 熱 v. 加熱
	homemade	adj. 自家製作的
	homeowner	n. 有房子的人
	inhabit	v. 居住
	lighten	v. 照亮
	neighbor	n. 鄰居
	urban	adj. 都市的
	washing machine	phr. 洗衣機

多益800分單字

LC

architecture	n. 建築物，建築學
cast a shadow	phr. 投下陰影
construction equipment	phr. 建築器械
courtyard	n. 中庭，天井
cupboard	n. 碗盤櫃，櫥櫃
cut the grass	phr. 割草
doorway	n. 門口
emergency exit	phr. 緊急出口
erect	adj. 豎直的 v. 豎立
every hour on the hour	phr. 每小時整點
faucet	n. 水龍頭
floor plan	phr. 樓層平面圖
front door	phr. 正門
hallway	n. 走廊
handrail	n. （樓梯等的）扶手
home-improvement	adj. 住宅改善的
interior decoration	phr. 室內裝潢
lamppost	n. 路燈柱
lean against the fence	phr. 倚靠在柵欄上
light bulb	phr. 燈泡
make repairs	phr. 修理
make the bed	phr. 鋪床
outdoor wall	phr. 外牆
plug in	phr. 把…插上電源
pole	n. 柱子
private residence	phr. 私人住宅
rebuild	v. 重新建造
repairperson	n. 修理工
spread on	phr. 塗在…上
staircase	n. （有扶手的）樓梯
stairway	n. 樓梯
storage cabinet	phr. 儲藏櫃
switch on	phr. 把…的開關打開

	tap	n.（自來水的）龍頭
	turn on its side	phr. 轉成橫的，側面倒在地上
	undergo renovation	phr. 受到整修
Part 5, 6	construct	v. 建設，建造
	describe	v. 描述
	desirable	adj. 值得擁有的，理想的
	structure	n. 結構，建築物
Part 7	access road	phr. 通道
	architectural work	phr. 建築工程
	arrange the furniture	phr. 擺設家具
	be arranged on the patio	phr. 被擺設在露台上
	built-in	adj. 內建的
	carpentry	n. 木工藝
	fire alarm	phr. 火災警報器
	fire extinguisher	phr. 滅火器
	fitting room	phr. 試衣間
	fixture	n. 固定在屋內的設備
	homebuilder	n. 住宅建商
	housekeeping	n. 家事
	housewares	n. 家庭用品
	housing development	phr. 住宅開發
	in error	phr. 錯的，錯誤地
	installation	n.（設備、家具的）設置，安裝
	interior design	phr. 室內設計
	overprice	v. 開價過高
	reinforce	v. 加強，強化
	reinforced concrete	phr. 鋼筋混凝土
	resident	n. 住戶，居民
	restoration	n. 恢復，修復
	scrubbing	n. 擦洗
	skyscraper	n. 摩天大樓
	space-saving	adj. 節省空間的
	tenant	n. 承租人，房客

多益900分單字

LC	archway	n. 拱門，拱道
	dig with a shovel	phr. 用鏟子挖
	drain	v. 排掉…的水
	landlord	n. 房東，地主
	lock oneself out of one's house	phr. 把自己鎖在房子外面
	lodge	v. 寄宿
	plumber	n. 水管工
	porch	n. 門廊
	railing	n. 欄杆
	run the tap	phr. 打開水龍頭
	saw	n. 鋸子 v. 鋸
	screw	n. 螺絲 v.（用螺絲）固定，拴緊
	symmetrically	adv. 對稱地
	tear down	phr. 拆掉（建築物）
	woodwork	n.（房屋的）木造部分
Part 5, 6	complex	n.（建築物等的）複合體，園區 adj. 複雜的
	constructively	adv. 建設性地
	maintenance	n. 維護，保養
	startle	v. 使嚇一跳
Part 7	annex	n. 建築物的擴建部分
	demolish	v. 毀壞，拆除
	demolition	n. 毀壞，拆除
	detergent	n. 洗潔劑
	for lease	phr.（房屋）供出租的
	insulation	n. 隔熱材料
	mow	v. 割草
	premises	n. 建築物及其地基
	rack	n. 架子
	sewer	n. 下水道
	shockproof	adj. 防震的
	space allocation	phr. 空間分配
	vaulted	adj. 拱形的

去很棒的地方，下雨也無所謂？

環境

今天是和小敏一起去「綠山」登山的日子，那裡的森林被 **conserve** 得非常好。小敏說氣象報告 **forecast** 降雨的 **chance** 是百分之 70，不適合登山。但我說：「你怎麼會相信氣象報告呢？」最後終於說服她把握接觸新鮮空氣的機會，不要被不確定的預報影響。我準備了可以 **dispose waste** 的 **recycling** 袋和食物，還跟小敏說一定會出太陽，天氣會很熱，要多帶些水。

1 **conserve***

[美] [kən`sɝv]
[英] [kən`sə:v]
[衍] conservation n. 保存，保護
conservative adj. 保守的
（↔ progressive）
[同] preserve 保存
maintain 維持

v. 保存，保護

Measures were introduced to **conserve** forests in the region.
有一些措施獲得採用，來保護這個區域的森林。

出題重點

同義詞	表示進行保護以避免浪費或毀損時，**conserve** 可以換成 **preserve** 或 **maintain**。

2 **chance*****

[美] [tʃæns]
[英] [tʃɑ:ns]

n. 可能性，機會

The morning weather report predicted a 30 percent **chance** of rain today.
早上的氣象報告預測今天有百分之 30 的降雨機率。

出題重點

易混淆單字

chance : opportunity

區分表示「機會」的單字用法差異，是測驗中會考的題目。

chance 可能性，機會
除了和 opportunity 一樣表示「機會」的用法以外，chance 還能表示「某事發生的可能性」，這是兩者差別所在。

opportunity 機會
因為周圍環境與條件允許，而能夠做某事的機會。
The Green Earth Symposium provided a good **opportunity** to meet like-minded colleagues.
Green Earth 研討會提供認識志同道合的同伴的機會。

3 **forecast***

[美] [`for͵kæst]
[英] [`fɔ:kɑ:st]
v. 預測（= predict）
[同] prediction 預測

n. （天氣）預報

The news station gives hourly weather **forecasts.**
這家新聞台提供每小時的天氣預報。

出題重點

常考語句	**weather forecast** 天氣預報 **market forecast** 市場預測 forecast 經常以複合名詞的形態出題，請記住這些慣用說法。
同義詞	表示對於未來會發生的事所做的預測時，**forecast** 可以換成 **prediction**。

4 **waste***
[west]
v. 浪費
同 garbage, trash, rubbish 垃圾

n. 廢棄物，垃圾

Recyclable **waste** must be placed in the designated receptacles.
可回收垃圾必須放在指定的容器裡。

出題重點

同義詞	表示垃圾時，**waste** 可以換成 **garbage, trash, rubbish** 等。

5 **dispose****
美 [dɪ`spoz]
英 [di`spəuz]
衍 disposable adj. 一次性使用的，可任意處理的（↔ reusable）
disposal n. 處理，處置（= dumping）

v. 處理，處置

Manufacturers must **dispose** of their waste appropriately.
製造業者必須適當處理廢棄物。

出題重點

文法	**1. dispose of** 把⋯處理掉 表示把事物處理掉（丟掉），dispose 要和介系詞 of 一起使用，請記住。 **2. disposable income** 可支配收入 **disposable towel** 拋棄式毛巾 disposable income 表示可支配的所得，也就是扣除稅金之後的所得淨額。

6 **recycling***

[ˌriˋsaɪklɪŋ]

衍 recycle v. 回收再利用

n. 回收再利用

Recycling saves energy and reduces acid rain.

資源回收再利用，可以節省能源，並且減少酸雨。

7 **clear*****

美 [klɪr]

英 [kliə]

v. 清理（場所）

衍 clearly adv. 清楚地，顯然

clearable adj. 可清理的

同 obvious 明顯的

adj. 晴朗的；清楚的，明顯的

The picnic was held at the park on a **clear** day.

野餐是在一個晴朗的日子在公園舉辦的。

adv. 清晰地，完全；遠離

When the weather is good, you can see **clear** across the lake from one side to the other.

天氣好的時候，你可以從湖的一邊清楚看到另一邊。

出題重點

同義詞 表示事實很明顯的時候，**clear** 可以換成 **obvious**。

8 **damage*****

[ˋdæmɪdʒ]

衍 damaging adj. 造成損害的

damaged adj. 受損的

同 harm 傷害

n. 損害，傷害

The thunderstorm caused extensive **damage** to the region.

大雷雨對那個地區造成了大規模的損害。

v. 損害（事物）

The spilled chemicals **damaged** some factory machinery.

濺出的化學物質損壞了一些工廠機械。

出題重點

常考語句 **cause damage to the machine** 對機器造成損壞

damage the machine 損壞機器

名詞 damage 經常搭配介系詞 to 使用。不過，請記住動詞 damage 是及物動詞，後面不能加介系詞 to。

同義詞 表示物理性損壞、造成精神上的傷害，或者傷害的行為時，名詞或動詞 **damage** 可以換成 **harm**。

9 **significant*****
[sɪg`nɪfəkənt]

adj. 相當大的；重要的，重大的

Hurricane Aida produced **significant** winds in excess of 200 kilometers an hour.
Aida 颶風產生了超過時速 200 公里的強風。

Greenhouse gases have a **significant** impact on global temperatures. 溫室氣體對全球氣溫造成了重大的影響。

10 **solution*****
[sə`luʃən]
衍 solve v. 解決

n. 解決方法

Solar power is one **solution** to energy problems.
太陽能是能源問題的一個解決方法。

出題重點

常考語句 **solution to** …的解決方法
solution 會和介系詞 to 一起使用，請記起來。

11 **occur*****
美 [ə`kɝ]
英 [ə`kə:]
衍 occurrence n. 發生，事件
同 happen 發生

v.（事情）發生，出現

Earthquakes **occur** frequently in several regions of Japan.
地震在日本的幾個地區經常發生。

出題重點

同義詞 表示某件事發生時，**occur** 可以換成 **happen**。

12 **ideal*****
美 [aɪ`diəl]
英 [ai`diəl]
n. 理想，典範
同 perfect 完美的

adj. 理想的

The weather this week has been **ideal** for a camping trip.
（過去）這個禮拜的天氣很適合露營旅行。

出題重點

常考語句

1. ideal + venue/place 理想的場地／地點

ideal 會和 venue, place 等表示場所的名詞搭配出題。

2. be ideal for 很適合…

選出和 ideal 搭配的介系詞 for，是測驗中會考的題目。

同義詞 表示條件適合做某事時，**ideal** 可以換成 **perfect**。

13 **preserve****

[美] [prɪ`zɝv]
[英] [pri`zə:v]

v. 保存，保護

EnviroCore's mandate is to **preserve** natural habitats in North America.

EnviroCore 的任務是保存北美洲的自然棲息地。

14 **aid****

[ed]
v. 援助，幫助

n. 援助

The government pledged $15 million in **aid** to repair flood damage.

政府保證會給予 1500 萬美元，支援修復洪水的損害。

15 **excessive****

[美] [ɪk`sɛsɪv]
[英] [ek`sesiv]

adj. 過度的，過分的

Excessive garbage is a serious problem for many megacities.

過多的垃圾是許多大都市的嚴重問題。

16 **intensively****

[ɪn`tɛnsɪvlɪ]

adv. 集中地

The wind blew **intensively** for hours during the storm.

暴風雨期間，風密集地颳了幾個小時。

17 **vary****

[美] [`vɛrɪ]
[英] [`vɛəri]

v. 不同，變化

The level of water in the lake **varies** greatly from year to year.

這座湖的水位每年變化很大。

18 **pleasing****
[ˋplizɪŋ]

adj. 令人愉快的，令人滿意的

Trees in city parks are not only **pleasing** to see, but environmentally beneficial.
都市公園內的樹木不僅賞心悅目，也對環境有益。

出題重點

易混淆單字

pleasing 令人愉快的，令人滿意的
pleasing 是說明令人感到愉快或滿意的對象。

pleased 感到愉快的，感到滿意的
pleased 表示感到愉快或滿意的人，主要以 be pleased with 的形式出題。

Most residents were **pleased** with the city council's new environmental initiative.
大部分的居民對市議會新的環境提案感到滿意。

19 **mark****
[美] [mɑrk]
[英] [mɑ:k]
[同] rating 評價，等級
celebrate 慶祝

n. 得分，記號，標誌

Allor Corp. received an excellent **mark** from environment monitoring groups.
Allor 公司得到環境監督團體的優秀評分。

v. 慶祝

The company **marked** Arbor Day by planting trees on its compound.
這家公司在自己的園區種樹來慶祝植樹節。

出題重點

同義詞 **mark** 表示經由評價獲得的分數時，可以換成 **rating**；表示慶祝紀念日時，可以換成 **celebrate**。

20 **inaccessible****

[美] [ˌɪnæk`sɛsəbl̩]
[英] [ˌinæk`sesibl]

adj. 不能進入的，不能利用的

The wildlife park is **inaccessible** by car, so visitors have to take a ferry.
野生動物公園不能乘車進入，所以遊客必須搭渡船。

出題重點

常考語句	**currently inaccessible** 目前不能進入／利用的 inaccessible 主要搭配 currently 等表示時間的副詞使用。

21 **disturb****

[美] [dɪs`tɝb]
[英] [dis`tə:b]

v. 打擾

The guests were **disturbed** by the noise from the construction site.　客人受到了建設工地的噪音打擾。

22 **pollutant****

[pə`lutənt]
[衍] pollute v. 污染
pollution n. 污染

n. 污染物質

Automotive exhaust introduces harmful **pollutants** into the air.
汽車廢氣會把有害污染物質帶到空氣中。

出題重點

易混淆單字	**pollutant** 污染物質 **pollution** 污染 區分物質名詞 pollutant 和抽象名詞 pollution，是測驗中會考的題目。

23 **emission****

[ɪ`mɪʃən]
[衍] emit v. 散發，排出

n. 排放，排放物

New laws now limit **emissions** from cars.
新的法律現在限制汽車的排放廢氣量。

24 **dense****
[dɛns]

adj. 密集的，濃密的

The Black Forest is so **dense** that it appears dark even at noon.
「黑森林」很茂密，即使在中午也顯得陰暗。

25 **environmental****
[美] [ɪnˌvaɪrən`mɛntl̩]
[英] [inˌvairən`mentl]
[衍] environment n. 環境
environmentalist n. 環保人士
environmentally adv. 在環境方面

adj. 環境的

Climate change has become a major global **environmental** issue.
氣候變遷已經成為重大的全球環境問題。

26 **consistent***
[kən`sɪstənt]
[衍] consistently adv. 一貫地，持續地

adj. 一致的，一貫的，持續的

Factory construction must be **consistent** with government environmental regulations.
工廠建設必須符合（和…一致）政府的環境規定。

27 **leak***
[lik]

n. 洩漏，漏出

A **leak** in an oil pipeline caused considerable sickness in wildlife.
油管的洩漏造成了許多野生動物的疾病。

v.（水、光）滲漏，洩漏

Improperly sealed tanks slowly **leaked** chemicals into the water.
沒有適當密封的儲存槽，慢慢地滲漏出化學物質到水中。

28 **organization***
[美] [ˌɔrgənə`zeʃən]
[英] [ˌɔ:gənai`zeiʃən]
[衍] organize v. 組織
[同] association 協會

n. 組織，機構

Many **organizations** have grouped together to protect the African savanna.
許多組織已經團結起來保護非洲的莽原。

29 **continually***

[kən`tɪnjʊəlɪ]

衍 continue v. 持續
continuous adj. 持續不斷的
continuity n. 連續性

adv. 頻繁地，一再地

The processing plant **continually** polluted nearby lakes.
這座加工處理工廠一再污染附近的湖泊。

出題重點

常考語句 **continually : lastingly**

區分表示「持續地」的單字用法差異，在測驗中會考。

continually 頻繁地，一再地
表示某件事斷斷續續地一直發生。

lastingly 持續地，連續地
表示某件事持續存在或產生影響。

The new environmental bill promises to **lastingly** protect the nation's waterways.
新的環境法案承諾持續保護國內的水路。

30 **contaminate***

美 [kən`tæmə͵net]
英 [kən`tæmineit]
衍 contamination n. 污染
同 pollute 污染

v. 污染

The water was **contaminated** with gasoline.
水受到了汽油的污染。

出題重點

同義詞 表示放出危險或污染物質並造成破壞時，**contaminate** 可以換成 **pollute**。

31 **disaster***

美 [dɪ`zæstɚ]
英 [di`zɑ:stə]

n. 災難

Emergency procedures are implemented in case of a natural **disaster**. 萬一發生天然災害，將實施緊急程序。

32**discharge***

㊥ [dɪsˋtʃɑrdʒ]
㊕ [disˋtʃɑ:dʒ]
n. 排放

v. 排放

It is illegal to **discharge** industrial chemicals into the environment.
排放工業化學物質到環境中是違法的。

33**resource***

㊥ [rɪˋsors]
㊕ [riˋsɔ:s]
衍 resourceful adj. 資源豐富的；足智多謀的

n. 資源

Designating lands as national parks can help preserve natural **resources**.
將土地指定為國家公園，有助於保護自然資源。

出題重點

常考語句
- **natural resources** 天然資源
- **human resources** 人力資源，人事（部）

resource 經常以複合名詞的形式出題，請記住它的慣用語。

34**prominent***

㊥ [ˋprɑmənənt]
㊕ [ˋprɔminənt]
衍 prominence n. 顯著，傑出
prominently adv. 著名地，顯著地
同 renowned 著名的

adj. 著名的，顯著的

Mr. Goldstein is a **prominent** expert in the energy industry.
Mr. Goldstein 是能源產業著名的專家。

出題重點

同義詞 表示人或團體很知名時，**prominent** 可以換成 **renowned**。

35**deplete***

[dɪˋplit]
衍 depletion n. 耗盡
同 exhaust 耗盡

v. 耗盡

The area's water resources have been **depleted**, causing a drop in produce.
這個地區的水資源已經消耗殆盡，造成農作物產量的下降。

出題重點

同義詞 表示把資源或資金用到幾乎沒有時，**deplete** 可以換成 **exhaust**。

36 **purify***
[美] [ˋpjʊrəˌfaɪ]
[英] [ˋpjuərifai]
[衍] purification n. 淨化

v. 淨化

The plant **purifies** the water before it is offered to the local population.
這座工廠在把水供應給當地人口之前先把水淨化。

37 **endangered***
[美] [ɪnˋdendʒɚd]
[英] [inˋdeindʒəd]
[同] threatened 瀕臨絕種的

adj. 瀕臨絕種的

WildAid is fighting to protect **endangered** species.
WildAid 正努力保護瀕臨絕種的物種。

出題重點

[同義詞] 表示有絕種危機的時候，**endangered** 可以換成 **threatened**。

38 **extinction***
[ɪkˋstɪŋkʃən]
[衍] extinct adj. 絕種的

n. 絕種

Polar bears are now in danger of **extinction**.
北極熊現在有絕種的危險。

39 **drought***
[draʊt]

n. 乾旱

The persistent **drought** affected the water supply.
持續的乾旱影響了水的供應。

40 **inflict***
[ɪnˋflɪkt]
[衍] infliction n.（痛苦、傷害的）施加

v. 施加，使遭受（痛苦、傷害）

The new dam has **inflicted** considerable damage to the ecosystem.
新的水壩對生態環境造成了很大的傷害。

41 **migration***

[maɪˋgreʃən]

衍 migrate v. 遷移

n. 遷移，移動

The tank was isolated to prevent the **migration** of contaminants.

為了預防污染物質的轉移，這個儲存槽被隔離了。

出題重點

易混淆單字

migration : immigration

請區分表示「遷移」的單字用法差異。

migration 遷移，移動

表示從一個地方移動或移居到另一個地方。

immigration（外來的）移民（↔ emigration）

表示從外國移居本國。

The government adopted strict new controls on **immigration.**

政府對於外來移民採用了嚴格的新管制措施。

42 **ecology***

美 [ɪˋkɑlədʒɪ]

英 [i:ˋkɔlədʒi]

n. 生態，生態學

Global warming alters the **ecology** of our planet.

全球暖化改變我們星球的自然生態。

43 **habitat***

[ˋhæbəˏtæt]

衍 habitation n. 居住

inhabitant n. 居民，居住者

n.（動植物的）棲息地

The plant rarely grows outside its natural **habitat.**

這種植物很少生長在自然棲息地以外的地方。

29th Day Daily Checkup

請把單字和對應的意思連起來。

01 emission
02 consistent
03 clear
04 dispose
05 mark

ⓐ 處理，處置
ⓑ 慶祝
ⓒ 資源
ⓓ 晴朗的，清楚的
ⓔ 排放，排放物
ⓕ 一致的，一貫的

請填入符合文意的單字。

06 Weather on the island ______ daily in the spring.
07 The lake's reeds are too ______ to walk through.
08 Factory waste ______ the river so no fish can survive.
09 Using recycled materials can save a(n) ______ amount of money.

ⓐ contaminates ⓑ significant ⓒ dense ⓓ environmental ⓔ varies

10 Congo Wildlife Park ______ the natural habitats of wild animals.
11 The company was fined for ______ pollution far above standards.
12 The researcher ______ studied the environmental impact of the project.
13 The fundraiser's proceeds will be used as ______ for victims of the hurricane.

ⓐ aid ⓑ forecasts ⓒ preserves ⓓ intensively ⓔ excessive

Answer 1.ⓔ 2.ⓕ 3.ⓓ 4.ⓐ 5.ⓑ 6.ⓔ 7.ⓒ 8.ⓐ 9.ⓑ 10.ⓒ 11.ⓔ 12.ⓓ 13.ⓐ

多益滿分單字

環境

多益基礎單字

LC	cave	n. 洞穴
	Celsius	n. 攝氏
	chilly	adj. 冷颼颼的
	clean up	phr. 打掃乾淨，清理
	cleaning supply	phr. 清潔用品
	desert	n. 沙漠
	dirt	n. 灰塵
	empty a trash can	phr. 清空垃圾桶
	factory	n. 工廠
	harvest	v. 收穫 n. 收穫
	humid	adj. 潮濕的
	landscape	n. 陸上風景
	point	n. 論點 v. 指出
	seed	n. 種子 n. 播種
	shade	n. 陰影
	sunny	adj. 晴朗的
	sunset	n. 日落
	wet	adj. 濕的
	windy	adj. 颳風的
	wood	n. 木頭，木材
RC	dust	n. 灰塵 v. 除去灰塵
	flood	n. 洪水
	general	adj. 一般的
	pollution	n. 污染
	shower	n. 陣雨
	source	n. 源頭
	southern	adj. 南方的
	temperature	n. 溫度

多益800分單字

LC	acid rain	phr. 酸雨
	along the shore	phr. 沿著岸邊
	bay	n.（海、湖的）灣
	body of water	phr. 水體
	bush	n. 灌木
	cliff	n. 懸崖
	countryside	n. 鄉間，鄉下
	footpath	n. 小徑，步道
	fountain	n. 噴泉
	freezing	adj. 冰冷的
	gardening tool	phr. 園藝工具
	grasp	v. 握緊，抓牢
	hail	n. 冰雹
	lakefront	n. 湖邊
	lighthouse	n. 燈塔
	nightfall	n. 傍晚，黃昏
	off the shore	phr. 離岸
	overlook the water	phr. 俯瞰水面
	pull weeds	phr. 拔除雜草
	rain forest	phr. 雨林
	rain or shine	phr. 不管天氣如何，不論有什麼事發生
	rain shower	phr. 陣雨
	rainstorm	n. 暴風雨
	riverbank	n. 河岸
	riverside	n. 河邊
	scenery	n. 風景
	scenic	adj. 風景的
	slope	n. 斜坡 v. 傾斜
	stream	n. 溪流 v. 流動
	suburb	n. 郊區
	sweep the leaves	phr. 掃落葉
	thunderstorm	n. 大雷雨
	trap	v. 設陷阱捕捉，使困住

	tree trunk	phr. 樹幹
	twilight	n. 暮色，薄暮
	weather forecast	phr. 氣象預報
	weather report	phr. 氣象報告
	windstorm	n. 暴風
Part 5, 6	dislike	v. 不喜歡
	environmentally	adv. 在環境方面
	in particular	phr. 特別，尤其
	quietly	adv. 安靜地
	serial code	phr. 序號
	setting	n. 環境，背景
	solid	adj. 固體的，結實的
	thoughtfully	adv. 深思熟慮地
Part 7	atmospheric	adj. 大氣的，有氣氛的
	be located in	phr. 位於…
	conservation	n. 保存
	ecology	n. 生態，自然環境
	environmental regulations	phr. 環境法規
	ground	n. 地面，根據
	habitat	n. （動植物的）棲息地
	inclement	adj. （天氣）惡劣的，嚴酷的
	mammal	n. 哺乳類動物
	mining	n. 採礦，礦業
	natural habitat	phr. 自然棲息地
	noise and air pollution	phr. 噪音與空氣汙染
	nourishment	n. 滋養，養育
	nurture	v. 養育，培養
	overflow	v. 溢出，泛濫
	ozone layer	phr. 臭氧層
	react to	phr. 對…作出反應
	recyclable	adj. 可回收再利用的
	stormy	adj. 暴風雨的
	under construction	phr. 施工中的
	vague	adj. 模糊的
	water level	phr. 水位

多益900分單字

LC	botanical	adj. 植物的
	climbing plant	phr. 攀緣植物
	mow the lawn	phr. 修剪草坪
	overpass	n. 天橋，陸橋
	potted	adj. 種在盆栽的
	pull up	phr. 拔起，停車
	vacant site	phr. 空地
Part 5, 6	outwardly	adv. 外表上，表面上
	precipitation	n. 降水量，降雨量
	promptness	n. 迅速，準時
	tranquility	n. 寧靜
	trimming	n. 修剪，裝飾
Part 7	depletion	n. （資源等的）耗盡
	disposal	n. 處理，處置
	downpour	n. 傾盆大雨
	drench	v. 使濕透
	fade	v. 凋謝，逐漸消失
	fuel emission	phr. 燃料排放
	fumes	n. （有害的）氣體
	grazing	n. 放牧，牧草地
	logging	n. 伐木
	outskirts	n. 郊區，市郊
	radiation	n. 輻射
	residue	n. 殘餘物
	rugged	adj. 凹凸不平的
	safety procedure	phr. 安全程序
	sewage	n. 污水
	splendor	n. 光輝，輝煌
	terrestrial	adj. 地球的
	timber	n. 木材
	toxication	n. 中毒
	water supply	phr. 水的供應，供水

健康與工作，站在選擇的分岔路口

健康

最近幾天的徹夜加班簡直要人命，**fatigue** 累積、精力衰退的我，向部長申請提早下班，去醫院做 **checkup**。似乎是因為工作太操勞，出現了身體瀕臨極限的 **symptom**。頭暈目眩、消化不良…恐怕真的很嚴重吧，我的 **physician** 看了很久，露出了困惑的表情，好像不知道該做出怎樣的 **diagnosis**，也不知道該 **prescribe** 什麼藥一樣。啊啊！應該減少工作，讓自己快點 **recover** 嗎？還是應該為了公司燃燒自己的生命呢？

1 **fatigue***
[fə`tig]

n. 疲勞

Too much stress can lead to **fatigue**.
過多的壓力會導致疲勞。

2 **checkup***
[`tʃɛk͵ʌp]

n. 健康檢查

Yearly medical **checkups** are required for public school students.
公立學校學生必須接受每年的健康檢查。

3 **symptom***
[`sɪmptəm]

n. 症狀

The lawyer exhibited **symptoms** of a stress disorder.
那位律師出現了壓力失調的症狀。

4 **physician***
[fɪ`zɪʃən]
同 doctor 醫師

n. 內科醫師

Mr. Bentley consulted a **physician** about his high blood pressure.
Mr. Bentley 因為高血壓而向醫師求診。

出題重點

易混淆單字
- **physician** 內科醫師
- **physics** 物理學

區分人物名詞 physician 和抽象名詞 physics，是測驗中會考的題目。physician 也可以泛指各種醫師。

5 **diagnosis***
美 [͵daɪəg`nosɪs]
英 [͵daiəg`nəusis]
衍 diagnose v. 診斷

n. 診斷

The doctor's **diagnosis** turned out to be wrong.
結果證明這位醫師的診斷是錯的。

6 **prescribe****

[prɪˋskraɪb]

衍 prescription n. 處方箋

v. 開（藥方）

The doctor **prescribed** a remedy for Elaine's cold.

醫生開了治療 Elaine 的感冒的藥。

出題重點

常考語句

prescribe medicine 開藥方

fill a prescription 依處方配藥

prescribe 主要接 medicine 等表示藥的名詞當受詞。也請記住名詞 prescription 會和動詞 fill 搭配使用。

7 **recovery***

[rɪˋkʌvərɪ]

衍 recover v. 恢復，康復

n. 恢復，康復

Time is needed to make a complete **recovery**.

完全恢復需要時間。

8 **recognize*****

[ˋrɛkəg͵naɪz]

衍 recognizable adj. 可辨認的，可認出的

同 honor 給予榮譽

v. 認定，承認，認出；表彰

Many alternative medicines are not **recognized** as valid treatments.

許多替代藥物不被認為是有效的治療方法。

出題重點

同義詞 表示表揚某人的努力、辛勞時，**recognize** 可以換成 **honor**。

9 **join*****

[dʒɔɪn]

v. 加入

Employees are encouraged to **join** the health club.

員工被鼓勵加入健身俱樂部。

出題重點

常考語句	
	join a club 加入俱樂部
	join a company 加入公司
	請注意 join 是及物動詞，後面不加介系詞，直接接受詞。

10**comprehensive*****
㊥ [ˌkɑmprɪˋhɛnsɪv]
㊧ [ˌkɔmpriˋhensiv]
衍 comprehend v. 理解，包含
comprehensible adj. 可理解的

adj. 全面的，綜合的

Executives are required to undergo a **comprehensive** physical examination once a year.
主管每年必須接受一次綜合體檢。

11**participate*****
㊥ [pɑrˋtɪsəˌpet]
㊧ [pɑːˋtisipeit]

v. 參與，參加

Over 100 people **participated** in the medical study.
一百多人參加了那項醫學研究。

12**recommend*****
[ˌrɛkəˋmɛnd]
衍 recommendation n. 推薦

v. 推薦，建議

The doctor **recommended** that Phillip get enough rest.
醫生建議 Phillip 要充分休息。

出題重點

常考語句	
	1. be strongly recommended 被強烈建議
	recommend 經常搭配副詞 strongly 使用。
	2. on the recommendation of 藉著…的推薦
	選出這個慣用語裡和 recommendation 搭配的介系詞 on，是測驗中會考的題目。

13**necessary*****
[ˋnɛsəˌsɛrɪ]

adj. 必要的

Surgery may be **necessary** to remove the patient's tumor.
可能必須動手術來移除患者的腫瘤。

14 **ability*****

[美] [ə`bɪlətɪ]
[英] [ə`biliti]

n. 能力

Some diseases weaken the body's **ability** to defend itself.
有些疾病會減弱身體防禦自己的能力。

15 **operation*****

[美] [ˌɑpə`reʃən]
[英] [ˌɔpə`reiʃən]

n. 手術

Mr. Stanley underwent a four-hour **operation** on his heart.
Mr. Stanley 接受了四小時的心臟手術。

16 **cleanliness*****

[美] [`klɛnlɪnɪs]
[英] [`klenlinəs]

n. 清潔

Maintaining **cleanliness** can help prevent the spread of bacteria. 保持潔淨有助於預防細菌傳播。

17 **duration*****

[美] [djʊ`reʃən]
[英] [dju`reiʃən]

n. 持續期間

The **duration** of the illness may vary from one person to the next. 疾病持續的時間可能因人而異。

18 **examination*****

[美] [ɪgˌzæmə`neʃən]
[英] [igˌzæmi`neiʃən]

n. 檢查，審查

Dr. Knowles began the patient's **examination** by asking a series of questions. Dr. Knowles 在進行對患者的檢查時，先詢問一系列的問題。

19 **eliminate****

[美] [ɪ`lɪməˌnet]
[英] [i`limineit]
[衍] elimination n. 消除
[同] remove, get rid of 去除

v. 排除，消除

The kidneys **eliminate** wastes from the body.
腎臟會排除體內的廢物。

出題重點

同義詞 去示去除不必要或不想要的東西時，**eliminate** 可以換成 **remove** 或 **get rid of**。

20**easily****
[`izɪlɪ]

adv. 容易地

Doctors **easily** removed the patient's appendix using advanced equipment.

醫師用先進的設備輕易地切除了患者的闌尾。

21**dental****
[`dɛntl̩]

adj. 牙科的，牙齒的

It is important to receive **dental** checkups regularly.

定期接受牙齒檢查是很重要的。

22**dietary****
美 [`daɪə͵tɛrɪ]
英 [`daiəteri]
n. 規定的飲食，飲食規定

adj. 飲食的，節食的

The Bureau of Health has issued a set of **dietary** guidelines for optimal nutrition.

健康局發表了一套理想營養的飲食指南。

23**related****
[rɪ`letɪd]

adj. 有關的

Illnesses with **related** symptoms can be a challenge to diagnose properly.

有彼此相關的症狀的疾病，對於正確診斷可能是個挑戰。

24**transmit****
[træns`mɪt]

v. 傳播，傳送

The flu virus is **transmitted** through the air.

流行感冒病毒是經由空氣傳播的。

25 **periodically****

美 [pɪrɪ`ɑdɪklɪ]

英 [piəri`ɔdikli]

衍 periodic adj. 週期性的，定期的

adv. 週期性地，定期地

Free health checkups for all staff members are offered **periodically**.

員工的免費健康檢查是定期提供的。

26 **reaction****

[rɪ`ækʃən]

衍 react v. 反應

n. 反應

Some foods can cause allergic **reactions** in children.

有些食物會引起兒童的過敏反應。

出題重點

常考語句

allergic reactions 過敏反應

reaction to + 名詞 對…的反應

請記住和 reaction 搭配的形容詞 allergic 和介系詞 to。

27 **simple****

[`sɪmpl̩]

adj. 簡單的

A number of **simple** remedies are available for insomnia.

失眠症有許多簡單的治療法。

28 **coverage***

[`kʌvərɪdʒ]

衍 cover v. 涵蓋，報導

n.（保險）理賠範圍；（新聞等的）報導

Employees may extend their insurance **coverage** to spouses.

員工可以把保險涵蓋範圍擴大到配偶身上。

News **coverage** of the epidemic has been extensive.

對流行病的新聞報導程度很大。

29 **exposure***

美 [ɪk`spoʒɚ]

英 [iks`pəuʒə]

衍 expose v. 使暴露

n. 暴露

Prolonged **exposure** to sunlight can cause skin cancer.

長時間暴露在陽光下會引發皮膚癌。

出題重點

[常考語句] **exposure to** 對…的暴露（在…中的暴露）

be exposed to 暴露在…

exposure 和動詞 expose 都是用介系詞 to。

30 **pharmaceutical***
[美] [͵fɑrmə`sjutɪkl]
[英] [͵fɑ:mə`sju:tikl]

adj. 製藥的，藥劑學的

The **pharmaceutical** company markets children's dietary supplements.

這間製藥公司銷售兒童的飲食補給品。

31 **premium***
[`primɪəm]
adj. 高級的，優質的

n. 保險費

Monthly medical insurance **premiums** will rise next year.

明年，每月的醫療保險費將會上漲。

32 **relieve***
[rɪ`liv]
[衍] relief n. 緩和，減輕
[同] ease 減輕
[反] aggravate 加重，使惡化

v. 緩解

AlphaCough effectively **relieves** the symptoms of winter colds.

AlphaCough 能有效緩解冬季感冒的症狀。

出題重點

[同義詞] 表示減輕疼痛或問題時，**relieve** 可以換成 **ease**。

33 **combination***
[美] [͵kɑmbə`neʃən]
[英] [͵kɔmbi`neiʃən]
[衍] combine v. 結合

n. 結合，組合

Vitamin supplements are used in **combination** with other preventative measures.

維他命補給品和其他預防措施一併使用。

出題重點

常考語句

in combination with 和…一起，和…聯合

combination 會以 in combination with 的形式出題，請務必記住。

34 **conscious***

美 [ˋkɑnʃəs]

英 [ˋkɔnʃəs]

衍 consciously adv. 有意識地

同 aware 知道的

adj. 有意識的，意識到的

People taking medication need to be **conscious** of the risks.

服用藥物的人需要意識到風險。

出題重點

同義詞

表示知道某件事或意識到感情時，**conscious** 可以換成 **aware**。

35 **deprivation***

[ˏdɛprɪˋveʃən]

衍 deprive v. 剝奪

n. 剝奪，缺乏

Sleep **deprivation** weakens the immune system.

睡眠剝奪會使免疫系統變弱。

出題重點

常考語句

deprive A of B 剝奪 A 的 B

請把和動詞 deprive 搭配的介系詞 of 一起記下來。

36 **health***

[hɛlθ]

衍 healthy adj. 健康的

healthful adj. 有益健康的

n. 健康；（社會、機關的）健全

To maintain good **health**, physicians recommend an active lifestyle.

為了維持健康，醫師建議保持活動的生活型態。

It is difficult to forecast the future **health** of the medical industry.

預測醫療業未來的健全程度是很困難的。

 **出題重點**

常考語句
health insurance 健康保險
health benefits of exercise 運動對健康的好處
financial health 財務健全
health 除了表示「健康」以外，在測驗中也會以社會、機關「健全」的意義出題。

37**induce***
[ɪn`djus]
衍 inducement n. 引起
同 cause 造成

v. 引起
Users were warned that the medication may **induce** drowsiness.
用藥者被警告這種藥物可能引起睡意。

 **出題重點**

同義詞 表示引起某種行動或症狀時，**induce** 可以換成 **cause**。

38**insurance***
美 [ɪn`ʃʊrəns]
英 [in`ʃuərəns]

n. 保險
Employees are eligible for dental **insurance** coverage.
員工有資格得到牙齒保險的涵蓋範圍。

 **出題重點**

常考語句
insurance company 保險公司
insurance policy 保單
insurance 主要以複合名詞的形式出題，請一起記下來。

39**nutrition***
[nju`trɪʃən]
衍 nutritious adj. 營養的
nutritionist n. 營養師

n. 營養
Balanced **nutrition** is essential for growing children.
均衡的營養對成長中的孩子是必要的。

40 **prevention***

[prɪˋvɛnʃən]

衍 prevent v. 預防
preventive adj. 預防性的
preventable adj. 可預防的

n. 預防

Proper diet is necessary for the **prevention** of illness.
適當的飲食對於疾病的預防是必要的。

41 **susceptible***

美 [səˋsɛptəbl̩]
英 [səˋseptibl]

衍 susceptibility n. 易受感染，易受影響

adj. 易受感染的，易受影響的

A weakened immune system makes one **susceptible** to colds.
衰弱的免疫系統會使人容易得到感冒。

出題重點

常考語句 **susceptible to** 容易感染…的

請把和 susceptible 搭配的介系詞 to 一起記下來。

30th Day Daily Checkup

請把單字和對應的意思連起來。

01 ability
02 participate
03 duration
04 prescribe
05 transmit

ⓐ 開（藥方）
ⓑ 參與，參加
ⓒ 能力
ⓓ 持續期間
ⓔ 緩解
ⓕ 傳播，傳送

請填入符合文意的單字。

06 Janine often has an allergic ______ to dairy products.
07 The physician ______ a vitamin supplement to Ms. Post.
08 A(n) ______ of the patient's lungs revealed nothing unusual.
09 Television ______ of the drug's benefits has attracted investors.

ⓐ coverage ⓑ recommended ⓒ examination ⓓ joined ⓔ reaction

10 Steve was forced to undergo a knee ______ to relieve pain.
11 Susan's stomach tumor was ______ completely by the surgery.
12 The doctor ______ Ms. Han's symptoms and said she had the flu.
13 Doctors blamed the patient's heart ailment on his poor ______ habits.

ⓐ recognized ⓑ operation ⓒ insurance ⓓ dietary ⓔ eliminated

Answer 1.ⓒ 2.ⓑ 3.ⓓ 4.ⓐ 5.ⓕ 6.ⓔ 7.ⓑ 8.ⓒ 9.ⓐ 10.ⓑ 11.ⓔ 12.ⓐ 13.ⓓ

多益滿分單字

多益基礎單字

LC	allergic	adj. 過敏的
	blind	adj. 盲目的
	cavity	n. 蛀牙洞
	cold	n. 感冒，寒冷 adj. 冷的
	cosmetic	adj. 美容的，化妝的
	feel sick	phr. 覺得不舒服，覺得噁心
	fitness	n. 健康狀態
	gym	n. 健身房
	have an injection	phr. 接受注射
	medical facility	phr. 醫療設施
	raincoat	n. 雨衣
	surgery	n. 手術
	toothache	n. 牙痛
	treat	v. 治療
	vision	n. 視力
	workout	n. 鍛鍊身體
RC	beat	v.（心臟、脈搏）跳動
	blink	v. 眨眼
	cure	n. 治療法，治療藥物 v. 治療
	disease	n. 疾病
	healing	adj. 治療的
	internal	adj. 內部的
	lung	n. 肺
	organ	n.（身體）器官
	remedy	n. 治療法，治療藥物
	stomachache	n. 胃痛
	well-being	n. 幸福與健康

多益800分單字

LC		
	aging	adj. 老化的
	allergist	n. 過敏症專科醫師
	ankle sprain	phr. 腳踝扭傷
	back injury	phr. 背部受傷，後腰部受傷
	be in bad shape	phr. 健康狀況不好
	be in good shape	phr. 健康狀況良好
	be on a special diet	phr. 正在接受特殊飲食療法
	blood pressure	phr. 血壓
	blood supply	phr. 血液供給
	doctor's appointment	phr. 看診的預約
	emergency room	phr. 急診室
	get some exercise	phr. 做點運動
	heart ailment	phr. 心臟疾病
	heart attack	phr. 心臟病發作
	heart disease	phr. 心臟疾病
	injection	n. 注射
	insomnia	n. 失眠
	insurance	n. 保險
	keep in good shape	phr. 保持健康的狀態
	lean back	phr. 往後仰，往後躺
	lose weight	phr. 減重
	patient's record	phr. 患者的醫療紀錄
	physical examination	phr. 身體檢查
	physical therapy	phr. 物理治療
	sneeze	v. 打噴嚏
	surgical instrument	phr. 手術工具
	tablet	n. 藥片
	take effect	phr. 生效
	take medication	phr. 服用藥物
	take some medicine	phr. 吃藥
	terminal	adj. 末期的
	therapy	n. 治療，療法
	vaccination	n. 疫苗接種

	watch over	phr. 看守，照護
Part 5, 6	consequently	adv. 結果，因此
	harmful	adj. 有害的
	medicinal	adj. 藥用的，有藥效的
	recover	v. 恢復，康復
Part 7	antibiotic	n. 抗生素
	asthma	n. 氣喘
	athletic skill	phr. 運動技能
	breathable	adj. （空氣）適合吸入的，（布料等）透氣的
	chronic	adj. 慢性的
	contagious	adj. 接觸傳染的
	diabetes	n. 糖尿病
	donor	n. 捐贈者
	dosage	n. 劑量
	dose	n. （藥的）一次的劑量
	eradicate	v. 根除
	exhale	v. 吐氣
	first aid	phr. 急救
	fishery	n. 漁業，漁場
	food poisoning	phr. 食物中毒
	forbid	v. 禁止
	genetic research	phr. 遺傳學研究
	germ	n. 細菌
	hiccup	n. 打嗝
	hygiene	n. 衛生
	immune	adj. 免疫的
	infection	n. 感染
	infectious disease	phr. 傳染病
	influenza	n. 流行性感冒
	inhale	v. 吸氣
	overdose	n. 服藥過量
	painkiller	n. 止痛藥
	paralysis	n. 麻痺，癱瘓
	pulse	n. 脈搏
	robust	adj. 強壯的，結實的

多益900分單字

LC	be on medication	phr. 正在接受藥物治療
	get a prescription filled	phr. 拿處方箋讓人配藥
	get an injection	phr. 接受注射
	have one's vision tested	phr. 接受視力檢查
	on an empty stomach	phr. 以空腹狀態
	optometrist	n. 驗光師
	orthopedic	adj. 骨科的
	outpatient clinic	phr. 門診部
	practitioner	n. 從業人員
Part 5, 6	dairy	adj. 乳製品的
	elderly	adj. 年長的
	inhalation	n. 吸入
	medication	n. 藥，藥物
	plausible	adj. 貌似合理的
	prolonged	adj. 長期的
Part 7	acute	adj. 劇烈的，急性的
	dehydration	n. 脫水（症狀）
	deter	v. 使斷念，阻止
	epidemic	adj. 流行性的，傳染性的 n. 傳染病的流行
	life expectancy	phr. （群體的）平均壽命，預期壽命
	life span	phr. 壽命
	over-the-counter medicine	phr. 非處方藥，成藥
	palpitations	n. 心悸
	pediatrician	n. 小兒科醫師
	perspire	v. 出汗
	quarantine	n. 檢疫隔離 v. 隔離
	recuperate	v. 恢復，恢復健康
	respiratory system	phr. 呼吸系統
	respire	v. 呼吸
	saturated fat	phr. 飽和脂肪
	shoulder blade	phr. 肩胛骨
	sterilize	v. 殺菌，消毒

實戰 Test 3

01 By following their doctors' recommendations, patients can ______ the need to undergo additional treatments.

(A) require (B) prescribe (C) organize (D) eliminate

02 Although subway fares are increasing, most people believe the speediness of train travel is worth the ______ .

(A) waste (B) expense (C) migration (D) entry

03 Staff must ______ display parking passes on their vehicles so security guards can easily see them.

(A) intensively (B) successfully (C) prominently (D) alternatively

04 The research has ______ that workers today are more interested in enjoying their work than in making a lot of money.

(A) merged (B) approved (C) revealed (D) expected

05 Ms. Palumbo was recognized during her retirement party for her years of ______ to the company.

(A) dedication (B) appreciation (C) relation (D) duration

06 After reading an article on the health benefits of fruits and vegetables, Katherine made a ______ effort to change her diet.

(A) compulsory (B) detailed (C) conscious (D) dense

07 Detour signs have been placed at several spots along the road to ______ traffic away from the construction site.

(A) divert (B) induce (C) interfere (D) designate

08 The widespread availability of financial information has made stock investment more ______ even among amateur investors.

(A) tentative (B) prevalent (C) reserved (D) spacious

Questions 09-11 refer to the following notice.

Dear Residents,

We would like to inform you that we will be ______ roadwork in your area.

09 (A) supporting (B) preparing
(C) dismissing (D) commencing

This project is expected to start on June 1 and end on July 15. The work will include repairs to Longham, Greystone, and Wallford streets, as well as to the Longham street bridge. Those streets will be ______ during that time.

10 (A) uncertain (B) inaccessible
(C) damaged (D) prominent

However, a notice listing alternative routes for motorists will be posted. We apologize for any inconvenience and assure you that it will be ______ .

11 (A) significant (B) temporary
(C) exceptional (D) improbable

Although traffic to and from the city will move more slowly, once the work has been completed, road conditions will improve considerably. This will speed up traffic and make traveling much easier.

Sincerely,
Ronald Bingley
District Representative

MX Industries secured sufficient capital from investors to proceed with its project. The project will utilize new technology to greatly improve the existing products. A press release on the company's specific plans will follow.

12 The word "secured" in paragraph 1, line 1 is closest in meaning to

(A) assured (B) obtained (C) tightened (D) positioned

正確答案和解析

實戰 Test 1 p.200

01 (C) 02 (B) 03 (D) 04 (D) 05 (B) 06 (C) 07 (B) 08 (A) 09 (C) 10 (D) 11 (D) 12 (D)

01

翻譯 社區中心提供居民多樣的藝術及工藝課程。

單字 community center 社區中心 provide [prə`vaɪd] 提供 resident [`rɛzədənt] 住戶，居民
arts and crafts 藝術與工藝 showing（電影、戲劇的）上演 prospect [`prɑspɛkt] 展望
variety [və`raɪətɪ] 多樣性，變化 consequence [`kɑnsə,kwɛns] 結果，後果

02

翻譯 Zwisher 公司廚房用品系列的使用者，將能從它們提供的許多便利中受惠。

單字 kitchen appliance 廚房用品 convenience [kən`vinjəns] 便利，方便
improvise [`ɪmprəvaɪz] 即興演奏，即興創作 benefit [`bɛnəfɪt] 受益，受惠
follow [`fɑlo] 跟隨 transform [træns`fɔrm] 改變，轉變

03

翻譯 小孩不可以獨自參加節慶，必須由一位大人陪同。

單字 allow [ə`laʊ] 准許，允許 attend [ə`tɛnd] 出席，參加
appear [ə`pɪr] 出現，顯現 require [rɪ`kwaɪr] 要求
succeed [sək`sid] 成功；接著發生，接替 accompany [ə`kʌmpənɪ] 陪同，伴隨

04

翻譯 參與的顧客會被要求在意見調查表上表明自己對公司的產品有什麼想法。

單字 participate [pɑr`tɪsə,pet] 參與，參加 survey [`sɝve] 問卷調查
manage [`mænɪdʒ] 管理；設法做到⋯ demand [dɪ`mænd] 要求；需求
adopt [ə`dɑpt] 採納；領養 indicate [`ɪndə,ket] 指出，表明

05

翻譯 這間博物館目前的展覽，主打去年在土耳其的歷史遺址發現的古代文物展示。

單字 current [`kɝənt] 目前的 feature [fitʃɚ] 以⋯為特色，主打⋯ ancient [`enʃənt] 古代的
artifact [`ɑrtɪ,fækt] 人工製品，文物 historical site 歷史遺址
audience [`ɔdɪəns] 聽眾，觀眾 exhibition [,ɛksə`bɪʃən] 展覽
subscription [səb`skrɪpʃən]（定期刊物的）訂閱 announcement [ə`naʊnsmənt] 宣布，發表

06

翻譯 網路上的公司比傳統零售店更有優勢，因為它們花比較少錢在維護方面。

單字 traditional [trə`dɪʃənl̩] 傳統的 retail [`ritel] 零售的 maintenance [`mentənəns] 維護，保養
admission [əd`mɪʃən] 入場 influence [`ɪnflʊəns] 影響，作用

advantage [əd'væntɪdʒ] 優點，優勢　experience [ɪk'spɪrɪəns] 經驗，體驗

07

翻譯　想要知道新政策可能對自己有什麼影響的員工，應該和主管商談。

單字　policy ['pɑləsɪ] 政策　affect [ə'fɛkt] 影響…　consult 向…諮詢、商議、商談
enable [ɪn'ebḷ] 使…能夠　clarify ['klærə,faɪ] 闡明　contain [kən'ten] 包含　inform [ɪn'fɔrm] 通知

08

翻譯　作為特別優惠的一部分，Stomps 健身房正在為新使用者提供會員費用的折扣。

單字　discount ['dɪskaʊnt] 打折；折扣　membership fee 會員費用　offer ['ɔfɚ] 優惠；提供
notice ['notɪs] 通知；注意到　charge [tʃɑrdʒ] 收費　warranty ['wɔrəntɪ] 保固，保證書

09-11 題參照以下電子郵件。

親愛的 Mr. Elias：

身為人事部副主任，我想請公司准許我參加下個月在洛杉磯舉行的商務會議。我需要離開一週，但我希望在活動上獲得的資訊，將會對公司有益。這場會議是關於重新組織公司以達到最高效率，可以提供我們開發出更好的辦公系統的想法。

我附上了會議中將會討論的主題列表。請查看這些主題，告訴我是否有任何主題適用於我們的系統。

我希望公司能提供我參加這場會議所需要的支援。

request [rɪ'kwɛst] 請求　reorganize [ri'ɔrgə,naɪz] 重新組織　efficiency [ɪ'fɪʃənsɪ] 效率
cover ['kʌvɚ] 覆蓋；包含　look over 瀏覽，檢查　support [sə'port] 支持，支援

09

解析　在句子裡，空格表示「為了參加會議而必須向公司請求的東西」，所以最適合的單字是 (C) permission（允許，許可）。

單字　absence ['æbsṇs] 不在，缺席　incentive [ɪn'sɛntɪv] 獎勵金
permission [pɚ'mɪʃən] 允許，許可　feedback ['fid,bæk] 回饋意見

10

解析　單獨從空格所在的句子來判斷的話，(A) creative、(C) advanced 和 (D) beneficial 都是可能的答案。不過，接下來的句子提到「可以提供我們開發出更好的辦公系統的想法」，可知從會議中得到的知識有助開發辦公系統，所以答案是 (D) beneficial（有益的）。

單字　creative [krɪ'etɪv] 有創意的　involved [ɪn'vɑlvd] 有關聯的，牽涉其中的
advanced [əd'vænst] 進步的，先進的　beneficial [,bɛnə'fɪʃəl] 有利的，有益的

11

解析　這是要從整篇文章中尋找線索的題目。第一段提到「在活動上獲得的資訊，有助於改善公司的辦公系統」，而空格前面的句子說「附上了會議中將會討論的主題列表」，可知應該是請對方查看是否有主題適用於改善辦公系統，所以答案是 (D) apply to（適用於…）。

單字　check for 檢查是否有…　qualify for 有…的資格　comply with 遵守…　apply to 適用於…

12

Almaca 大學理事會將於本月底開會討論最近的議題。預計提出的議題包括翻修舊建築物的計畫，以及今年是否提高學費。 board of governors 理事會　concern [kən`sɝn] 關心的事　issue [`ɪʃjʊ] 問題，議題 raise [rez] 提高，提出　renovate [`rɛnə,vet] 翻修　tuition fee 學費

題目　第 1 段第 2 行的 concerns，意思最接近
(A) 興趣　(B) 方法　(C) 壓力　(D) 問題

解析　concerns 表示要討論的「議題、問題」，所以答案是 (D) matters（問題，事情）。

單字　interest [`ɪntərɪst] 興趣　method [`mɛθəd] 方法　stress [strɛs] 壓力　matter [`mætə] 問題；事情

01 (B) 02 (A) 03 (D) 04 (D) 05 (C) 06 (D) 07 (B) 08 (A) 09 (D) 10 (A) 11 (C) 12 (D)

01

翻譯 這家公司提供定期的安全訓練，以預防工作場所的意外。

單字 regular [ˋrɛgjələ] 定期的 safety training 安全訓練 decline [dɪˋklaɪn] 拒絕
prevent [prɪˋvɛnt] 預防 refuse [rɪˋfjuz] 拒絕 oblige [əˋblaɪdʒ] 迫使

02

翻譯 幾位大樓住戶到管理處提出關於訪客停車位不足的抱怨。

單字 tenant [ˋtɛnənt] 房客，承租人 administration office 管理處 file [faɪl] 提出
visitor [ˋvɪzɪtə] 訪客 parking [ˋpɑrkɪŋ] 停車空間 complaint [kəmˋplent] 抱怨
inventory [ˋɪnvən,torɪ] 庫存 dispute [dɪˋspjut] 爭論 commitment [kəˋmɪtmənt] 投入

03

翻譯 Sunshine Electronics 公司的工程師把這款纜線設計成能和目前市面上大部分種類的電腦相容。

單字 design [dɪˋzaɪn] 設計 available [əˋveləbl̩] 可得的 manual [ˋmænjʊəl] 手動的
broad [brɔd] 寬廣的 successful [səkˋsɛsfəl] 成功的 compatible [kəmˋpætəbl̩] 相容的

04

翻譯 這間餐廳要求顧客在付款前確認自己拿到了正確的外帶點餐單。

單字 correct [kəˋrɛkt] 正確的 takeout [ˋtek,aʊt] 外帶的 order [ˋɔrdə] 點餐
payment [ˋpemənt] 付款 calculate [ˋkælkjə,let] 計算 combine [kəmˋbaɪn] 結合
contact [kənˋtækt] 聯絡 confirm [kənˋfɜm] 確認

05

翻譯 Ms. Anderson 令人印象深刻的簡報很成功，帶來了兩個高利潤的客戶。

單字 presentation [,prizɛnˋteʃən] 簡報 success [səkˋsɛs] 成功
lucrative [ˋlukrətɪv] 有利可圖的 unlimited [ʌnˋlɪmɪtɪd] 無限的
absolute [ˋæbsə,lut] 完全的 impressive [ɪmˋprɛsɪv] 令人印象深刻的
argumentative [,ɑrgjəˋmɛntətɪv] 好爭論的

06

翻譯 員工必須提交出差時的收據，以獲得支出的核銷。

單字 submit [səbˋmɪt] 提交 receipt [rɪˋsit] 收據 business trip 出差
in order to do 為了做⋯ expense [ɪkˋspɛns] 支出 amend [əˋmɛnd] 修正
deduct [dɪˋdʌkt] 扣除 prompt [prɑmpt] 促使 reimburse [,riɪmˋbɜs] 補償，核銷

07

翻譯　住宅室內裝潢的最新趨勢，是可以摺疊起來節省空間的創新家具。

單字　latest [ˋletɪst] 最新的　trend [trɛnd] 趨勢　furniture [ˋfɝnɪtʃə] 家具
save [sev] 節省　defective [dɪˋfɛktɪv] 有缺陷的　innovative [ˋɪno,vetɪv] 創新的
perishable [ˋpɛrɪʃəbḷ] 易腐壞的　unavailable [,ʌnəˋveləbḷ] 無法利用的

08

翻譯　雖然這間公司上一季是赤字，但被預期會在今年秋天藉由手機獲利。

單字　although [ɔlˋðo] 雖然　quarter [ˋkwɔrtə] 季度　expect [ɪkˋspɛkt] 預期
make money 賺錢　deficit [ˋdɛfɪsɪt] 赤字　market [ˋmɑrkɪt] 市場
budget [ˋbʌdʒɪt] 預算　commodity [kəˋmɑdətɪ] 商品

09-11 題參照以下報導。

Bolton 公司創下獲利紀錄

受歡迎的服飾零售商 Bolton 公司最近發表的數據顯示，去年的利潤率超越了以往所有年度。Bolton 公司發言人 Rochelle DeVries 表示，去年男裝系列的銷售急劇成長。一般而言，這家連鎖業者的銷售額只有百分之 20 來自男裝。今年，這個比率上升了百分之 12，總銷售額也成長將近百分之 28。DeVries 主張，獲利能力成長的主要原因是佣金制度的實施。該公司現在依照銷售水準，以現金獎勵補償銷售人員，這個措施幫助提升了公司的利潤。

figure [ˋfɪgjə] 數字，數額　retailer [ˋritelə] 零售商，零售業者　profit margin 利潤率
previous [ˋpriviəs] 以前的　spokesperson [ˋspoks,pɝsṇ] 發言人
dramatic [drəˋmætɪk] 急劇的　gross sales 總銷售額　profitability [,prɑfɪtəˋbɪlətɪ] 獲利能力
implementation [,ɪmpləmɛnˋteʃən] 實施　commission [kəˋmɪʃən] 佣金
raise [rez] 提高　corporate [ˋkɔrpərɪt] 法人的，公司的

09

解析　這是要從整篇文章中尋找線索的題目。空格後面提到「去年男裝系列的銷售急劇成長」以及「總銷售額也成長將近百分之 28」，可知去年的利潤率超越了過去的年度，所以答案是 (D) exceeds（超過）。

單字　total [ˋtotḷ] 合計是…　curtail [kɝˋtel] 縮減　represent [,rɛprɪˋzɛnt] 代表，表現
exceed [ɪkˋsid] 超過，超越

10

解析　單獨從空格所在的句子來判斷的話，四個選項都是可能的答案。不過，上一句提到「去年男裝系列的銷售急劇成長」，可知男裝佔銷售額百分之 20 是除了去年以外的一般情況，所以答案是 (A) Typically（通常，一般而言）。

單字　typically [ˋtɪpɪkḷɪ] 通常，一般而言　markedly [ˋmɑrkɪdlɪ] 顯著地
accurately [ˋækjərɪtlɪ] 精確地　fortunately [ˋfɔrtʃənɪtlɪ] 幸運地，幸好

11

解析　空格所在的句子表示「公司給銷售人員獎金」的意思，選項中最恰當的答案是 (C) compensates（補償）。

單字　improve [ɪmˋpruv] 改善　replace [rɪˋples] 取代，代替
compensate [ˋkɑmpən͵set] 補償　produce [prəˋdjus] 生產

12

顧客對訂單進行的所有變更，會立即反映在網路帳戶裡。此外，如果任何品項的數量被更改，就會寄電子郵件通知顧客訂單已經變更。

modification [mɑdəfəˋkeʃn] 修改　immediately [ɪˋmidɪɪtlɪ] 立即　reflect [rɪˋflɛkt] 反映
account [əˋkaʊnt] 帳戶　additionally [əˋdɪʃənḷɪ] 此外　quantity [ˋkwɑntətɪ] 量，數量
item [ˋaɪtəm] 品項　inform [ɪnˋfɔrm] 通知　alter [ˋɔltə] 改變

題目　第 1 段第 1 行的 reflected，意思最接近
(A) 被暗示的　(B) 被指示的　(C) 被用信號告知的　(D) 被顯示的

解析　reflected 表示「被反映的」，所以答案是 (D) indicated（被顯示的）。

單字　imply [ɪmˋplaɪ] 暗示　direct [dəˋrɛkt] 指示；指導　signal [ˋsɪgnḷ] 用信號告知
indicate [ˋɪndə͵ket] 指出，顯示

實戰 Test 3 p.554

01 (D) 02 (B) 03 (C) 04 (C) 05 (A) 06 (C) 07 (A) 08 (B) 09 (D) 10 (B) 11 (B) 12 (B)

01

翻譯 藉由遵守醫師的建議，患者可以免除接受額外治療的需要。

單字 recommendation [ˌrɛkəmɛnˋdeʃən] 推薦，建議 patient [ˋpeʃənt] 患者
need [nɪd] 需要，必要 undergo [ˌʌndəˋgo] 接受（檢查、手術），經歷（變化等），承受（苦難）
treatment [ˋtritmənt] 治療 require [rɪˋkwaɪr] 需要 prescribe [prɪˋskraɪb] 開藥方
organize [ˋɔrgəˌnaɪz] 組織 eliminate [ɪˋlɪməˌnet] 排除，消除

02

翻譯 雖然地下鐵的票價正在上漲，但大部分的人認為搭乘列車移動的快速值得它的費用。

單字 fare [fɛr] 交通費，票價 increase [ɪnˋkris] 增加 believe [bɪˋliv] 相信，認為…
speediness [ˋspidɪnɪs] 迅速，快 travel [ˋtrævḷ] 旅行，移動
worth [wɜθ] 值得…的 waste [west] 浪費 expense [ɪkˋspɛns] 費用
migration [maɪˋgreʃən] 遷移 entry [ˋɛntrɪ] 進入，入場

03

翻譯 員工必須把停車證明顯地出示在車輛上，讓警衛可以容易看到。

單字 display [dɪˋsple] 展示，陳列 vehicle [ˋviɪkḷ] 車輛 easily [ˋizɪlɪ] 容易地，輕鬆地
intensively [ɪnˋtɛnsɪvlɪ] 密集地 successfully [səkˋsɛsfəlɪ] 成功地
prominently [ˋprɑmənəntlɪ] 顯著地，顯眼地 alternatively [ɔlˋtɜnəˌtɪvlɪ] 或者，不然的話

04

翻譯 調查顯示，比起賺很多錢，今日的勞工對於享受自己的工作更感興趣。

單字 research [rɪˋsɜtʃ] 研究，調查 interested [ˋɪntərɪstɪd] 感興趣的
enjoy [ɪnˋdʒɔɪ] 享受 merge [mɜdʒ] 合併 approve [əˋpruv] 批准，認可
reveal [rɪˋvil] 揭露，顯示 expect [ɪkˋspɛkt] 期待

05

翻譯 在自己的退休派對上，Ms. Palumbo 因為多年來對公司的奉獻而獲得表彰。

單字 recognize [ˋrɛkəgˌnaɪz] 認可，表彰 retirement [rɪˋtaɪrmənt] 退休
dedication [ˌdɛdəˋkeʃən] 奉獻 appreciation [əˌpriʃɪˋeʃən] 感謝
relation [rɪˋleʃən] 關係 duration [djʊˋreʃən] 持續期間

06

翻譯 讀了關於蔬果對健康的好處的文章後，Katherine 做出有意識的努力來改變她的飲食。

單字 article [ˋɑrtɪkḷ] 文章 health [hɛlθ] 健康 benefit [ˋbɛnəfɪt] 好處，益處

effort [ˋɛfɚt] 努力　diet [ˋdaɪət] 飲食　compulsory [kəmˋpʌlsərɪ] 義務性的
detailed [ˋdɪˋteld] 詳細的　conscious [ˋkɑnʃəs] 有意識的，意識到的　dense [dɛns] 密集的

07

翻譯　沿路在幾個地點上放置了改道標誌，讓車流避開施工的地方。

單字　detour [ˋditʊr] 繞道　place [ples] 放置　several [ˋsɛvərəl] 幾個　spot [spɑt] 地點，場所
traffic [ˋtræfɪk] 交通，車流　construction [kənˋstrʌkʃən] 建設，工程
site [saɪt] 地點，工地　divert [daɪˋvɝt] 使改道　induce [ɪnˋdjus] 引起
interfere [ˌɪntəˋfɪr] 妨礙　designate [ˋdɛzɪgˌnet] 指定，指派

08

翻譯　金融資訊的普遍可得，使得股票投資即使在業餘投資人之間也變得更加流行。

單字　widespread [ˋwaɪdˌsprɛd] 普遍的　availability [əˌveləˋbɪlətɪ] 可得性，可利用性
financial [faɪˋnænʃəl] 金融的，財務的　tentative [ˋtɛntətɪv] 試驗性的，暫定的
prevalent [ˋprɛvələnt] 普遍的，流行的　reserved [rɪˋzɝvd] 預約的，預訂的
spacious [ˋspeʃəs] 寬敞的

09-11 題參照以下公告。

親愛的住戶們：

我們要通知大家，我們將在您的區域開始進行道路施工。工程預計 6 月 1 日開始，7 月 15 日結束。工程將包括對 Longham 街、Greystone 街、Wallford 街以及 Longham 街橋的維修。這些道路屆時將無法使用。不過，之後將會張貼為駕駛人列出替代道路的公告。我們為任何可能的不便致歉，並且保證這只是暫時的。雖然往返城市的車流會變慢，但只要施工完畢，道路狀況將會大幅改善。這項工程將使車流變快，讓移動更加輕鬆。

Ronald Bingley
區代表

roadwork [ˋrodˌwɝk] 道路施工　expect [ɪkˋspɛkt] 預計　repair [rɪˋpɛr] 修理，維修
list [lɪst] 列出　alternative route 替代路線　inconvenience [ˌɪnkənˋvinjəns] 不便
assure [əˋʃʊr] 保證　complete [kəmˋplit] 完成　improve [ɪmˋpruv] 改善
considerably [kənˋsɪdərəblɪ] 相當大地，相當多地

09

解析　單獨從空格所在的句子來判斷的話，(A) supporting、(B) preparing 和 (D) commencing 都是可能的答案。不過，接下來的句子提到「工程預計 6 月 1 日開始」，可知這則公告是要告知開始施工這件事，所以答案是 (D) commencing（開始）。

單字　support [səˋport] 支持，贊助　prepare [prɪˋpɛr] 準備

dismiss [dɪsˋmɪs] 解散，解雇　commence [kəˋmɛns] 開始，著手

10

解析　單獨從空格所在的句子來判斷的話，(B) inaccessible 和 (C) damaged 都是可能的答案。不過，接下來的句子提到「之後將會張貼為駕駛人列出替代道路的公告」，可知是因為道路不能使用而提供替代路線，所以答案是 (B) inaccessible（不能進入的，不能利用的）。

單字　uncertain [ʌnˋsɝtn] 不確定的　inaccessible [ˌɪnækˋsɛsəbḷ] 不能進入的，不能利用的
damaged [ˋdæmɪdʒd] 受損的　prominent [ˋprɑmənənt] 顯著的

11

解析　這是要從整篇文章中尋找線索的題目。第一段提到「工程預計 6 月 1 日開始，7 月 15 日結束」，可知施工是暫時的，所以答案是 (B) temporary（暫時的）。

單字　significant [sɪgˋnɪfəkənt] 重要的　temporary [ˋtɛmpəˌrɛrɪ] 暫時的
exceptional [ɪkˋsɛpʃənḷ] 例外的　improbable [ɪmˋprɑbəbḷ] 不太可能的

12

MX industries 公司從投資人那裡獲得了繼續進行計畫的充足資金。這項計畫將利用新的技術，大幅改善既有產品。之後將有關於公司具體計畫的新聞稿。

secure [sɪˋkjʊr] 確保，獲得　sufficient [səˋfɪʃənt] 充足的　capital [ˋkæpətḷ] 資本，資金
proceed [prəˋsid] 繼續進行　utilize [ˋjutḷˌaɪz] 利用　greatly [ˋgretlɪ] 大大地，非常
improve [ɪmˋpruv] 改善，改進　existing [ɪgˋzɪstɪŋ] 現存的　specific [spɪˋsɪfɪk] 明確的，具體的
follow [ˋfɑlo] 跟隨

題目　第 1 段第 1 行的 secured，意思最接近
(A) 保證　(B) 獲得　(C) 使變緊　(D) 放置

解析　secured 在這裡表示「獲得」，所以答案是 (B) obtained（獲得）。

單字　assure [əˋʃʊr] 保證，確保　obtain [əbˋten] 獲得，得到
tighten [ˋtaɪtn] 使變緊　position [pəˋzɪʃən] 放置（在特定位置）

單字筆記欄

Hackers TOEIC Vocabulary

索引

本書收錄的核心單字，以套色標示；補充的「多益滿分單字」為黑色。

A

C

D

A
B
C
D
E
F
G
H
I
J
K
L
M
N
O
P
Q
R
S
T
U
V
W
X
Y
Z

E

F

G

J

K

L

M

N

O

P

Q

R

S

T

U

V

W

Y

Z

國家圖書館出版品預行編目資料

全新！新多益單字大全 / David Cho著. -- 初版. --
新北市：國際學村, 2016.01
面； 公分
ISBN 978-986-454-012-9(平裝附光碟片)

1. 多益測驗 2. 詞彙

805.1895 104026733

台灣廣廈國際出版集團 Taiwan Mansion International Group 國際學村

全新！NEW TOEIC 新多益單字大全

作者 David Cho
譯者 許竹瑩
出版者 國際學村出版社
台灣廣廈有聲圖書有限公司
發行人／社長 江媛珍
地址 235 新北市中和區中山路二段 359 巷 7 號 2 樓
電話 886-2-2225-5777
傳真 886-2-2225-8052
電子信箱 TaiwanMansion@booknews.com.tw
網址 http://www.booknews.com.tw
總編輯 伍峻宏
執行編輯 賴敬宗
美術編輯 許芳莉
製版／印刷／裝訂 東豪／皇甫／秉成
代理印務及圖書總經銷 知遠文化事業有限公司
地址 222 新北市深坑區北深路三段 155 巷 25 號 5 樓
訂書電話 886-2-2664-8800
訂書傳真 886-2-2664-0490
港澳地區經銷 和平圖書有限公司
地址 香港柴灣嘉業街 12 號百樂門大廈 17 樓
電話 852-2804-6687
傳真 852-2804-6409
出版日期 2016 年 6 月 3 刷
郵撥帳號 18788328
郵撥戶名 台灣廣廈有聲圖書有限公司
（郵購 4 本以內外加 50 元郵資，5 本以上外加 100 元

郵票黏貼處

台灣廣廈出版集團

235 新北市中和區中山路二段 359 巷 7 號 2 樓

2F, NO. 7, LANE 359, SEC. 2, CHUNG-SHAN RD., CHUNG-HO DIST.,

NEW TAIPEI CITY, TAIWAN, R.O.C.

全新！

NEW TOEIC
新多益單字大全
VOCABULARY

國際學村 讀者資料服務回函

感謝您購買這本書！
為使我們對讀者的服務能夠更加完善，
請您詳細填寫本卡各欄，
寄回本公司或傳真至（02）2225-8052，
我們將不定期寄給您我們的出版訊息。

- 您購買的書 全新！NEW TOEIC 新多益單字大全
- 您的大名 ________
- 購買書店 ________
- 您的性別 □男 □女
- 婚　　姻 □已婚 □單身
- 出生日期 ____年____月____日
- 您的職業 □製造業□銷售業□金融業□資訊業□學生□大眾傳播□自由業
  □服務業□軍警□公□教□其他
- 職　　位 □負責人□高階主管□中級主管□一般職員□專業人員□其他
- 教育程度 □高中以下（含高中）□大專□研究所□其他
- 您通常以何種方式購書？
  □逛書店□劃撥郵購□電話訂購□傳真訂購□網路訂購□銷售人員推薦□其他
- 您從何得知本書消息？
  □逛書店□報紙廣告□親友介紹□廣告信函□廣播節目□網路□書評
  □銷售人員推薦□其他
- 您想增加哪方面的知識？或對哪種類別的書籍有興趣？
  ____
  ____
- 通訊地址 □□□ ________
  ____
- E-Mail ________
- 本公司恪守個資保護法，請問您給的 E-Mail 帳號是否願意收到本集團出版物相關資料 □願意 □不願意
- 聯絡電話 ________
- 您對本書封面及內文設計的意見 ________
  ____
- 您是否有興趣接受敝社新書資訊？ □沒有□有
- 給我們的建議 / 請列出本書的錯別字 ________
  ____

請沿虛線剪下